Honoré de Balzac

Mystische Geschichten

Mit Illustrationen
von Alfred Kubin

Wilhelm Heyne Verlag
München

Umschlaggestaltung und Innenausstattung:
Christian Diener, München
Übersetzung: Georg Goyert

Der Abdruck der Illustrationen von Alfred Kubin
erfolgt mit Genehmigung der
Spangenberg Verlag GmbH München 19,
Romanstraße 16
Printed in Germany 1975
Gesamtherstellung:
Friedrich Pustet, Regensburg

Inhalt

Einleitung

An einem schönen Herbsttage des Jahres 1841 drängt sich ein Mann ungestüm durch die Reihen der ruhigen Spaziergänger in der Rue Poissonière in Paris. Erstaunt und unwillig sehen die dem Manne nach, der durch seine Gestalt und sein Äußeres auffällt. Er ist untersetzt, kräftig, der dicke, mächtige Kopf hat tiefschwarzes, wallendes Haar, das unter dem großen Hute hervorquillt. Sein Gesicht hat grobe Züge, die Nase ist knollig, der sinnliche Mund hat schwulstige Lippen, das Kinn ist brutal und selbst für das mächtige Gesicht zu gewaltig. In der Hand trägt der Mann einen Stock. Hätte man den Karneolknopf sehen können, den seine Hand umschließt, man hätte auf ihm in türkischen Schriftzeichen die Devise eines Sultans lesen können: Ich breche alle Hindernisse ... Vor einem Hause in der Straße bleibt der Mann stehen, eilt dann an dem Diener, der auf sein Klopfen die Tür öffnet, vorbei, stürmt die Treppe hinauf, reißt eine Tür auf, macht den Wirbel eines Tambours nach und schwingt seinen Stock mit dem Karneolknopf. Eine blasse Frau eilt auf den ungewohnten Lärm in dem sonst so stillen Hause herbei. Kaum ist der Mann ihrer ansichtig geworden, als er ihr um den Hals fällt, sie ungestüm an sich drückt und ruft: »Du darfst mich freudig begrüßen, ich bin auf dem besten Wege, ein Genie zu werden.« Der Mann ist Honoré de Balzac, die stille Frau seine Schwester, Madame Surville. Sie löst sich aus der stürmischen Umarmung, drängt den Bruder in eine Bergère. Und nun erzählt er von seinen Plänen, erzählt von der gewaltigen *Comédie humaine,* die er schaffen will, die ein Dokument werden soll, nicht nur der Gesellschaft seiner Zeit, sondern der Menschheit überhaupt. Er will nichts Geringeres, als den Menschen entdecken, seine dämonische Physiognomie, seine natürliche Perversität erkennen. Er hat die brennende Gier, den irren Hang, über die Grenze des normalen Lebens hinaus, er will die Schleier von den letzten Geheimnissen reißen, er will den Untergründen der Psyche nachspüren, aus denen die Triebe in starrer Macht sich aufrichten, er will in das Land des Unbewußten und aus ihm Erkenntnisse schöpfen, die das Leben in seinen Wirren verständlicher und begreiflicher machen. Er will durch die reale Äußerlichkeit des irdischen Lebens die »vie intérieure« erfassen. Deshalb sollen seine Menschen in seiner Zeit leben, durch das Milieu beeinflußt über die Zeit hinauswachsen und Typen werden.

Er weiß, was das heißt. Es bedeutet einen Bruch mit aller bisher anerkannten Norm, mit allem bisher gutgeheißenen Gesetz. Es ist ein gefährlicher Weg, den er gehen will, aber er muß ihn gehen, denn eins hat er erkannt: nur in der Kunst, wie er sie versteht, kann er sich all der Kräfte entäußern, die in ihm wirken und nach Gestaltung drängen. Er selbst hat sich erkannt als Komplex aller Triebe, aller Urkräfte, aller Leidenschaften, die sich ausleben wollen. Und sie sollen sich ausleben in seinen Gestalten, denen er glühend heißes Leben geben will, deren Leidenschaft in voller Intensität alle Nebenbegehrungen aufsaugen und in gewaltiger Kraft mit sich reißen soll, was sich ihr in den Weg stellt, die vernichtend schafft und in ihrer Größe schön wird. Wahre Menschen will er schaffen, will zeigen, daß das Tier im Menschen noch lange nicht tot ist, und da, wo es besiegt scheint, doch immer nur schlummert und auf den günstigen Augenblick wartet, emporzuschnellen in wahner Gier. So verstanden, müssen seine Menschen Monomanen werden, Fanatiker der intensivsten Leidenschaft, die wiederum in sich den gespanntesten, alles besiegenden Willen birgt, – der allein ihm das Lebens-, das Weltgebot ist. Die so rasenden Leidenschaften will er ergründen, will sie zurückverfolgen bis zu ihren Urtiefen, und so die Mysterien des Blutes enthüllen. Pandämonien sollen durch ihn entstehen, auf Inferno-Wegen will er emporführen zu Erkenntnisgipfeln. So aber wird sein Werk eine Philosophie der Urkräfte der Psyche werden, eine Psychologie der Temperamente, der Leidenschaften.

So träumt und denkt er die Welt nach der Struktur seines Geistes, erkennt nicht, daß das Kunstwerk aus Chaos und Beherrschung besteht, weiß nicht, daß letzten Grundes sein Werk an seinem Mangel an künstlerischer Konzentration scheitern wird.

Und wie der Mann erzählt, berauscht er sich an seinen eigenen Worten. Seine Stimme ist nicht melodisch, rauh dringen die Töne aus der Kehle, rauh klingt sein aufgeregtes, breites Lachen ... Und wenn er das Werk geschaffen, wie er es erdacht, wird der Ruhm nicht ausbleiben, ein Leben voll Glanz und Herrlichkeit, voll Genuß und Freude wird ihm erstehen nach all den traurigen, trüben Jahren, die hinter ihm liegen. Voll tiefster Bitterkeit denkt er an diese schlimme Zeit. Was war das für ein Leben, wie unendlich hat er gelitten als Mensch und als Künstler! Not hat er gelitten, hat gehungert, gefroren und gedurstet, hat gearbeitet wie wohl selten ein Mensch. Um zu Geld zu kommen, hat er spekuliert und das wenige, das er besaß, verloren. Durch die Not dazu gezwungen, hat er jahrelang sein Künstlertum verleugnen müssen, hat Schauerromane geschrieben, um nur ein paar Francs zu verdienen, hat Seite um Seite voll geschrieben, nicht für sich, sondern für den gierigen Verleger, der mit den niederen Instinkten der Masse rechnet, die ihm eine Goldgrube werden sollen. Er hat ein Ragout zusammenbrauen müssen, dessen Düfte ihm noch heute den Atem benehmen. Es war eine furchtbare Zeit. Nun aber soll es anders werden, eine Welt will er schaffen, deren Symbol er in sich trägt, schaffen will er wie allein der echte Künstler schafft. Was kümmert ihn die Wirklichkeit, er hat nie danach gegriffen, hat in einer Welt gelebt, die nur ihm gehört. Und die Welt soll die Menschheit kennenlernen ... So spricht der Mann, und seine Augen haben einen geheimnisvollen Glanz.

Ruhig hat die blasse Frau zugehört. Sie allein hat immer an den Bruder geglaubt, als die ganze Familie sich von ihm lossagte ... und jetzt mehr als je.

Balzac springt plötzlich auf. Er muß fort, muß an die Arbeit, darf keine Zeit verlieren, muß schaffen, seine wilden Sehnsüchte stillen. Er eilt die Treppen hinunter, stürmt wieder durch die Rue Poissonière und ist bald zu Hause. Rasch an die Arbeit! Der Stock mit der Devise des türkischen Sultans fliegt in die Ecke, der Rock wird auf das Bett geworfen, eine lange weiße Dominikanerkutte umhüllt bald seine Gestalt, noch schnell die schwere goldene, venezianische Kette mit dem langen, weißen Falzbein um die Hüften geschlungen, die goldbestickten Pantoffeln an die Füße, und dann arbeiten, schaffen . . .

Und es dauert nicht lange, da ist alles um ihn her versunken, er lebt seiner Arbeit, lebt nur dem, das er vor sich sieht, dem er Gestalt geben muß, dem Kunstwerk, das sich unter Qual und Schmerzen loslöst aus seinem Innern. Er schafft voll intensiver Inbrunst, in Ekstase kommen seine Werke zu Tage, in Verzückung bewundert er selbst, was er schuf. Seine Gestalten leben, wachsen aus den dunklen Schatten des Zimmers, sprechen mit dem, der sie schuf, als er sie in tiefster Halluzination erschaute. Sie umstehen den Tisch, rechnen mit ihm die ungeheuren Vermögen nach, die sie alle haben . . . durch seine Gnade. Wandeln mit ihm hinaus aus dem engen Zimmer, füllen die Salons der *Monde*, oder jammern ihm in verrufenen Vierteln über Not und Elend, führen aber alle ein Leben stärkster Kraft, sind im Banne einer wilden Leidenschaft. Und der Künstler, der sie schuf, lebt ihr Leben, lebt jeden Augenblick ein anderes Leben und doch wieder aller Leben zugleich. Alle seine Fähigkeiten sind auf einmal am Werk, auf einmal strömen sie zusammen, um den Wesen, die er handeln und sprechen lassen will, Leben zu geben . . . Nun lacht er, nun weint er, nun bricht er zusammen unter ungeheurer Last. Jetzt wieder belebt innige Freude seine Züge, er ist reich geworden, ist ein Herr der Welt. . . . Freude und schlimme Qual bedeutet für den Künstler das Schaffen.

Es klopft an der Türe, jemand tritt ein. Balzac kann das Erscheinen des Fremden in seiner Welt nicht begreifen, mit Gewalt muß er sich losreißen aus der Welt seiner Träume, um zurückzukehren zur realsten Wirklichkeit . . .

Es ist ein Bote aus der Druckerei. Er bringt die Korrekturen der letzten Arbeiten. Ein flüchtiger Blick auf dieselben, und wütend schlägt Balzac mit der mächtigen Faust auf den Tisch. Springt auf, rasch den Rock an und hinaus in die Druckerei . . . Man kennt den Mann von vorhin nicht wieder. Die Druckerei hallt wider von seinen groben, unflätigen Worten. Nie machen sie es recht, sie alle versauen ihm seine Arbeit, so hat es im Manuskript nicht gestanden. Und als man ihm das Manuskript zeigt, muß er zugeben, daß man genau druckte, was er schrieb. Und verzweifelt greift sich

Balzac an die Stirn. Gesehen in seinen Visionen hat er es anders, anders hat er es geträumt und gelebt. Dieses Ringen mit dem Stoff, den er nie bis zur letzten Vollendung bezwingt, diese grobe Kraft seines Temperamentes und die wirre Anhäufung seines Wissens, die er nie bis zur Vollkommenheit meistert, das ist seine Verzweiflung.

Nun eilt er zum Verleger selbst, nun geht es ans Feilschen, ans Rechnen, ans Handeln. Soviel muß er haben, soviel will er haben. Wieder erkennen wir nicht mehr den Mann, der vor kurzem noch Welten schuf und sich jetzt mit dem Verleger um einige Louisdor herumschlägt. Wo sind seine Träume, wo sein Künstlertum? Alles versunken in dem einen großen Verlangen nach Geld und Reichtum. Schuf er als Künstler seinen Gestalten ungeheure Vermögen, lebte er in seinen Träumen den Rausch des Goldes bis zum Wahnsinn mit, auch in der Wirklichkeit wollte ihn dieser Rausch nicht verlassen, er wollte reich werden, wollte Macht haben, wollte einer werden der Großen der Welt und scheute keinen niedrigsten Weg, dies Ziel zu erreichen. Und dieser Zug seines Wesens, die Natur des *Commis voyageur*, ist das Unglück seines Lebens gewesen. Er spekuliert, jagt unmöglichen Ideen nach,heute gründet er einen Verlag, morgen will er Silbergruben ausbeuten . . . und alles schlägt fehl, verschlingt das Geld, das er mühsam zusammengescharrt. Nichts hat er gewonnen, alles hat er verloren, nichts blieb ihm als seine Träume, in denen er schaffen konnte, was er wollte, die ihm alles gaben, was das Leben ihm versagte. Je intensiver seine Halluzinationen waren, desto glücklicher war er. Und seine Träume sind sein einziges Glück gewesen. Als in seine äußeren Verhältnisse Ruhe und Ordnung kommen sollte durch die Heirat mit der Gräfin Hanska, da mußte er von der Erde.

Witten-Ruhr, November 1918. Georg Goyert.

Facino Cane

Ich wohnte damals in einer kleinen Straße, die ihr sicher nicht kennt; es war die Rue de Lesdiguières; sie beginnt an der Rue Saint-Antoine, gegenüber einem Brunnen in der Nähe der Place de la Bastille und mündet in die Rue de la Cerisaie. Die Liebe zur Wissenschaft hatte mich eine Dachkammer mieten lassen, in der ich die ganzen Nächte hindurch arbeitete. Die Tage verbrachte ich in der nahen Bibliothek des Monsieur. Ich lebte sehr einfach, ganz wie ein Mönch. So sollten alle die leben, die wirklich arbeiten wollen. Kaum daß ich bei schönem Wetter auf dem Boulevard Bourdon mich ein wenig erging. Eine Leidenschaft aber hinderte mich oft an meinen ernsten Studien; aber war sie nicht auch ein Studium? Ich beobachtete die Sitten des Faubourg, seine Bewohner und ihre Charaktere. In meiner Kleidung unterschied ich mich nicht von den Arbeitern, legte auf mein Äußeres überhaupt wenig Wert, und so hatten sie gar keinen Argwohn, keine Scheu mir gegenüber. Ich konnte mich in ihre Gruppe mischen, zusehen, wie sie ihre Geschäftchen abschlossen und sich stritten, wenn sie ihre Arbeitsstätte verließen. Bei mir war die Beobachtung schon intuitiv geworden, sie drang in die Seele, ohne den Körper zu vernachlässigen; oder vielmehr erfaßte sie die Einzelheiten des Äußeren so wohl, daß sie sofort darüber hinausging; sie gab mir die Fähigkeit, das Leben dessen mitzuerleben, den sie betraf; sie gestattete mir, mich an seine Stelle zu setzen, wie der Derwisch in Tausendundeiner Nacht Körper und Seele der Personen annahm, über die er gewisse Worte sprach. Wenn ich zwischen 11 Uhr und Mitternacht einen Arbeiter und seine Frau traf, die zusammen vom Ambigu-Comique heimkehrten, dann folgte ich ihnen wohl vom Boulevard du Pontaux-Choux bis zum Boulevard Beaumarchais. Die braven Leute sprachen zuerst von dem Stücke, das sie gesehen hatten; es dauerte aber gar nicht lange, dann waren sie bei ihren Sorgen; die Mutter zog ihr Kind hinter sich her, ohne auf seine Klagen und Fragen zu hören; die beiden Gatten rechneten aus,wieviel Geld man ihnen am nächsten Tag bezahlen würde, gaben es auf zwanzigerlei Weise aus. Dann kamen Einzelheiten des Haushalts, Klagen über die ungeheuren Kartoffelpreise oder über die Länge des Winters und den Preis der Lohkuchen, energische Verhaltungen wegen der Summe, die man dem Bäcker schuldete; dann kam es gar bald zu Auseinandersetzungen, die immer heftiger wurden, und bei denen jeder in treffenden Worten seinen Charakter offenbarte. Wenn ich die Leute so reden hörte, dann machte ich ihr Leben vollständig zu dem meinen, dann fühlte ich ordentlich ihre Lumpen auf meinem Rücken, ging einher in ihren zerrissenen Schuhen; ihre Wünsche, ihre Bedürfnisse gingen ganz in meine Seele über oder meine Seele in ihre. Ich träumte in wachem Zustande. Ich erhitzte mich mit ihnen über die Meister der Fabriken, die sie tyrannisierten, schimpfte mit ihnen über die schlechte Behandlung, daß sie öfters kommen mußten, ohne bezahlt zu werden. Meine Gewohnheiten aufzugeben, ein anderer zu werden vermöge einer äußersten Anspannung der geistigen Fähigkeiten, und dieses Spiel willkürlich zu spielen, das war meine Zerstreuung. Wem verdanke ich diese Gabe? Ist sie ein zweites Gesicht? Ist sie eine dieser Fähigkeiten, deren Mißbrauch zum Wahnsinn führen kann? Nie habe ich nach den Ursachen dieser Macht geforscht; ich besitze sie, ich bediene mich ihrer; das ist alles! Ich will nur noch hinzufügen, daß ich schon damals die Elemente dieser heterogenen Masse, die man das Volk nennt, zerlegt und derart analysiert hatte, daß ich seinen Wert oder Unwert richtig abschätzen konnte. Ich wußte schon, von welchem Nutzen dieses Faubourg sein könnte, diese Stätte der Revolutionen, die Helden, Erfinder, Schurken, Verbrecher, Tugenden und Laster in sich birgt, alles vom Elend unterdrückt, erstickt von der Not, ertränkt im Wein, verderbt durch den Alkohol. Man kann sich gar nicht vorstellen, wieviel unbekannte Abenteuer, wieviel vergessene Dramen sich in dieser Stadt des Schmerzes abspielen! Wieviel Schreckliches und wieviel Schönes! Was hier alles vor sich geht, niemand kann sich das ausdenken,niemand wird dies alles je entdecken! Man muß zu tief hinabsteigen, um diese tragischen und komischen

Szenen zu finden, diese Meisterwerke, die der Zufall entstehen ließ. Ich weiß nicht, warum ich so lange gezögert habe, die Geschichte zu erzählen, die ich eigentlich erzählen wollte. Sie gehört zu den seltsamen Geschichten, die wie Lotterienummern in dem Sack geblieben sind, aus denen das Gedächtnis in seinen Launen sie hervorholt. Noch viele andere Geschichten habe ich so in meinem Gedächtnis vergraben. Sie sind wohl alle ebenso seltsam wie die, die ich erzählen will. Später will ich sie alle erzählen, glaubt es mir.

Eines Tages bat mich meine Aufwärterin, die Frau eines Arbeiters, ich möchte die Hochzeit einer ihrer Schwestern mit meiner Gegenwart beehren. Um eine Vorstellung davon zu geben,was das für eine Art Hochzeit werden würde, muß ich sagen, daß ich diesem armen Geschöpfe monatlich 40 Sous gab. Dafür kam sie jeden Morgen, machte mein Bett, reinigte meine Schuhe, bürstete meine Kleider, fegte mein Zimmer, bereitete mir das Frühstück. War sie bei mir fertig, dann ging sie in eine Fabrik und drehte dort für den Rest des Tages die Kurbel einer Maschine. Mit dieser harten Arbeit verdiente sie sich noch 10 Sous täglich. Ihr Mann war Tischler und verdiente 4 Francs. Aber da drei Kinder da waren, hatten sie kaum alle Tage Brot. Nie habe ich eine solche Ehrlichkeit gefunden, wie bei diesem Mann und dieser Frau.

Als ich aus dem Stadtviertel verzogen war, kam Mutter Vaillant noch fünf Jahre lang und gratulierte zum Namenstag. Dann brachte sie mir Blumen und Orangen mit, und dabei hatte das arme Weib noch nie 10 Sous ersparen können. Das Elend hatte uns einander nahegebracht. Ich habe ihr nie etwas anderes geben können als hin und wieder 10 Francs, die ich mir oft noch borgen mußte. Nun wird man wohl verstehen, weshalb ich mein Kommen zusagte; ich hoffte, innigen Anteil zu nehmen an der Freude der armen Leute, sie selbst mitzuerleben.

Das Festmahl und der Tanz fanden bei einem Weinwirt in der Rue de Charenton, im ersten Stockwerk, statt. Das Zimmer war groß; an den Lampen waren Reflektoren aus Blech, so war die Helligkeit im Zimmer ziemlich groß. Die Wände waren bis zur Tischhöhe mit einer schmutzigen Tapete beklebt. An den Wänden standen Holzbänke. In diesem Raume tanzten achtzig Personen. Sie alle trugen Sonntagskleider, waren mit Bändern und Sträußen geschmückt. Sie alle erfüllte der eine Wunsch: Vergnügen haben und sollte die Welt darüber untergehen. Ihre Gesichter glühten. Die Neuvermählten umarmten sich zur allgemeinen Zufriedenheit, und es gab Ahs! und Ehs! Aber alles dies war weniger unschicklich als die schüchternen Blicke der wohlerzogenen, jungen Mädchen. Alle brachten eine brutale Zufriedenheit zum Ausdruck, der man selbst nicht widerstehen konnte, von der man sich unwillkürlich ergriffen fühlte.

Aber weder die Gesichter dieser Gesellschaft, noch die Hochzeit, noch irgend etwas in diesem Kreise hat inneren Zusammenhang mit meiner Geschichte. Man möge nur die Seltsamkeit des Rahmens behalten. Man stelle sich diese gemeine, rot gestrichene Kneipe vor, man rieche den Weindunst, man höre dies Freudengeheul, man bleibe in diesem Faubourg, mitten unter diesen Arbeitern, diesen Greisen und diesen armen Frauen, die wild das Vergnügen einer Nacht genießen.

Die Musikkapelle bestand aus drei Blinden aus der Blindenanstalt; der erste spielte Geige, der zweite Klarinette und der dritte Flageolett. Alle drei zusammen bekamen für die Nacht 2 Francs. Für diesen Preis spielten sie dann auch weder Rossini noch Beethoven, sie spielten was sie wollten, was sie konnten; niemand machte ihnen Vorwürfe. Das gefiel mir an den Teilnehmern des Festes. Ihre Musik aber griff so brutal das Trommelfell an, daß ich, nachdem ich einen Blick auf die Versammlung geworfen hatte, sofort dieses Blindentrio betrachtete. Gleich war ich zur Nachsicht gestimmt, als ich ihre Kleidung sah. Sie trugen die Tracht der Blindenanstalt. Diese Künstler saßen in einer Fensternische; man mußte nahe an sie herantreten, um ihre Gesichter unterscheiden zu können. Ich ging nicht sofort zu ihnen, aber als ich dann zu ihnen trat, war es entschieden. Wie das kam, weiß ich selbst nicht, Hochzeit und Musik verschwanden, meine Neugier war aufs höchste erregt, denn meine Seele ging in den Leib des Klarinettenspielers. Der Geigenspieler und der Flageolettbläser hatten gewöhnliche Gesichter, die richtigen Blindengesichter: voller aufmerksamer und ernster Spannung. Aber das Gesicht des Klarinettenspielers war eins von jenen, die den Künstler und den Philosophen sofort fesseln.

Man stelle sich die Gipsmaske Dantes vor, in rotem Lampenlicht, und darüber einen Wald von silberweißen Haaren. Der bittere und schmerzliche Ausdruck dieses herrlichen Kopfes wurde durch die Blindheit vergrößert; denn die blinden Augen bekamen Leben durch den Gedanken; wie helles Licht leuchtete es aus ihnen, man sah, daß auf dieser Stirn ein einziger Wunsch eingegraben war, auf dieser Stirn, die mit Runzeln durchzogen war wie altes Mauerwerk mit Rissen. Der Alte blies drauflos, achtete weder auf Takt noch auf Melodie, die Finger hoben und senkten sich, bewegten die alten Klappen ganz mechanisch, es war ihm ganz gleich, ob er vorbeihaute oder nicht; die Tänzer merkten dies übrigens ebensowenig wie die beiden Genossen meines Italieners. Denn ich wollte, daß er Italiener war, und er war einer. Etwas Großes und Despotisches lag über diesem alten Homer, der eine der Vergessenheit geweihte Odyssee in sich trug. Es war eine so wirkliche Größe, daß sie selbst über sein Elend triumphierte, sein Despotismus war so wild, daß er die Armut beherrschte. In diesem edelgeschnittenen Gesicht fehlte keine dieser heftigen Leidenschaften, die den Menschen zum Guten oder zum Bösen treiben, die aus ihm einen Helden oder einen Verbrecher machen. Die Gesichtsfarbe war blaß, graue Augenbrauen beschatteten die tiefen Augenhöhlen, in denen man voller Furcht das Licht des Gedankens wiederaufflammen zu sehen erwartete, wie man sich fürchtet, wenn am Eingang einer Höhle bewaffnete Räuber mit Fackeln in den Händen erscheinen. In diesem Käfig aus Fleisch lebte ein Löwe, dessen Wut vergeblich gegen das eiserne Gitter des Käfigs gerast hatte. Das Feuer der Verzweiflung lag erstickt unter der Asche, die Lava war erkaltet; aber die Furchen, die Trümmer, ein wenig Rauch kündeten die Heftigkeit des Ausbruches und die Verheerungen des Feuers. Diese Gedanken, die beim Anblick des Mannes in meinem Innern erweckt wurden, waren so warm in meiner Seele wie sie auf seinem Gesichte kalt waren.

Nach jedem Tanz hängten der Geigenspieler und der Flageolettbläser, die sich tüchtig mit ihrem Glase und ihrer Flasche beschäftigten, ihr Instrument an einen Knopf ihres rötlichen Rockes, streckten die Hand nach einem Tischchen in der Fensternische aus – hier standen die für sie bestimmten Sachen – und boten dem Italiener ein volles Glas. Er selbst konnte es sich nicht nehmen, denn der Tisch stand hinter seinem Stuhle. Und jedesmal dankte der Klarinettenspieler mit einem freundlichen Kopfnicken. Sie führten ihre Bewegungen mit unendlicher Genauigkeit aus. Dies kann man immer bei den Blinden der genannten Anstalt beobachten. Man hat fast den Eindruck, als ob sie sähen. Ich näherte mich den Blinden, um zu hören, was sie mit einander sprachen; als ich aber in ihrer Nähe war, schienen sie mich einen Augenblick zu wittern, sie mußten merken, daß ich nicht gewöhnlicher Arbeiter war, und waren still.

»Aus welchem Land stammt Ihr, Klarinettenspieler?«

»Aus Venedig«, antwortete der Blinde mit leicht italienischem Akzent.

»Seid Ihr blind zur Welt gekommen, oder habt Ihr das Augenlicht . . .«

»Durch ein Unglück verloren«, antwortete er schnell, »durch den verfluchten schwarzen Star.«

»Venedig ist eine schöne Stadt, schon seit langem habe ich Lust, dahin zu gehen.«

Die Züge des Alten belebten sich, es kam Leben in die Runzeln seines Gesichtes; eine heftige Erregung ergriff ihn.

»Wenn ich mit Euch ginge, würdet Ihr Eure Zeit nicht verlieren«, sagte er zu mir.

»Redet ihm nicht von Venedig«, sagte da der Geigenspieler, »sonst fängt unser Doge an, und dann hört er sobald nicht wieder auf, besonders wo er schon zwei Flaschen im Bauche hat.«

»Vorwärts, Alter, gespielt«, sagte der Flageolettbläser ermunternd.

Alle drei fingen wieder an zu spielen; aber während der ganzen Zeit, die ihr Spiel dauerte, witterte mich der Venezianer, er schien das außerordentliche Interesse, das ich an ihm hatte, zu fühlen. Sein Gesicht hatte nicht mehr den kalten Ausdruck der Traurigkeit; ich weiß nicht, welche Hoffnung seine Züge erhellte, die wie eine blaue Flamme durch seine Runzeln kroch; er lächelte, fuhr sich mit dem Taschentuche über diese verwegene und schreckliche Stirn. Kurz, er wurde vergnügt wie jemand, der von dem redet, das ihm am meisten am Herzen liegt.

»Wie alt seid Ihr?« fragte ich ihn.

»Zweiundachtzig Jahre.«

»Seit wann seid Ihr blind?«

»Seit fast fünfzig Jahren«, antwortete er in einem Tone, dem man anmerkte, daß er nicht nur das verlorene Augenlicht betrauerte, sondern irgendeine große Macht, die er verloren. »Warum nennen die anderen Euch denn den Dogen?« fragte ich ihn. »Ach, Possen; ich bin Patrizier aus Venedig, und ich hätte Doge werden können wie jeder andere.«

»Wie heißt Ihr denn?«

»Hier nennt man mich Père Canet. Nie hat mein Name anders in die Register eingetragen werden können; aber auf italienisch lautet er Marco Facino Cane, Fürst von Varese.«

»Wie? Ihr seid ein Nachkomme des berühmten Kondottiere Facino Cane, dessen Eroberungen auf den Herzog von Mailand übergegangen sind?«

»È vero«, sagte er; »zu jener Zeit floh der Sohn des Cane, um von den Viscontis nicht getötet zu werden, nach Venedig und ließ sich ins Goldene Buch einschreiben. Aber jetzt gibt es ebensowenig einen Cane wie es noch ein Goldenes Buch gibt.« Dabei machte er eine Bewegung, in der sich sein erloschener Patriotismus und sein Ekel an den menschlichen Dingen zeigte.

»Aber wenn Ihr Senator von Venedig waret, dann müßt Ihr doch reich gewesen sein. Wie habt Ihr denn Euer ganzes Vermögen verloren?«

Bei dieser Frage hob er seinen Kopf zu mir, als wolle er mich betrachten. Diese Bewegung war wahrhaft tragisch. Dann sagte er: »Durch Unglück.«

Er dachte nicht mehr ans Trinken, wies mit einer Gebärde das Glas Wein zurück, das ihm in diesem Augenblick der alte Flageolettbläser reichte, senkte den Kopf. Alle diese kleinen Einzelheiten erregten meine Neugierde immer mehr. Während des Kontretanzes, den die drei dann spielten, betrachtete ich den alten venezianischen Granden mit Gefühlen, wie sie einem zwanzigjährigen Menschen in der Seele brennen. Ich sah Venedig und die blaue Adria, ich sah seinen

Verfall auf diesem verfallenen Gesichte. Ich ging in dieser Stadt, die denen, die drin wohnen, so lieb und teuer ist, spazieren, ich ging vom Rialto zum Canale Grande, ging hinunter zum Lido und kam zur Kathedrale zurück, die in ihrer Originalität so erhaben ist. Ich betrachtete die Fenster der Casa d'Oro, von denen jedes anderen Schmuck aufweist; ich betrachtete die alten Marmorpaläste, kurz, alle diese Wunder, die dem Kenner um so mehr gefallen, da er sie sich vorstellen kann, wie er es will, da er seine Träume durch das Bild der Wirklichkeit nichts an Poesie verlieren läßt. Ich sah das Leben dieser Nachkommen des größten der Kondottieri vor mir, durchlebte es gleichsam, suchte nach den Spuren seines Unglücks und nach den Ursachen dieser tiefen physischen und moralischen Gesunkenheit, die die in diesem Augenblick wieder aufleuchtende Größe und den wieder erwachenden Adel nur noch schöner erscheinen ließ. Unsere Gedanken waren ohne Zweifel dieselben, denn ich bin der Überzeugung, daß die Blindheit den Gedankenaustausch beschleunigt, da sie die Aufmerksamkeit hindert, sich durch äußere Gegenstände zerstreuen zu lassen. Der Beweis ließ nicht lange auf sich warten. Facino Cane hörte auf zu spielen, stand auf und kam auf mich zu. Er sagte nur: »Wir wollen hinausgehen.« Diese wenigen Worte wirkten auf mich wie ein elektrischer Schlag. Ich reichte ihm den Arm, und wir gingen fort.

Als wir auf der Straße waren, sagte er zu mir: »Wollt Ihr mich nach Venedig führen? Wollt Ihr mir vertrauen? Ihr werdet reicher werden als die zehn reichsten Häuser von Amsterdam und London sind, reicher als Rothschild, reich wie in den Märchen von Tausendundeiner Nacht.«

Ich glaubte, daß der Mann verrückt sei; aber in seiner Stimme war etwas, dem ich nicht widerstehen konnte. Ich ließ mich führen, und er führte mich zu den Gräbern der Bastille, mit einer Sicherheit, als hätte er sehen können. An einer einsamen Stelle setzte er sich auf einen Stein. Hier wurde später die Brücke gebaut, die den Saint-Martin-Kanal mit der Seine verbindet. Ich setzte mich auf einen anderen Stein, dem Greise gegenüber. Silbern glänzte sein Haar im Mondlicht. Das Schweigen, das kaum durch den dumpfen Lärm der Boulevards, der bis zu uns drang, gestört wurde, die

Reinheit der Nacht, alles trug dazu bei, diese Szene wahrhaft phantastisch zu gestalten.

»Ihr sprechet zu einem jungen Manne von Millionen, und Ihr glaubt doch wohl nicht, daß er auch nur einen Augenblick zögern würde, tausend Leiden zu erdulden, um sie zu bekommen. Macht Ihr Euch auch nicht über mich lustig?«

»Ich will ohne Beichte sterben«, entgegnete er heftig, »wenn das, was ich Euch sagen werde, nicht wahr ist. Ich war zwanzig Jahre alt, wie Ihr es jetzt seid, war reich, schön, adelig; da beging ich die erste Torheit, ich liebte. Geliebt habe ich, wie man heute nicht mehr liebt; ich ließ mich in eine Kiste stecken und lief Gefahr, darin erdolcht zu werden, und doch hatte ich nichts weiter von der Geliebten erhalten als nur das Versprechen eines Kusses. Für sie zu sterben, schien mir ein ganzes Leben zu sein. Im Jahre 1760 verliebte ich mich in eine Vendramini; sie war achtzehn Jahre alt, mit einem Sagredo verheiratet. Der war einer der reichsten Senatoren, war dreißig Jahre alt und bis zum Wahnsinn in seine Frau verliebt. Meine Geliebte und ich waren unschuldig wie zwei Cherubine, als der Sposo uns überraschte, wie wir einander von Liebe sprachen. Ich war ohne Waffen, er verfehlte mich, ich sprang auf ihn, mit beiden Händen würgte ich ihn, drehte ihm den Hals ab wie einem Huhn. Ich wollte mit Bianca fliehen, sie wollte mir nicht folgen; so sind die Frauen! Ich floh allein; ich wurde verurteilt, meine Güter wurden eingezogen zugunsten meiner Erben; aber ich hatte meine Diamanten, fünf aufgerollte Bilder des Tizian und mein ganzes Gold bei mir; ich ging nach Mailand, hier hatte ich Ruhe; meine Angelegenheit interessierte den Staat nicht.«

Er hielt einen Augenblick inne.

»Eine kleine Bemerkung, bevor ich fortfahre«, sagte er dann. »Mögen die Vorstellungen einer Frau während der Schwangerschaft oder im Augenblick der Empfängnis von irgendeinem Einfluß auf das Kind sein oder nicht, soviel ist sicher, daß meine Mutter in der Zeit, in der sie mich unter dem Herzen trug, eine Leidenschaft für Gold hatte. Ich habe eine unersättliche Sucht nach dem Golde, und die Befriedigung dieser Sucht ist meinem Leben so notwendig, daß ich mein Lebtag noch nicht ohne Gold gewesen bin; ich muß das

Gold fühlen, mit den Händen fühlen; als ich noch jung war, trug ich immer goldenen Schmuck, hatte immer zwei bis dreihundert Dukaten bei mir.«

Als er dies sagte, zog er zwei Dukaten aus der Tasche und zeigte sie mir.

»Ich rieche das Gold. Ich kann nicht mehr sehen, und doch bleibe ich vor den Läden der Juwelenhändler stehen. Diese Leidenschaft hat mich zugrunde gerichtet, ich bin Spieler geworden, nur um mit dem Golde zu spielen. Ich war kein Gauner, aber ich wurde elend begaunert, ich richtete mich zugrunde. Als ich alles Geld verloren hatte, ergriff mich eine rasende Sehnsucht nach Bianca. Heimlich kam ich nach Venedig zurück, ich fand sie wieder, sechs Monate lang war ich glücklich. In ihrem Palaste hielt sie mich versteckt, gab mir alles, was ich zum Leben gebrauchte. Ich dachte, so mein Leben beschließen zu können. Der Proveditore warb um ihre Liebe; er ahnte wohl, daß er einen Rivalen hatte; in Italien riecht man das; er beobachtete uns scharf, überraschte uns im Bett, der Halunke! Ihr könnt Euch denken, wie wir miteinander kämpften; ich tötete ihn nicht, verletzte ihn aber schwer. Dieses Abenteuer zerstörte mein Glück. Seit diesem Tage habe ich Bianca nicht wiedergesehen. Herrlich und in Freude habe ich gelebt, am Hofe Ludwigs XV. war ich mit den berühmtesten Frauen zusammen, aber bei keiner von ihnen allen habe ich die Vorzüge, die Anmut und die Liebe meiner teuren Venezianerin gefunden. Der Proveditore hatte seine Leute, er rief sie, sie umstellten den Palast, drangen hinein; ich verteidigte mich, um unter den Augen Biancas zu sterben, die mir half, den Proveditore zu töten. Früher hatte diese Frau nicht mit mir fliehen wollen; aber jetzt, nachdem wir sechs Monate lang unendlich glücklich waren, wollte sie desselben Todes sterben wie ich. Sie wurde verwundet. Da warf man mir einen weiten Mantel über den Kopf, man ergriff mich, trug mich in eine Gondel und brachte mich in einen unterirdischen Kerker. Ich war zweiundzwanzig Jahre alt und hielt den Stumpf meines Schwertes so fest, daß man mir die Faust hätte abschlagen müssen, um ihn zu bekommen. Durch einen seltenen Zufall, oder vielmehr durch einen Gedanken der Vorsicht dazu getrieben, verbarg ich dieses Stück Eisen in einer Ecke, als wenn es mir doch noch irgendwie dienlich sein könnte. Man pflegte mich, keine meiner Wunden war tödlich. Mit zweiundzwanzig Jahren übersteht man alles. Ich sollte geköpft werden. Ich stellte mich noch krank, um Zeit zu gewinnen. Ich vermutete, daß mein Kerker nahe am Kanal wäre. Mein Plan war nun, zu entweichen, indem ich die Mauer durchbrach, den Kanal durchschwamm, selbst auf die Gefahr hin, zu ertrinken. Auf folgende Überlegungen stützte ich meine Hoffnung: Wenn der Kerkermeister mir zu essen brachte, las ich an den Wänden Inschriften wie: Palastseite, Kanalseite, Kellerseite, und ich bemerkte schließlich einen Plan, dessen Sinn mich wenig kümmerte, der aber durch den gegenwärtigen Zustand des Dogenpalastes, der nicht vollendet wurde, erklärlich ist. Mit dem Scharfsinn, den der Wunsch nach Freiheit dem Menschen gibt, entzifferte ich auf einem Steine eine arabische Inschrift, indem ich diesen mit der Fingerspitze betastete. Der Verfasser dieser Inschrift hatte so seine Nachfolger benachrichtigen wollen, daß er zwei Steine der untersten Mauerschicht losgelöst und elf Fuß tief darunter gegraben hätte. Um sein Werk fortzuführen, hatte er auf dem Boden des Gefängnisses selbst die Stückchen Steine und den Mörtel verteilen müssen, die er aus dem gegrabenen Loche geholt hatte. Selbst wenn die Wächter oder die Inquisitoren nicht durch die Konstruktion des Gebäudes in Sicherheit gewiegt worden wären, die nur eine äußere Überwachung nötig machte, erlaubte es die Lage der Kerker, in die man über einige Stufen herabstieg, allmählich den Boden höher zu machen, ohne daß die Wächter es bemerkten. Diese ungeheure Arbeit war überflüssig gewesen, wenigstens für den, der sie begonnen hatte; denn da sie unvollendet geblieben war, konnte man wohl annehmen, daß er nicht mehr unter den Lebenden weilte. Damit nun seine geduldige und mühsame Arbeit nicht für immer verloren war, mußte ein Gefangener Arabisch können. Ich hatte im Kloster der Armenier die orientalische Sprache studiert. Ein Satz, der hinten auf den Stein geschrieben war, meldete das Schicksal des Unglücklichen. Er war als das Opfer seines ungeheuren Reichtums gestorben, nach dem Venedig Gelüste trug, und dessen es sich auch bemächtigt hatte. Ich brauchte einen Monat, um zu einem Ergebnis zu kommen. Während der Arbeit und in den Augenblicken, in denen ich vor Ermüdung nicht mehr weiter konnte, hörte ich den Klang von Gold, sah Gold vor mir, war vom Feuer der Diamanten geblendet. Wartet! In einer Nacht stieß mein stumpfer Stahl auf Holz. Ich schärfte ihn und machte ein Loch in das Holz. Um arbeiten zu können, wälzte ich mich wie eine Schlange auf dem Bauche, ich zog meine Kleider aus, daß ich ganz nackt war, fing an zu wühlen wie ein Maulwurf, indem ich meine Hände nach vorn streckte und mir aus dem Stein eine Stütze machte. Zwei Tage vor dem Tage, an dem ich vor meinen Richtern erscheinen sollte, wollte ich in der Nacht einen letzten Versuch machen; ich bohrte mein Eisen ins Holz und fand bald keinen Widerstand. Denkt Euch meine Überraschung, als ich nun durch das Loch sah! Ich war in der Wandbekleidung eines Kellers. Der war schwach erleuchtet, und ich sah einen Haufen Gold. Der Doge und einer von den Zehn waren in diesem Gewölbe, deutlich hörte ich ihre Stimme; aus ihren Worten erfuhr ich bald, daß hier der Geheimschatz der Republik, die Schenkungen der Dogen und Reserven der Beute waren, die man den »venezianischen Pfennig« nannte; vom Ertrag eines jeden Kriegszuges wurde etwas genommen und dem Schatze hinzugefügt. Ich war gerettet. Als der Kerkermeister kam, schlug ich ihm vor, mir bei der Flucht zu helfen, mit mir zu fliehen. Wir wollten mitnehmen, soviel wir nur könnten. Und der zögerte nicht, er nahm an. Ein Schiff fuhr gerade nach der Levante ab; alle Vorsichtsmaßregeln wurden getroffen. Bianca half bei allem, was ich meinem Helfershelfer auftrug. Um keinen Verdacht zu erregen, wollte Bianca erst in Smyrna zu uns stoßen. In einer Nacht wurde das Loch vergrößert, und wir stiegen in den Geheimschatz Venedigs. Welche Nacht! Ich sah eine Tonne bis zum Rande mit Gold gefüllt. In einem anderen Gemach lag in zwei großen Haufen das Silber. In der Mitte hatte man einen Weg gelassen, damit man das Zimmer durchschreiten konnte, in dem die Silbermünzen an den Wänden aufgehäuft waren, daß sie eine fünf Fuß hohe Böschung bildeten. Ich glaubte, der Kerkermeister würde verrückt: er sang, sprang, lachte, wühlte im Golde; ich drohte, ihn zu erdrosseln, wenn er die Zeit verlöre oder Lärm machte. In seiner Freude hatte er gar nicht einen Tisch bemerkt, auf dem die Diamanten lagen. Ich warf mich geschickt genug darauf und füllte meine Matrosenjacke und die Taschen meiner Hosen damit. Lieber Gott, nicht ein Drittel habe ich genommen! Unter diesem Tische lagen die Goldbarren. Ich überredete meinen Genossen, soviel Säcke, wie wir tragen könnten, mit Gold zu füllen. Ich machte ihm klar, daß dies die einzige Art sei, im Ausland nicht entdeckt zu werden. Die Perlen, Diamanten und andere Kleinodien würden bald zu unserer Entdekkung führen, sagte ich ihm. Wie habgierig wir auch waren, wir konnten nur zwei Pfund in Gold mitnehmen, und hierzu mußten wir sechsmal vom Gefängnis zu unserer Gondel gehen. Die Schildwache am Wassertor hatten wir für uns gewonnen, indem wir ihr einen Sack mit zehn Pfund in Gold gaben. Was die beiden Gondolieri anbetrifft, so glaubten die, sie dienten der Republik. Als es Tag wurde, brachen wir auf. Als wir auf hoher See waren und ich mich an diese Nacht erinnerte, als ich mir alle Aufregungen, die ich durchgekostet, wieder ins Gedächtnis zurückrief, als ich vor meinem geistigen Auge diesen ungeheuren Schatz wiedersah, in dem ich nach meiner Schätzung dreißig Millionen in Gold, zwanzig Millionen in Silber, mehrere Millionen in Diamanten, Perlen und Rubinen zurückließ. In Smyrna gingen wir an Land und schifften uns sofort ein nach Frankeich. Als wir das französische Schiff bestiegen, erwies Gott mir die Gnade, mich von meinem Gefährten zu befreien. In diesem Augenblick dachte ich nicht an die ganze Tragweite der verbrecherischen Tat, die uns der Zufall hatte begehen lassen. Wir waren so vollständig erschöpft, daß wir stumm nebeneinander hergingen und darauf warteten, in Sicherheit zu sein, um unsren Raub in aller Ruhe genießen zu können. Es ist kein Wunder, daß der Mann so ziemlich den Verstand verlor. Ihr werdet noch sehen, wie Gott mich bestraft hat.

Ich glaubte mich in Sicherheit, nachdem ich zwei Drittel meiner Diamanten in London und Amsterdam verkauft und meinen Goldstaub in Handelspapieren angelegt hatte. Fünf Jahre lebte ich dann verborgen in Madrid. Im Jahre 1770 kam ich nach Paris. Ich hatte mir einen spanischen Namen zugelegt. In Paris führte ich ein glänzendes Leben. Bianca war gestorben. Mitten in meinem glänzenden Dasein – ich genoß die Zinsen eines Vermögens von sechs Millionen – wurde ich mit Blindheit geschlagen. Ich zweifle nicht, daß dieses Gebrechen die Folge meines Aufenthaltes im Kerker war, meiner Arbeiten in dem Gemäuer, es sei denn, daß meine Fähigkeit, Gold zu sehen, einen Mißbrauch der Sehkraft mit sich brachte und ich so dazu ausersehen war, das Augenlicht zu verlieren.

Damals liebte ich eine Frau, die ich zu meinem Weibe machen wollte; ich hatte ihr das Geheimnis meines Namens anvertraut. Sie stammte aus vornehmer Familie; ich erhoffte alles von der Gunst Ludwigs XV. Ich hatte unbegrenztes Vertrauen zu dieser Frau, die eine Freundin der Frau du Barry war. Sie riet mir, einen berühmten Augenarzt in London zu Rate zu ziehen; aber nach einem Aufenthalt von einigen Monaten in dieser Stadt wurde ich von dem Weibe im Hyde-Park verlassen; sie hatte mich meines ganzen Vermögens beraubt, so daß ich nun ohne Mittel war. Meinen Namen durfte ich niemandem nennen, denn dies hätte mich der Rache Venedigs ausgesetzt, niemanden konnte ich um Hilfe bitten, ich fürchtete Venedig. Mein Gebrechen wurde von den Spionen, die dieses Weib hinter mir her hetzte, ausgebeutet. Ich will Euch nicht alles erzählen, was ich durchgemacht, es sind Abenteuer, die eines Gil Blas wohl wert sind.

Dann kam Eure Revolution. Man zwang mich, ins Blindenhaus zu gehen; hier ließ mich das Weib unterbringen, nachdem es mich zwei Jahre in Bicêtre als Wahnsinnigen festgehalten hatte. Ich habe sie nie töten können; ich konnte ja nicht mehr sehen, auch hatte ich kein Geld, um einen Mörder zu dingen. Hätte ich nur, ehe ich Benedetto Carpi, meinen Kerkermeister, verlor, ihn über die Lage meines Kerkers befragt, so hätte ich das Versteck des Schatzes angeben und nach Venedig zurückkehren können, als die Republik von Napoleon zerstört wurde. Aber trotz meiner Blindheit wollen wir nach Venedig gehen. Ich werde die Tür des Gefängnisses wiederfinden, werde durch die Mauer hindurch das Gold sehen, ich werde es unter dem Wasser, wo es vergraben liegt, riechen, denn die Ereignisse, die die Macht Venedigs gestützt haben, sind derart, daß das Geheimnis dieses Schatzes mit Vendramino, dem Bruder Bian-

cas, einem Dogen, der, wie ich hoffte, mich mit den Zehn ausgesöhnt haben würde, hat sterben müssen. Ich habe Eingaben an den ersten Konsul gemacht, ich habe dem Kaiser von Österreich einen Vertrag angeboten; alle haben mich abgewiesen, haben gesagt, ich sei verrückt. Kommt, wir wollen nach Venedig. Wenn wir jetzt als Bettler fortgehen, werden wir als Millionäre wiederkommen. Wir wollen meine Güter zurückkaufen, Ihr sollt mich beerben, sollt Fürst von Varese werden.«

Von allem, was ich gehört, war ich wie betäubt. In meiner Phantasie nahm diese Erzählung die Größe einer Dichtung an. Und wie ich so den grauen Kopf vor mir und zu meinen Füßen das dunkle Wasser der Gräben der Bastille sah, da dachte ich an die schlafenden Wasser in den Kanälen Venedigs und konnte kein Wort antworten. Facino Cane glaubte, daß ich ihn beurteilte wie alle anderen, mit herablassendem Mitleid; er machte eine Gebärde, die die ganze Philosophie der Verzweiflung ausdrückte. Diese Erzählung hatte ihn vielleicht in seine glücklichen Tage, nach Venedig versetzt. Er ergriff seine Klarinette und spielte traurig ein venezianisches Lied, eine Barkarole, für die er sein erstes Talent, das Talent des verliebten Patriziers, wiederfand. Es klang wie das »Super flumina Babylonis«. Tränen traten mir in die Augen. Wenn einige späte Passanten über den Boulevard Bourdon kamen, sind sie gewiß stehengeblieben, um diesem letzten Gebete des Verbannten, der letzten Klage um einen verlorenen Namen, mit der sich das Andenken an Bianca verband, zu lauschen. Aber das Gold hatte bald wieder die Oberhand, und diese verhängnisvolle Leidenschaft löschte den Schimmer der Jugend.

»Immer und immer sehe ich diesen Schatz vor mir, wenn ich schlafe, wenn ich wache. Ich sehe die Diamanten funkeln, ich bin nicht so blind wie Ihr glaubt. Gold und Diamanten leuchten in meiner Nacht, in der Nacht des letzten Facino Cane, denn mein Titel geht auf die Memmi über. Mein Gott! Die Strafe des Mörders hat früh begonnen! Ave Maria . . .«

Er sprach einige Gebete, die ich nicht verstand.

»Wir wollen nach Venedig gehen«, sagte ich.

»Ich habe also endlich jemanden gefunden«, rief er, und die Röte schoß in sein gelbes Gesicht.

Ich führte ihn zurück, indem ich ihm den Arm reichte; am Tore der Blindenanstalt drückte er mir die Hand. In diesem Augenblick kamen einige Leute von der Hochzeit vorbei und sangen aus vollem Halse.

»Wollen wir morgen aufbrechen?« fragte der Greis.

»Sobald wir Geld haben.«

»Aber wir können zu Fuß gehen. Ich werde betteln . . . ich bin stark. Und sieht man Gold vor sich, kennt man kein Alter.«

Facino Cane starb noch im selben Winter. Zwei Monate war er krank gewesen. Der Arme hatte sich erkältet.

El Verdugo

Von dem Turme der kleinen Stadt Menda verhallten die zwölf Schläge der Mitternacht. In diesem Augenblicke trat ein junger französischer Offizier an die Brustwehr einer langen Terrasse, welche die Gärten des Schlosses von Menda umgab. Er schien in tieferes Nachdenken versunken, als es bei der Sorglosigkeit des Kriegerlebens gewöhnlich zu sein pflegt; aber man muß auch gestehen, daß nie Stunde, Ort und Nacht zum Nachdenken geeigneter waren.

Spaniens schöner Himmel wölbte einen azurnen Dom über dem Haupte des jungen Soldaten. Das Funkeln der Sterne und das sanfte Licht des Mondes erhellten ein entzückendes Tal, das sich kokett zu seinen Füßen entrollte. An einen blühenden Orangenbaum gelehnt, konnte der Bataillonschef hundert Fuß unter sich die Stadt Menda sehen, welche an den Fuß des Schloßberges gelehnt schien, um so gegen die Nordwinde geschützt zu sein. Wandte er sein Haupt, so erblickte er das Meer, dessen funkelnde Wogen die Landschaft mit einem breiten silbernen Rahmen zu umgeben schienen. Das Schloß war hell erleuchtet. Der heitere Lärm eines Balles, die Töne des Orchesters, das Lachen einiger Offiziere und ihrer Tänzerinnen drang bis zu ihm, vermischt mit dem fernen Murmeln der Wogen. Die Frische der Nacht verlieh seinem durch des Tages Hitze ermatteten Körper eine gewisse Kraft. Die Gärten waren mit so duftenden Bäumen und so süßen Blumen bepflanzt, daß der junge Mann gleichsam in ein Bad von Düften getaucht war.

Das Schloß von Menda gehörte einem spanischen Granden, der es in diesem Augenblicke mit seiner ganzen Familie bewohnte. Während dieses ganzen Abends hatte die ältere seiner Töchter den Offizier mit einem Interesse so voller Trauer angeblickt, daß dieses Gefühl von Mitleid, dem die Spanierin Ausdruck verliehen hatte, wohl die Nachdenklichkeit des Franzosen hatte verursachen können. Clara war schön; hatte sie auch drei Brüder und eine Schwester, so schien doch das Vermögen des Marquis von Léganès bedeutend genug zu sein, um bei Victor Marchand den Glauben zu erwecken, daß das junge Mädchen eine reiche Mitgift erhalten würde. Wie aber hätte er es nur wagen können, zu glauben, daß der ahnenstolzeste Grande von Spanien dem Sohn eines Pariser Krämers seine Tochter zur Frau geben würde. Die Franzosen wurden gehaßt. Schon hatte der General G . . t . . r, welcher Gouverneur dieser Provinz war, den Verdacht, daß der Marquis einen Aufstand zugunsten Ferdinands VII vorbereitete, und das von Victor Marchand befehligte Bataillon war daher in die kleine Stadt Menda gelegt,um die benachbarten Dörfer, welche dem Marquis von Léganès gehörten, zu beobachten. Eine kürzlich eingetroffene Depesche des Marschall Ney ließ befürchten, daß die Engländer nächstens an der benachbarten Küste landeten, und sie bezeichnete den Marquis als einen Mann, der geheime Beziehungen zum Londoner Kabinett unterhielt. Victor Marchand und seine Soldaten waren daher stets auf ihrer Hut, obgleich sie von dem spanischen Marquis höchst freundlich aufgenommen waren. Als sich der junge Offizier nach der erwähnten Terrasse begab, um von dort aus die Stadt und die Dörfer zu überschauen, welche seiner Überwachung anvertraut waren, fragte er sich, wie er sich die Freundschaft erklären könne, die ihm der Marquis fortwährend bezeigte, und wie die Ruhe des Landes mit der Besorgnis seines Generals in Einklang zu bringen wäre. Aber in einem Augenblick waren alle diese Gedanken aus dem Geiste des jungen Kommandanten durch ein Gefühl der Vorsicht und eine gerechtfertigte Neugierde verdrängt worden. Er bemerkte nämlich in der Stadt eine ziemlich große Menge von erleuchteten Fenstern. Es war zwar das Fest des heiligen Jacob, aber er hatte doch, der erhaltenen Vorschrift gemäß, erst an demselben Morgen den Befehl gegeben, daß alle Lichter zur gewohnten Stunde ausgelöscht werden sollten. Das Schloß allein war von dieser Maßregel ausgenommen. Wohl sah er hier und da die Bajonette seiner Soldaten an den gewohnten Posten im Mondschein blitzen, die Stille der Nacht war feierlich, und nichts deutete darauf hin, daß die Spanier ein Fest feierten.

Nachdem er versucht hatte, sich die Übertretung, deren

sich die Einwohner schuldig machten, zu erklären, wurde ihm dieses Vorgehen immer unverständlicher und geheimnisvoller, da er doch Offiziere beauftragt hatte, als Nachtpolizei die Runde zu machen. Mit dem Feuereifer der Jugend wollte er sich durch eine Mauerlucke zwängen, um schnell den Felsen hinabzuklettern und so früher zu einem kleinen Posten zu gelangen, welchen er am Eingange der Stadt nach der Schloßseite zu aufgestellt hatte. Da hemmte ihn ein schwaches Geräusch in seinem Laufe. Er glaubte den Sand der Gartenwege unter dem leichten Tritte einer Frau knirschen zu hören. Er wandte sein Haupt und sah nichts, aber seine Augen wurden von dem ungeheuren Glanze des Ozeans angezogen. Plötzlich bemerkte er ein so unheimliches Schauspiel, daß er vor Überraschung reglos stehen blieb und fast glaubte, seine Sinne betrögen ihn. Die hellen Strahlen des Mondes erlaubten ihm, in einer ziemlich großen Entfernung Segel zu entdecken. Er zitterte und suchte sich einzureden, daß diese Erscheinung nur eine optische Täuschung sei, die von dem launenhaften Spiele der Wogen und dem trügerischen Lichte des Mondes hervorgerufen wurde.

In diesem Augenblicke rief eine heisere Stimme seinen Namen. Der Offizier schaute nach der Mauerlücke und erblickte dort den Kopf des Soldaten, von welchem er sich auf das Schloß hatte begleiten lassen.

»Sind Sie es, Herr Kommandant?«

»Ja. Nun?« fragte mit leiser Stimme der junge Mann, da ihm ein Vorgefühl sagte, daß er hier mit Vorsicht handeln müsse.

»Diese Lumpen kriechen durcheinander wie die Würmer, und ich beeile mich, Ihnen, wenn Sie es erlauben, meine kleinen Beobachtungen mitzuteilen.«

»Rede!« antwortete Victor Marchand.

»Ich folgte einem Manne vom Schlosse, welcher sich mit einer Laterne in der Hand hierher begab. Nun ist aber eine Laterne sehr verdächtig, denn ich glaube nicht, daß dieser Christenmensch um diese Stunde geweihte Kerzen anzünden will. Sie wollen uns fressen, dachte ich mir, und ich folgte ihm auf den Fersen. Da bemerkte ich denn, wenige Schritte von hier, einen Haufen Reisigholz auf der Spitze eines Felsens.«

Ein furchtbarer Schrei hallte durch die Stadt und unterbrach den Soldaten. Ein plötzlicher Feuerschein beleuchtete den Kommandanten. Der arme Grenadier wurde in demselben Augenblicke von einer Kugel getroffen und sank tot nieder. Ein Feuer von Stroh und Reisigholz loderte kaum zehn Schritte von dem jungen Mann empor. Im Ballsaale verstummten die Instrumente und das Lachen der heiteren Gäste. Eine Totenstille, die nur von wildem Stöhnen unterbrochen wurde, war plötzlich an Stelle der Heiterkeit und der Musik getreten. Ein Kanonenschuß hallte über die glänzende Fläche des Ozeans. Kalter Schweiß rann dem jungen Offizier von der Stirn. Er war unbewaffnet. Er begriff, daß alle seine Soldaten gefallen und die Engländer im Begriff waren, zu landen. Blieb er leben, so sah er sich entehrt und vor ein Kriegsgericht gestellt – und da dachte er an die Flucht und maß mit seinen Augen die Tiefe des Tales. Da fühlte er seine Hand von Claras Hand ergriffen.

»Fliehen Sie!« sagte sie, »meine Brüder folgen mir, um Sie zu töten. Dort unten am Fuße des Felsens werden Sie Juanitos andalusisches Pferd finden. Eilen Sie!«

Sie schob ihn vorwärts. Der junge Mann blickte sie einen Augenblick erstaunt an. Bald aber folgte er dem Triebe der Selbsterhaltung, welcher selbst den stärksten Geist nie verläßt, und eilte in der bezeichneten Richtung durch den Park, über Felsen, die bisher vielleicht nur von Ziegen betreten waren. Da hörte er, wie Clara ihren Brüdern zurief, daß sie ihn verfolgen sollten; hörte die Stimmen seiner Mörder hinter sich, hörte Kugeln an seinen Ohren vorüberpfeifen, erreichte aber glücklich das Tal, fand das Pferd, schwang sich hinauf und verschwand mit der Schnelligkeit des Blitzes.

In wenigen Stunden gelangte der junge Offizier in das Quartier des Generals G . .t . .r. Dieser saß eben mit seinem Stabe bei Tische.

»Ich bringe Ihnen meinen Kopf!« rief der Bataillonschef, als er bleich und einer Ohnmacht nahe eintrat.

Er setzte sich und erzählte das grauenhafte Abenteuer. Keiner wagte ein Wort zu sprechen, bis er seine Erzählung beendigt hatte.

»Ich finde, Sie haben mehr Unglück als Schuld«, antwortete endlich der General finster. »Wir können Sie wegen der

Verbrechen der Spanier nicht zur Rechenschaft ziehen; und wenn nicht der Marschall anders urteilt, – ich spreche Sie frei.«

Diese Worte vermochten dem unglücklichen Offizier nur einen schwachen Trost zu gewähren.

»Wenn das der Kaiser erfährt!« rief er aus.

»So wird er Sie erschießen lassen«, sagte der General; »allein wir werden sehen. Jetzt lassen Sie uns nicht weiter davon sprechen«, fuhr er dann in strengem Tone fort, »lassen Sie uns vielmehr nur daran denken, wie wir eine Rache nehmen können, welche diesem verräterischen Lande einen heilsamen Schrecken einjagt, wo man wie bei Wilden Krieg führt.« Eine Stunde später war schon ein ganzes Regiment, eine Reiterabteilung und ein Artilleriepark auf dem Wege. Der General und Victor ritten an der Spitze dieser Kolonne. Die Soldaten, denen man von der Niedermetzelung ihrer Kameraden erzählte, hatten eine wilde Wut. Der Weg von dem Generalquartier nach der Stadt Menda wurde mit wunderbarer Schnelligkeit zurückgelegt. Der General fand ganze Ortschaften unter den Waffen. Jedes dieser jämmerlichen Nester wurde eingeschlossen und von den Bewohnern der zehnte Mann erschossen.

Infolge eines unerklärlichen und für die Spanier unglücklichen Zufalls waren die englischen Schiffe unter Segel geblieben, ohne zu landen, so daß die Stadt Menda fast ohne Schwertstreich von den französischen Truppen genommen werden konnte. Die Bewohner wurden von Schrecken ergriffen, als sie sahen, daß die Hilfe ausblieb, die sie von den englischen Fahrzeugen erwartet hatten, weshalb sie sich auf Gnade und Ungnade ergaben. Die Meuchelmörder der Franzosen sahen voraus, daß der General bei seiner bekannten Grausamkeit Menda den Flammen preisgeben und seine ganze Bevölkerung über die Klinge springen lassen würde, weshalb sie es vorzogen, sich selbst dem Sieger zu übergeben. Solche Züge hochherziger Aufopferung sind auf dieser Halbinsel nicht selten. Der französische General nahm das Anerbieten an, stellte aber die Bedingung, daß ihm alle Bewohner des Schlosses, von dem Marquis bis zu dem letzten Diener, ausgeliefert würden. In diese Kapitulation wurde eingewilligt, und der General versprach nicht nur den Rest der Bevölkerung zu begnadigen, sondern auch seinen Soldaten jede Plünderung und Brandstiftung zu untersagen. Aber es wurde eine ungeheure Geldstrafe verlangt, und die reichsten Einwohner stellten sich als Bürgen für die Bezahlung, welche binnen vierundzwanzig Stunden erfolgen sollte.

Der General hatte alle für die Sicherheit seiner Truppen notwendigen Vorsichtsmaßregeln ergriffen und weigerte sich, seine Soldaten in die Häuser einquartieren zu lassen. Er ließ sie auf freiem Felde lagern und eilte dann zum Schlosse, das er militärisch besetzte. Alle Mitglieder der Familie Léganès und die Diener des Hauses wurden sorgfältig bewacht und gefesselt. Der General befahl, daß seine Gefangenen in den Saal eingeschlossen würden, in welchem der Ball stattgefunden hatte. Aus den Fenstern dieses Saales konnte man leicht die Terrasse überschauen, welche die Stadt beherrschte. Der Stab versammelte sich in einem benachbarten Zimmer, und der General hielt sogleich eine Beratung hinsichtlich der Maßregeln ab, durch welche die Landung der Engländer verhindert werden könnte.

Ein Adjutant wurde sofort an den Marschall Ney abgeschickt, und Batterien wurden an der Küste auffahren lassen; dann gedachten der General und sein Stab der Gefangenen. Zweihundert Spanier, welche von den Einwohnern von Menda ausgeliefert waren, wurden sogleich auf der Terrasse erschossen. Nach dieser militärischen Exekution ließ der General auf der Terrasse soviele Galgen aufrichten, als Leute im Schlosse waren, und den Henker aus der Stadt holen.

Viktor Marchand benutzte die Zeit bis zum Essen und begab sich zu den Gefangenen. Bald darauf kehrte er zu dem General zurück.

»Ich eile zu Ihnen«, sagte er mit bewegter Stimme, »Sie um Gnade zu bitten.«

»Sie!« versetzte der General mit bitterem Spott.

»Ach!« antwortete Victor, »es handelt sich nur um eine traurige Gnade. Der Marquis hat die Galgen aufrichten sehen und bittet, daß man über seine Familie eine andere Todesstrafe verhängen möge. Er fleht Sie an, den Adligen das Haupt abschlagen zu lassen.«

»Es geschehe«, sagte der General.

»Überdies bitten sie, daß man ihnen den Beistand der Religion bewillige und sie von ihren Banden befreie. Sie versprechen, keinen Fluchtversuch zu machen.«

»Ich willige ein«, sagte der General; »allein Sie bürgen mir für die Gefangenen.«

»Überdies bietet Ihnen der Greis sein ganzes Vermögen, wenn Sie seinen Sohn begnadigen wollen.«

»Wirklich!« antwortete der General, »aber sein Vermögen ist bereits dem Könige Joseph verfallen.« Er schwieg. Ein verächtlicher Gedanke runzelte seine Stirn und er fuhr fort: »Ich will noch mehr tun. Ich errate die Wichtigkeit der letzten Bitte des Grande. Wohl denn! Mag er die Dauer seines Namens erkaufen, und mag sich Spanien ewig der Verräterei seiner Familie und der dafür gewordenen Strafe erinnern! Ich begnadige denjenigen seiner Söhne und schenke ihm das ganze Vermögen des Hauses, welcher den Dienst eines Henkers an den Seinigen verrichtet. Nun gehen Sie, sprechen Sie kein Wort weiter.«

Victor blieb entsetzt stehen.

Das Mittagessen wurde aufgetragen. Alle Offiziere setzten sich zu Tische und stillten ihren Hunger, welcher durch die Anstrengungen des Marsches groß geworden war. Nur einer von ihnen fehlte beim Mahle: es war Victor Marchand. Nachdem er lange Zeit gezögert hatte, begab er sich in den Salon, in welchem die stolze Familie Léganès seufzte. Er warf einen traurigen Blick auf das Schauspiel, welches jetzt dieser Saal darbot, in welchem er noch vor kurzem die geschmückten und von Schönheit strahlenden Häupter der beiden Töchter des Hauses sich in raschem Walzer hatte drehen sehen. Er seufzte, als er bedachte, daß diese Köpfe bald durch des Henkers Schwert fallen sollten. Der Vater und die Mutter, die drei Söhne und die beiden Töchter waren auf vergoldeten Sesseln festgebunden und verharrten in einem Zustande vollkommener Unbeweglichkeit. Schweigend und mit auf den Rücken gebundenen Händen standen acht Diener in ihrer Nähe. Diese fünfzehn Personen blickten einander ernst an, aber kaum verrieten ihre Augen die Gefühle, die sie bewegten. Eine tiefe Ergebenheit und das Bedauern über das fehlgeschlagene Unternehmen waren auf den Gesichtern einiger von ihnen zu lesen. Die Wache haltenden Soldaten standen ebenfalls unbeweglich und schienen den Schmerz dieser grausamen Feinde zu achten. Eine Bewegung der Neugierde belebte die Gesichter, als Victor erschien. Er gab den Befehl, den Verurteilten die Fesseln zu nehmen, und schritt auf Clara zu, um sie von den Stricken zu befreien, mit denen sie auf ihren Stuhl gebunden war. Sie lächelte traurig. Der Offizier konnte sich nicht enthalten, die Arme der Jungfrau leicht zu berühren. Er bewunderte ihr schwarzes Haar, ihren geschmeidigen Wuchs, denn sie war eine echte Spanierin. Sie hatte die spanische, etwas gebräunte Gesichtsfarbe, hatte spanische Augen, lange, gebogene Wimpern und Pupillen, die schwärzer waren, als die Schwingen eines Raben.

»Ist es Ihnen gelungen?« fragte sie, indem sie ihn mit einem düsteren Lächeln anlächelte, das dennoch des Reizes nicht entbehrte.

Victor konnte einen Seufzer nicht unterdrücken. Er blickte abwechselnd auf die drei Brüder und auf Clara. Der älteste der Brüder war dreißig Jahre alt. Er war klein, ziemlich schlecht gewachsen, hatte aber einen stolzen verächtlichen Blick und ermangelte keineswegs eines gewissen Adels in seinem Benehmen und schien jenem Zartgefühl nicht fremd zu sein, welches ehedem die spanische Galanterie so berühmt gemacht hat. Er hieß Juanito. Philipp, der zweite, war etwa zwanzig Jahre alt. Er war Claras Ebenbild. Der jünste war acht Jahre. Ein Maler hätte in Manuels Zügen einen Anflug von jener römischen Standhaftigkeit gefunden, welche David den Kindern auf seinen republikanischen Bildern verliehen hat. Das Haupt des alten Marquis war weiß und erinnerte an die Männerköpfe Murillos.

Beim Anblick dieser Menschen schüttelte der junge Offizier sein Haupt, denn er glaubte nicht, daß einer dieser Söhne die Bedingung des Generals annehmen würde. Doch wagte er, Clara dieselbe mitzuteilen. Sie schauderte anfangs zusammen, doch wurde ihr Blick bald wieder ruhig, und sie warf sich vor ihrem Vater auf die Knie nieder.

»Ach!« sagte sie zu ihm, »lassen Sie Juanito schwören, daß er getreulich den Befehl erfülle, welchen Sie ihm geben werden. Dann werden wir alle zufrieden sein.«

Die Marquise zitterte vor Hoffnung, als sie sich aber gegen ihren Gatten geneigt und Claras schreckliche Mitteilung gehört hatte, da sank sie ohnmächtig nieder.

Juanito begriff alles und sprang empor, wie ein Löwe in seinem Käfig.

Victor ließ auf seine Verantwortung die Soldaten abtreten, nachdem ihm der Marquis sein Ehrenwort gegeben hatte, daß er sich vollkommen unterwerfe. Die Diener des Hauses wurden abgeführt und dem Henker übergeben, der sie aufhängte.

Als die Familie nur noch von Victor bewacht wurde, erhob sich der alte Vater von seinem Sitze und sagte:

»Juanito!«

Juanito begriff den Befehl seines Vaters und antwortete nur mit einer Kopfbewegung, welche einer Weigerung gleichkam. Er sank auf seinen Stuhl zurück und blickte mit trockenem und furchtbarem Auge auf seine Eltern.

Clara setzte sich auf seine Knie und sagte mit heiterer Miene zu ihm, während sie ihre Arme um seinen Hals schlang und einen Kuß auf seine Augen drückte:

»Mein lieber Juanito, daß du doch wüßtest, wie süß mir der Tod sein wird, wenn ich ihn von deiner Hand erhalte. Dann braucht mich nicht der Henker mit seinen verhaßten Händen zu berühren. Du würdest mich von den Leiden heilen, welche meiner warten . . . und, lieber Juanito, du wolltest, daß ich niemandem angehörte, also . . .«

Ihre samtenen Augen warfen einen feurigen Blick auf Victor, als wollte sie durch diesen Blick in Juanitos Herzen dessen ganzen Abscheu gegen die Franzosen erwecken.

»Fasse Mut«, sagte sein Bruder Philipp zu ihm, »sonst ist unser fast königliches Geschlecht erloschen.«

Plötzlich erhob sich Clara wieder; die Gruppe, welche sich um Juanito gebildet hatte, trennte sich, und er sah seinen alten Vater vor sich stehen, der ihm mit feierlicher Stimme zurief. »Juanito, ich befehle es dir!«

Der junge Graf blieb unbeweglich sitzen. Sein Vater fiel vor ihm auf die Knie. Unwillkürlich ahmten Clara, Manuel und Philipp ihm nach; alle streckten ihre Hände dem entgegen, welcher die Familie vor dem Untergang retten sollte. Alle schienen mit ihrem Vater zugleich zu sagen:

»Mein Sohn, sollte es dir an der Kraft des Spaniers und an dem wahren Gefühl fehlen oder willst du mich hier lange zu deinen Füßen liegen lassen und darfst du an dein Leben und deine Schmerzen denken?«

»Ist das mein Sohn?« fuhr dann der Greis fort, indem er sich an die Marquise wandte.

»Er willigt ein!« rief die Mutter in Verzweiflung also, denn sie sah, wie Juanito eine Bewegung mit seinen Augenbrauen machte, deren Sinn nur sie kannte.

Mariquita, die zweite Tochter, blieb auf den Knien liegen und schlang ihre schwachen Arme um ihre Mutter; als aber ihr kleiner Bruder Manuel sah, wie sie heiße Tränen weinte, da schalt er sie.

In diesem Augenblick trat der Almosenier des Schlosses ein. Er wurde sofort von der ganzen Familie umringt. Man führte ihn zu Juanito. Victor konnte diese Szene nicht länger ertragen, gab Clara ein Zeichen und eilte hinweg, um einen letzten Versuch bei dem General zu machen. Er fand ihn in guter Laune beim heitern Mahle, er trank mit seinen Offizieren, und alle waren bereits in recht ausgelassener Stimmung.

Eine Stunde später erschienen hundert der angesehensten Bewohner von Menda auf der Terrasse, um nach dem Befehle des Generals Zeugen der Hinrichtung der Familie Léganès zu sein. Eine Abteilung Soldaten wurde aufgestellt, um die Spanier in Schranken zu halten, denen man ihre Plätze unter den Galgen anwies, an denen die Diener des Marquis hingen, so daß sie mit ihren Köpfen fast die Füße jener Märtyrer berührten. Dreißig Schritte von ihnen stand ein Block, und auf demselben glänzte ein Schwert.

Auch ein Henker war zugegen, für den Fall, daß sich Juanito weigern sollte.

Bald hörten die Spanier, während unter ihnen das tiefste Schweigen herrschte, die Schritte mehrerer Personen, den taktmäßigen Schritt der Soldaten und das leichte Klirren der Flinten.

Aus dem Speisesaal schallte herüber das ausgelassene Lachen der Offiziere, wo vor kurzem noch die Tänze eines Balles die Vorbereitungen zu einer blutigen Verräterei verdeckt hatten. Die Blicke aller wandten sich nach dem

Schlosse, und man sah, wie die edle Familie mit sicheren und festen Schritten von dort nahte.

Alle Stirnen schienen ruhig und heiter. Nur ein Mann war bleich und niedergeschlagen, stützte sich auf den Priester, der allen Trost der Religion an ihn verschwendete, und dieser eine war derjenige, welcher leben bleiben sollte.

Der Henker begriff, wie alle übrigen Anwesenden, daß Juanito für dieses Mal seine Stelle übernommen hatte.

Der alte Marquis und seine Gattin, Clara, Mariquita und die beiden Brüder warfen sich einige Schritte vor dem Richtblock auf die Knie nieder. Juanito wurde von dem Priester geführt. Als er vor dem Blocke angelangt war, zog ihn der Henker am Ärmel, nahm ihn auf die Seite und gab ihm wahrscheinlich einige Weisungen.

Der Beichtvater stellte die Opfer so auf, daß sie die Hinrichtung nicht sehen konnten; sie waren aber wahre Spanier: sie standen stolz und aufrecht und verrieten keine Schwäche.

Clara ging zuerst auf ihren Bruder zu.

»Juanito«, sagte sie zu ihm, »habe Mitleid mit meinem geringen Mute. Mache mit mir den Anfang!«

In diesem Augenblicke vernahm man die eiligen Schritte eines Mannes. Victor erschien auf dem Schauplatze.

Clara hatte sich bereits auf die Knie niedergeworfen, und ihr weißer Nacken harrte des Schwertes. Der Offizier erbleichte, aber er fand die Kraft herbeizueilen.

»Der General schenkt dir das Leben, wenn du meine Gattin werden willst«, sagte er leise zu ihr.

Die Spanierin warf einen Blick der Verachtung und des Stolzes auf den Offizier.

»Wohlan, Juanito!« sagte sie mit ihrer tiefen, wohlklingenden Stimme.

Ihr Haupt rollte Victor vor die Füße; die Marquise von Léganès fuhr krampfhaft zusammen, als sie das Sausen des Schwertes vernahm, das war aber auch das einzige Zeichen ihres Schmerzes.

»Liege ich so gut, mein guter Juanito? fragte der kleine Manuel seinen Bruder.

»Ha! Du weinst, Mariquita!« sagte Juanito zu seiner Schwester.

»Ach ja!« entgegnete das junge Mädchen. »Ich denke an

dich, mein armer Juanito. Ach! wie unglücklich wirst du sein, wenn du uns nicht mehr hast!«

Bald darauf erschien die hohe Gestalt des Marquis. Er schaute auf das Blut seiner Kinder, wandte sich an die stummen unbeweglichen Zuschauer, reckte die Hände gegen Juanito aus und sagte mit kräftiger Stimme:

»Spanier! Ich gebe meinem Sohne meinen väterlichen Segen! Möge ihn derselbe stets begleiten! Jetzt, Marquis, haue zu ohne Furcht, denn du bist ohne Tadel.«

Als aber Juanito seine Mutter nahen sah, welche von dem Beichtvater geführt wurde, rief er aus:

»Sie hat mich gesäugt!« Und seine Stimme entriß allen Umstehenden einen Schrei des Grausens. Selbst der Lärm des Festmahls und das heitere Lachen der Offiziere verstummten bei diesem schrecklichen Schrei.

Die Marquise begriff, daß Juanitos Mut nun erschöpft sei, sie sprang über die Brustwehr und zerschmetterte sich den Kopf an den Felsen.

»Herr General«, sagte ein halbtrunkener Offizier, »Marchand hat mir da eben etwas von der Hinrichtung erzählt. Ich wette, daß Sie dieselbe nicht befohlen haben.«

»Vergessen Sie, meine Herren«, sagte der General G . .t . .r, »daß, ehe ein Monat vergeht, fünfhundert Familien in Frankreich den Verlust ihrer gemeuchelten Söhne erfahren und betrauern werden, und daß auch wir in Spanien sind? Wollen Sie, daß auch wir unsere Knochen hier zurücklassen sollen?« Als er diese Worte gesagt hatte, fand sich keiner, nicht einmal ein Unterleutnant, der es gewagt hätte, sein Glas zu leeren.

Der Marquis von Léganès wird hochgeachtet, der König von Spanien soll seinen zahlreichen Titeln auch noch den El Verdugo* beigefügt haben, aber dennoch wird er von Kummer verzehrt, lebt einsam und zeigt sich selten vor Menschen. Niedergebeugt von der Last seines bewunderungswürdigen Frevels, scheint er mit Ungeduld auf die Geburt eines zweiten Sohnes zu warten, um dann zu denen einzugehen, von deren Schatten er sich stets umgeben glaubt.

* Der Henker.

Die rote Schenke

I

Ich weiß nicht mehr, in welchem Jahre es war, als ein Pariser Bankier, der sehr ausgedehnte Handelsbeziehungen zu Deutschland hatte, von einem Geschäftsfreund besucht wurde, mit dem er schon lange im Briefwechsel gestanden hatte, ohne je seine persönliche Bekanntschaft gemacht zu haben.

Dieser Freund, der Chef eines ziemlich bedeutenden Hauses in Nürnberg, war ein gutmütiger und wohlbeleibter Herr, ein Mann von Geschmack und Bildung, der seine Pfeife leidenschaftlich liebte und ein schönes breites Nürnberger Gesicht mit viereckiger, offener Stirn hatte, über der sich nur noch wenig blonde Haare zeigten; er bot ganz den Typus der Söhne des reinen und edlen Deutschlands, das so fruchtbar an ehrbaren Charakteren ist, und dessen sanfte Sitten sich selbst nach sieben Invasionen niemals verleugnet haben.

Der Fremde lachte viel, hörte aufmerksam den Gesprächen anderer zu und leerte sein Gläschen fleißig, denn er war ein ebenso großer Liebhaber des französischen Champagners wie des vaterländischen Johannisbergers. Er hieß Hermann, wie fast alle Deutschen, die in Dichtungen irgendwelcher Art vorkommen. Als Mann, der nichts leicht nimmt, saß er würdevoll am Tische des Bankiers und aß mit jenem deutschen Appetit, der in ganz Europa berühmt ist.

Der Hausherr hatte seinem Gaste jede mögliche Ehre erweisen wollen und daher zu diesem letzten Gastmahle einige vertraute Freunde eingeladen, teils Kapitalisten, teils achtungswerte Geschäftsleute; dann aber auch liebenswürdige und hübsche Frauen, deren anmutiges Geplauder und freimütige Sitten mit der deutschen Herzlichkeit in Einklang standen.

Hättet ihr, meine Leser, wie ich die Freude gehabt, jene

heitere Gesellschaft zu sehen, welche ihre Geschäftskrallen für dieses Mal eingezogen hatte, um nur auf die Freuden des Lebens zu spekulieren, es wäre euch schwer gefallen, die Wucherzinsen zu hassen oder die Zusammenbrüche zu verwünschen. Der Mensch kann nicht immer Böses tun, und selbst in der Gesellschaft von Piraten muß es stille Stunden geben, während welcher man auf ihrem unheimlichen Schiffe glauben könnte, man säße auf luftiger Schaukel.

»Ehe wir uns trennen, muß uns Herr Hermann noch etwas erzählen, so eine deutsche Geschichte, daß sich einem die Haare sträuben.«

Diese Worte wurden beim Nachtische von einer bleichen und blonden jungen Dame gesagt, welche ohne Zweifel Hoffmanns Erzählungen und Walter Scotts Romane gelesen hatte. Sie war die einzige Tochter des Bankiers, ein reizendes Wesen, dessen Erziehung im Gymnase vollendet wurde, und die in alle Stücke, die dort üblicherweise gespielt wurden, vernarrt war.

In diesem Augenblick befanden sich die Gäste in jener glücklichen Stimmung von Trägheit und Schweigen, in welche uns ein ausgesuchtes Mahl versetzt, mit dem wir unsern Verdauungskräften zuviel zugemutet haben. Die Gäste hatten sich auf ihren Stühlen zurückgelehnt, die Hände lagen leicht auf dem Rand des Tisches, und ihre Finger spielten nachlässig mit den vergoldeten Messern. Wenn ein Gastmahl bei diesem Punkte angekommen ist, dann gibt es Leute, welche die Kerne der verzehrten Birnen oder Äpfel fortknipsen; andere machen Kügelchen aus dem Brot, die Verliebten bilden aus den Schalen der Früchte Buchstaben auf ihren Tellern, und die Geizhälse zählen ihre Nüsse und legen sie in Reih und Glied nebeneinander, daß sie an die Statisten im Hintergrunde des Theaters erinnern. Das sind so kleine gastronomische Glückseligkeiten, über die uns Brillat-Savarin, ein sonst so gründlicher Schriftsteller, keine Auskunft in seinem Werke gegeben hat. Die Diener waren verschwunden. Der Nachtisch glich einer Schwadron nach dem Gefechte. Alles war dienstunfähig, ermattet und entkräftet. Die Schüsseln irrten auf dem Tische umher, obgleich die Hausfrau immer wieder versuchte, sie an ihren Platz zurückzustellen. Einige betrachteten Schweizer-Landschaften, welche prachtvoll eingerahmt und symmetrisch an die grauen Wände des Speisesaales gehängt waren; kein Gast aber langweilte sich, denn noch ist uns kein Mensch bekannt geworden, der durch die Verdauung eines guten Gastmahles traurig geworden wäre. Wir lieben es dann, in einer gewissen Ruhe zu bleiben, die zwischen der Träumerei des Denkers und der Zufriedenheit wiederkäuender Tiere liegt. Es ist das die materielle Schwermut der Gastronomie.

Daher wandten sich auch alle Gäste rasch gegen den guten Deutschen, von dem sie eine Ballade zu hören wünschten, gleichviel, ob anziehend oder nicht; denn während dieser gesegneten Pause erscheint die Stimme eines Erzählers unseren erschlafften Sinnen stets angenehm, da sie das negative Glück derselben begünstigt.

Als Freund von Gemälden bewunderte ich diese durch ein Lächeln erheiterten, vom Kerzenlicht erhellten und durch das gute Mahl purpurn gefärbten Gesichter. Dieselben boten eine Verschiedenheit des Ausdrucks dar und brachten wunderliche Effekte hervor, wenn man sie zwischen den Armen der Leuchter, zwischen den Porzellankörben, den Früchten und Kristallen hindurch betrachtete und das Spiel der Physiognomien beobachtete. Da wurde mein Interesse durch den Anblick eines mir gerade gegenüber sitzenden Gastes lebhaft erregt. Er war ein Mann von mittlerem Wuchs, ziemlich fett, heiter, zeigte die Haltung und das Benehmen eines Wechselagenten, schien aber nur mit sehr mittelmäßigen Geisteskräften begabt. Ich hatte ihn bisher noch nicht bemerkt.

In diesem Augenblicke kam es mir vor, als ob seine Züge, die ohne Zweifel durch eine falsche Beleuchtung verdüstert wurden, einen ganz anderen Ausdruck annahmen: sein Antlitz wurde erdfahl, violette Lichter durchfurchten es, und man hätte sein Haupt für das eines Leichnams oder wenigstens eines im Todeskampfe Liegenden halten können. Unbeweglich, gleich den in einem Diorama dargestellten Personen, hefteten sich seine Augen stumpfsinnig und regungslos auf die flimmernden Facetten eines Kristallstöpsels, doch zählte er dieselben gewiß nicht, sondern schien sich vielmehr irgendeiner phantastischen Betrachtung der Vergangenheit oder der Zukunft überlassen zu haben. Als ich einige Zeit dieses verdächtige Gesicht betrachtet hatte, gab es mir zu denken:

Leidet er? – Ist er krank? – Hat er zuviel getrunken? – Ist er durch das Fallen der Staatspapiere zugrunde gerichtet? – Denkt er daran, seine Gläubiger zu betrügen?

»Sehen Sie«, sagte ich zu meiner Nachbarin und machte sie auf den Unbekannten aufmerksam, »sieht er nicht aus, wie ein blühender Bankerott?«

»Oh«, antwortete meine Nachbarin, »er wird heiterer werden.« Dann fügte sie mit anmutigem Kopfschütteln hinzu: »Wenn der da sich je zugrunde richtet, dann wird man es überall erzählen, bis nach Peking. Er hat für eine Million Grund und Boden. Er ist ehemaliger Lieferant der kaiserlichen Armeen, wunderlich, aber gutmütig, und macht seine Frau glücklich, obwohl er sie aus Spekulation geheiratet hat. Er hat eine hübsche Tochter, die er lange Zeit nicht hat anerkennen wollen; sein Sohn ist im Duell gefallen, und dies hat ihn bestimmt, sie zu sich zu nehmen, denn er wird wohl keine Kinder mehr bekommen. Das Mädchen ist so plötzlich eine der reichsten Erbinnen von Paris geworden. Der Verlust seines einzigen Sohnes hat diesen Mann in tiefsten Kummer gestürzt, der manchmal wiederkommt.«

In diesem Augenblicke hob der Lieferant seine Augen zu mir auf. Sein Blick ließ mich erbeben, so düster und nachdenklich war er. Wahrlich, in diesem Blicke lag die Geschichte seines ganzen Lebens. Plötzlich aber wurde seine Physiognomie wieder heiter, er ergriff den Kristallstöpsel, steckte ihn mechanisch auf eine mit Wasser gefüllte Karaffe, welche vor seinem Teller stand, und wandte sein Antlitz lächelnd gegen Herrn Hermann. Der Unbekannte, beglückt durch seine gastronomischen Freuden, hatte ohne Zweifel nicht zwei Gedanken in seinem Gehirn und dachte an gar nichts. Daher schämte ich mich auch gewissermaßen, meinen Scharfblick *in anima vili* eines fetten Geldmannes verschwendet zu haben.

Während ich so ganz umsonst phrenologische Studien machte, hatte der gute Deutsche seine Nase mit einer Prise Tabak versorgt, worauf er seine Erzählung begann.

Es würde mir schwer fallen, dieselbe wörtlich wiederzugeben, mit allen ihren häufigen Unterbrechungen und wortreichen Abschweifungen; daher habe ich sie nach meiner Art niedergeschrieben, dem Nürnberger die Fehler überlassen und nur das herausgenommen, was Poetisches und Interessantes in ihr lag; das aber gebe ich auch mit der Leichtherzigkeit der Schriftsteller wieder, welche es unterlassen, auf dem Titel ihrer Bücher zu bemerken: Aus dem Deutschen übersetzt.

II

Der Gedanke und die Tat

Gegen Ende des Vendémiaire im Jahre 7, nach unserer Zeitrechnung am 20. Oktober 1799, reisten zwei junge Männer am frühen Morgen von Bonn ab und gelangten gegen Abend in die Nähe von Andernach, einer kleinen Stadt, welche einige Meilen von Koblenz, am linken Ufer des Rheins liegt.

Die vom General Augereau befehligte französische Armee stand damals in Schwaben, den Österreichern gegenüber, welche das rechte Ufer des Flusses besetzt hielten. Das Hauptquartier der republikanischen Division lag in Koblenz, und die eine der Halb-Brigaden, die zum Korps Augeraus gehörte, hatte Quartiere in Andernach bezogen.

Die beiden Reisenden waren Franzosen. Wenn man ihre blauen und weißen Uniformen mit Aufschlägen von rotem Samt sah, besonders aber ihre Säbel und die mit grünem Wachstuch überzogenen und mit dreifarbigen Federn geschmückten Hüte, so mußte man sie als Feldwundärzte erkennen, als Leute von Kenntnissen und Verdiensten, die vom größten Teile des Heeres und selbst in den von unsern Truppen verheerten Ländern geliebt wurden.

Damals waren nämlich durch das Konskriptions-Gesetz des Generals Jourdan viele junge Leute ihren medizinischen Studien entrissen und hatten es natürlich vorgezogen, als Feldwundärzte auf den Wahlstätten diese fortzusetzen, da der Dienst eines gemeinen Soldaten mit ihrer Erziehung und friedlichen Bestimmung zu wenig in Einklang gestanden haben würde. Als Männer von Kenntnissen, als friedliche und dienstfertige Leute, waren sie gewissermaßen wohltätig inmitten so vielen Unglücks und standen im besten Einvernehmen mit allen Gelehrten der verschiedenen Länder, durch welche die grausame Zivilisation der Republik ihren Weg nahm.

Die jungen Männer waren mit Militärpässen und Anstellungspatenten als Kompagnie-Chirurgen versehen, welch letztere von Coste und Bernadotte unterzeichnet waren, und begaben sich jetzt zu der Halb-Brigade, der sie zugeteilt waren.

Beide entstammten ziemlich wohlhabenden Familien aus Beauvais, in denen sanfte Sitten und Biederkeit sich forterbten. Sie waren mit der Post bis nach Straßburg gefahren und aus einer bei jungen Leuten sehr erklärlichen Neugierde vor der ihnen festgesetzten Zeit auf dem Schauplatze des Krieges eingetroffen.

Obgleich die mütterliche Klugheit ihnen nur eine geringe Summe mitgegeben hatte, so hielten sie sich dennoch für reich genug, da sie einige Goldstücke besaßen, welche in der Tat damals, wo das Gold einen hohen Wert hatte und die Assignaten den geringsten Wert erreicht hatten, ein wahrer Schatz waren. Die beiden Kompagnie-Chirurgen, die höchstens zwanzig Jahre alt waren, genossen die Poesie ihrer Lage mit dem ganzen Enthusiasmus der Jugend. Als Künstler, Philosophen und Beobachter gingen sie von Straßburg nach Bonn, besuchten dabei die Pfalz und die Ufer des Rheins und träumten von dem Ruhme, den sie sich erwerben wollten.

Beide Jünglinge hatten sich jener hohen Bewunderung überlassen, von welcher gebildete Männer bei dem Anblick der Rheinufer und der deutschen Landschaften zwischen Mainz und Köln ergriffen werden; es ist dies eine reiche, fruchtbare, hügelige Gegend, reich an Erinnerungen aus der Feudalzeit, aber sie trägt noch heute die Spuren von Feuer und Schwert, mit denen Ludwig XIV. und Turenne jene reizende Gegend heimsuchten. Hier und dort bezeugen Ruinen den Hochmut oder vielmehr die Vorsicht des Königs von Versailles, welcher die wunderschönen Schlösser und Burgen verwüsten ließ, die jenen Teil Deutschlands ehedem

schmückten. Wenn man jene wundervollen, waldigen Gegenden schaut, die so reich an Ruinen des Mittelalters sind, dann begreift man deutsches Genie, seine Schwärmerei und seinen Mystizismus.

Der Aufenthalt der beiden Leute in Bonn hatte neben dem Vergnügen auch einen wissenschaftlichen Zweck. Das große Hospital der französisch-belgischen Armee und der Division Augereaus befand sich im kurfürstlichen Palast. Die frischgebackenen Kompagnie-Chirurgen begaben sich dorthin, ihre Kameraden zu besuchen, die Empfehlungsschreiben an ihre Vorgesetzten abzugeben und sich zugleich mit den ersten Pflichten ihres Berufes bekannt zu machen. Zugleich legten sie dort, wie das so oft im Leben der Fall ist, manche ihrer Vorurteile ab, denen wir so gern zugunsten der Denkmäler und Schönheiten Frankreichs treu bleiben. Überrascht von den Marmorsäulen des kurfürstlichen Palastes bewunderten sie jetzt das Großartige der deutschen Baukunst und fanden bei jedem Schritte neue Schätze aus alten oder neueren Zeiten. Die Wege, auf denen die beiden Freunde nach Andernach ritten, führten sie dann und wann auf den Gipfel eines Granitberges, der sich über die anderen erhob, und dann erblickten sie durch eine Waldblöße einen Teil des Rheinufers, das von üppiger Vegetation bedeckt war. Die Täler, die Bäche und Bäume strömten jenen herbstlichen Duft aus, welcher zur Schwärmerei verleitet; die Spitzen der Waldungen begannen sich zu vergolden und jene warmen und braunen Töne anzunehmen, welche den Herbst verkünden; die Blätter fielen, aber der Himmel zeigte noch ein schönes Azur, und die Wege beschrieben gelbe Linien durch die Landschaft, welche durch die schrägen Strahlen der untergehenden Sonne golden beleuchtet wurde.

Die beiden Freunde waren eine halbe Stunde von Andernach. Rundum herrschte tiefes Schweigen, und man gewahrte nicht, daß der Krieg dieses schöne Land verheerte. Sie verfolgten einen Weg, der über die hohen und bläulichen Granitberge dahinführte, zwischen denen der Rhein zischt und braust.

Bald kamen sie einen jener Abhänge der Schlucht hinab, in deren Hintergrunde die kleine Stadt liegt, welche sich anmutig am Ufer des Flusses ausbreitet und den Schiffern einen angenehmen Hafen darbietet.

»Deutschland ist ein sehr schönes Land«, sagte einer der beiden jungen Männer, namens Prosper Magnan, in dem Augenblick, als er die bemalten Häuser von Andernach erblickte, deren Reihen sich wie Eier in einem Korbe aneinander drängten, aber durch Bäume und Gärten von einander getrennt waren. Dann bewunderte er einen Augenblick die spitzen Dächer mit vorspringenden Erkern, die hölzernen Galerien, die auf den Wellen des Hafens schaukelnden Kähne.

In dem Augenblicke, als Herr Hermann den Namen Prosper Magnan aussprach, ergriff der ehemalige Lieferant die Karaffe, groß sich ein Glas Wasser ein und leerte es auf einen Zug.

Diese Hast erregte meine Aufmerksamkeit. Ich glaubte ein leichtes Zittern seiner Hände und Feuchtigkeit auf seiner Stirn zu erblicken.

»Wie heißt dieser Armeelieferant?« fragte ich meine gefällige Nachbarin.

»Taillefer«, antwortete sie mir.

»Wird Ihnen unwohl?« fragte ich, als ich den sonderbaren Mann erbleichen sah.

»Keineswegs!« sagte er und dankte mir mit höflicher Verneigung für meine Teilnahme.

»Ich höre zu«, bemerkte er dann und nickte den Gästen, die ihn jetzt alle anblickten, zu.

»Ich habe den Namen des andern jungen Mannes vergessen«, sagte Hermann; »nur entsinne ich mich aus Prosper Magnans Mitteilungen, daß sein Gefährte ein braunhaariger, ziemlich hagerer und jovialer Geselle war. Mit Ihrer Erlaubnis werde ich ihn Wilhelm nennen, damit meine Erzählung deutlicher werde.«

Der gute Deutsche fuhr darauf in seiner Erzählung fort, nachdem er ohne Rücksicht auf Romantik und Lokalfarbe dem französischen Kompagnie-Chirurgus einen deutschen Namen gegeben hatte:

Als die beiden jungen Leute nach Andernach gelangten, war es bereits Nacht. Sie bedachten, daß sie zuviel Zeit verlieren würden, wenn sie erst zu ihren Vorgesetzten gehen, sich denselben vorstellen und von ihnen ein militärisches Quartier in einer schon von Soldaten überfüllten Stadt anweisen lassen wollten; daher entschlossen sie sich, die letzte Nacht ihrer Freiheit in einer Schenke zuzubringen, welche etwa hundert Schritt von Andernach lag und deren grellen, durch das Feuer der untergehenden Sonne noch glühender gemachten Anstrich sie bereits von der Höhe der Felsen herab bewundert hatten.

Diese Schenke war ganz rot angestrichen und brachte dadurch eine wunderliche Wirkung in dem Landschaftsbilde hervor, indem sie teils lebhaft gegen die Stadt selbst abstach, teils auch einen Gegensatz zu dem Grün der verschiedenen Bäume und zu der grauen Färbung des Wassers bildete.

Dieses Haus verdankte seinen Namen eben dem äußeren Anstrich, der ihm also wohl durch eine Laune des Begründers gegeben und seit undenklichen Zeiten unverändert derselbe geblieben sein mochte; auch der Aberglaube der verschiedenen Besitzer dieses Gasthauses, welches bei den Schiffern des Rheines in großem Rufe stand, mochte dazu beigetragen haben, sorgfältig das äußere Ansehen zu erhalten.

Als der Besitzer der »Roten Schenke« Pferdegetrappel vernahm, trat er auf die Schwelle der Tür.

»Der Tausend!« rief er aus, »meine Herren, noch einen Augenblick später, und Sie hätten unter freiem Himmel biwakieren können, wie der größte Teil Ihrer Landsleute, welche auf der andern Seite von Andernach liegen. Bei mir ist alles voll. Wenn Sie darauf bestehen, in einem guten Bette zu schlafen, so kann ich Ihnen nur mein eigenes Zimmer anbieten. Was Ihre Pferde betrifft, so werde ich für diese auf dem Hofe eine Streu machen, denn die Ställe sind mit Christenmenschen überfüllt.«

»Kommen die Herren aus Frankreich?« fragte er nach einer kurzen Pause.

»Von Bonn«, versetzte Prosper. »Wir haben seit heute morgen nichts gegessen.«

»Oh! Was Lebensmittel betrifft . . .«

Der Schenkwirt warf sich in die Brust.

»Man kommt aus zehn Meilen in der Runde, um Hochzeitsfeiern in der Roten Schenke abzuhalten. Sie sollen ein fürstliches Mahl haben, Rheinfische! Das sagt doch genug.«

Die Kompanie-Chirurgen überließen ihre ermatteten Gäule der Sorgfalt des Wirtes, der vergebens nach seinem Hausknecht rief; sie ließen ihn indes rufen und traten in das Gastzimmer.

Es war sehr voll. Dichter, weißer Tabakqualm erfüllte die Luft, so daß sie nicht gleich die Leute erkennen konnten, mit denen sie hier zusammensitzen sollten. Als sie sich aber an einen Tisch gesetzt hatten und nun mit der Geduld jener philosophischen Reisenden, welche das Unnütze alles geräuschvollen Auftretens erkannt haben, prüfende Blicke um sich warfen, unterschieden sie endlich durch die Tabakswolken hindurch allen nötigen Hausrat einer deutschen Schenke: den breiten Ofen, die Schwarzwälder Uhr, die langen Tafeln, die Bierkrüge, die kurzen Pfeifen und hier und da fremdartige jüdische und deutsche Gesichter, zwischen ihnen auch die rohen Gestalten der Schiffsknechte. Die Epauletten einiger französischer Offiziere leuchteten durch diesen Nebel, und das Klirren der Sporen und Säbel ließ sich fortwährend auf dem Fußboden vernehmen. Einige spielten Karten, andere stritten sich, viele schwiegen, manche aßen, tranken oder gingen auf und ab.

Eine kleine, dicke Frau mit einer schwarzen Samthaube, einem blauen Vortuche und einem Schlüsselbunde an der Seite wurde leicht als die Wirtin erkannt; sie besaß eine außerordentliche Geschicklichkeit, die beiden Gäste durch die Schule der Geduld zu führen.

Allmählich verminderte sich der Lärm, die Reisenden zogen sich zurück, die Rauchwolke verschwand, und als das Gedeck der Kompagnie-Chirurgen aufgelegt war, als die berühmten Rheinkarpfen auf dem Tische erschienen, da war das Zimmer leer, denn es hatte schon elf Uhr geschlagen. Die Stille der Nacht ließ das Geräusch hören, welches die Pferde beim Fressen verursachten, sowie auch das Murmeln des Rheines und all die Geräusche, die einen vollen Gasthof beleben, wenn jeder schlafen geht. Türen und Fenster wurden geöffnet und geschlossen, man vernahm undeutliches Gemurmel von Stimmen, und dann und wann erscholl ein Rufen durch die Zimmer.

In diesem Augenblicke des Schweigens und des verworrenen Getöses saßen die beiden Franzosen bei ihrem Mahle, während der Wirt sich ihnen gegenübersetzte und Andernach, sein Essen, seinen Rheinwein, die republikanische Armee und seine Frau rühmte. Da vernahm man die heiseren Stimmen von Bootsknechten und hörte ein Fahrzeug im Hafen anlegen.

Der Schenkwirt, der ohne Zweifel mit den rauhen Tönen der Ruderer vertraut war, ging eilig hinaus und kehrte bald wieder zurück; er führte einen kleinen dicken Mann herein, hinter welchem zwei Bootsknechte gingen, die ein schweres Felleisen und einiges andere Gepäck trugen.

Als das Gepäck in dem Zimmer niedergelegt war, ergriff der kleine Mann sein Felleisen und legte es neben sich, während er sich ohne Umstände neben den beiden Kompagnie-Chirurgen an den Tisch setzte.

»Nun geht und schlaft in eurem Boot«, sagte er zu den Matrosen, »die Schenke ist voll. Das wird das beste sein.«

»Mein Herr«, sagte der Wirt zu dem Neuangekommenen, »was Sie da auf dem Tische sehen, sind meine letzten Vorräte.«

Damit zeigte er auf das Abendessen, das er den beiden Franzosen aufgetragen hatte.

»Ich habe keine Brotrinde mehr, kein Knöchelchen . . .«

»Vielleicht Sauerkraut?«

»Nicht soviel, wie in den Fingerhut meiner Frau geht. Und wie ich die Ehre gehabt habe, Ihnen bereits zu sagen, Sie können auch kein anderes Bett bekommen, als den Stuhl, auf welchem Sie sitzen, und kein anderes Zimmer, als diese Gaststube.«

Als der Wirt diese Worte gesagt hatte, warf der kleine Mann auf ihn, auf den Saal und die beiden Franzosen einen Blick, in dem sich Vorsicht und Schrecken gleicherweise zeigte.

Hier muß ich bemerken, unterbrach sich Herr Hermann, daß wir nie weder den wahren Namen, noch die Geschichte dieses Unbekannten erfahren haben; seine Papiere besagten nur, daß er Walhenfer hieß, von Aachen kam und in der Gegend von Neuwied eine ziemlich bedeutende Stecknadelfabrik besaß.

Gleich allen Fabrikanten jener Gegend trug er einen Überrock von grobem Tuch, Beinkleider und Weste von dunkelgrünem Sammet und einen breiten ledernen Gurt um den Leib. Sein Gesicht war ganz rund, sein Benehmen offen und herzlich, doch fiel es ihm sehr schwer, eine geheime Ahnung oder vielleicht einen grausamen Verdacht völlig zu verheimlichen.

Die Meinung des Gastwirtes war stets, daß dieser deutsche Geschäftsmann aus seinem Vaterlande geflohen sei, und später habe ich auch erfahren, daß seine Fabrik infolge eines jener Zufälle, die in Kriegszeiten unglücklicherweise so häufig sind, abgebrannt war. Trotz seines im Grunde besorgten Gesichtsausdrucks verriet dieser auch Wohlwollen, ja, man konnte wohl sagen, daß er ein sympathisches Gesicht hatte. Besonders auffallend war die Weiße seines breiten Halses, die durch eine schwarze Binde noch mehr gehoben wurde, so daß auch Wilhelm scherzhafterweise seinen Freund aufmerksam machte.

Hier trank Herr Taillefer ein Glas Wasser.

Prosper bot höflich dem Fremden sein Abendessen an, und Walhenfer langte ohne Umstände zu, wie ein Mann, der weiß, daß es in seiner Macht liegt, eine solche Höflichkeit wieder gutzumachen. Er legte sein Felleisen auf die Erde, setzte seine Füße darauf, nahm seinen Hut ab, rückte an den Tisch und legte seine Handschuhe und zwei Pistolen ab, die er in seinem Gürtel hatte.

Der Wirt hatte schnell noch ein Gedeck gebracht, und die drei Gäste stillten schweigend ihren Hunger. Die Luft im Saal war so schwül und die Fliegen waren so zahlreich, daß Prosper den Wirt bat, das Fenster zu öffnen, welches der Tür gegenüber war, damit die Luft erneuert werde.

Dieses Fenster war durch eine Eisenstange verriegelt, deren beide Enden in Löcher faßten, die im Fensterrahmen angebracht waren. Zur größeren Sicherheit waren auch noch die Fensterladen verschraubt. Zufällig beobachtete Prosper, wie der Wirt das Fenster öffnete.

»Ich muß ihnen nun«, sagte Herr Hermann zu uns, »die ganze innere Einrichtung der Schenke beschreiben, denn von der genauen Kenntnis der Örtlichkeit hängt das ganze Interesse für die Geschichte ab.

Das Gastzimmer, in welchem sich die drei Personen befanden, hatte zwei Ausgänge ins Freie. Der eine führte auf den Weg nach Andernach, welcher am Rheine entlang geht, und dort befand sich natürlich ein kleiner Landungsplatz, wo das von dem Kaufmann für seine Reise gemietete Fahrzeug angebunden war; der andere ging auf den Hof der Schenke. Dieser Hof war von sehr hohen Mauern umgeben und für diese Nacht von Pferden und anderen Tieren erfüllt, da die Ställe voller Menschen waren. Das große Tor war so sorgfältig verschlossen, daß der Wirt den Kaufmann und die Schiffsknechte durch die Tür des Zimmers, welche auf die Straße führte, hatte eintreten lassen müssen. Nachdem er das Fenster geöffnet hatte, wie es Prosper Magnan wünschte, verschloß er jene Tür, schob die Riegel vor und schraubte dieselbe mit Schrauben fest. Das Schlafzimmer des Wirts, in welchem die beiden Kompagnie-Chirurgen schlafen sollten, stieß an das Gastzimmer und war durch eine ziemlich dünne Wand von der Küche getrennt, in welcher die Wirtin und ihr Mann wahrscheinlich die Nacht zubringen mußten, denn die Magd war hinausgegangen, um irgendwo in einer Krippe oder auf dem Heuboden ihr Lager zu suchen. Man begreift nun wohl, daß das Gastzimmer, das Schlafzimmer des Wirts und die Küche gewissermaßen von dem übrigen Teile der Schenke getrennt waren. Auf dem Hofe lagen zwei große Hunde, welche sich durch ihr lautes Gebell als sehr wachsame und gefährliche Wächter auswiesen.

»Welch schöne und stille Nacht«, sagte Wilhelm und schaute nach dem Himmel, als der Wirt die Tür verschlossen hatte.

Das Klatschen der Wellen unterbrach jetzt allein die tiefe Stille der Natur.

»Meine Herren«, sagte der Kaufmann zu den beiden Franzosen, »erlauben Sie mir, daß ich Ihnen einige Flaschen Wein anbiete, damit wir unsern Karpfen begießen. Beim Glase werden wir uns von der Ermüdung des Tages erholen. Ihr Aussehen und der Zustand Ihrer Kleidung zeigt mir, daß Sie, wie ich, heute einen ziemlichen Weg zurückgelegt haben.«

Die beiden Freunde nahmen das Anerbieten an, und der Wirt ging durch die nach der Küche führende Tür, um in den

Keller hinabzusteigen, der anscheinend unter diesem Teile des Hauses lag.

Als fünf Flaschen von dem Wirte herbeigebracht und auf den Tisch gesetzt waren, trug seine Frau eben die letzten Schüsseln auf. Als echte Hausfrau warf sie noch einen prüfenden Blick in den Saal und auf den Tisch der letzten Gäste. Dann ging sie in die Küche zurück, in der Überzeugung, für alle Bedürfnisse der Reisenden gesorgt zu haben. Die vier Gäste, denn auch der Wirt wurde aufgefordert mitzutrinken, hörten nicht, daß sie sich zur Ruhe legte; später vernahm man in den Augenblicken, während welcher das Gespräch der Zecher verstummte, ein sehr deutliches Schnarchen, das durch die Bretter des Hängebodens, auf welchem das Hausmädchen ihr Lager gemacht hatte, noch tönender wurde, so daß die Freunde, noch mehr aber der Wirt, darüber lachten.

Gegen Mitternacht, als nur noch Backwerk, Käse, Obst und guter Wein auf dem Tische standen, wurden die Zecher, besonders aber die beiden jungen Franzosen, mitteilsamer. Sie sprachen von ihrem Vaterlande, von ihren Studien, vom Kriege, kurz, die Unterhaltung wurde mit jedem Augenblicke lebhafter. Prosper Magnan entlockte den Augen des flüchtigen Kaufmanns einige Tränen, als er mit der Freimütigkeit der Bewohner der Picardie und der Unschuld einer guten und zärtlichen Natur daran dachte, was wohl seine Mutter in diesem Augenblicke beginnen möge, während er sich an den Ufern des Rheines befinde.

»Ich sehe sie jetzt«, sagte er, »wie sie ihr Abendgebet liest, bevor sie sich zur Ruhe niederlegt. Sie vergißt mich gewiß nicht und wird sich fragen: Wo mag er wohl jetzt sein, mein armer Prosper? – Wenn sie aber beim Spiele ihrer Nachbarin einige Sous abgewonnen hat«, . . .

»Deiner Mutter vielleicht«, fuhr er darauf fort und stieß Wilhelm mit dem Ellenbogen an, »so wird sie dieselben in den Topf aus rotem Ton legen«, fuhr er darauf fort, »in welchem sie die Summe sammelt, die sie zum Ankauf der dreißig Acker bedarf, welche mitten in ihrer kleinen Befestigung in Lescheville liegen. Diese dreißig Acker sind etwa sechzigtausend Franken wert. Sie bestehen aus guten Wiesen. Ach! Wenn ich die einmal bekäme, ich würde bis an meines Lebens Ende in Lescheville bleiben, ohne nach Höherem zu streben. Wie oft hat sich mein Vater diese dreißig Acker und den hübschen Bach gewünscht, der sich durch jene Wiesen schlängelt! Wie oft habe ich dort gespielt!«

»Herr Walhenfer, haben Sie nicht auch Ihr *hoc erat in votis?*« fragte Wilhelm.

»Ja, mein Herr, ja! Aber – ich hatte schon alles erreicht und – jetzt –« Der gute Mann schwieg.

»Ich«, sagte der Wirt, dessen Antlitz sich leicht gerötet hatte, »ich habe im letzten Jahre ein Stück Land gekauft, das ich mir schon seit zehn Jahren gewünscht hatte.«

Sie plauderten miteinander als Leute, deren Zungen durch den Wein gelöst waren, und empfanden für einander jene vorübergehende Freundschaft, mit der wir auf Reisen so wenig geizen, daß Wilhelm, als sie sich zur Ruhe legen wollten, dem Kaufmanne sein Bett anbot.

»Sie können dasselbe um so unbedenklicher annehmen«, sagte er zu ihm, »als ich mit Prosper zusammenschlafen kann; es ist das nicht das erste Mal und wird auch wohl noch nicht das letzte sein. Sie sind der Älteste unter uns, und wir müssen das Alter ehren.«

»Bah!« sagte der Wirt, »in dem Bette meiner Frau liegen mehrere Unterbetten, wir können eines derselben auf die Erde legen.«

Dann schloß er das Fenster mit all dem Geräusch, das dieses Geschäft erforderte.

»Ich nehme das Anerbieten an«, sagte der Kaufmann.

Dann fügte er mit leiserer Stimme hinzu:

»Ich gestehe, daß ich es so gewünscht hatte. Meine Ruderknechte scheinen mir verdächtig, gern bringe ich daher die Nacht in Gesellschaft zweier wackerer und guter Männer zu, zweier französischer Soldaten. Ich habe hunderttausend Franken in Gold und Diamanten in meinem Felleisen.«

Die freundliche Zurückhaltung, mit welcher die beiden jungen Männer diese unvorsichtige Mitteilung aufnahmen, ermutigte den guten Deutschen.

Der Wirt war seinen Gästen noch in der Schlafkammer behilflich, und als alles auf das beste hergerichtet war, wünschte er ihnen eine gute Nacht und begab sich zu Bett.

Der Kaufmann und die beiden Kompagnie-Chirurgen scherzten noch über die Beschaffenheit ihrer Betten.

Prosper legte sein und Wilhelms Besteck unter das Kopfkissen, um es zu erhöhen und das fehlende Keilkissen zu ersetzen, während Walhenfer in übergroßer Vorsicht sein Felleisen unter sein Kopfkissen legte.

»So schlafen wir beide auf unserem Vermögen: Sie auf Ihrem Gold, ich auf meinem Besteck. Nun möchte ich nur wissen, ob mir meine Instrumente einmal ebensoviel Gold einbringen, wie Sie bereits erworben haben.«

»Das dürfen Sie hoffen«, sagte der Kaufmann. »Arbeit und Rechtschaffenheit führen immer zum Ziel. Haben Sie nur Geduld.«

Walhenfer und Wilhelm schliefen bald ein.

Prosper Magnan konnte keinen Schlaf finden, weil entweder sein Lager zu hart war, oder weil seine große Ermattung die Ursache der Schlaflosigkeit war, oder auch weil diese durch die unglückliche Stimmung seiner Seele herbeigeführt wurde.

Seine Gedanken gewannen allmählich eine böse Richtung, und er dachte nur noch an die hunderttausend Franken, auf denen der Kaufmann schlief.

Für ihn waren hunderttausend Franken ein ungeheures Vermögen.

Er dachte an die tausend verschiedenen Weisen, auf die man das Geld anwenden könnte, er baute Luftschlösser, wie wir deren so gern in dem Augenblicke bauen, welcher dem Einschlafen vorangeht, zu der Zeit, wo verworrene Bilder in unserem Geiste auftauchen und unser Denken während des Schweigens der Nacht oft eine magische Kraft gewinnt. Er erfüllte die Wünsche seiner Mutter, er kaufte die dreißig Acker Wiesen, er verheiratete sich mit einem Mädchen aus Beauvais, an die er jetzt wegen der Ungleichheit des Vermögens nicht denken durfte. Er verschaffte sich mit jener Summe ein Leben voll Wonne, sah sich als Familienvater, als glücklich, reich, angesehen, vielleicht als Bürgermeister von Beauvais.

Der Kopf glühte ihm, er sann auf Mittel, seine Träume zu verwirklichen. Theoretisch stand das Verbrechen vollendet vor seinen Augen. Je mehr er an den Tod des Kaufmanns dachte, desto deutlicher sah er das Gold und die Diamanten. Seine Augen waren wie geblendet, sein Herz schlug stürmisch. Schon sein Gedanke war ein Verbrechen. Bezaubert durch die Menge Gold, entschuldigte er sich durch Gründe, wie sie nur ein Meuchelmörder erfinden kann. Er fragte sich, ob dieser arme Deutsche nötig habe, länger zu leben. Er dachte sich, daß derselbe nie existiert habe, kurz, er beschloß das Verbrechen, doch er wollte dabei straflos ausgehen.

Auf dem andern Ufer des Rheins standen die Österreicher; unter den Fenstern hielt eine Barke mit Ruderknechten; er konnte dem Manne den Hals abschneiden, ihn in den Rhein werfen, sich mit dem Felleisen durchs Fenster retten, den Ruderknechten Gold anbieten und in das österreichische Gebiet entfliehen. Er berechnete sogar den Grad der Geschicklichkeit, den er sich in der Anwendung seiner chirurgischen Instrumente erworben hatte, um das Haupt seines Opfers so vom Rumpfe zu trennen, daß es nicht einen Ton ausstoße.

Hier trocknete sich Herr Taillefer die Stirn und trank wieder ein wenig Wasser.

Prosper erhob sich langsam und geräuschlos; überzeugt, daß er niemand geweckt habe, kleidete er sich an und begab sich in das Gastzimmer. Mit jener unglücklichen Geschicklichkeit, die dem Menschen oft so plötzlich zuteil wird, mit jener Kraft des Willens, die nie den Gefangenen oder den Verbrechern fehlt, wenn sie ihre Pläne ausführen wollen, schraubte er die Eisenstäbe los, zog sie ohne das geringste Geräusch aus ihren Vertiefungen, stellte sie an die Wand und öffnete die Flügel der Läden, indem er sie in ihren Angeln hob, um jedes Knarren zu vermeiden; der Mond beleuchtete diese Szene mit seinem bleichen Schein und erlaubte ihm, undeutlich die Gegenstände in dem Schlafzimmer zu erblicken, in welchem Wilhelm und Walhenfer schliefen.

Da zögerte er einen Augenblick, wie er mir gestanden hat; denn die Schläge seines Herzens waren so schnell, so kräftig und so laut geworden, daß er darüber gewissermaßen entsetzt war und fürchtete, nicht mit der gehörigen Kaltblütigkeit handeln zu können, denn seine Hände zitterten und seine Füße schienen ihm auf glühenden Kohlen zu stehen. Allein die Ausführung seiner Absicht versprach ihm ein so großes Glück, daß er in dieser Gunst des Schicksals eine Art von Vorausbestimmung erkannte. Er öffnete das Fenster und kehrte in das Schlafzimmer zurück. Er nahm sein Besteck und suchte das Instrument, welches ihm zur Ausführung seines Verbrechens am geeignetsten schien.

»Als ich neben das Bett trat«, erzählte er mir, »empfahl ich mich unwillkürlich dem Herrn.«

In dem Augenblicke, als er seinen Arm erhob und alle seine Kräfte zusammennahm, hörte er eine Stimme in seiner Brust und glaubte einen Lichtschein zu erblicken.

Da warf er das Instrument auf sein Bett, entfloh in das andere Zimmer und stellte sich an das offene Fenster.

Hier fühlte er den tiefsten Abscheu vor sich selbst; da er aber erkannte, wie schwach seine Tugend sei, und fürchtete, dem mächtigen Zauber zu erliegen, dessen Beute er war, sprang er rasch auf den Weg hinaus, ging am Rheine entlang und vor der Schenke auf und ab wie eine Schildwache.

Manchmal führten ihn seine eiligen Schritte bis nach Andernach, oft auch wieder auf der entgegengesetzten Seite bis zu dem Abhange, den er abends zuvor herabgekommen war; das Schweigen der Nacht war so tief, er verließ sich so sehr auf die wachsamen Hofhunde, daß er bisweilen das Fenster aus den Augen verlor, welches er offen gelassen hatte.

Es war seine Absicht, sich zu ermüden und so den Schlaf herbeizurufen. Während er sich unter einem wolkenlosen Himmel erging, dessen schöne Gestirne er bewunderte, versank er wohl infolge der reinen Luft der Nacht oder des schwermütigen Rauschens der Wellen in eine Träumerei, welche ihn allmählich zu gesunden Gedanken zurückführte und endlich vollkommen seinen augenblicklichen Wahnsinn verbannte. Seine Erziehung, die Vorschriften der Religion, besonders aber, wie er mir gestanden hat, die Bilder des bescheidenen Lebens, das er bisher unter dem väterlichen Dache geführt hatte, trugen den Sieg über seine bösen Gedanken davon.

Als er nach langem Nachdenken, dessen Zauber er sich überlassen hatte, während er am Ufer des Rheines an einen Felsblock gelehnt stand, zurückkehrte, da hätte er, wie er mir versicherte, bei einer Milliarde in Gold nicht schlafen, sondern wachen können.

In dem Augenblicke, wo seine Rechtschaffenheit stolz

und kräftig aus diesem Kampfe hervorging, warf er sich in einem Gefühl des Entzückens und Glücks auf die Knie, dankte Gott, fühlte sich glücklich, leicht und zufrieden, wie an dem Tage seiner ersten Kommunion, wo er geglaubt hatte, rein zu sein wie ein Engel, weil er den Tag erlebte, ohne weder in Worten, noch in Werken, noch in Gedanken zu sündigen.

Er kehrte in die Schenke zurück, schloß das Fenster, ohne dabei ein Geräusch zu fürchten, und legte sich auf der Stelle ins Bett.

Seine körperliche und geistige Ermattung rief schnell den Schlaf herbei, und kaum hatte er das Haupt auf sein Kopfkissen gelegt, als er in jenen merkwürdigen Zustand verfiel, der stets einem tiefen Schlafe vorangeht. Die Sinne erschlaffen, das Leben verschwindet allmählich, die Gedanken sind unvollkommen, und die letzten Regungen unserer Sinne sind wie Träume.

»Wie schwer die Luft ist«, dachte Prosper. »Es kommt mir vor, als atmete ich feuchte Dünste ein.«

Er erklärte sich diese Wirkung der Atmosphäre durch den Unterschied, welcher notwendig zwischen der Luft des Zimmers und der reinen Luft draußen bestehen mußte.

Bald hörte er ein regelmäßig wiederkehrendes Geräusch, dem etwa gleich, welches die aus einem Brunnenhahn fallenden Wassertropfen verursachen, wenn dieser nicht völlig schließt. Es ergriff ihn ein panischer Schrecken, er wollte sich erheben und den Wirt rufen, er wollte den Kaufmann oder Wilhelm wecken; da erinnerte er sich zu seinem Unglück an die Schwarzwälder Uhr und glaubte die Bewegung des Pendels zu erkennen; in dieser unbestimmten und verworrenen Vorstellung schlief er wieder ein. –

»Wünschen Sie Wasser, Herr Taillefer?« fragte der Herr des Hauses, als er sah, wie dieser mechanisch nach der Karaffe griff.

Herr Hermann fuhr nach der leichten Unterbrechung, welche durch die Bemerkung des Bankiers veranlaßt war, in seiner Erzählung fort.

»Am folgenden Morgen«, sagte er, »wurde Prosper Magnan durch lauten Lärm geweckt. Es war ihm, als hätte er ein durchdringendes Geschrei vernommen. Er fühlte jenes heftige Zittern der Nerven, das wir empfinden, wenn wir beim Erwachen noch einem unangenehmen Gefühl unterworfen sind, das uns schon während des Schlafes quälte. Es vollzieht sich in uns ein physiologischer Vorgang, eine Überrumpelung, wenn ich mich dieses Ausdruckes bedienen darf, die noch nicht hinreichend beobachtet ist, obgleich sie für die Wissenschaft merkwürdige Phänomene enthält. Diese schreckliche Angst, welche vielleicht durch eine zu schnelle Vereinigung unserer beiden Naturen hervorgebracht wird, welche fast stets während des Schlafes getrennt sind, ergreift uns gewöhnlich sehr schnell und geht ebenso schnell vorüber; bei dem armen Kompagnie-Chirurgen dauerte sie aber an, wuchs sogar plötzlich und verursachte ihm ein schreckliches Grauen, als er zwischen seinem Lager und Walhenfers Bett eine große Blutlache erblickte. Der Kopf des Deutschen lag an der Erde und der Körper im Bette.

Alles Blut war durch den Hals entströmt.

Als er die Augen dieses Kopfes sah, die noch geöffnet waren und starr vor sich hinblickten, als er das Blut sah, welches sein Bett und selbst seine Hände beschmutzt hatte, als er sein chirurgisches Instrument auf dem Bette erkannte, wurde er ohnmächtig und fiel in Walhenfers Blut.

»Das war schon eine Strafe für meine bösen Gedanken«, sagte er später zu mir.

Als er sein Bewußtsein wiedererlangte, fand er sich in dem Gastzimmer. Er saß auf einem Stuhle, umgeben von französischen Soldaten und einer aufmerksamen und neugierigen Menge. Stumpfsinnig blickte er auf einen republikanischen Offizier, welcher eben die Aussagen einiger Zeugen entgegennahm und wahrscheinlich ein Protokoll aufsetzte. Er erkannte den Wirt, dessen Frau, die beiden Ruderknechte und die Wirtshausmagd. Das chirurgische Instrument, dessen sich der Meuchelmörder bedient hatte, ...

Bei diesen Worten hustete Herr Taillefer, zog sein Taschentuch aus der Tasche, schnaubte sich und trocknete seine Stirn; allein diese höchst natürlichen Vorgänge wurden nur von mir bemerkt, denn alle andern Gäste hatten ihre Augen auf Herrn Hermann geheftet und lauschten mit ängstlicher Spannung seiner Erzählung.

Der Armeelieferant stützte seinen Ellenbogen auf den

Tisch, legte sein Haupt in die rechte Hand und blickte Herrn Hermann unverwandt an; dann gab er kein Zeichen von Aufregung oder Teilnahme mehr, aber sein Antlitz blieb nachdenklich und erdfahl, wie in jenem Augenblicke, als er mit dem Stöpsel der Karaffe gespielt hatte.

»Das chirurgische Instrument, dessen sich der Meuchelmörder bedient hatte, lag neben Prospers Besteck, Brieftasche und Papieren auf dem Tische. Die Blicke der Versammlung fielen abwechselnd auf diese Beweisstücke und auf den jungen Mann, der dem Tode nahe schien und dessen erloschene Augen ohne Ausdruck vor sich hinstarrten. Das verworrene Toben, welches man draußen hörte, deutete auf die Gegenwart einer Menge, welche durch die Nachricht von dem Verbrechen und vielleicht auch durch den Wunsch, den Mörder zu sehen, herbeigelockt worden war. Die Schritte der Schildwachen, die unter den Fenstern des Schlafzimmers aufgestellt waren, das Klirren ihrer Gewehre übertönten das Gemurmel der Menge; die Schenke aber war verschlossen, der Hof leer und still.

Prosper Magnan vermochte den Blick des Offiziers, welcher das Protokoll aufnahm, nicht zu ertragen. Da fühlte er von einem Unbekannten seine Hand gedrückt, erhob seine Augen, um zu sehen, wer in dieser feindlichen Menge sein Beschützer sei. Er erkannte an der Uniform den Stabs-Chirurgen der in Andernach liegenden Halb-Brigade. Der Blick dieses Mannes war so durchdringend und streng, daß der junge Mann zusammenschauderte und sein Haupt auf die Rückenlehne des Stuhles zurücksinken ließ; ein Soldat ließ ihn Essig einatmen, und er gewann sogleich seine Besinnung wieder. Seine verstörten Blicke waren so ohne Leben und Verständnis, daß der Chirurg, nachdem er Prospers Puls befühlt hatte, zu dem Offizier sagte:

»Hauptmann, es ist unmöglich, diesen Mann in diesem Augenblicke zu verhören, . . .«

»Nun gut! So führt ihn ab«, antwortete der Hauptmann, indem er den Stabschirurgen unterbrach und sich an einen Korporal wandte, der hinter dem Kompagnie-Chirurgen stand. »Elender«, sagte der Soldat mit leiser Stimme zu ihm, »zeig' doch wenigstens vor diesen Schuften von Deutschen Haltung, um die Ehre der Republik zu retten.«

Diese Worte brachten Prosper Magnan zur Besinnung, er erhob sich und ging einige Schritte; als sich aber die Tür öffnete, als die freie Luft ihm entgegenströmte, als er die Menge hereindringen sah, da verließen ihn seine Kräfte, seine Knie wankten, er taumelte.

»Dieser verfluchte carabin* verdient zweimal den Tod.«

»So geh doch!« sagten die beiden Soldaten, die ihn führten.

»Oh! der Elende! der Niederträchtige! – Das ist er! Er ist es! – Da ist er! Seht ihr ihn!«

Er glaubte, eine einzige Stimme sagte diese Worte, die tobende Stimme der Menge, die ihn unter Schmähungen begleitete und mit jedem Schritte wuchs.

Auf dem ganzen Wege von der Schenke bis zum Kerker vernahm Prosper das laute Gemurr des Volkes und der Soldaten, hörte die Stimmen der miteinander Sprechenden, sah den klaren Himmel und atmete die frische Luft des Herbsttages, erblickte Andernach und die sich kräuselnden Wellen des Rheines; allein alle diese Eindrücke gelangten nur verworren und undeutlich in seine Seele, wie alles, was er seit seinem Erwachen empfunden hatte. Zeitweise glaubte er sogar, wie er mir später erzählte, überhaupt nicht mehr am Leben zu sein.

»Ich war damals ebenfalls in Half«, sagte Herr Hermann, indem er so seine Erzählung unterbrach. »Enthusiast, wie man es mit zwanzig Jahren ist, hatte ich mein Vaterland verteidigen wollen. Als Kommandant eines Freikorps, das ich in der Umgegend von Andernach geworben hatte, wurde ich während der Nacht von einer französischen Abteilung, die aus achthundert Mann bestand, umzingelt. Wir waren höchstens zweihundert. Meine Spione hatten mich verraten. Ich wurde in das Gefängnis zu Andernach geworfen, und man wollte mich erschießen, um so die Bevölkerung einzuschüchtern. Die Franzosen sprachen sogar von Repressalien; allein der Mord, den die Republikaner an mir rächen wollten, war nicht im Kurfürstentum verübt worden.

Mein Vater hatte einen dreitägigen Auffschub erlangt und benutzte denselben, meine Begnadigung von dem General Augerau zu erflehen. Sie wurde ihm gewährt. So sah

* Bezeichnung für Studierende der Medizin.

ich denn Prosper Magnan in dem Augenblicke, da er in das Gefängnis von Andernach eingeliefert wurde, und er flößte mir unbegrenztes Mitleid ein. Er war bleich, fast ohnmächtig, mit Blut bespritzt; seine Züge trugen den Ausdruck einer Offenherzigkeit und Unschuld, der mich lebhaft ergriff. Mich erinnerten seine langen blonden Haare, seine blauen Augen an Deutschland. Wie mein ohnmächtiges Vaterland kam er mir wie ein Opfer vor, nicht aber wie ein Mörder. In dem Augenblicke, als er unter meinem Fenster vorbeiging, lächelte er bitter und schwermütig, ich weiß nicht worüber; es war das Lächeln eines Geistesabwesenden, den für einen Augenblick ein flüchtiger Strahl der Vernunft erleuchtet. Dieses Lächeln war gewiß nicht das eines Meuchelmörders.

Als ich den Kerkermeister sah, fragte ich ihn über seinen neuen Gefangenen aus.

»Er hat noch kein Wort gesagt, seit er in seiner Zelle ist. Er sitzt und hat das Haupt auf seine Hände gestützt, schläft oder denkt über seinen Fall nach. Wie die Franzosen sagen, soll morgen über ihn abgeurteilt werden,und dann soll er binnen vierundzwanzig Stunden erschossen werden.«

Während des kurzen Augenblicks, der mir gestattet war, mich während des Abends auf dem Gefängnishofe zu ergehen, stellte ich mich unter das Fenster des Gefangenen. Wir sprachen miteinander, und er erzählte mir mit kindlicher Unschuld sein Abenteuer, indem er offen und aufrichtig auf meine verschiedenen Fragen antwortete.

Nach dieser ersten Unterhaltung zweifelte ich nicht mehr an seiner Unschuld. Daher erbat ich mir und erhielt ich die Begünstigung, einige Stunden bei ihm zu bleiben. Ich sah ihn zu wiederholten Malen,und der arme Junge weihte mich in alle seine Gedanken ein.

Zunächst hielt er sich zu gleicher Zeit für unschuldig und für schuldig. Er erinnerte sich an die furchtbare Versuchung, der er mit Aufwendung aller seiner Kräfte widerstanden hatte; er befürchtete, während seines Schlafes und in einem Anfall von Somnambulismus das Verbrechen begangen zu haben, das er wach geträumt hatte.

»Aber Ihr Gefährte?« fragte ich ihn.

»Oh!« rief er aus, »Wilhelm ist unfähig, . . .«

Er vollendete nicht einmal seinen Satz.

Bei diesen mit Wärme gesprochenen Worten, die von seiner Jugend und seiner Tugend zeugten, drückte ich ihm die Hand.

»Bei seinem Erwachen«, fuhr er fort, »wird er ohne Zweifel entsetzt gewesen sein und den Kopf verloren haben, ... er wird entflohen sein.«

»Ohne Sie zu wecken?« sagte ich zu ihm. »Dann wäre Ihre Verteidigung leicht, denn in diesem Falle müßte Walhenfers Felleisen unberührt sein.«

»Ja, ich bin unschuldig!« rief er aus. »Ich habe ihn nicht ermordet. Ich erinnere mich an meinen Traum: ich spielte Barlauf mit meinem Schulkameraden, – ich kann dem Kaufmann den Kopf nicht abgeschnitten haben, während ich träumte, daß ich lief.«

Obgleich ihm bisweilen ein Hoffnungsschimmer einige Ruhe verlieh, fühlte er sich doch stets wieder durch Gewissensbisse niedergeschmettert. Er konnte nicht leugnen, daß er den Arm erhoben hatte, um dem Kaufmann das Leben zu nehmen. Er war gegen sich selbst ein strenger Richter, fand, daß sein Herz nicht mehr rein sei, nachdem er das Verbrechen in Gedanken begangen hatte.

»Und dennoch, – ich bin gut!« rief er aus. »Oh, meine arme Mutter! Vielleicht spielt sie in diesem Augenblicke heiter und unbesorgt mit ihren Nachbarinnen Imperial. Wenn sie wüßte, daß ich auch nur den Arm gehoben habe, um einen Menschen zu morden, sie würde vor Schmerz sterben! Und ich bin im Kerker! Angeklagt, ein Verbrechen begangen zu haben. Bin ich auch nicht der Mörder dieses Mannes, so werde ich doch der Mörder meiner Mutter sein!«

Bei diesen Worten weinte er nicht mehr, allein es ergriff ihn jene lebhafte, aber kurze Wut, die den Leuten in der Picardie eigentümlich ist; er rannte gegen die Mauer des Gefängnisses und würde sich den Schädel eingerannt haben, hätte ich ihn nicht zurückgehalten.

»Warten Sie Ihr Urteil ab«, sagte ich zu ihm, »man wird Sie freisprechen, denn Sie sind unschuldig. Und Ihre Mutter ...« »Meine Mutter!« rief er mit Verzweiflung aus, »sie wird meine Anklage bald erfahren. In kleinen Städten geht es nicht anders, und sie wird vor Kummer sterben. Überdies bin ich nicht unschuldig. Wollen Sie die Wahrheit wissen?

Ich fühle, daß ich die Jungfräulichkeit meines Gewissens verloren habe.«

Als er diese schrecklichen Worte gesagt hatte, setzte er sich nieder, kreuzte die Arme über die Brust, senkte das Haupt und schaute mit düsteren Blicken zu Boden.

In diesem Augenblicke erschien der Schließer des Gefängnisses und bat mich, in meine Zelle zurückzukehren; mich betrübte es aber, meinen Leidensgefährten in einem Augenblicke verlassen zu müssen, wo seine Entmutigung so groß schien,und ich schloß ihn in meine Arme.

»Fassen Sie Geduld«, ermunterte ich ihn, »alles wird vielleicht noch gut gehen. Wenn das Wort eines ehrlichen Mannes Ihre Bedenken zu beruhigen vermag, so vernehmen Sie, daß ich Sie achte und liebe. Nehmen Sie meine Freundschaft an, und ruhen Sie in meinem Herzen, wenn Sie mit dem Ihrigen nicht in Frieden sind.«

Am folgenden Tage gegen neun Uhr erschien ein Korporal und vier Füsiliere, um ihn abzuholen. Als ich die Tritte der Soldaten hörte, trat ich an mein Fenster. Der junge Mann schritt bald darauf über den Hof und richtete seine Augen auf mich. Nie werde ich seinen Blick vergessen: er war voll von Gedanken, Ahnung und Resignation, und es lag eine gewisse traurige und schwermütige Anmut in ihm; dieser Blick war eine Art schweigsamen und doch so verständlichen Testaments, durch welches ein Freund sein verlorenes Leben seinem letzten Freunde vermacht. Die Nacht war ohne Zweifel sehr hart und einsam für ihn gewesen; vielleicht deutete aber auch die Blässe seines Antlitzes auf einen Stoizismus, der aus Selbstachtung geschöpft sein mußte; vielleicht hatte er sich durch Reue gereinigt und glaubte seinen Fehler durch seinen Schmerz und seine Schande abzuwaschen. Er ging mit festen Schritten und hatte sich von den Blutspuren gereinigt, von denen er wider seinen Willen beschmutzt war.

»Während ich schlief, muß ich in das Blut gefaßt haben, denn mein Schlaf ist stets sehr unruhig«, hatte er mir abends zuvor mit einem Ausdruck ergreifender Verzweiflung gesagt. Ich erfuhr, daß er vor ein Kriegsgericht gestellt werden sollte. Die Division sollte am dritten Tage weitermarschieren, und der Chef der Halb-Brigade wollte Andernach nicht verlassen, ohne das Verbrechen an dem Orte bestraft zu haben, wo es begangen war. Ich blieb, solange dieses Kriegsgericht dauerte, in wahrer Todesangst. Endlich, gegen Mittag, wurde Prosper Magnan in das Gefängnis zurückgebracht. Ich machte gerade meinen gewöhnlichen Spaziergang; er erblickte mich, kam auf mich zu und warf sich in meine Arme.

»Verloren!« sagte er zu mir. »Ich bin hoffnungslos verloren! Ich bin hier in jedermanns Augen ein Mörder.« Dann hob er stolz seinen Kopf.

»Diese Ungerechtigkeit hat mir das ganze Bewußtsein meiner Unschuld wiedergegeben. Mein Leben würde stets unruhig, von Gewissensbissen gepeinigt gewesen sein, mein Tod aber ist makellos. Gibt es aber auch ein Jenseits?« Das ganze achtzehnte Jahrhundert lag in dieser plötzlichen Frage.

Er versank in tiefes Nachdenken.

»Was haben Sie denn geantwortet?« fragte ich ihn. »Was für Fragen hat man an Sie gerichtet? Haben Sie die Tatsachen nicht einfach erzählt, wie Sie mir dieselben mitgeteilt haben?«

Er blickte mich einen Augenblick starr an, und dann antwortete er mir mit fieberhafter Lebhaftigkeit:

»Zuerst haben sie mich gefragt:

›Haben Sie während der Nacht die Herberge verlassen?‹

›Ja‹, habe ich geantwortet.

›Auf welchem Wege?‹

Ich errötete und antwortete: ›Ich stieg durch das Fenster.‹

›Sie haben also das Fenster geöffnet?‹

›Ja‹, mußte ich antworten.

›Sie müssen dabei mit vieler Vorsicht zu Werke gegangen sein, denn der Wirt will nichts gehört haben.‹

Ich wurde dadurch verdutzt. Die Ruderknechte hatten ausgesagt, daß sie mich auf meinem nächtlichen Gange beobachtet hätten,und daß ich bald nach Andernach, bald nach dem Walde zu gegangen sei. Ich hätte diese Wege mehrmals zurückgelegt, hatten sie gesagt. Man folgerte, daß ich nach dem Walde gegangen sei, um das Gold und die Diamanten zu vergraben. Das Felleisen hat sich nirgends gefunden. Dann quälten mich immer wieder die Gewissensbisse, und wenn ich reden wollte, rief mir eine unerbittliche Stimme zu: ›Du hast das Verbrechen begehen wollen.‹

Sie befragten mich über meinen Kameraden, ich habe ihn verteidigt.

Dann haben sie zu mir gesagt: ›Wir müssen den Schuldigen unter Ihnen, Ihrem Kameraden, dem Wirt und seiner Frau suchen. Heute morgen sind alle Fenster und Türen verschlossen gefunden!‹

Bei dieser Bemerkung«, fuhr er fort, »verlor ich meine Stimme, meine Kraft und meine Besinnung. Meines Freundes war ich sicherer als meiner selbst, ich konnte ihn nicht anklagen. Ich begriff, daß wir beide als gleich schuldig betrachtet wurden, daß man mich aber für den Verdächtigsten hielt. Ich wollte mein Verbrechen durch Somnambulismus erklären und meinen Freund rechtfertigen, aber was ich sagte, war nicht klar und verständlich. Nun bin ich verloren. Ich habe mein Urteil in den Augen meiner Richter gelesen; ich sah, wie sie ungläubig lächelten. Nun ist alles vorüber – keine Ungewißheit mehr! Morgen wird man mich erschießen.

Ich denke nicht mehr an mich«, fuhr er darauf fort, »aber an meine arme Mutter!«

Er stockte, blickte gen Himmel, vergoß aber keine Tränen; seine Augen waren trocken.

»Frédéric!«

»Ja! der andere hieß Frédéric! Frédéric! Ja, das ist der rechte Name«, sagte Herr Hermann mit triumphierenden Blicken. Meine Nachbarin stieß mich mit dem Fuße an und gab mir ein Zeichen, indem sie mich auf Herrn Taillefer aufmerksam machte. Der ehemalige Armeelieferant hatte nachlässig seine Hand über seine Augen gelegt, allein wir glaubten, die düstere Flamme seines Blickes zwischen seinen Fingern hindurch zu bemerken.

»He!« sagte sie mir ins Ohr, »wenn er Frédéric hieße?«

Ich antwortete ihr nur durch einen Blick, welcher bedeuten sollte: »Schweigen Sie jetzt!«

Hermann fuhr fort:

»Frédéric hat mich auf niederträchtige Weise im Stiche gelassen«, klagte der Kompagnie-Chirurge; »er wird sich vielleicht gefürchtet haben. Vielleicht hat er sich in der

Schenke verborgen, denn unsere beiden Pferde standen am Morgen noch im Hofe.

Was für ein undurchdringliches Geheimnis!« fuhr er fort, nachdem er einen Augenblick geschwiegen hatte. »Somnambulismus, ... Somnambulismus .. Ich habe nur einen einzigen Anfall in meinem Leben gehabt,und damals war ich erst sechs Jahre alt.

Soll ich von hier fortgehen«, fuhr er darauf fort und stampfte unwillig mit dem Fuße auf die Erde, »indem ich zugleich den ganzen Glauben an Freundschaft in dieser Welt mit mir nehme? Soll ich einen zweifachen Tod sterben, indem ich an einer Brüderschaft zweifle, die im Alter von fünf Jahren schon begonnen hat, die auf der Schule, auf der Universität fortdauerte? Wo ist Frédéric? Wo ist Frédéric?« Er fing an zu weinen. An der Freundschaft liegt uns allen mehr als am Leben.

»Wir wollen hineingehen«, sagte er zu mir, »ich bin lieber in meiner Zelle. Ich möchte nicht, daß man mich weinen sieht. Ich werde mutig dem Tode entgegengehen, allein ich verstehe es nicht, nach Belieben den Helden zu spielen, und gestehe, daß es mir leid tut um mein junges und schönes Leben.

Während der letzten Nacht habe ich nicht geschlafen; ich erinnerte mich an meine Kindheit, an jene Wiesen, welche Erinnerung vielleicht meinen Untergang veranlaßt hat.

Ich hatte eine Zukunft«, fuhr er dann fort. »Zwölf Mann, ein Unterleutnant, welcher ruft: Ergreift die Waffen, legt an, Feuer! Dann ein Wirbeln der Trommeln, – und die Schande. – Das ist jetzt meine Zukunft. Oh! es muß einen Gott geben, oder dieses alles ist zu dumm.«

Dann ergriff er mich, schlang seine Arme um mich und drückte mich fest an seine Brust.

»Ach! Sie sind der letzte Mensch, dem ich mein Herz ausschütten kann. Sie werden Ihre Freiheit wieder erlangen. Sie werden Ihre Mutter sehen. Ich weiß nicht, ob Sie reich sind oder arm, allein was liegt daran! Für mich sind Sie die ganze Welt. Unsere beiden Völker werden nicht immer miteinander Krieg führen. Sobald der Friede geschlossen ist, reisen Sie nach Beauvais; hat meine Mutter die schmerzhafte Nachricht von meinem Tode überlebt, so werden Sie dieselbe dort antreffen. Sagen Sie dann die tröstenden Worte zu ihr: ›Er war unschuldig.‹

Sie wird Ihnen glauben«, fuhr er drauf fort. »Ich werde an sie schreiben; Sie aber mögen ihr meinen letzten Blick überbringen, mögen ihr sagen, daß Sie der letzte Mensch sind, den ich umarmt habe. Ach! Wie wird die arme Frau Sie lieben, Sie, der Sie der letzte Freund ihres Sohnes gewesen sind.

Chef und Soldaten sind mir hier unbekannt, und ich flöße allen nur Schauder ein«, sagte er, nachdem er einen Augenblick geschwiegen hatte und fast der Last seiner Erinnerungen zu unterliegen schien. Wären Sie nicht da, so hätte nur der Himmel und ich meine Unschuld gekannt.«

Ich gelobte ihm, seinen letzten Willen zu erfüllen, und meine herzlichen Worte rührten ihn.

Kurz darauf kehrten die Soldaten zurück, um ihn abzuholen und vor das Kriegsgericht zurückzuführen. Er wurde verurteilt. Ich kenne die Förmlichkeiten nicht, welche dieses erste Urteil begleiten oder ihm folgen mußten, ich weiß nicht, ob der junge Chirurg sein Leben nach allen Regeln verteidigte, nur das weiß ich, daß er für den folgenden Tag seine Hinrichtung erwartete und während der Nacht den letzten Brief an seine Mutter schrieb.

»Wir werden beide unsere Freiheit erlangen«, sagte er lächelnd zu mir, als ich ihn tags darauf besuchte, »ich habe erfahren, daß der General Ihre Begnadigung unterzeichnet hat.«

Ich blickte ihn schweigend an, um seine Züge meinem Gedächtnis einzuprägen. Dann schien ihn ein Anfall von Unwillen zu ergreifen, und er sagte zu mir:

»Ich bin ungemein feige. Ich habe die ganze Nacht hindurch diese Mauern um Gnade angefleht.«

Dabei zeigte er auf die Mauern des Gefängnisses.

»Ja, ja«, fuhr er dann fort, »ich habe vor Verzweiflung geheult, ich habe mich empört, ich habe die schrecklichste Todesangst ausgestanden. – Ich war allein. – Jetzt denke ich erst an das,was andere von mir sagen werden. Der Mut ist ein Kleid, das wir überwerfen müssen, und es ziemt sich, daß ich anständig dem Tode entgegengehe. Also . . .«

III

Die zwei Gerechtigkeiten

»Oh! fahren Sie nicht fort!« bat die junge Dame, welche diese Erzählung verlangt hatte und jetzt den Nürnberger rasch unterbrach; »ich will in Ungewißheit bleiben und glauben, daß er gerettet ist. Wenn ich jetzt erführe, daß er erschossen ist, so würde ich die ganze Nacht nicht schlafen können. Morgen mögen Sie mir das übrige erzählen.«

Wir erhoben uns vom Tische.

Herr Hermann bot meiner Nachbarin den Arm, und diese fragte ihn:

»Er ist erschossen, nicht wahr?«

»Ja. Ich war Zeuge seiner Hinrichtung.«

»Wie«, sagte sie, »Sie konnten . . .«

»Er hatte es so gewollt. Es ist etwas Schreckliches, dem Leichenbegräbnis eines lebenden Menschen zu folgen, eines Menschen, den man noch dazu liebt und der unschuldig ist. Der arme junge Mann verwandte keinen Blick von mir. Er schien nur noch in mir zu leben. Er wollte, wie er sagte, daß ich seiner Mutter seinen letzten Seufzer überbrächte.«

»Nun, haben Sie die Mutter gesehen?«

»Nach dem Frieden von Amiens kam ich nach Frankreich, allein Frau Magnan war bereits an der Auszehrung gestorben. Nicht ohne die innigste Rührung verbrannte ich den Brief, dessen Überbringer ich sein sollte. Sie mögen vielleicht über meine deutsche Schwärmerei spotten, allein ich erblickte ein Drama voll erhabener Melancholie in dem ewigen Geheimnisse, welches dieses zwischen zwei Gräbern gesprochene Lebewohl decken sollte, das der ganzen Schöpfung unbekannt blieb, dem Angstrufe gleich, den ein Wanderer in der Mitte der Wüste ausstößt, wenn er von einem Löwen überfallen wird.«

»Wenn man Sie einem Manne in diesem Saale gegenüberstellt und Ihnen sagte: ›Der da ist der Mörder!‹ wäre das nicht wieder ein neues Drama?« unterbrach ich ihn. »Was würden Sie dann tun?«

Herr Hermann ergriff seinen Hut und ging.

»Sie handeln wie ein junger Mensch und sehr leichtsinnig«, sagte meine Nachbarin zu mir. »Sehen Sie nur Herrn Taillefer an. Sehen Sie, wie er in dem Lehnstuhl sitzt, dort, in der Ecke am Kamin. Fräulein Fanny reicht ihm eine Tasse Kaffee, – er lächelt. Könnte ein Meuchelmörder, nachdem die Erzählung dieses Abenteuers Höllenpein in seinem Herzen erweckt haben muß, sich noch so ruhig zeigen? Hat er nicht ein wahrhaft patriarchalisches Aussehen?«

»Ja, aber fragen Sie ihn einmal, ob er den Krieg in Deutschland mitgemacht hat«, versetzte ich.

»Warum nicht?«

Meine Nachbarin ging mit jener Kühnheit, deren die Frauen nur selten ermangeln, wenn ihnen ein Abenteuer winkt, oder wenn ihr Geist von der Neugierde beherrscht wird, auf den Armeelieferanten zu.

»Sie sind auch in Deutschland gewesen?« fragte sie ihn. Herr Taillefer hätte beinahe seine Untertasse fallen lassen.

»Ich, Madame? Nein, nie . . .«

»Was sagst du da, Taillefer?« fiel ihm der Bankier in die Rede; »hast du nicht bei der Fourage-Abteilung die Schlacht von Wagram mitgemacht?«

»Ach, ja!« versetzte Herr Taillefer, »damals war ich auch mit in Deutschland.«

»Sie irren sich. Er ist ein guter Mann!« sagte meine Nachbarin, als sie wieder zu mir kam.

»Nun!« erwiderte ich ihr, »ehe wir uns trennen, werde ich den Mörder aus dem Schlamme jagen, in welchem er sich verbirgt.«

Es passieren täglich Dinge von ungeheurer Tiefe, und doch halten wir sie für so einfach, daß wir ihnen weiter keinen großen Wert beilegen. Wenn sich in einer Gesellschaft zwei Menschen begegnen, von denen der eine das Recht hat, den andern zu verachten oder zu hassen, sei es nun, weil er von einer geheimen Tat weiß, die den andern befleckt, oder irgend etwas kennt, für das er sich rächen muß, so erraten diese beiden Menschen einander und ahnen den Abgrund, welcher sie trennt oder doch trennen sollte. Sie beobachten einander, ohne daß sie es selbst wissen, und beschäftigen sich miteinander. Aus ihren Blicken und ihrem Benehmen sprechen ihre geheimen Gedanken. Es scheint ein Magnet zwischen ihnen zu sein, und ich weiß nicht, was sich kräftiger anzieht, die Rache oder das Verbrechen, der Haß oder die Schmach. Gleich jenem Priester, der die Hostie in Gegenwart des bösen Geistes nicht zu weihen vermochte, fühlen sie sich beide beengt und mißtrauisch: der eine ist höflich, der andere finster; der eine errötet oder erbleicht, der andere zittert. Oft ist der Rächer ebenso feige, wie das Opfer, denn wenig Leute haben den Mut, ein Unheil zu veranlassen, selbst wenn es notwendig ist; und viele Menschen schweigen oder verzeihen, weil sie entweder den Skandal hassen oder einen tragischen Ausgang fürchten. In diesen Wechselbeziehungen standen meine Gefühle und meine Seele zu der des Armeelieferanten, und ein geheimnisvoller Kampf entspann sich. Seit jenen ersten Worten, die ich während der Erzählung des Herrn Hermann an ihn richtete, vermied er meine Blicke; vielleicht vermied er auch die aller andern Gäste. Er plauderte mit der unerfahrenen Fanny, der Tochter des Bankiers; ohne Zweifel fühlte er, wie das gewöhnlich bei Verbrechern der Fall ist, das Bedürfnis, sich der Unschuld zu nähern, indem er hoffte, bei ihr Ruhe zu finden; wenn ich aber auch fern von ihm stand, so hörte ich dennoch seine Worte, und mein Blick schien den seinigen zu bannen. Wenn er mich unbemerkt belauern zu können glaubte, so trafen sich unsere Blicke, und dann senkte er auf der Stelle seine Augenlider.

Herr Taillefer wurde durch diese Marter ermüdet und suchte ihr zu entgehen, indem er sich an den Spieltisch setzte. Ich trat ebenfalls an denselben und wettete auf seinen Gegner, wünschte aber, mein Geld zu verlieren. Dieser Wunsch wurde erfüllt. Ich setzte mich an die Stelle des hinweggehenden Spielers und fand mich nun Auge in Auge dem Mörder gegenüber.

»Mein Herr«, sagte ich zu ihm, während er mit dem Geben zögerte, »würden Sie die Güte haben, die Karten zu geben?« Er warf ziemlich schnell die Karten von links nach rechts.

Meine Nachbarin war neben mich getreten; ich warf ihr einen bedeutungsvollen Blick zu und wandte mich dann mit der Frage an den Lieferanten:

»Sind Sie vielleicht Herr Frédéric Taillefer, dessen Familie ich in Beauvais sehr gut gekannt habe?«

»Ja, mein Herr«, antwortete er.

Dann ließ er seine Karten fallen, erbleichte, legte seinen Kopf auf seine Hände und bat einen der auf ihn wettenden Herren, sein Spiel zu halten, und erhob sich dann.

»Es ist hier zu heiß!« rief er aus. »Ich fürchte ...«

Er konnte nicht weiter sprechen. Seine Züge drückten einen furchtbaren Schmerz aus, und er entfernte sich sehr rasch.

Der Hausherr begleitete Herrn Taillefer und schien lebhaften Anteil an seinem Zustand zu nehmen.

Meine Nachbarin und ich blickten einander an; ich glaubte in ihren Zügen den Ausdruck einer bitteren Traurigkeit zu bemerken.

»Sind Sie stets so mitleidsvoll?« fragte sie mich, als ich den Spieltisch, nachdem ich verloren, verlassen hatte und mit ihr an ein Fenster getreten war. »Möchten Sie wohl die Macht haben, in allen Herzen lesen zu können? Warum lassen Sie nicht lieber die menschliche und die göttliche Gerechtigkeit walten? Wenn wir der einen entgehen, so vermeiden wir doch nie die andere. Sind die Vorrechte eines Gerichtspräsidenten so beneidenswert? Sie haben fast den Henker gespielt.«

»Sie haben erst meine Neugierde geteilt und angefeuert, und nun halten Sie mir eine Moralpredigt«, sagte ich zu ihr.

»Ich habe indes nachgedacht«, antwortete sie.

»Nun denn, Friede den Schurken, Krieg den Unglücklichen, Vergötterung aber dem Golde! ... Aber lassen wir das«, fuhr ich lachend fort. »Sehen Sie nur, ich bitte Sie, die junge Dame an, welche in diesem Augenblicke in den Saal tritt.«

»Nun?«

»Ich habe sie vor drei Tagen auf dem Balle des neapolitanischen Gesandten gesehen und habe mich leidenschaftlich in sie verliebt. Bitte, sagen Sie mir ihren Namen. Niemand konnte mir ...

»Es ist Fräulein Victorine Taillefer.«

Mir wurde es schwarz vor den Augen.

»Ihre Stiefmutter«, fuhr meine Nachbarin fort, deren Stimme ich kaum noch hörte, »hat sie vor kurzem aus dem Kloster geholt, wo ihre Erziehung etwas verspätet vollendet wurde. Ihr Vater hat sie lange Zeit nicht anerkennen wollen. Sie kommt zum erstenmal hierher. Sie ist sehr schön und sehr reich.« Diese Worte wurden von einem sardonischen Lächeln begleitet. In diesem Augenblick vernahmen wir ein lautes, aber ersticktes Geschrei. Es schien aus einem benachbarten Zimmer zu kommen und hallte im Garten nach.

»Ist das nicht die Stimme des Herrn Taillefer?« fragte ich. Wir horchten gespannt, schreckliche Seufzer drangen an unser Ohr.

Die Frau des Bankiers kam eilig auf uns zu und schloß das Fenster.

»Lassen Sie uns alle Szenen vermeiden«, sagte sie zu uns. »Wenn Fräulein Taillefer ihren Vater hörte, könnte sie einen Nervenanfall bekommen.«

Der Bankier trat in den Salon und suchte Victorine. Er sagte ihr leise einige Worte. Das junge Mädchen stieß einen Schrei aus, eilte nach der Tür und verschwand.

Dieses Ereignis verursachte große Aufregung. Die Spieltische wurden leer; jeder wandte sich fragend an seinen Nachbarn; das Gemurmel wuchs, und Gruppen bildeten sich.

»Sollte sich Herr Taillefer . . .?« fragte ich.

»Getötet haben?« sagte spöttisch meine Nachbarin. »Ich denke, Sie würden nicht sehr um ihn trauern.«

»Was ist ihm denn zugestoßen?«

»Der arme Mann!« antwortete die Frau vom Hause, »er leidet an einer Krankheit, deren Name mir wieder entfallen ist, obgleich mir Herr Brousson denselben oft genannt hat; er hat eben wieder einen Anfall.«

»Was ist denn das für eine Krankheit?« fragte plötzlich ein Untersuchungsrichter.

»Oh! Es ist eine schreckliche Krankheit, mein Herr«, antwortete sie. »Die Ärzte kennen kein Mittel gegen sie, es scheint, daß die Schmerzen furchtbar sind. Der unglückliche Taillefer hatte einst, während er mich auf meinem Landgute besuchte, einen Anfall, und ich war gezwungen, in ein Nachbarhaus zu gehen, um ihn nicht zu hören, denn er stößt bei solchen Anfällen ein furchtbares Geschrei aus, will sich das Leben nehmen, und seine Frau ist dann gezwungen, ihn in seinem Bette festzubinden oder ihm sogar eine Zwangsjacke anzuziehen. Er behauptet, Tiere in seinem Gehirn zu haben, welche dasselbe zernagen, er fühlt ein Reißen und Schneiden im Innern eines jeden Nerven, er leidet so furchtbar im Kopfe, daß er nicht einmal die Schröpfköpfe fühlte, welche man ihm damals setzte, um seine Aufmerksamkeit auf etwas anderes zu lenken. Herr Brousson, den er jetzt als Arzt genommen hat, verbietet dieses Mittel und behauptet, sein Leiden sei eine Nervenentzündung, weshalb man Blutegel an den Hals setzen und Opium auf den Kopf legen müsse. Die Anfälle sind auch in der Tat jetzt seltener geworden und kommen in der Regel nur noch gegen Ende des Herbstes vor. Ist der arme Mann wieder hergestellt, so versichert er, daß er lieber gerädert oder gevierteilt werden wolle, als einen neuen Anfall erleiden.«

»Dann müssen die Schmerzen wohl entsetzlich sein«, sagte ein Wechselagent, der Schöngeist des Salons.

»Oh!« nahm sie wieder das Wort, »im letzten Jahre wäre er fast in einem Anfalle geblieben; er mußte plötzlich auf sein Landgut, hatte dort eine wichtige Sache zu erledigen, und da ihm die nötige Hilfe fehlte, lag er vierundzwanzig Stunden lang starr und regungslos, wie tot. Er wurde nur durch ein sehr heißes Bad gerettet.«

»Das war demnach eine Art Starrkrampf?« fragte der Wechselagent.

»Ich weiß nicht«, versetzte sie; »seit fast dreißig Jahren leidet er an dieser Krankheit; er hat sich dieselbe beim Kriegsdienst zugezogen; beim Falle in ein Boot soll ihm ein Holzsplitter in den Kopf gedrungen sein. Herr Brousson hofft noch, ihn wieder zu heilen; man behauptet, daß die Engländer ein Mittel gefunden haben, diese Krankheit ohne Gefahr mit Blausäure zu heilen.«

In diesem Augenblicke erscholl ein Schrei durch das Haus, der noch durchdringender war als die früheren und uns alle mit Schauder erfüllte.

»Sehen Sie! So hörte ich ihn damals in jedem Augenblick schreien«, versicherte die Gattin des Bankiers. »Ich fuhr oft von meinem Sitze empor und fürchtete selbst für meine Nerven. Wunderlich ist es aber, daß dieser arme Taillefer, obgleich er unerhörte Schmerzen leidet, doch nie dabei in Todesgefahr kommt, während der Augenblicke der Ruhe, welche ihm seine furchtbare Marter läßt, ißt und trinkt er, wie gewöhnlich; die Natur ist recht sonderbar. Ein deutscher Arzt hat ihm gesagt, daß seine Krankheit eine Art Kopfgicht sei, und das stimmt auch vollkommen mit der Meinung des Herrn Brousson überein.«

Ich verließ die Gruppe, welche sich um die Hausfrau gebildet hatte, und folgte Fräulein Taillefer, welche eben von einem Diener hinausgerufen wurde.

»Oh! mein Gott! mein Gott!« flehte das arme Mädchen unter Tränen, »was hat denn mein Vater dem Himmel getan, daß er solche Schmerzen leiden muß! Ein so guter Mann!« Ich begleitete sie die Treppe hinab. Als ich ihr in den Wagen half, sah ich ihren Vater in einer Ecke desselben zusammengesunken. Fräulein Taillefer suchte das Wimmern ihres Vaters zu ersticken, indem sie seinen Mund mit einem Taschentuche bedeckte. Unglücklicherweise erblickte er mich. Seine Züge schienen sich wieder zu verzerren. Er stieß einen furchtbaren Schrei aus, warf mir einen drohenden Blick zu, und der Wagen rollte fort. Dieses Diner, dieser Abend übten einen grausamen Einfluß auf mein Leben und meine Gefühle aus. Ich liebte Fräulein Taillefer, vielleicht gerade deshalb, weil Ehre und Zartgefühl mir untersagten, in verwandtschaftliche Beziehungen zu einem Meuchelmörder zu treten, ein so guter Gatte und Vater er auch sonst sein mochte.

Eine unbegreifliche Fügung des Schicksals ließ mich stets in den Häusern erscheinen, in welchen auch Victorine erschien. Oft hatte ich mir des Morgens mein Ehrenwort gegeben, daß ich sie nun nie wieder sehen wollte, allein des Abends fand ich mich wieder an ihrer Seite. Meine Freude war dann unermeßlich. Meine Liebe war an und für sich berechtigt, und doch quälten micht fortwährend Gewissensbisse, und hierdurch bekam mein Gefühl für sie die Färbung einer verbrecherischen Leidenschaft. Ich schämte mich vor mir selbst, verachtete mich, weil ich Herrn Taillefer grüßte, wenn er zufällig mit seiner Tochter war. Aber ich grüßte ihn doch.

Unglücklicherweise ist Victorine nicht nur eine schöne Person, sie ist außerdem gebildet, hat Talente, Anmut und dabei nicht die geringste Spur von Anmaßung. Sie plaudert mit Zurückhaltung; und ihr Wesen strömt eine melancholische Anmut aus, der niemand widerstehen kann. Sie liebt mich, oder wenigstens läßt sie es mich glauben. Sie hat ein Lächeln, welches nur für mich ist, und spricht sie mit mir, wird ihre Stimme noch sanfter. Oh! sie liebt mich; aber sie betet ihren Vater an, sie rühmt seine Güte, seine Sanftmut, sein ausgezeichnetes Herz; und diese Lobsprüche sind ebensoviele Dolchstöße, die sie meinem Herzen versetzt.

Eines Tages habe ich mich fast zum Komplizen des Verbrechens gemacht, auf welchem der Reichtum der Familie Taillefer beruht. Ich wollte um Victorines Hand bitten. Da floh ich, machte eine Reise, ging nach Deutschland, nach Andernach. Dann kehrte ich wieder zurück. Ich fand Victorine bleich und abgehärmt wieder. Hätte ich sie gesund und heiter wieder getroffen, so wäre ich gerettet gewesen.

So aber flammte meine Leidenschaft mit außerordentlicher Gewalt empor; ich fürchtete, daß meine Bedenken in eine Monomanie ausarten möchten; ich beschloß ein Synedrium reiner Seelen zusammenzurufen, um einiges Licht in dieses moralische und philosophische Problem zu bringen. Die Frage war seit meiner Rückkehr noch verwickelter geworden.

Vorgestern rief ich also diejenigen meiner Freunde zusammen, bei denen ich am meisten Rechtschaffenheit, Zart- und Ehrgefühl erwartete.

Ich hatte zwei Engländer eingeladen, einen Gesandtschaftssekretär und einen Puritaner, einen ehemaligen Minister, der durch die Politik gereift war, einige noch vollkommen unschuldige Männer, einen Priester mit greisen Haaren, meinen ehemaligen Vormund, diesen kindlichen Mann, der mir die schönste Vormundschaftsrechnung abgelegt hat, deren man sich im Palais de Justice erinnert; einen Advokat, einen Notar, einen Richter, kurz Männer aus den verschiedensten Gesellschaftsklassen und mit den verschiedensten Ansichten.

Wir begannen mit einem guten Mittagessen, wobei viel geplaudert und gelacht wurde; beim Nachtisch erzählte ich ganz einfach meine Geschichte und bat um guten Rat, während ich den Namen meiner Geliebten verschwieg.

»Nun ratet mir, meine Freunde«, sagte ich, als ich zu Ende

war. »Beleuchtet die Frage vollständig und von allen Seiten, als ob es sich um einen Gesetzentwurf handelte. Die Urne und Kugeln sollen euch übergeben werden, und ihr mögt dann mit dem ganzen Geheimnis, welches eine Abstimmung verlangt, für oder gegen meine Heirat sprechen.«

Da herrschte plötzlich allgemeines Schweigen.

Der Notar hielt sich nicht für berechtigt, mit abzustimmen.

»Es gibt dabei einen Kontrakt aufzusetzen«, sagte er.

Der Wein hatte die Zunge meines alten Vormundes gelähmt, und es tat not, ihn selbst zu bevormunden, damit ihm auf dem Heimwege kein Unglück widerfahre.

»Ich begreife«, sagte ich. »Da ihr mir eure Meinung nicht sagen wollt, sagt ihr mir eben sehr deutlich, was ich zu tun habe.« Es entstand eine Bewegung in der Versammlung.

»Wie die Tugend, so hat auch das Laster seine Grade«, sagte ein Grundeigentümer, welcher für die Kinderbewahranstalt und das Denkmal des General Foy gezeichnet hatte.

»Schwätzer!« sagte der alte Minister mit leiser Stimme zu mir und stieß mich mit dem Ellenbogen an.

»Worin liegt denn die Schwierigkeit?« fragte ein Herzog, dessen Vermögen aus Gütern bestand, die man nach der Aufhebung des Ediktes von Nantes aufsässigen Protestanten abgenommen hatte.

Der Advokat erhob sich:

»In rechtlicher Hinsicht bietet der uns vorliegende Fall nicht die mindeste Schwierigkeit. Der Herr Herzog hat recht. Gibt es keine Verjährung? Wohin würde das führen, wenn wir den Ursprung eines jeden Vermögens kennen wollten? Das ist reine Gewissenssache; wollt Ihr aber die Sache durchaus vor einen Richterstuhl bringen, so gilt hier nur der Beichtstuhl.«

Das zu Fleisch gewordene Gesetzbuch schwieg, setzte sich wieder und trank ein Glas Champagner.

Der gute Priester, der Erklärer des Evangeliums, erhob sich. »Gott hat uns als unvollkommene Wesen geschaffen«, sagte er mit Bestimmtheit. »Wenn Sie die Erbin des Verbrechens lieben, so heiraten Sie sie, aber begnügen Sie sich mit dem mütterlichen Vermögen und schenken Sie das väterliche den Armen.«

»Aber«, bemerkte einer jener mitleidslosen Rechthaber, denen man so oft in dieser Welt begegnet, »der Vater hat vielleicht nur deshalb die gute Heirat gemacht, weil er selbst schon ein reicher Mann war. Ist nicht der geringste seiner Glücksfälle stets nur eine Frucht jenes Verbrechens gewesen?«

»Die Erörterung selbst ist schon ein Urteil. Es gibt Dinge, über welche der Mensch sich gar nicht erst den Kopf zu zerbrechen braucht«, sagte mein alter Vormund, der in seiner Trunkenheit glaubte, durch seine Äußerung den Versammelten den rechten Weg zu zeigen.

»Ja«, sagte der Gesandtschaftssekretär.

»Ja«, sagte der Priester.

Diese beiden Männer verstanden einander aber gar nicht.

Ein junger Doktrinär, dem von 155 Stimmen nur 150 gefehlt hatten, um zum Deputierten gewählt zu werden, erhob sich: »Meine Herren, dieser phänomenale Fall im Seelenleben ist einer von denen, die durchaus nicht in den Normal-Zustand passen, den die Gesellschaft verlangt. Der Beschluß, den wir zu fassen haben, muß aus unserem Gewissen entspringen, muß sich darstellen als ein plötzliches Begreifen, muß ein lehrreiches Urteil, eine Nuance unserer innersten Anschauung sein, die uns plötzlich erkennen läßt, . . . stimmen wir also ab.«

»Jawohl, wir müssen die Stimmen abgeben«, sagten meine Gäste.

Nun ließ ich einem jeden zwei Kugeln geben, eine weiße und eine rote. Die weiße, als Symbol der Jungfräulichkeit, sollte von der Ehe abraten; die rote Kugel dagegen sollte dieselbe billigen.

Aus Zartgefühl enthielt ich mich der Abstimmung.

Meine Freunde waren siebzehn an der Zahl; absolute Majorität neun.

Jeder warf seine Kugel in den enghalsigen Weidenkorb, in den die Kugeln geworfen werden, wenn die Spieler beim Poule die Reihenfolge bestimmen. Wir waren alle sehr neugierig, denn diese Abstimmung geläuterter Moral hatte etwas Originelles.

Als ich das Gefäß leerte, fand ich neun weiße Kugeln! Dieses Resultat überraschte mich gar nicht; ich zählte die jungen Leute von meinem Alter, welche unter meinen Richtern waren, und siehe, es waren deren gerade neun. Sie hatten also denselben Gedanken gehabt.

»Oh, oh!« sagte ich mir, »die einen sind einmütig für die Ehe, die andern ebenso einmütig gegen dieselbe. Wie soll ich mich aus dieser Verlegenheit ziehen?«

»Wo wohnt der Schwiegervater?« fragte ziemlich keck einer meiner ehemaligen Schulfreunde, der sich weniger zu verstellen wußte, als die übrigen.

»Der Schwiegervater lebt gar nicht mehr«, antwortete ich ihm. »Früher sprach mein Gewissen deutlich genug, um euren Beschluß überflüssig zu machen. Und wenn heute seine Stimme schwächer geworden ist, so ist dies der Grund meiner Feigheit. Ich empfing nämlich vor zwei Monaten diesen verführerischen Brief.«

»Sie werden gebeten, bei dem Leichenbegräbnis, Totenamt und Begräbnis des Herrn Jean Frédéric Taillefer, ehemaligen Kaiserlichen Armee-Lieferanten, Ritters der Ehrenlegion und vom goldenen Sporn, Hauptmanns der ersten Kompagnie des zweiten Grenadierregiments der Pariser Nationalgarde, entschlafen am ersten Mai, zugegen sein zu wollen usw.

Was soll ich nun tun?« versetzte ich. »Es klebt allerdings Blut an dem Vermögen des Fräulein Taillefer. Die Erbschaft ihres Vaters ist ein ungeheures Hacelma. Ich weiß es. Aber Prosper Magnan hat keinen Erben hinterlassen. Es ist ferner unmöglich gewesen, die Familie des in Andernach ermordeten Stecknadelfabrikanten aufzufinden. Wem soll man nun das Vermögen zurückerstatten? Und muß man das ganze Vermögen zurückerstatten? Habe ich das Recht, ein Geheimnis zu verraten, in dessen Besitz ich zufällig kam, die Mitgift eines unschuldigen jungen Mädchens um einen abgeschnittenen Kopf zu vermehren, ihr böse Träume zu verursachen, ihr eine schöne Illusion zu rauben, ihr den Vater ein zweites Mal zu töten, indem ich ihr zurufe: ›Alle deine Taler sind mit Blut befleckt!‹ Ich borgte das Wörterbuch der Gewissensfälle von einem alten Geistlichen, fand aber keine Lösung meiner Bedenken. Eine fromme Stiftung für das Seelenheil Prosper Magnans, Walhenfers und Taillefers gründen? Wir leben im Jahre 1831. Ein Hofspital bauen?

Einen Tugendpreis aussetzen? Den Tugendpreis erringt stets nur der größte Heuchler, der seine Laster am besten zu verbergen versteht, und unsere Hofspitäler scheinen fast zu Sinekuren für das Laster geworden zu sein. Und überdies, kann man mit diesen Gründungen, die doch alle mehr oder weniger der Eitelkeit schmeicheln, das Geschehene wieder gutmachen? Nur so viel ist bestimmt: ich liebe und liebe leidenschaftlich. Meine Liebe ist mein Leben. Wenn ich ohne Gründe einem jungen, an den Luxus, an den äußeren Glanz, an ein durch Kunstgenüsse verschönertes Leben gewöhnten Mädchen, das gewohnt ist, in die Oper zu gehen und Rossinische Musik zu hören, den Vorschlag machen wollte, 1 500 000 Franken zugunsten stumpfsinniger Greise oder Kranker herzugeben, so würde sie mir lachend den Rücken zuwenden, oder ihre Muter würde das für einen schlechten Witz halten. Wollte ich ihr in der Begeisterung der Liebe den Reiz eines mittelmäßigen Lebens rühmen und mein Häuschen an den Ufern der Loire anpreisen, wollte ich von ihr verlangen, daß sie ihr Leben in Paris unserer Liebe aufopfern sollte, so wäre das eine tugendhafte Lüge, und ich würde dabei vielleicht noch eine traurige Erfahrung machen: das Herz dieses jungen Mädchens, das die Bälle und den Putz und augenblicklich auch mich liebt, verlieren. Sie würde mir vielleicht durch einen schmächtigen Offizier mit schön gekräuseltem Schnurrbart entführt, der ihr auf dem Piano etwas vorspielt, Lord Byron rühmt und elegant zu Pferde sitzt. Was tun? Meine Herren, bitte, raten Sie mir.«

Der ehrliche Mann, jener Puritaner, welcher dem Vater der Jenny Deans glich und den ich schon oben erwähnt habe, zuckte die Schultern und sagte zu mir:

»Dummkopf, warum hast du ihn denn gefragt, ob er aus Beauvais sei?«

Ein Drama am Meeresstrande

Fast alle jungen Männer messen gerne ihre Zukunft wie mit einem Zirkel: wenn ihre Willenskraft der Größe des Winkels entspricht, den sie öffnen, dann gehört die Welt ihnen. Aber dieser Vorgang im Seelenleben findet nur in einem gewissen Alter statt. Dieses Alter, das für alle Männer zwischen zwanzig und achtundzwanzig Jahren liegt, ist das der großen Gedanken, es ist das Alter der ersten eigenen schöpferischen Ideen, weil es das Alter der ungeheuren, grenzenlosen Wünsche ist, das Alter, in dem man an nichts zweifelt. Wer die Zweifel kennt, der kennt keine Macht. Nach diesem Alter, das schnell vergeht wie die Zeit der Saat, kommt das der Tat. Es gibt gewissermaßen zwei Jugendzeiten: die Zeit, in der man glaubt, und die Zeit, in der man handelt; oft fallen beide zusammen und zwar bei Menschen, die die Natur besonders begünstigt hat; diese sind dann wie Cäsar, Newton und Bonaparte die Größten unter den großen Männern.

Ich maß, wieviel Zeit ein Gedanke braucht, um sich zu entwickeln; und meinen Zirkel in der Hand, stand ich auf einem Felsen, der hundert Klafter über dem Meere liegt, dessen Wellen in der Brandung spielten, maß meine Zukunft aus, füllte sie an mit Werken, wie ein Baumeister, der auf leerem Gelände Festungen und Schlösser erstehen läßt.

Das Meer war schön. Ich hatte geschwommen und mich soeben wieder angezogen. Ich erwartete Pauline, meinen Schutzengel, die in einem mit feinstem Sande gefüllten Bekken in den Granitfelsen badete. Es war wohl die anmutigste Badewanne, die die Natur für ihre Nymphen geschaffen hat. Wir befanden uns am äußersten Ende von Croisic, einer kleinen Halbinsel der Bretagne; wir waren weit vom Hafen, an einer Stelle, die der Fiskus für so unzugänglich gehalten hat, daß der Grenzer hier fast nie vorbeikommt auf seinen Runden. In den Lüften schwimmen, nachdem man im Meere geschwommen hat! Warum dachte ich? Woher kommt eine Krankheit? Wer weiß es? Die Ideen entstehen in unseren

Herzen oder in unseren Köpfen, ohne uns zu fragen. Nie war eine Kurtisane eigensinniger und herrischer als die Konzeption es für die Künstler ist; man muß sie beim Schopfe nehmen, wie das Glück, wenn es sich darbietet. Auf meinen Gedanken wie Astolphe auf seinem Hippogryphen, ritt ich durch die Welt, richtete in ihr alles ein, wie es mir gefiel. Als ich nach einer Vorbedeutung suchte für die kühnen Bauten, die meine tolle Phantasie zu unternehmen mich antrieb, übertönte ein lustiger Schrei, der Schrei einer Frau, die erfrischt und fröhlich aus dem Bade steigt, das Murmeln der ewig beweglichen Wellen an der zerrissenen Küste. Als ich diesen Ton hörte, der klang, als käme er aus tiefster Seele, vermeinte ich in den Felsen den Fuß eines Engels zu sehen, der seine Flügel ausbreitete und rief: ›Alles wird dir gelingen!‹ Leicht und fröhlich stieg ich hinunter; sprang hinab wie ein Kiesel auf steilem Hange. Als sie mich sah, sagte sie zu mir: »Was tust du?« Ich antwortete nicht, meine Augen wurden feucht. Am Abend vorher hatte Pauline meine Schmerzen verstanden, wie sie jetzt meine Freude verstand, mit der magischen Empfindsamkeit einer Harfe, die jeder Veränderung der Luft unterworfen ist. Das Menschenleben hat schöne Augenblicke. Schweigend gingen wir am Ufer hin. Der Himmel war wolkenlos, das Meer war spiegelglatt; andere hätten hierin nur zwei blaue, öde Flächen gesehen, die übereinander lagen; aber wir, die wir uns verstanden, ohne miteinander zu sprechen, die wir zwischen diesen beiden endlosen Flächen die Gedanken spielen lassen konnten, die die Freude der Jugend sind, wir drückten uns die Hände bei der kleinsten Veränderung der Wasserfläche oder der Luftfläche, denn für uns waren diese geringfügigen Erscheinungen gleichsam ein Greifbarwerden unserer gemeinsamen Gedanken. Wer hätte noch nicht in Augenblicken großer Freude diese unendliche Wonne genossen, da die Seele sich loszulösen scheint von den Banden des Fleisches, zurückzukehren scheint dahin, woher sie kommt? Die Freude ist nicht unser einziger Führer in jene Regionen. Gibt es nicht Stunden, in denen die Gefühle von selbst einander umarmen und sich dorthin schwingen, wie zwei Kinder, die einander bei der Hand nehmen und daherlaufen, ohne zu wissen warum? So gingen wir. Als die Dächer der Stadt sich am

Horizonte zeigten wie eine graue Linie, begegnete uns ein armer Fischer, der nach Croisic zurückkehrte; er war barfuß, seine Leinenhose war ausgefranst, zerrissen und schlecht geflickt. Außerdem war er bekleidet mit einem Leinenhemde, seine Hosenträger waren schlecht, seine Jacke war nur noch ein Lumpen. Dieses Elend tat uns weh, war gleichsam eine Dissonanz in unserer Harmonie. Wir sahen einander an und bedauerten beide, in diesem Augenblicke nicht aus den Schätzen Abul-Casems schöpfen zu können. Wir bemerkten einen köstlichen Hummer und eine Meerspinne, die der Fischer an einer Schnur in der rechten Hand trug, während er in der andern seine Fischgeräte hielt.

Wir redeten ihn an, denn wir hatten die Absicht, ihm seinen Fang abzukaufen. Beide hatten wir zur selben Zeit diesen Gedanken gehabt, und bei ihr drückte er sich aus in einem Lächeln, und ich antwortete mit einem Druck der Hand, die ich in der meinen hielt und auf mein Herz legte. Es war eins von jenen Nichts, aus denen die Erinnerung später Gebilde macht, wenn wir beim warmen Feuer an die Stunde oder den Ort denken, in der dieses Nichts uns bewegte, wenn wir an dieses Glücksgefühl denken, dessen Ursachen noch nicht festgestellt worden sind, das sich aber ausbreitet über alle Gegenstände, die uns in den Augenblikken, in denen das Leben leicht und unsere Herzen voll sind, umgeben. Die schönste Landschaft ist doch immer nur das, was wir aus ihr machen. Jeder ein wenig poetisch veranlagte Mensch hat doch wohl in seiner Erinnerung einen Felsen, der mehr Platz in ihr einnimmt als die berühmtesten Landschaften, die man nur mit Aufwand von viel Worten beschreiben kann. Bei diesem Felsen wilde Gedanken, ein Leben voll schaffender Arbeit, zerstreute Befürchtungen, aufleuchtende Hoffnung. Das alles bewegt die Seele. Und in diesem Augenblicke hat die Sonne, die uns und unsere Gedanken an Liebe und Zukunft versteht, auf den kahlen Felsen ihre leuchtenden Strahlen geworfen; einige Gebirgsblumen fesseln die Aufmerksamkeit; Ruhe und Schweigen schmücken den düstern Felsen mit erhabener Größe, und der Träumer schmückt ihn mit leuchtenden Farben. Nun ist er schön, trotz seiner mageren Vegetation, trotz der Kamillen und des samtblättrigen Venushaars. Es ist ein herrliches

Fest in herrlicher Umgebung, es ist eine glückliche, höchste Steigerung der menschlichen Kräfte. So hatte einmal der Briennersee zu mir gesprochen, als ich ihn von der Insel Saint-Pierre aus sah. Vielleicht ist der Felsen von Croisic die letzte dieser Freuden. Was wird aber aus Pauline?

»Sie haben heute morgen einen guten Fang getan, lieber Mann«, sagte ich zum Fischer.

»Ja, Herr«, antwortete er.

Er blieb stehen. Sein Gesicht war gebräunt wie bei Leuten, die stundenlang den Sonnenstrahlen auf dem Meere ausgesetzt sind. Dieses Gesicht erzählte von der Entsagung, der Geduld und den sanften Sitten des Fischers. Der Mann hatte eine milde Stimme, wohlgeformte Lippen, keinerlei Ehrgeiz. Er sah schwächlich aus. Jedes andere Gesicht hätte uns mißfallen.

»Wo wollen Sie das verkaufen?«

»In der Stadt.«

»Wieviel werden Sie wohl für den Hummer bekommen?«

»Fünfzehn Sous.«

»Und für die Spinne?«

»Zwanzig Sous.«

»Warum denn dieser Preisunterschied?«

»Herr, die Spinne ist bedeutend zarter. Dann ist sie auch schlau wie ein Affe, und nur selten fängt man eine.«

»Wollen Sie mir beide zusammen für 5 Francs geben?« sagte Pauline.

Der Mann war wie versteinert.

»Du sollst sie nicht haben«, sagte ich lächelnd, »ich gebe 10 Francs dafür. Man muß für Stimmungen bezahlen, was sie wert sind.«

»Ich werde sie doch bekommen«, erwiderte sie, »ich gebe 10 Francs und zwei Sous.«

»10 Sous.«

»12 Francs.«

»15 Francs, fünfzig Centimes«, sagte sie.

»100 Francs.«

»150.«

Ich gab nach. In diesem Augenblick waren wir nicht reich genug, um ein höheres Gebot bei dieser Versteigerung machen zu können. Unser armer Fischer wußte nicht, ob er wütend werden oder sich freuen sollte; wir nannten ihm den Namen unserer Wirtin, sagten ihm, er solle ihr den Hummer und die Spinne bringen. Da war der Mann grenzenlos glücklich.

»Verdienen Sie Ihren Lebensunterhalt?« fragte ich ihn, denn ich wollte gerne wissen, warum er gar so dürftig aussah.

»Mit großer Mühe und unter vielen Entbehrungen«, antwortete er. »Der Fischfang am Meeresstrand ist ein zweifelhafter Beruf, wenn man weder Boot noch Netze hat und nur auf Angel und Reuse angewiesen ist. Sehen Sie, man muß warten, bis mal ein Fisch oder eine Muschel kommt, während die Großfischer sie im offenen Meere aufsuchen können. Es ist so schwer, auf diese Weise seinen Lebensunterhalt zu verdienen, und ich bin der einzige an der ganzen Küste, der so fischt. Ich verbringe ganze Tage, ohne etwas zu fangen. Um mal etwas zu fangen, muß eine Spinne einschlafen, wie diese es tat, oder ein Hummer unbesonnen genug sein, um in den Klippen zu bleiben. Nach der Flut finde ich dann und wann kleinere Krebse, die fange ich dann mit der Hand.«

»Nun, alles in allem, was verdienen Sie denn am Tage?«

»Elf bis zwölf Sous. Ich würde damit wohl auskommen, wenn ich allein wäre, aber ich muß für meinen Vater sorgen; der kann mir in keiner Weise helfen, da er blind ist.«

Die Worte sprach der Mann mit ungeheurer Einfachheit aus. Ohne ein Wort zu sagen, blickten Pauline und ich einander an.

»Haben Sie eine Frau oder eine Freundin?«

Er warf uns einen unsäglich traurigen Blick zu und antwortete: »Hätte ich eine Frau, ich müßte meinen Vater verlassen. Ihn, eine Frau und Kinder könnte ich nicht ernähren.«

»Warum versuchen Sie denn nicht, mehr zu verdienen, indem Sie Salz zum Hafen tragen oder in den Salzteichen arbeiten?«

»Ach, Herr, das hielte ich keine drei Monate aus. Ich bin nicht kräftig genug. Und wenn ich stürbe, müßte mein Vater betteln gehen. Hätte ich eine Arbeit, die ein wenig Geschicklichkeit und viel Geduld verlangt, dann hätte ich das Richtige.«

»Wie können den zwei Personen mit 10–12 Sous täglich leben?«

»Ach, Herr, wir essen Buchweizenkuchen und Muscheln, die ich von den Felsen ablöse.«

»Wie alt sind Sie denn?«

»Siebenunddreißig.«

»Sind Sie je aus dieser Gegend herausgekommen?«

»Einmal bin ich in Guérande gewesen, zur Auslosung fürs Militär, dann bin ich in Savenay gewesen, wo man mich untersucht hat. Wäre ich nur einen Zoll größer gewesen, ich hätte Soldat werden müssen. Bei der ersten Anstrengung wäre ich aber gestorben, und mein armer Vater müßte jetzt auf den Straßen betteln.«

Manches Drama hatte ich mir schon ausgemalt; Pauline war an große Erregungen an der Seite eines so feinfühligen Menschen, wie ich es bin, gewöhnt. Und doch hatte bis jetzt keiner von uns ergreifendere Worte gehört als die des Fischers. Schweigend gingen wir einige Schritte weiter, maßen beide die unergründliche Tiefe dieses unbekannten Lebens und bewunderten den Adel dieser Aufopferung, die sich selbst nicht kannte. Diese Kraft bei so viel körperlicher Schwäche setzte uns in Erstaunen; wir kamen uns klein vor neben diesem Edelmut. Ganz unwillkürlich sah ich dieses arme Wesen an diesen Felsen geschmiedet wie einen Galeerensträfling an seine Kugel, wie er seit zwanzig Jahren nach Muscheln suchte, um seinen Unterhalt zu verdienen, wie ein einziges Gefühl ihm Geduld und Ausdauer verlieh. Wieviel Stunden mochte er wohl in einem Winkel am Strande verbracht haben! Wieviel Hoffnungen mochte ihm ein Witterungswechsel zerstört haben! Da hing er an einem Granitfelsen, streckte den Arm aus wie ein indischer Fakir, während sein Vater auf einem Schemel in Schweigen und Dunkel wartete, daß er die dickste Muschel und ein Stück Brot bekam . . . wenn das Meer es wollte.

»Trinken Sie ab und zu Wein?« fragte ich ihn.

»Drei- bis viermal im Jahre.«

»Nun! Heute sollen Sie welchen trinken, Sie und Ihr Vater, auch wollen wir Ihnen ein Weißbrot schicken.«

»Sie sind zu gütig, Herr.«

»Wir werden Ihnen ein Mittagessen geben, wenn Sie uns

am Meere entlang bis nach Batz führen, wo wir den Turm besichtigen wollen, der den Hafen und die Küste zwischen Batz und Croisic beherrscht.«

»Gern«, sagte er; »gehen Sie nur immer geradeaus, Sie brauchen nur auf demselben Wege zu bleiben, ich werde nachkommen, will eben nur meine Geräte und meinen Fang abgeben.«

Wir nickten beide zustimmend, und er eilte fröhlich zur Stadt. Diese Begegnung hielt uns in der Seelenstimmung, in der wir uns befanden, aber unsere Heiterkeit war durch sie ein wenig getrübt worden.

»Der arme Mann«, sagte Pauline zu mir, mit diesem Tone, der dem Mitleid einer Frau das Verletzende nimmt, »man schämt sich seines Glückes, wenn man solches Elend sieht.«

»Nichts ist grausamer als unerfüllte Wünsche zu haben«, entgegnete ich ihr. »Diese beiden armen Wesen, Vater und Sohn, werden ebensowenig wissen, wie lebhaft unsere Teilnahme für sie war, wie die Welt weiß, wie schön ihr Leben ist, denn sie sammeln Schätze im Himmel.«

»Welch armes Land«, sagte sie, indem sie mich auf ein Feld aufmerksam machte, das von einer Mauer umgeben war und auf dem in regelmäßigen Abständen Kuhfladen lagen. »Ich habe gefragt, was das zu bedeuten habe. Eine Bäuerin erzählte mir, daß dies ihr Holz sei. Denke dir nur, wenn diese Kuhfladen trocken sind, stapeln die armen Leute sie auf und heizen dann ihre Stuben damit. Im Winter verkauft man sie wie Lohkuchen. Was meinst du wohl, daß eine Näherin verdient, wenn man ihr den höchsten Lohn zahlt? Fünf Sous täglich«, sagte sie nach einer Pause; »aber man gibt ihr noch das Essen.«

»Sieh«, sagte ich zu ihr, »die Winde des Meeres verdorren oder trocknen alles, man sieht hier keinen Strauch, keinen Baum; die Trümmer der unbrauchbar gewordenen Fahrzeuge werden von den Reichen gekauft, denn die Transportkosten für das Brennholz, an dem die Bretagne reich ist, gestatten ihnen nicht, es zu kaufen. Dieses Land ist nur für große Seelen schön; Leute ohne Herz könnten hier nicht leben; Dichter oder Muscheln können es bewohnen. Mußte nicht erst das Salzlager auf diesem Felsen eingerichtet werden, damit er nur bewohnt wurde? Auf der einen Seite das Meer, hier der Sand, und darüber der unendliche Raum.«

Wir hatten die Stadt schon hinter uns, und wir befanden uns in jener Einöde, die Croisic von Batz trennt. Man stelle sich eine Einöde von zwei Meilen Ausdehnung vor, eine Einöde, in der der Sand in der Sonne leuchtet. Hier und da erhoben einige Felsen ihre Häupter, sie glichen riesigen Tieren, die in den Dünen lagen. Längs des Meeres sah man einige Klippen, um die die Wasser spielten; sie sahen aus wie große weiße Rosen, die auf dem Meere schwammen und dem Ufer zustrebten. Ich blickte auf diese Ebene, die rechts von dem Ozean und links von dem großen See begrenzt wurde, welch letzterer dadurch entstanden ist, daß das Meer das Land zwischen Croisic und den Sandhügeln von Guérande überschwemmt hat. Am Fuße dieser Hügel befinden sich die Salzteiche; an ihren Ufern ist keinerlei Vegetation. Ich blickte Pauline an und fragte sie, ob sie sich stark genug fühle, der Sonnenglut zu trotzen und im Sande zu gehen.

»Ich habe Schnürstiefel an, gehen wir hin«, sagte sie, indem sie mir den Turm von Batz zeigte. Wie eine Pyramide stand der Bau da und zog die Blicke auf sich. Er glich einer zackigen, spindelförmigen Pyramide, doch ging ein unendlich poetischer Reiz von ihm aus, so daß man glauben konnte, sich in der Nähe einer asiatischen Stadt zu befinden. Wir gingen einige Schritte weiter und setzten uns auf einen Felsen, der noch ein wenig im Schatten lag; aber es war 11 Uhr morgens, und dieser Schatten, der schon an unseren Füßen aufhörte, verschwand schnell.

»Wie schön diese Stille ist«, sagte sie zu mir, »und wie ihre Tiefe noch vergrößert wird durch das gleichmäßige Ab- und Zufluten des Meeres an dieser Küste.«

»Wenn du dich mit Verständnis den drei Unendlichkeiten, die uns umgeben, dem Wasser, der Luft und dem Sande überlassen willst und dabei auf nichts anderes hörst als auf den immer wiederkehrenden Laut der Ebbe und Flut«, antwortete ich ihr, »so wirst du in dieser Sprache etwas finden, das dich überwältigt. Gestern, bei Sonnenuntergang, habe ich dieses empfunden; ich war wie vernichtet.«

»Ja, ja, sprechen wir«, sagte sie nach einer langen Pause. »Kein Redner kann schrecklicher sein. Ich glaube, den

Grund der Harmonie zu entdecken, die uns umgibt. Diese Landschaft, die nur drei ausgesprochene Farben hat, das leuchtende Gelb des Sandes, das Blau des Himmels und das Grün des Meeres, ist groß, ohne wild zu sein, ist ungeheuer, ohne verlassen zu sein, ist eintönig, ohne hierdurch ermüdend zu wirken; sie hat nichts als drei Elemente; sie ist bunt.«

»Nur Frauen können so ihre Eindrücke wiedergeben«, erwiderte ich, »du würdest einen Dichter zur Verzweiflung bringen, du geliebte Seele, die ich so gut erkannt habe.«

»Die ungewöhnliche Hitze des Mittags wirft auf diese drei Ausdrucksarten der Unendlichkeit eine verzehrende Farbenglut«, entgegnete lächelnd Pauline. »Jetzt kann ich die leidenschaftliche Dichtung des Orients verstehen.«

»Und ich begreife die Verzweiflung.«

»Ja«, sagte sie, »diese Düne ist ein erhabenes Kloster.«

Wir vernahmen den eiligen Schritt unseres Führers; er hatte seine Sonntagskleider angezogen. Wir sprachen einige unwichtige Worte mit ihm; er glaubte zu merken, daß die Stimmung unserer Seele umgeschlagen sei; und mit dieser Zurückhaltung, die dem Unglück entspringt, schwieg er. Obgleich wir uns von Zeit zu Zeit die Hand drückten, um uns so zu sagen, daß unsere Gedanken und Eindrücke dieselben wären, gingen wir eine halbe Stunde schweigend einher, sei es nun, daß uns die Hitze, die in glühenden Wellen vom Sande aufstieg, bedrückte, sei es, daß der schwierige Marsch unsere Aufmerksamkeit in Anspruch nahm. Wir hielten uns immer noch an der Hand, wie zwei Kinder; hätten wir uns den Arm gereicht, wir hätten keine 12 Schritt gehen können. Der Weg, der nach Batz führte, war nicht gekennzeichnet. Ein Windstoß genügte, um die Spuren zu vernichten, die die Pferdehufe oder die Wagenräder zurückließen; aber das geübte Auge unseres Führers erkannte an dem Mist der Tiere diesen Weg, der bald zum Meere hinabführte, bald wieder hinaufführte, ganz wie es die Beschaffenheit des Bodens mit sich brachte. Es war Mittag, und wir hatten kaum die Hälfte des Weges hinter uns.

»Da unten werden wir uns ausruhen«, sagte ich und zeigte auf das Vorgebirge, das aus ziemlich hohen Felsen bestand. Ich hoffte, dort eine kühle Grotte zu finden.

Der Fischer hatte meine Bewegung gesehen, und als er nun hörte, was ich sagte, erwiderte er, indem er den Kopf schüttelte: »Da ist jemand. Alle, die von Batz nach Croisic, oder von Croisic nach Batz gehen, machen einen Umweg, um dort nicht vorbeizugehen.«

Der Mann hatte leise gesprochen, seine Worte ließen ein Geheimnis vermuten.

»Ist es ein Dieb oder ein Mörder?«

Unser Führer antwortete nicht, wir hörten nur, wie er tief Atem holte. Unsere Neugierde wurde größer.

»Wenn wir nun doch dort vorbeigingen, würde uns ein Unglück zustoßen?«

»O nein!«

»Werden Sie mit uns dort vorbeigehen?«

»Nein, Herr!«

»Wir wollen dort vorbeigehen, wenn Sie uns die Versicherung geben, daß keinerlei Gefahr droht.«

»Das kann ich nicht sagen«, erwiderte lebhaft der Führer; »ich kann nur sagen, daß der, der dort ist, Ihnen nichts sagen wird, Ihnen kein Leid zufügen wird. Er wird sich nicht einmal von seinem Platze rühren.«

»Wer ist es denn?«

»Ein Mann.«

Nie wohl wurden zwei Worte so ernst ausgesprochen. Wir waren unterdessen bis auf zwanzig Schritt an das Riff herangekommen, um das das Meer spielte. Unser Führer schlug den Weg ein, der um die Klippen führte, wir gingen geradeaus weiter; Pauline ergriff meinen Arm. Unser Führer beschleunigte seine Schritte, um mit uns gleichzeitig an der Vereinigungsstelle der beiden Wege anzukommen. Er mochte glauben, daß, wenn wir den Mann gesehen hätten, wir schleunigst weiter gehen würden. Dieser Umstand erweckte unsere Neugierde, die bald so lebhaft wurde, daß unsere Herzen schneller schlugen, als hätten wir Furcht. Trotz der Hitze und der Müdigkeit gaben sich unsere Seelen der unsagbaren Wollust einer wunderbaren Ekstase hin; sie waren gefüllt bis oben von jener Freude, die man mit nichts anderem vergleichen kann als dem Gefühl, das man empfindet, wenn man köstliche Musik hört, wenn man dem *andiamo mio ben* Mozarts lauscht. Sind zwei reine Gefühle, die ineinander aufgehen, nicht wie schöne Stimmen, die singen? Um die Erregung begreifen zu können, die uns ergriff, müßte man teilnehmen an diesem halb-wollüstigen Zustande, in den uns die Ereignisse dieses Morgens versetzt hatten. Bewundert eine Zeitlang eine Turteltaube mit ihrem schönen Gefieder, wie sie auf schwankem Aste nahe einer Quelle sitzt, ihr werdet einen Schmerzensschrei ausstoßen, wenn ihr seht, wie der Sperber auf sie niederstößt, ihr seine Stahlkrallen ins Herz schlägt und sie mit der mörderischen Eile davonträgt, die das Pulver der Kugel verleiht.

Als wir den freien Raum vor der Grotte betreten hatten, – es war eine Art ebener Fläche, die hundert Fuß über dem Ozean lag, und die gegen die Wut der Wellen durch steilabfallende Felsen geschützt war, – schreckten wir plötzlich zusammen. Es war ein Schrecken, wie man ihn wohl empfindet, wenn plötzlich in stiller Nacht ein Lärm ertönt. Wir hatten einen Mann erblickt. Er saß auf einem Granitblock und hatte uns angesehen. Wie der Feuerschein aus der Kanone, brach sein Blick aus blutunterlaufenen Augen, und seine stoische Unbeweglichkeit konnte nur mit den Granitblöcken verglichen werden, die ihn umgaben. Langsam nur bewegte er die Augen, sein Körper blieb unbeweglich, als wäre er versteinert; als er uns den Blick zugeworfen hatte, der uns so heftig ergriffen, blickte er wieder auf die weite Fläche des Meeres, betrachtete sie trotz des Lichtes, das auf ihr flammte, wie die Adler, die in die Sonne blicken, zuckte nicht mit den Lidern. Man stelle sich eine alte, knorrige Eiche ohne Äste vor, die sich phantastisch auf einsamem Wege erhebt, dann hat man ein wahres Bild dieses Mannes. Seine Gestalt war noch immer herkulisch, sein Gesicht glich dem des Jupiter, doch hatten das Alter, die harten Arbeiten auf dem Meere, der Kummer, die grobe Nahrung es verwüstet. Er war schwarz, geschwärzt wie von Pulverdampf. Ich sah seine haarigen, harten Hände, sah auf ihnen Muskeln, so hart, als wären sie aus Stahl. Kurz, alles an dem Manne deutete auf eine unvergleichliche Kraft. In einer Ecke der Grotte bemerkte ich einen Haufen Moos und auf einer flachen Stelle des Felsen ein Brot, das auf einem Kruge lag. Die Wüsten, in denen die ersten Anachoreten der Christenheit wohnten, hatte ich mir oft genug ausgemalt, doch nie hatte ich mir ein so unendlich erhabenes, in seiner Reue so furchtbares Gesicht vorgestellt als das dieses Mannes. Mancher Beichtvater mag schöne Reue gesehen haben, aber diese Reue ertrank in den Fluten des Gebetes, des immerwährenden Gebetes einer stummen Verzweiflung. Dieser Fischer, dieser Seemann, dieser plumpe Bretone wirkte erhaben durch ein mir unbekanntes Empfinden. Hatte er geweint? Hatte diese Hand geschlagen? Seine runde Stirn, auf der man wilde Rechtlichkeit und Kraft las, zeigte Spuren von jener Sanftmut, die ein Kongredienz jeder echten und wahren Stärke ist. Sie war durchfurcht. Bestand eine Harmonie zwischen dem, was diese Stirn zeigte, und dem Herzen des Mannes? Warum saß der Mann hier auf dem Felsen? Warum saß er da wie versteinert? Sein Anblick weckte eine ganze Welt von Gedanken in uns auf. Wie unser Führer vermutet hatte, gingen wir vorbei, und keiner sprach ein Wort. Als er sah, wie erregt wir waren, sagte er nichts, nicht einmal, daß er uns das vorausgesagt hätte.

»Haben Sie ihn gesehen?«

»Wer ist dieser Mann?« fragte ich.

»Man nennt ihn den ›Mann mit dem Gelübde‹.«

Als der Führer diese Worte gesagt hatte, sahen wir ihn fragend an; und er verstand unsere Frage. Und nun folgt, was er uns in seiner Sprache erzählte. Ich habe wenig an seiner Erzählung geändert, deren volkstümlichen Charakter ich gerne wahren wollte.

»Madame, die Leute von Croisic und die von Batz glauben, daß diesen Mann eine geheime Schuld drückt, daß er eine Buße tut, die ihm ein berühmter Geistlicher auferlegt hat. Der wohnt noch weit hinter Nantes, und den hat der Mann aufgesucht. Andere glauben, daß Cambremer, so heißt der Mann, jedem Unglück bringt, der von dem Winde berührt wird, der ihn berührte. Deshalb beobachten auch viele, ehe sie um den Felsen gehen, woher der Wind kommt. Kommt er von Westen, dann kehren sie um; sie würden nicht weitergehen und handelte es sich selbst darum, einen Spahn vom heiligen Kreuze zu holen. Sie kehren um, denn sie haben Furcht. Wieder andere, die Reichen von Croisic, sagen, daß Cambremer ein Gelübde getan hat, daß daher sein Name stammt, der ›Mann mit dem Gelübde‹. Tag und Nacht sitzt er dort, nie verläßt er seinen Platz. Sehen Sie das hölzerne Kreuz da oben, zu seiner Linken? Das hat er dort aufgestellt, um zu zeigen, daß er sich unter den Schutz Gottes, der heiligen Jungfrau und aller Heiligen gestellt hat. Er hätte es nicht nötig gehabt, denn die Angst, die er allen einflößt, ist für ihn ein Schutz, den ihm keine bewaffneten Soldaten würden gewähren können. Seit er da oben unter freiem Himmel einsam sitzt, hat er kein Wort gesprochen; er nährt sich von dem Brote und dem Wasser, das ihm jeden Morgen die Tochter seines Bruders, ein kleines Mädchen von 12 Jahren, bringt. Er hat ihr alles vermacht. Sie ist ein hübsches Kind; sanft wie ein Lamm ist sie, ein reizendes, nettes Mädchen. Sie hat große blaue Augen und wunderschönes Haar, wie es die Engel haben. Wenn man sie fragt: Sag mal, Pérotte (das sagen wir hier für Pierrette, fügte er hinzu; der heilige Peter ist ihr Schutzpatron; Cambremer, der ihr Pate ist, heißt auch Pierre). Sag mal, Pérotte, was spricht denn dein Onkel mit dir? – Nichts spricht er mit mir, absolut nichts. – Ja, was tut er denn? – Sonntags gibt er mir einen Kuß auf die Stirn. – Bist du denn vor ihm nicht bange? – Warum? Er ist doch mein Pate. Er wollte nicht, daß ein anderer ihm das Essen bringt. Pérotte behauptet, daß er lächelt, wenn sie kommt; aber da könnte man ebenso gut von einem Sonnenstrahl im Nebel sprechen, denn man sagt, daß er trübe ist wie der Nebel.«

»Nun, Sie erregen unsere Neugierde, befriedigen sie aber nicht«, sagte ich. »Wissen Sie, was den Mann dahin gebracht hat? Ist es der Kummer? Oder die Reue? Ist er besessen? Hat er ein Verbrechen begangen? Hat er . . .?«

»Herr, mein Vater und ich, wir beide allein kennen die Wahrheit. Meine verstorbene Mutter diente bei einem Gerichtsbeamten, dem hat Cambremer auf Befehl des Priesters alles erzählt. Hätte er es nicht getan, der Priester hätte ihm die Absolution nicht gegeben. So erzählen wenigstens die Leute vom Hafen. Meine selige Mutter hat gehört, wie Cambremer alles erzählte, sie wollte es nicht, aber die Küche im Hause des Gerichtsbeamten war neben dem Zimmer desselben. Sie ist nun schon tot. Auch der Gerichtsbeamte ist tot. Mein Vater und ich haben der Mutter auf dem Totenbette schwören müssen, den Leuten aus dieser Gegend

nichts von dem zu erzählen, was sie gehört hat. Aber das kann ich Ihnen sagen, als sie uns die Geschichte erzählte, da sträubten sich mir die Haare auf dem Kopfe.«

»Uns kannst du die Sache ruhig erzählen, von uns soll sie niemand erfahren.«

Der Führer sah uns forschend an und fuhr dann fort:

»Peter Cambremer, den Sie da oben haben sitzen sehen, ist der älteste der Cambremer. Alle sind sie Seeleute, diese Cambremer, Vater und Sohn. Ihr Name sagt das schon: Cambremer, das Meer beugt sich vor ihnen. Der, den Sie gesehen haben, war Fischer geworden. Er hatte Boote und betrieb den Sardinenfang. Aber auch große Fische fing er, die er dann an die Kaufleute in der Stadt weiterverkaufte. Hätte er seine Frau nicht so gerne gehabt, er hätte ein Boot ausgerüstet und wäre auf den Kabeljau-Fang gegangen. Seine Frau war ein schönes Weib, es war eine Brouin aus Guérande, sie war mit dem Herzen nicht betrogen. Sie liebte ihren Mann sehr und kaum gestattete sie ihm, sie zu verlassen, um auf den Sardinenfang zu gehen. Seht, da unten wohnten sie!«

Der Fischer stieg auf eine kleine Insel, die in einem kleinen Binnenmeer zwischen den Dünen und den Salzteichen von Guérande lag.

»Sie gehörte ihm. Jacquette Brouin und Cambremer hatten nur ein Kind, einen Sohn, den sie über alles liebten. Wie versessen waren sie auf den Jungen. Hätte ihr kleiner Jacques ihnen was in den Kochtopf gemacht, mit Verlaub, sie hätten gefunden, es wäre wie Zucker. Wie oft haben wir gesehen, wie sie auf den Jahrmärkten die schönsten Sachen für ihn kauften. Es war eine Unvernunft – jeder sagte das. Der kleine Cambremer hatte bald heraus, daß er alles tun durfte, und da wurde er bösartig. Wenn man dem alten Cambremer erzählte: Euer Junge hat den kleinen so und so fast getötet, dann lachte der Alte und sagte: Das wird mal ein tüchtiger Seemann. Er soll Kommandant werden in der Flotte des Königs. Oder einer kam und erzählte ihm: Pierre Cambremer, wißt Ihr, daß Euer Sohn der kleinen Pougaud das Auge ausgeschlagen hat? – Dann sagte der Vater: Der Junge wird später die Mädchen gern haben . . . Für alles, was der Knabe tat, fand der Vater eine Entschuldigung. Als der Bengel zehn

Jahre alt war, schlug er sich mit jedermann herum, schnitt den Hühnern die Hälse ab, schlitzte den Schweinen den Bauch auf, kurzum, er wälzte sich im Blute wie ein Steinmarder. – Der wird einmal ein tüchtiger Soldat, sagte Cambremer, das Blut schmeckt ihm . . .«

»Sehen Sie«, fuhr der Fischer fort, »ich erinnere mich noch an all dieses. Und Cambremer auch«, fügte er nach einer Pause hinzu. »Mit fünfzehn oder achtzehn Jahren war Jacques Cambremer ein . . . ein Hai. Er ging nach Guérande, um hier sein Vergnügen zu suchen, oder nach Savenay, um dort Liebschaften anzuknüpfen. Dazu aber war Geld nötig. Da bestahl er denn seine Mutter, die ihrem Manne hiervon nichts zu sagen wagte. Cambremer war ein ehrlicher Mann; er hätte zwanzig Meilen zurückgelegt, um zwei Sous, die man ihm zuviel gegeben, zurückzubringen. Eines Tages endlich hatte die Mutter rein nichts mehr. Der Vater war auf den Fischfang gegangen, der Sohn trug alles fort, Wäsche, Kleidung, Hausgerät, alles alles; er verkaufte es, und mit dem Gelde ging er nach Nantes, um sich dort zu verlustieren. Tag und Nacht hat die arme Frau geweint. Sie mußte es dem Vater erzählen, wenn er zurückkam. Sie hatte Angst vor dem Alten, aber nicht ihretwegen. Als Pierre Cambremer nun nach Hause kam und in den Zimmern Möbel vorfand, die die Nachbarn seiner Frau geliehen hatten, sagte er: ›Was soll denn das bedeuten?‹

Die arme Frau war mehr tot als lebendig. Sie sagte: ›Man hat uns bestohlen!‹

›Wo ist Jacques?‹

›Jacques bummelt herum.‹

Niemand wußte, wohin er gegangen war.

›Der Junge treibt's zu toll‹, sagte Pierre.

Sechs Monate später wußte der arme Vater, daß das Gericht in Nantes seinen Sohn festnehmen würde. Er geht zu Fuß nach Nantes, ist so eher da als wäre er mit dem Schiffe hingefahren, nimmt seinen Sohn bei der Hand und führt ihn hierher. Er fragt ihn nicht: ›Was hast du getan?‹ Er sagt ihm nur: ›Wenn du dich nun zwei Jahre lang nicht ordentlich beträgst, bei deiner Mutter und mir, mit mir auf den Fischfang gehst und dich aufführst wie ein anständiger Mensch, bekommst du es mit mir zu tun.‹

Der Bösewicht, der mit der Einfalt seiner Eltern rechnete, schnitt beiden eine Grimasse. Da schlug ihn Pierre ins Gesicht, daß er ein halbes Jahr zu Bett liegen mußte. Die arme Mutter starb fast vor Kummer. Eines Abends nun liegt sie friedlich neben ihrem Manne im Bette; sie vernimmt ein Geräusch und steht auf; da bekommt sie einen Messerstich in den Arm. Sie schreit, man sucht nach Licht. Pierre Cambremer sieht, daß seine Frau verwundet ist; er glaubt, daß ein Dieb eingebrochen ist, – es gibt aber hierzulande gar keine Diebe, man kann ruhig 10000 Francs in Gold von Croisic nach Saint-Nazaire tragen, und niemand wird einen fragen, was man da hat. Pierre sucht Jacques, findet ihn aber nicht. Hatte das Ungeheuer am Morgen nicht die Stirn gehabt, zurückzukommen und zu sagen, er wäre in Batz gewesen. Ich muß Ihnen noch sagen, daß seine Mutter nicht mehr wußte, wo sie das Geld verstecken sollte.

Cambremer hinterlegte das seine bei Herrn Dupotet in Croisic. Der Sohn hatte schon Hunderte von Talern, ja Louisdors durchgebracht; sie waren fast ruiniert, und das war bitter für Leute, die mit ihrer Insel ungefähr 12000 Pfund gehabt hatten. Niemand weiß, was Cambremer in Nantes hat bezahlen müssen, um seinen Sohn wieder zu bekommen. Der Nichtsnutz ruinierte seine Familie restlos.

Cambremers Bruder hatte einige Verluste gehabt, er gebrauchte Unterstützung. Um ihn zu trösten, sagte ihm Pierre, daß Jacques und Pérotte (die Tochter des jüngeren Cambremer) ein Paar werden wollten. Er nahm ihn auch mit auf den Fischfang, damit er sich so sein Brot verdiene, denn Joseph Cambremer hatte so viel verloren, daß er auf seiner Hände Arbeit angewiesen war. Seine Frau war am Fieber gestorben, die Amme für Pérotte mußte bezahlt werden. Pierre Cambremers Frau schuldete verschiedenen Leuten Geld, es mögen wohl 100 Francs gewesen sein. Die hatte sie für die Kleine verausgabt, hatte Wäsche und Windeln für sie gekauft. Auch mußte die große Frelu, die von Simon Gandry ein Kind hatte und die Pérotte nährte, für zwei oder drei Monate noch bezahlt werden. Die Cambremer hatte eine spanische Goldmünze in den leinenen Überzug ihrer Matratze genäht und auf das Papier, in welches das Goldstück eingewickelt war, geschrieben: Für Pérotte. Sie hatte eine gute Erziehung genossen, schrieb wie ein Amtsschreiber, hatte ihrem Sohne das Lesen beigebracht, das hat ihn zugrunde gerichtet. Niemand weiß, wie es gekommen ist, allein dieser Bube, dieser Jacques, hatte das Gold gleichsam gewittert, hatte es dann gestohlen und in Croisic in den Kneipen vertan. Der gute Cambremer kommt unerwartet mit seinem Nachen zurück. Als er landet, sieht er ein Stückchen Papier am Boden liegen, hebt es auf und bringt es seiner Frau. Als die die Worte sieht, die sie selbst auf das Papier geschrieben, fällt sie besinnungslos zu Boden. Cambremer sagt kein Wort, er geht nach Croisic und erfährt dort, daß sein Sohn beim Billard ist; er läßt die Frau rufen, die das Café führt und sagt zu ihr: ›Ich hatte Jacques gesagt, er solle ein gewisses Goldstück nicht ausgeben; hat er es Euch schon gegeben, so gebt es mir wieder, ich will hier vor der Tür warten und werde Euch Silber dafür geben.‹

Die Frau brachte ihm das Goldstück. Cambremer nimmt es und sagt: ›Schön‹. Dann kehrt er nach Hause zurück. Die ganze Stadt hat das erfahren. Was ich Ihnen aber nun erzähle, das weiß ich ganz allein, die anderen haben alle nur dunkle Vermutungen. Er sagt zu seiner Frau, sie solle das Zimmer im Erdgeschoß herrichten; er zündet im Kamin das Feuer an, dann brennt er zwei Kerzen an, stellt an die eine Seite des Kamins zwei Stühle und an die andere einen Schemel. Dann muß seine Frau ihm seine Hochzeitskleider bringen und selbst das ihre anziehen. Als er sich umgekleidet hat, holt er seinen Bruder. Der muß vor dem Hause aufpassen und ihm gleich melden, wenn er irgendein Geräusch auf dem Strande vernimmt. Als er glaubt, daß seine Frau sich umgekleidet, geht er ins Haus zurück, lädt sein Gewehr und stellt es in die Ecke am Kamin. Da kommt Jacques zurück; es ist schon spät; bis zehn Uhr hat er gespielt und getrunken. Er hat sich an der Spitze von Carnouf ans Land setzen lassen. Sein Onkel hört seinen Ruf, fährt zu ihm hinüber und bringt ihn im Boot zurück, ohne ein Wort zu sagen.

Als Jacques in das Haus seines Vaters eintritt, sagt dieser zu ihm: ›Setze dich dort auf den Schemel. Du hast deinen Vater und deine Mutter beleidigt, beide werden nun über dich aburteilen.‹ Da fängt Jacques an zu jammern, er sieht, wie das Gesicht seines Vaters verzerrt ist. Die Mutter sitzt da und rührt sich nicht.

›Wenn du schreist, dich bewegst, wenn du nicht steif dasitzest wie ein Mast‹, sagte Pierre, indem er auf ihn zielte, ›schieße ich dich nieder wie einen Hund.‹

Da wird der Junge stumm; auch die Mutter hat kein Wort gesprochen.

›Hier ist ein Stück Papier‹, sagte Pierre zu seinem Sohne, ›in das ein spanisches Goldstück eingewickelt war; das Goldstück war in dem Bette deiner Mutter; nur deine Mutter kannte den Ort, wo es verborgen war; am Strande habe ich heute das Stück Papier gefunden; du hast heute das Goldstück der Mutter Fleurant gegeben; deine Mutter hat es in ihrem Bette nicht wieder gefunden. Was hast du hierzu zu sagen?‹

Jacques sagt, daß er seiner Mutter das Stück nicht gestohlen habe, daß er es noch von Nantes her gehabt habe. ›Um so besser‹, sagt Pierre. ›Wie kannst du uns das beweisen?‹

›Nun, ich hatte es noch.‹

›Du hast es deiner Mutter also nicht gestohlen?‹

›Nein.‹

›Kannst du das beschwören beim heiligen Gott?‹

Er wollte es beschwören, da sah ihm seine Mutter in die Augen und sagte: ›Jacques, mein Kind, nimm dich in acht. Wenn es nicht wahr ist, schwöre nicht; kannst bereuen, was du tatest; noch ist es Zeit . . .‹ Dann fing sie an zu weinen. ›Du hast immer mein Verderben gewollt‹, antwortete Jacques seiner Mutter.

Cambremer wurde blaß und sagte: ›Was du da eben zu deiner Mutter sagtest, vergrößert deine Schuld. Kommen wir zur Sache. Schwörst du?‹

›Ja.‹

›War auf deinem Goldstück dieses Kreuz, welches der Sardinenhändler, der es mir gab, auf das unsrige machte?‹

Jacques wurde nüchtern und fing an zu weinen.

›Genug geschwätzt‹, sagte Pierre; ›ich will gar nicht erst von dem sprechen, das du vorher getan hast . . . Ich will nicht, daß ein Cambremer auf dem Marktplatz von Croisic durch Henkershand sterbe. Bete! Und dann vorwärts! Ein Priester wird dir die Beichte abnehmen.‹

Die Mutter war hinausgegangen. Sie wollte das Todesurteil ihres Sohnes nicht mit anhören. Als sie draußen war, kam der Bruder Pierres mit dem Geistlichen von Piriac. Jacques aber wollte nicht beichten. Er war durchtrieben, wußte wohl, daß sein Vater ihn nicht töten würde, ehe er nicht gebeichtet hätte.

›Danke, entschuldigen Sie uns‹, sagte Cambremer zu dem Priester, als er die Halsstarrigkeit seines Sohnes erkannte. ›Ich wollte meinem Sohne eine Lehre geben und Sie bitten, nichts davon zu sagen. Du aber‹, er wandte sich an Jacques, ›merke es dir, wenn du jetzt nicht beichten willst, will ich es dir verzeihen, das nächste Mal aber mache ich auch ohne Beichte ein Ende.‹

Er schickte den Jungen zu Bett. Das Kind glaubte, was sein Vater eben gesagt hatte, und hielt eine Versöhnung mit ihm für möglich. Er war bald eingeschlafen. Der Vater aber wachte. Als er sah, daß sein Sohn fest schlief, verstopfte er ihm den Mund mit Hanf, band ihm denselben mit einem Fetzen Segeltuch fest zu, fesselte ihn dann an Händen und Füßen. Er wütete, weinte blutige Tränen, hat Cambremer später dem Richter erzählt. Die Mutter warf sich dem Vater zu Füßen. ›Sein Urteil ist gesprochen‹, sagte dieser, ›hilf mir, ihn ins Boot bringen.‹

Sie wollte nicht. Da brachte ihn Cambremer allein ins Boot, auf dessen Boden er ihn niederlegte. Er befestigte einen dicken Stein an seinem Halse, fuhr aus dem Hafen heraus aufs Meer, bis zu dem Felsen, auf dem er jetzt sitzt. Die arme Mutter hat sich von ihrem Schwager nachfahren lassen und vergeblich um Gnade gefleht. Cambremer hörte nicht darauf. Der Mond stand am Himmel. Sie hat gesehen, wie der Vater seinen Sohn, an dem er immer noch mit großer Liebe hing, ins Meer warf. Kein Lüftchen wehte, sie hörte ein Aufklatschen aufs Wasser, dann nichts mehr; kein Streifen, keine Blase war zu sehen. Das Meer ist ein guter Wächter.

Als Cambremer an der Klippe landete, fand er seine Frau wie leblos am Boden liegen. Die beiden Brüder konnten sie nicht tragen, sie mußten sie in das Boot legen, in dem eben der Sohn gelegen hatte. Sie ruderten sie nach Hause durch die enge Fahrstraße von Croisic. Acht Tage später starb die arme Frau. Auf dem Totenbette ließ sie sich von ihrem Manne versprechen, das Boot zu verbrennen. Das hat Cambremer denn auch getan. Seine Kräfte aber ließen nach von Tag zu Tag. Wenn er ging, schwankte er wie ein Mann, der zuviel getrunken hat. Dann machte er eine Reise von zehn Tagen und kam zurück, um sich dort niederzulassen, wo Sie ihn gesehen habe. Seit er dort ist, hat er kein Wort mehr gesprochen.« Der Fischer hatte uns diese Geschichte in viel weniger Zeit und viel schlichter erzählt, als ich sie niedergeschrieben habe. Die Leute aus dem Volke stellen wenig Betrachtungen an beim Erzählen. Sie berichten die Tatsachen, von denen sie vorzugsweise überrascht werden, und geben sie wieder, wie sie sie fühlen. Diese Geschichte hatte uns getroffen wie ein Beilhieb.

»Ich gehe nicht nach Batz«, sagte Pauline, als wir am oberen Ufer des Sees angekommen waren.

Durch die Salzsümpfe, durch deren Irrgarten der Fischer uns schweigend führte, kehrten wir nach Croisic zurück. Unsere Seelenstimmung war eine ganz andere geworden. Wir waren beide in düstere Betrachtungen versunken, in schwermütige Gedanken über dieses Drama, das uns eine Erklärung gab für die Ahnung, die uns beim Anblick Cambremers ergriffen hatte. Beide hatten wir genug Welt- und Menschenkenntnis, um von dem Leben der drei alles das erraten zu können, was uns unser Führer verschwiegen hatte. Das Unglück dieser drei Menschen stand vor uns, als hätten wir es in der bildlichen Darstellung eines Dramas gesehen, das der Vater krönte, indem er das für ihn notwendig gewordene Verbrechen beging. Wir wagten kaum hinzublicken zu dem Felsen, auf dem der unselige Mensch saß, der den Bewohnern einer ganzen Gegend Furcht einjagte. Einige Wolken überzogen den Himmel; am Horizont stiegen Nebel auf. Wir aber schritten durch die düsterste Landschaft, die ich je in meinem Leben gesehen habe. Wir sahen um uns eine Natur, die leidend und kränklich schien: Salzsümpfe, die man mit Recht die Skrofeln der Erde nennen kann. Da ist der Boden in ungleichmäßige Vierecke eingeteilt, die sämlich von ungeheuren Dämmen von grauer Erde eingefaßt sind. Sie sind gefüllt mit Brackwasser, an dessen Oberfläche das Salz sich absetzt. Diese von Menschenhand gegrabenen

Schluchten sind von Gräben durchzogen, in denen die Arbeiter gehen. Sie haben lange Harken in der Hand, mit denen sie das Brackwasser gleichsam abrahmen. Das Salz wird dann auf kleine runde, abgesteckte Plätze gebracht, wo es liegen bleibt bis zu seiner weiteren Verarbeitung.

Zwei Stunden lang gingen wir an diesem Damebrett entlang, wo alles Erdreich vom Salz durchdrungen ist und kein Pflänzchen keimen kann. Nur hin und wieder sah man einige Paludiers, wie man die Arbeiter in den Salzsümpfen nennt. Diese Männer oder besser, diese bretonische Kaste, tragen eine ganz besondere Kleidung: eine weiße Jacke, die der, wie sie die Bauer tragen, ziemlich ähnlich ist. Sie heiraten unter sich. Wohl noch nie hat ein Mädchen aus diesem »Stamme« jemand anders geheiratet als einen Paludier. Der grausige Anblick dieser Sümpfe, von deren Oberfläche der Schlamm überall gleichmäßig abgeharkt ist, dieser grauen Erde, vor der die bretonische Flora selbst sich schaudernd abgewandt zu haben scheint, stimmte zu der Schwermut unserer Herzen. Als wir an der Stelle ankamen, wo man über den Meeresarm setzt, der durch das Eindringen der See in diese Niederung gebildet wird, und der zweifellos dazu dient, die Salzsümpfe zu speisen, erblickten wir mit Freude die magere Vegetation, die sich in dem Sande zeigte. Beim Übersetzen bemerkten wir mitten im See die Insel, auf der die Cambremer wohnten; wir wandten uns ab.

Als wir in unserem Gasthof angekommen waren, bemerkten wir in einem Zimmer des Erdgeschosses ein Billard, und als wir dann erfuhren, daß es das einzige Billard in Croisic sei, trafen wir noch in derselben Nacht unsere Vorbereitungen zur Abreise. Am folgenden Tage waren wir in Guérande. Pauline war noch traurig, und ich fühlte schon das Nahen jener Flamme, die mir das Hirn verbrennt. Furchtbar quälten mich die Gedanken an diese drei Menschen. Und Pauline, die meine Qual sah,sagte: »Louis, schreibe dies alles nieder, dann wirst du den Sturm deiner wilden Visionen brechen.«

Eine Leidenschaft in der Wüste

»Ein gräßlicher Anblick«, rief sie aus, als wir die Menagerie des Herrn Martin verließen.

Wir hatten den kühnen Tierbändiger ›bei der Arbeit‹ gesehen, um im Plakatstil zu reden.

»Wie mag er es nur fertig gebracht haben«, fuhr sie fort, »die Tiere so zu zähmen, daß er ihrer Zuneigung so sicher sein kann . . .?«

»Das ist doch weiter kein Rätsel«, entgegnete ich ihr, »die Sache ist doch ganz natürlich . . .«

»Oh!« rief sie aus, und um ihre Lippen spielte ein ungläubiges Lächeln.

»Glauben Sie denn, die Tiere kennen keine Leidenschaften?« fragte ich sie. »Alle Laster, die wir unserer Zivilisation verdanken, können wir ihnen auch beibringen.«

Erstaunt sah sie mich an.

»Als ich Herrn Martin zum ersten Male sah, da ging es mir, offen gestanden, wie Ihnen. Ich war über die Maßen erstaunt. Ich saß damals neben einem alten Soldaten. Das rechte Bein hatte man ihm amputiert. Wir waren zusammen in die Menagerie eingetreten. Der Mann hatte einen wundervollen Kopf. Ich mußte ihn immer wieder ansehen. Unerschrockenheit lag auf seinen Zügen, das Gesicht war gleichsam gestempelt mit dem Siegel des Krieges, mit dem der Napoleonischen Schlachten. Dabei aber lag auf dem Gesichte eine Offenheit, eine Heiterkeit, die mich gleich für ihn einnahm.

Er war sicher einer jener Soldaten, die nichts überrascht, denen die letzte Grimasse eines Kameraden noch ein Lächeln entlockt, die ihn lustig begraben oder ausrauben, deren Überlegungen kurz sind, und die mit dem Teufel Brüderschaft trinken würden.

Als der Besitzer der Menagerie aus dem Käfig heraustrat, bemerkte ich um den Mund des alten Soldaten ein spöttisches Lächeln, ein Lächeln, wie es sich überlegene Menschen wohl erlauben, um sich so von den Dummen zu unterscheiden. Ich konnte nicht genug Worte finden, den Mut des Herrn Martin zu rühmen. Er aber lächelte geringschätzig, schüttelte den Kopf und sagte:

»Bekannt.«

»Wieso bekannt?« fragte ich. »Wenn Sie mir dieses Geheimnis erklären wollten, wäre ich Ihnen sehr verbunden.«

Einige Augenblicke später hatten wir Bekanntschaft geschlossen und gingen in das erste Restaurant, das wir sahen, um zu speisen. Beim Dessert gab eine Flasche Champagner den Erinnerungen dieses seltsamen Soldaten ihre ganze Klarheit zurück. Er erzählte mir seine Geschichte, und als ich sie gehört hatte, mußte ich zugeben, daß er recht gehabt hatte, als er sagte: Bekannt.

Unterdessen waren wir an ihrem Hause angekommen. Sie quälte mich so lange, machte mir die tollsten Versprechungen, daß ich einwilligte, für sie das niederzuschreiben, was mir der Soldat erzählt hatte. Am folgenden Tage schilderte ich ihr diese Episode aus einem Epos, das man betiteln könnte: Die Franzosen in Ägypten.

Zur Zeit der Expedition, die der General Desair in Oberägypten unternahm, fiel ein Soldat, der aus der Provence gebürtig war, in die Hände der Araber, die ihn in die Wüste schleppten, die jenseits der Nilkatarakte liegt. Um zwischen sich und die französische Armee einen genügenden Abstand zu bringen, um so vor allem sicher zu sein, machten die Araber einen Eilmarsch und machten erst in der Nacht halt. Um einen von Palmen umwachsenen Brunnen lagerten sie sich. Hier hatten sie früher einige Vorräte vergraben. Der Gedanke, daß ihr Gefangener ihnen entwischen könnte, kam ihnen gar nicht, und so hatten sie ihn denn auch nur an den Händen gefesselt. Als sie einige Datteln gegessen und ihre Pferde gefüttert hatten, legten sie sich schlafen. Als der kühne Provenzale sah, daß seine Feinde ihn nicht mehr bewachten, bediente er sich seiner Zähne, um sich eines Schwertes zu bemächtigen. Die Klinge desselben klemmte er zwischen die Knie, und dann durchschnitt er seine Fesseln und war nun frei. Schnell ergriff er einen Karabiner und einen Dolch, versah sich vorsichtigerweise mit einem kleinen Vorrat von getrockneten Datteln, Gerste, Pulver und Kugeln; er gürtete sich ein Schwert um, bestieg ein Pferd, und eiligst ritt er davon in der Richtung, wo seiner Vermutung nach die französische Armee stehen mußte. Voller Ungeduld, ein Biwak zu finden, trieb er das schon ermüdete Pferd zu immer größerer Eile an. Bald konnte es nicht mehr. Mit zerrissener Flanke brach das Tier zusammen und verendete. Nun war der Franzose allein in der Wüste. Eine Zeitlang marschierte er durch den Sand. Er hatte seinen ganzen Mut zusammengenommen, war vorsichtig wie ein Sträfling, der entwichen ist, aber bald konnte er nicht weiter. Die Nacht brach an. Trotz der Schönheit des Himmels in orientalischen Nächten, fühlte er nicht mehr die Kraft, seinen Weg fortzusetzen. Zum Glück hatte er eine kleine Bodenerhöhung erreichen können, auf der einige Palmen standen. Schon lange hatte er sie bemerkt, und bei ihrem Anblick war neue Hoffnung ihm ins Herz gezogen. Er war aber so ermattet, daß er sich auf einen Granitblock niederließ, der durch eine Laune der Natur wie ein Feldbett geformt war. Er schlief bald ein, ohne vorher die geringste Vorsichtsmaßregel zu seiner Verteidigung getroffen zu haben. Er dachte nicht, daß er mit dem Leben davonkommen würde, sein letzter Gedanke vor dem Einschlafen war ein Gedanke der Reue gewesen. Er bedauerte, die Araber verlassen zu haben, an deren fahrendem Leben er plötzlich Gefallen fand, jetzt, wo er weit von ihnen und ohne Hilfe in der Wüste verlassen war. Die Sonne stand schon am Himmel, als er aufwachte. Ihre Strahlen fielen glühend heiß auf den Granitblock und erzeugten eine unerträgliche Hitze. Der Provenzale hatte sich unvorsichtigerweise so gelegt, daß der Schatten, den die grünenden und majestätischen Kronen der Palmen warfen, ihn nicht schützten. Er betrachtete diese einsamen Bäume, und ein Zittern befiel ihn. Sie erinnerten ihn an die schlanken und mit Blättern verzierten Schäfte, wie er sie an den sarazenischen Säulen der Kathedrale in Arles gesehen hatte. Er zählte die Bäume, blickte rings um sich, und wilde Verzweiflung füllte nun sein Herz. Vor sich sah er einen uferlosen Ozean. So weit das Auge reichte, nichts als der schwarze Sand der Wüste, der funkelte wie die Stahlklinge, auf die die Sonne fällt. Er wußte nicht, ob dies ein Eismeer war oder Seen, blank und glatt wie ein Spiegel. Wellenförmig erhob sich von dieser beweglichen Erde ein Feuerdunst. Der Himmel war von einer trostlosen Reinheit, wie man das im Orient oft findet, trostlos deshalb, weil er der Phantasie nichts mehr zu wünschen läßt. Himmel und Erde standen in Flammen. Grausig wirkte die majestätische Stille. Die Unendlichkeit, die Unermeßlichkeit bedrängte von allen Seiten die Seele: kein Wölkchen war am Himmel zu sehen, kein leisester Hauch bewegte die Luft, keine Unebenheit auf dem Schoß des Sandes, der sich in kleinen Wogen bewegte.

Der Horizont schloß mit einer haarscharfen Lichtlinie ab, wie man das auf dem Meere beobachten kann. Der Provenzale umschloß den Stamm einer Palme, als wenn es der Leib eines Freundes gewesen wäre; er setzte sich in den schmalen Schatten, den der schlanke Baum auf den Boden warf, und fing an zu weinen. Mit unendlich traurigen Blicken betrachtete er die unerbittlich traurige Szene, die sich ihm darbot. Er schrie in die Einsamkeit hinaus. In der Wölbung der Bodenwelle verlor sich sein Schrei, klang hinaus in die Weite, nur ganz schwach, und weckte nirgendwo ein Echo; das Echo erklang in seinem Herzen: der Provenzale war zweiundzwanzig Jahre alt, er lud seinen Karabiner.

»Dazu habe ich immer noch Zeit«, sagte er sich, indem er die Waffe, die ihn jederzeit aus seiner Not befreien konnte, auf den Boden legte.

Wieder ließ er seine Blicke schweifen; vor sich die schwarze Sandwüste, über sich den unendlich weiten, blauen Himmel.

Und er dachte an sein liebes Frankreich. Er roch die Gossen von Paris, er sah alle Städte, die er durchzogen, vor sich, sah vor sich die Gesichter seiner Kameraden, alle kleinsten Umstände seines Lebens wurden ihm greifbar. In seiner südländischen Phantasie sah er in dem flimmernden Sonnenlichte, das über der Wüste lag, bald die Kieselsteine seiner lieben Provence vor sich. Aber eine Furcht ergriff ihn vor dieser grausamen Spiegelung, und er stieg den Hügel auf der Seite hinab, die der gegenüber lag, auf der er am Abend vorher hinaufgestiegen war. Da sah er plötzlich eine Grotte vor sich. Unbeschreibliche Freude zog ihm bei diesem Anblick ins Herz. Es war eine natürliche Grotte, sie war wie hineingehauen in die Granitfelsen, die die Basis dieses Hügels bildeten. Er sah eine alte Matte; die Grotte war also bis vor kurzem bewohnt gewesen. Und einige Schritte weiter bemerkte er eine Dattelpalme, die voller Früchte hing. Und der Instinkt, der uns an das Leben fesselt, erwachte sofort in seinem Herzen. Nun hoffte er, hier sein Leben fristen zu können, bis einige Araber vorbeikämen. Vielleicht würde er auch bald Kanonendonner hören, denn Bonaparte durcheilte gerade Ägypten. Dieser Gedanke gab dem Franzosen neue Kraft, er schlug einige Datteln vom Baume. Er labte sich an dem unerhofften Manna und kam zu der Überzeugung, daß der Bewohner der Grotte die Palmbäume angepflanzt hatte. Das saftige und frische Fleisch der Datteln legte Zeugnis davon ab, daß sein Vorgänger sie sehr gepflegt hatte. Alle dumpfe Verzweiflung war nun aus seinem Herzen geschwunden, der Provenzale war froh, wie er es lange nicht gewesen. Er eilte den Hügel wieder hinauf, und den Rest des Tages verbrachte er damit, einen der unfruchtbaren Palmbäume abzuhauen, die ihm in der vergangenen Nacht als Schutzdach gedient hatten. Er dachte auch wohl an die wilden Tiere der Wüste; und da er voraussah, daß sie an die Quelle kommen würden, die sich im Sande verlor und am Fuße der Felsblöcke wieder erschien, beschloß er, sich gegen ihren Besuch zu schützen, indem er vor seine Einsiedelei eine Schranke legte. Mit Feuereifer arbeitete er nun weiter; aber trotz der Kraft, die ihm der Gedanke an die wilden Tiere gab, konnte er an diesem Tage nicht mehr den Palmstamm in mehrere Stücke zerhauen; aber es gelang ihm, ihn zu fällen. Als dieser König der Wüste fiel, war es Abend geworden. Krachend brach er zusammen, und das Geräusch seines Falles klang wie ein dumpfes Stöhnen dieser Einsamkeit, die den Franzosen umgab. Er erbebte, er glaubte eine Stimme vernommen zu haben, die ihm Unheil ankündigte. Aber wie ein Erbe nicht lange um den Tod eines Verwandten trauert, so beraubte er diesen schönen Baum der langen und breiten Blätter, die seinen poetischen Schmuck bilden. Mit den Blättern besserte er die Matte aus, auf die er sich zum Schlafen niederlegen wollte. Die Hitze und die Arbeit hatten ihn müde gemacht, und bald war er unter der roten Decke der feuchten Grotte eingeschlafen. Es war ungefähr Mitternacht, da wurde er durch ein seltsames Geräusch geweckt. Er setzte sich auf. Tiefe Stille ringsum. Da vernahm er regelmäßige Atemzüge, die aber so kräftig waren, daß er sich gleich sagte, sie könnten von keinem Menschen herrühren. Vor wilder Angst stand ihm das Herz fast still. Alles war dunkel, Stille überall, tausenderlei Bilder jagten ihm durchs Hirn. Angestrengt blickte er in die Dunkelheit mit weit aufgerissenen Augen, und da sah er schließlich zwei schwache, gelbliche Lichter. Die Haare sträubten sich ihm. Zuerst schrieb er diese Lichter einem Reflex seiner Augen zu. In dem lebhaften Glanz der Nacht erkannte er aber bald die Gegenstände in der Grotte, und da sah er, zwei Schritt von sich entfernt, ein großes Tier auf dem Boden liegen. War es ein Löwe, ein Tiger oder ein Krokodil? Der Provenzale war nicht gebildet genug, um zu wissen, zu welcher Gattung sein Feind gehörte; aber seine Angst war um so größer, als er in seiner Unwissenheit tausenderlei Unglück ihn bedrohen sah; angestrengt hörte er auf dieses Atmen, kein Laut entging seinem scharfen Ohr. In seiner Angst wagte er nicht die geringste Bewegung. In der Grotte lag ein scharfer, fast ätzender Geruch. Er glich dem, den die Katzen ausströmen, nur war er viel stärker, viel penetranter. Der Provenzale sog diesen Duft ein. Seine Angst hatte ihren Höhepunkt erreicht, denn er konnte nun nicht mehr an dem Dasein des gefährlichen Gefährten zweifeln, dessen Höhle ihm als Lager diente. Der Mond ging am Horizont nieder, sein Licht fiel bald in die Höhle, und nun sah der Soldat das gefleckte Fell eines Panthers leuchten. Dieser ägyptische Löwe schlief, zusammengerollt wie ein großer Hund, wie der friedliche Inhaber einer prunkvollen Nische am Eingange eines großen Hauses. Die Augen, die vorhin einen Augenblick offen gewesen waren, waren wieder geschlossen. Sein Gesicht hatte er dem Franzosen zugewandt. Er war der Gefangene des Tieres. Tausend wirre Gedanken schossen ihm durchs Hirn. Er dachte daran, das Tier durch einen Flintenschuß zu töten; aber er sah, daß zwischen ihm und dem Tiere nur ein geringer Raum war. Er hätte nicht zielen können, das Flintenrohr hätte über das Tier hinweggeragt. Und wenn das Tier nun wach würde? Dieser Gedanke machte ihn starr. Er hörte in der Stille die Schläge seines Herzens; er verwünschte das laute Pochen, das der Blutandrang bewirkte.

Denn weckte er das Tier, war er rettungslos verloren. Zweimal langte er nach seinem Säbel, er wollte der Bestie den Kopf abschlagen. Aber er besann sich, daß es nicht leicht sei, ein hartes und glattes Fell durchzuschneiden, und verzichtete auf diesen kühnen Plan. Saß der Hieb nicht, dann war er des Todes, das wußte er wohl. Lieber wollte er mit dem Tiere kämpfen. Er beschloß, den Anbruch des Tages abzuwarten. Und der Tag ließ nicht lange auf sich warten. Jetzt konnte der Franzose den Panther in aller Ruhe betrachten; sein Maul war blutig. – ›Er hat gut gefressen‹, dachte er, ohne sich darum zu kümmern, ob der Schmaus aus Menschenfleisch bestanden haben mochte. ›Er wird keinen Hunger haben, wenn er gleich aufwacht.‹

Es war ein Weibchen. Am Bauch und an den Schenkeln war das Fell weiß. Mehrere kleine Flecken, die aussahen wie Samt, bildeten hübsche Bänder um die Pranken. Auch der muskulöse Schweif war weiß, am Ende hatte er schwarze Ringe. Der obere Teil des Felles war goldgelb, glatt und weich und zeigte die charakteristischen Flecken, die rosenförmig abgestuft sind, und die die Panther von den anderen Felisarten unterscheiden. Diese ruhige und fürchterliche Gastgeberin schnarchte. Ihre Stellung war wohl ebenso anmutig wie die einer Katze, die auf einem Kissen der Ottomane liegt. Ihr Kopf lag auf den blutigen, sehnigen und wohlbewaffneten Pranken. Am Maule sah man einige wenige silberfarbige Barthaare. Hätte der Provenzale das Tier in einem Käfig gesehen, er hätte seine Anmut und die kräftigen Kontraste der lebhaften Farben bewundert, die seinem Felle einen herrlichen Glanz verliehen. Aber in diesem Augenblick fühlte er, wie sein Blick bei diesem furchtbaren Anblick sich trübte. Die Gegenwart dieses selbst schlafenden Panthers übte auf ihn jene Wirkung aus, die die magnetischen Augen der Schlange auf die Nachtigall ausüben sollen. Vor dieser Gefahr sank für einen Augenblick dem Soldaten der Mut. Hätte er sich speienden Kanonenschlünden gegenüber befunden, er wäre sicher begeistert gewesen. In seinem Geiste dämmerte allmählich ein kühner Gedanke. Der kalte Schweiß, der ihm ausgebrochen war, versiegte.

Es war ihm nun zumute wie den Menschen, die, durch das Unglück zum Äußersten getrieben, dem Tode unerschrokken die Stirn bieten. Für ihn war, ohne daß er es sich klarmachte, aus diesem Abenteuer eine Tragödie geworden, und er beschloß, in ihr seine Rolle bis zur letzten Szene ehrenhaft zu spielen.

›Vorgestern hätten mich die Araber vielleicht getötet!‹ sagte er sich. Er rechnete sich schon zu den Toten, und mutig, wenn auch mit unruhiger Neugier, sah er dem Erwachen seiner Feindin entgegen. Als die Sonne aufging, öffnete der Panther die Augen, dann reckte er seine Pranken, als wollte er ihnen so jegliche Steifheit nehmen. Er gähnte, und der Soldat sah in den weiten Rachen mit den fürchterlichen Zähnen, sah die gegabelte Zunge, die hart war wie eine Reibe. – ›Wie ein verliebtes Weib‹, dachte der Franzose, als er sah, wie das Tier sich wälzte und die sanftesten und kokettesten Bewegungen machte. Es leckte das Blut von den Tatzen, vom Maule, kratzte sich mit geradezu anmutigen Bewegungen den Kopf. – ›Gut, mache nur erst ein wenig Toilette‹, sagte sich der Franzose, der seine Heiterkeit mit dem Mute wiedergewonnen hatte, ›dann wollen wir uns begrüßen.‹

Er ergriff den kleinen Dolch, den er den Arabern fortgenommen hatte.

In diesem Augenblicke kehrte das Pantherweibchen dem Franzosen den Kopf zu, sah ihn fest an, rührte sich aber nicht vom Platze. Seine Augen waren starr, hatten einen unheimlich metallischen Glanz. Den Provenzalen überkam ein Zittern, als das Tier nun auf ihn zuging. Aber er verlor das Tier nicht aus den Augen. Er sah es liebkosend an, blinzelte zu ihm hinüber, als wollte er es magnetisieren, ließ es ganz nahe an sich herankommen. Mit der Hand strich er ihm dann über den Körper, vom Kopf bis zum Schweif. Mit den Nägeln reizte er die schmiegsame Wirbelsäule, die den Rücken des Pantherweibchens teilte. Seine Bewegungen waren sanft, wollüstig, als hätte er nicht ein wildes Tier, sondern ein geliebtes Weib vor sich gehabt. Geil hob die Bestie den Schweif, in ihren Augen schimmerte ein merkwürdig feuchter Glanz. Als der Franzose zum drittenmal diese Liebkosung ausführte, ließ sie ein Schnurren hören, durch das die Katzen ihr Wohlbehagen ausdrücken; aber dieses Schnurren kam aus einer so tiefen und gewaltigen Kehle, daß es in der Grotte widerhallte wie die letzten brausenden Töne einer

Orgel in der Kirche. Der Provenzale begriff die Wirkung seiner Liebkosungen, er setzte sie fort, denn er wollte diese gebieterische Kurtisane betäuben. Als er glaubte, die Wildheit seiner launischen Gefährtin eingeschläfert zu haben, stand er auf, um die Grotte zu verlassen. Er konnte es wagen, denn das Tier schien seinen Hunger am Abend vorher gestillt zu haben. Das Pantherweibchen ließ ihn ruhig gehen, aber als er den Hügel hinaufgestiegen war, sprang es mit der Leichtigkeit eines Sperlings, der von Zweig zu Zweig hüpft, hinter ihm her und rieb sich an den Beinen des Soldaten, machte einen Buckel wie Katzen das tun. Dann sah es seinen Gast mit weniger starrem Blick an, stieß jenen wilden Schrei aus, der dem Geräusch einer Säge gleicht. ›Sie ist anspruchsvoll‹, sagte lächelnd der Franzose. Er versuchte, mit ihren Ohren zu spielen, ihr den Bauch zu streicheln und ihr kräftig mit den Nägeln den Kopf zu kratzen. Er sah wohl bald den Erfolg dieser Zärtlichkeiten und kitzelte ihr den Schädel mit der Spitze des Dolches, indem er auf den Moment wartete, sie zu töten; als er aber bemerkte, wie hart die Knochen waren, überfiel ihn wieder ein Zittern, denn er wußte nun, daß sein Plan ihm nicht gelingen würde.

Die Sultanin der Wüste ließ sich die Liebkosungen ihres Sklaven gefallen. Sie hob den Kopf, reckte den Hals. Ihre ganze Stellung verriet den wollüstigen Rausch, in dem sie sich befand. Der Franzose betrachtete immer noch aufmerksam das Tier; wollte er es töten, so mußte er ihm den Dolch in die Kehle stoßen, das war ihm klar. Schon hob er den Dolch, als das Pantherweibchen, das scheinbar befriedigt war, sich voller Anmut ihm zu Füßen niederlegte. Von Zeit zu Zeit blickte es den Franzosen an. Aber, obwohl seine Blicke noch die angeborene Wildheit verrieten, sah man in ihnen doch etwas wie Wohlwollen. Der arme Provenzale aß seine Datteln, lehnte sich an einen der Palmbäume und ließ seine suchenden Blicke über die Wüste schweifen, ob er nirgendwo einen Helfer fände. Dann wieder betrachtete er mißtrauisch seine schreckliche Gefährtin. Das Pantherweibchen blickte auf die Stelle, wohin er die Dattelkerne warf, und seine Augen verrieten ein unendliches Mißtrauen. Es beobachtete den Franzosen unablässig; aber es schien zufrieden, denn als er aufgehört hatte zu essen, leckte es ihm die Schuhe mit seiner starken und rauhen Zunge, leckte den Staub aus den Falten im Leder. ›Wenn sie nun aber hungrig wird?‹ dachte der Provenzale.

Wieder überfiel ihn ein Zittern bei diesem Gedanken. Neugierig betrachtete er die Größenmaße der Bestie. Sie war ein Prachtexemplar, war drei Fuß hoch, vier Fuß lang, ohne den Schweif. Diese furchtbare Waffe, die rund war wie ein Knüttel, war auch drei Fuß lang. Ihr Kopf war so groß wie der einer Löwin, hatte einen ungeheuer feinen Ausdruck; man konnte wohl die kalte Grausamkeit der Tiger in ihm erkennen, doch hatte er auch etwas von dem verschlagenen Ausdruck eines Frauengesichtes. Die ganze Gestalt dieser einsamen Königin verriet in diesem Augenblick eine Lustigkeit, ähnlich der des betrunkenen Nero: sie hatte sich an Blut gesättigt und wollte nun spielen. Der Soldat versuchte hin und her zu gehen; der Panther machte keine Bewegung, folgte ihm nur mit den Augen. Er glich einer großen Angorakatze, die alles beunruhigt, selbst die Bewegungen ihres Herrn, eher als einem treuen Hunde. Als er sich umwandte, sah er in der Nähe der Quelle die Reste seines Pferdes; bis dahin hatte der Panther den Kadaver geschleppt. Zwei Drittel ungefähr hatte er schon verschlungen. Der Franzose fand seine Ruhe wieder. Nun konnte er sich die Abwesenheit des Panthers erklären, verstand nun, warum er während seines Schlummers verschont geblieben war. Kühn wollte er nun der Zukunft entgegensehen, wollte versuchen, friedlich mit dem Tier den ganzen Tag zu verbringen, wollte alles versuchen, es zu zähmen, seine Gunst zu gewinnen. Er ging wieder auf das Pantherweibchen zu und sah zu seiner unendlichen Freude, wie es fast unmerklich den Schweif bewegte. Er setzte sich neben dasselbe, sie fingen an zu spielen, er nahm seine Pranken, faßte es beim Maule, bei den Ohren, warf es auf den Rücken, kraute ihm die warmen, seidenweichen Flanken. Die Bestie ließ ihn ruhig machen; und als der Soldat versuchte, ihr das Fell an den Pranken zu glätten, zog sie sorgfältig die Krallen ein, die gebogen waren wie Damaszenerklingen. In der einen Hand hielt der Soldat immer noch den Dolch. Wieder kam ihm der Gedanke, ihn dem allzu vertrauensseligen Tier in den Bauch zu stoßen. Aber er fürchtete, es würde ihn in seinen letzten Krämpfen erdrosseln. Auch tönte tief in seinem Innern eine Stimme, die sagte, ein harmloses Geschöpf zu schonen. Ihm war, als hätte er in dieser grenzenlosen Wüste eine Freundin gefunden. Und ganz von selbst dachte er an seine erste Geliebte; er hatte sie scherzweise ›Liebling‹ genannt, denn sie war von solch wilder Eifersucht beseelt, daß er während der ganzen Zeit ihrer Leidenschaft das Messer zu fürchten gehabt hatte, mit dem sie ihn immer bedroht hatte. Diese Erinnerung aus seiner Jugend gab ihm den Gedanken ein, das Pantherweibchen dahin zu bringen, daß es auf den Namen hörte, den er seiner Geliebten damals gegeben hatte. Nun konnte er auch mit weniger Angst die Behendigkeit, die Anmut und die Weichheit der Bewegungen des Tieres bewundern.

Als der Tag zu Ende ging, hatte er sich mit seiner gefährlichen Lage ausgesöhnt, und gerade das Gefahrvolle hatte für ihn großen Reiz.

Und seine Gefährtin hatte sich schon daran gewöhnt, ihn anzusehen, wenn er mit Falsettstimme ›Liebling‹ rief. Als die Sonne unterging, ließ das Tier wiederholt einen tiefen und melancholischen Schrei ertönen.

›Sie ist gut erzogen‹, dachte der lustige Soldat; ›sie spricht ihr Abendgebet‹. Aber dieser Scherz kam ihm erst in den Sinn, als er bemerkt hatte, in welch friedlicher Haltung seine Kameradin dastand.

›Geh, kleine Blonde, lege dich zuerst schlafen‹, sagte er zu dem Tiere, denn er rechnete auf die Behendigkeit seiner Beine, um zu entfliehen, wenn es eingeschlafen wäre. In der Nacht wollte er sich ein anderes Lager suchen. Voller Ungeduld wartete der Soldat auf die Stunde seiner Flucht, und als sie endlich gekommen war, machte er sich eilig davon, in der Richtung auf den Nil. Aber er war noch nicht eine Viertelmeile gegangen, als er das Pantherweibchen hinter sich herspringen hörte; es stieß von Zeit zu Zeit jenen Sägeschrei aus, der noch beängstigender war als das Geräusch seiner Sprünge.

›Nun‹, sagte er sich, ›sie ist meine Freundin geworden. Dieses junge Pantherweibchen ist vielleicht noch niemandem begegnet, es ist schmeichelhaft, als erster seine Liebe zu besitzen.‹

In diesem Augenblick geriet der Franzose in einen jener

beweglichen Sandhaufen, die so gefährlich für den Reisenden sind, und aus denen es keine Rettung gibt. Als er die Gefahr merkte, stieß er einen verzweifelten Schrei aus. Da faßte ihn das Tier mit den Zähnen beim Kragen, sprang zurück und zog ihn so aus dem gähnenden Abgrund.

Der Soldat streichelte das Tier und rief: ›Liebling, nun halten wir zusammen.‹ Und er kehrte mit dem Tiere zur Grotte zurück.

Dem Soldaten war die unendliche Wüste nun nicht mehr einsam; er hatte ein Wesen, mit dem er sprechen konnte; das Tier hatte ihm gegenüber alle Wildheit abgelegt, schien eine Freundschaft für ihn zu hegen, deren Gründe er sich nicht erklären konnte.

So mächtig auch das Verlangen des Soldaten war, auf der Hut zu bleiben, er schlief doch ein. Als er aufwachte, sah er ›Liebling‹ nirgendwo; da stieg er auf den Hügel, und in der Ferne sah er das Tier, wie es herangesprungen kam. Diese Tiere können nicht laufen, da ihre Wirbelsäule so unendlich biegsam ist. ›Liebling‹ kam mit blutigen Lefzen. Sie ließ sich von ihrem Gefährten streicheln, schnurrte wiederholt und zeigte so, wie glücklich sie war. In ihren Augen lag nun eine menschliche Weichheit; milde schaute sie den Provenzalen an, der mit ihr sprach wie mit einem Haustier.

›Ah! Ah! Fräulein, denn Sie sind ein anständiges Mädchen, nicht wahr? Wir lassen uns gerne streicheln. Schämen Sie sich nicht? Haben Sie einen Araber aufgefressen? Gut. Das sind ja doch Tiere wie Sie selbst. Fressen Sie nur keine Franzosen auf. Das würde ich Ihnen nie verzeihen.‹

Sie spielte nun wie ein junger Hund; sie ließ sich abwechselnd hin und her rollen, sich schlagen und schmeicheln; und oft auch reizte sie den Soldaten zu neuem Spiel, indem sie eine Tatze nach ihm ausstreckte, ihn so anzuflehen schien.

So vergingen einige Tage. Diese Gefährtin gestattete dem Provenzalen, die erhabene Schönheit der Wüste zu bewundern. Seit er Stunden der Furcht und der Ruhe erlebte, Speise und ein Wesen gefunden hatte, an das er denken konnte, bewegten Kontraste seine Seele. Es war ein Leben voller Gegensätze. Die Einsamkeit offenbarte ihm ihre Geheimnisse, hüllte ihn ein in ihren unendlichen Zauber. Der Sonnenauf- und -untergang waren Schauspiele, wie sie die

Welt nicht kennt. Er konnte erzittern, wenn er über sich das leichte Schwirren der Flügel eines Vogels vernahm, oder wenn er sah, wie die Wolken ineinander überflossen, die ewig wechselnden und farbigen Wanderer. Während der Nacht beobachtete er die Wirkungen des Mondlichts auf dem Sandmeer, auf dem der Samum Wogen aufwühlte, Wellungen in raschem Wechsel. Mit Sonnenaufgang stand er auf, bewunderte dessen herrlichste Pracht. Hatte er das furchtbare Schauspiel eines Sturmes in dieser Wüste genossen, der Sandmassen auftrieb, daß man den Himmel nicht mehr sehen konnte, dann freute er sich schon auf die Nacht, denn dann senkte sich die wohltuende Frische der Sterne auf die Erde nieder. Er lauschte auf die unwirkliche, himmlische Musik. Und in der Einsamkeit lernte er träumen, lernte alle Wunderreiche der Träume kennen. Ganze Stunden verbrachte er damit, sich eines Nichts zu erinnern, sein jetziges Leben mit dem vergangenen zu vergleichen. Schließlich ergriff ihn eine Leidenschaft zu seinem Pantherweibchen, er mußte etwas haben, dem er seine Liebe schenken konnte. Und die Bestie respektierte das Leben des Franzosen, der keinerlei Mißtrauen mehr gegen das Tier hegte, das er so zahm sah.

Wie das kam, konnte er selbst nicht sagen. Vielleicht hielt er durch seinen starken Willen die wilden Instinkte des Tieres nieder, vielleicht aber fand es auch reichlich Nahrung, dank der Kämpfe, die in dieser Wüste stattfanden. Den größten Teil seiner Zeit verbrachte er nun mit Schlafen, aber er mußte wachen wie eine Spinne in ihrem Netz, um sich den Augenblick der Befreiung nicht entgehen zu lassen, wenn jemand innerhalb des Horizontes vorbeikam. Aus seinem Hemde hatte er eine Fahne gemacht, hatte sie in der Spitze eines Palmbaumes, dessen Blätter er abgerissen hatte, angebracht. Und die Not hatte ihn erfinderisch gemacht. Damit sie immer entfaltet war, hatte er sie mit kleinen Stöcken aufgespannt. Denn es konnte sehr gut möglich sein, daß, in dem Augenblicke, in dem ein Wanderer die Wüste durchzog, kein Wind wehte, und dieser die Fahne dann nicht gesehen hätte.

Oft hatte er die Hoffnung auf Rettung verloren; dann spielte er mit dem Pantherweibchen. Er kannte nun genau seine Stimme, kannte den Ausdruck seiner Augen. Genau hatte er alle Nuancen seines goldigen Felles studiert. ›Liebling‹ knurrte nicht einmal mehr, wenn er die Quaste des furchtbaren Schweifes in die Hand nahm, um an ihm die schwarz-weißen Ringel zu zählen. Diese waren ein herrlicher Schmuck des Tieres, glänzten in der Sonne wie Edelsteine. Mit Vergnügen betrachtete er die weichen Linien seines Umrisses, den weißen Bauch, die Anmut seines Kopfes. Besonders gern aber beobachtete er sein Spiel; immer wieder überraschte die Behendigkeit und Jugend seiner Bewegungen; er bewunderte seine Geschmeidigkeit, wenn es zu springen, zu klettern, zu kriechen, sich zu wälzen begann. War es mitten im Sprung, und rief er dann ›Liebling‹, so blieb das Tier stehen.

An einem sonnenhellen Tage schwebte ein ungeheurer Vogel in den Lüften. Der Provenzale verließ sein Pantherweibchen, um diesen neuen Gast zu betrachten; kaum aber war er von dem Tiere fortgegangen, als dieses ein dumpfes Knurren hören ließ. Seine Augen hatten wieder den wilden Glanz.

›Ich glaube gar, die Bestie ist eifersüchtig!‹ rief der Soldat. ›Die Seele der Virginia ist in diesen Leib gefahren, das ist sicher.‹

Der Adler verschwand in den Lüften. Voller Bewunderung betrachtete der Soldat die gewölbte Kruppe des Panthers. Wieviel Anmut und Jugend lag in den Linien! Das Tier war schön wie ein Weib. Das Blond des Rückens floß zusammen mit dem Weiß der Schenkel. Goldig glänzte das Fell in der strahlenden Sonne, schillerte in tausend Farben. Verständnisvoll blickten der Soldat und das Tier einander an. Die Kokette erbebte leicht, als sie fühlte, wie ihr Freund ihr mit den Nägeln leise den Schädel kraute. Ihre Augen glichen zwei Blitzen; plötzlich schloß sie sie.

›Sie hat eine Seele‹, sagte er, indem er die Ruhe dieser Königin der Sandwüste studierte, die goldig war wie der Sand, weiß, einsam und voller Glut wie dieser . . .

»Nun«, sagte sie, »Ihre Verteidigungsrede der Bestien habe ich gelesen. Aber wie haben diese beiden Wesen, die sich so gut verstanden, geendet?«

»Sie haben geendet, wie alle großen Leidenschaften enden. Durch ein Mißverständnis. Der eine glaubt, daß der andere ihn schmählich verraten hat, aus Stolz kommt es zu keiner klärenden Auseinandersetzung, aus Eigensinn überwirft man sich.«

»Und oft in den schönsten Augenblicken«, sagte sie; »ein Blick, ein Ausruf genügt. Nun, erzählen Sie die Geschichte zu Ende.«

»Das ist sehr schwer; aber Sie werden verstehen, was der Alte mir schon anvertraut hatte, als er seine Flasche Champagner leerte und ausrief: ›Ich weiß nicht, was ich ihr getan habe, aber wütend wandte sie sich nach mir um. Mit ihren scharfen Zähnen biß sie mich in den Schenkel; sie biß nicht stark. Ich glaubte, sie wolle mich verschlingen und ich stieß ihr den Dolch in den Hals. Sie wälzte sich in ihrem Blute, stieß einen Schrei aus, der mir das Herz zerriß. Dann verendete sie; ihr letzter Blick, der mich traf, war mild und weich. Gerne hätte ich sie dem Leben wiedergegeben, hätte es mich auch das Ehrenkreuz gekostet, das ich allerdings damals noch nicht hatte. Ich hatte das Gefühl, als hätte ich einen Menschen umgebracht.

Als dann endlich Soldaten kamen, die meine Fahne gesehen hatten, weinte ich noch immer.‹

›Nun‹, fuhr er nach einer Weile fort, ›ich habe dann die

Kriege in Deutschland, Spanien, Rußland und Frankreich mitgemacht; viele Länder habe ich gesehen, aber nichts hat auf mich solchen Eindruck gemacht wie die Wüste ... Ah! die ist schön.‹

›Was haben Sie denn dort empfunden?‹ fragte ich ihn.

›Lieber Mann, das kann man nicht sagen. Aber wenn ich traurig bin, dann denke ich sehnsüchtig an mein Palmwäldchen und mein Pantherweibchen zurück. In der Wüste hat man eben alles und nichts.‹

›So erklären Sie mir das doch genauer.‹

Und ungeduldig entgegnete er: ›Nun, da ist Gott ohne die Menschen.‹ «

Sarrasine

Ich war in tiefes Träumen versunken. Das passiert wohl jedem, selbst oberflächlichen Menschen, wenn sie lauten und lärmenden Festen beiwohnen. Vom Turm des Elysée-Bourbon schlug es Mitternacht. Ich saß in einer Fensternische, die Falten eines schweren Moirévorhanges verbargen mich vollständig, und so konnte ich in aller Muße den Garten des Palastes betrachten, in dem ich den Abend zubrachte. Wenig Schnee lag auf den Bäumen. Nur schwach hoben sie sich ab von den grauen Wolken, die der Mond ein wenig erhellte. Sie glichen mit diesem Hintergrunde Gespenstern, die nur schlecht in ihre Laken gehüllt waren, erinnerten mich unwillkürlich an den berühmten Totentanz. Wandte ich mich dann um, konnte ich den Tanz der Lebenden sehen. Sah einen strahlenden Saal, dessen Wände glitzerten und blitzten, sah die funkelnden Kronleuchter mit vielen brennenden Kerzen. Da bewegten sich die schönsten, reichsten, vornehmsten Damen von Paris in kostbarstem Schmuck. Blumen trugen sie auf dem Kopfe, an der Brust, in den Haaren, an den Gewändern oder in Kränzen zu ihren Füßen. Das leichte Beben dieser Gestalten, ihre wollüstigen Schritte brachten die Spitzen, die Blenden, die Gaze und die Seide, die sie bedeckten, in weiche Bewegung. Hier und da ein funkelnder Blick, strahlender als das Licht, leuchtender als das Feuer der Diamanten. Er fiel in Herzen, die schon zu sehr entflammt waren, ließ sie auflodern in wilder, unersättlicher Gier. Man konnte auch sehen, wie dem Geliebten bedeutungsvolle Zeichen gemacht, die Ehemänner aber mit eisiger Kälte behandelt wurden. Nebenan saßen die Spieler an grünen Tischen. Bei jedem unerwarteten Coup ertönten ihre Stimmen. Der Klang des rollenden Goldes vermischte sich mit dem der Musik, mit dem Summen der Gespräche; ein die Wollust erregender Duft schwebte im Saale, peitschte noch immer mehr die schon aufgereizten Sinne. So hatte ich zur Rechten das düstere und schweigende Bild des Todes; zur

Linken die Bacchanalien des Lebens, kaum gedämpft durch das, was wir Anstand, feine Sitte und Moral nennen; hier die tobende Lust der Menschenkinder. Ich aber hielt mich auf der Grenze dieser beiden so verschiedenartigen Bilder, die in ihrer mannigfachen Wiederholung Paris zur amüsantesten und philosophischesten Stadt der Welt machen. Ich stand auf der Grenze, halb von bitterem Ernst erfüllt, halb ergriffen von der wilden Lust der Gäste. Mit dem linken Fuß klopfte ich den Takt der Musik, mit dem rechten glaubte ich im Grabe zu stehen. Mein rechtes Bein war in der Tat wie zu Eis geworden durch die Zugluft, während das linke die drückende Hitze der Säle fühlte.

»Herr von Lanty besitzt diesen Palast noch nicht lange?«

»O doch! Es sind fast zehn Jahre her, seit der Marschall von Carigliano ihn ihm verkaufte.«

»Ah!«

»Diese Leute müssen ein geradezu ungeheures Vermögen haben.«

»Das muß wohl sein.«

»Was für ein Fest! Ein wahrhaft unverschämter Luxus.«

»Halten Sie sie für ebenso reich wie Herrn von Nucingen oder Herrn von Gondreville?«

»Aber wissen Sie denn nicht . . .?«

Ich bog den Kopf vor und erkannte die beiden Sprecher als Angehörige der Klasse von Neugierigen, die sich in Paris mit nichts anderem beschäftigt als dem: Warum? Wie? Woher kommt er? Wer sind die? Was gibt es? Was hat sie getan? Sie fingen an, leise zu sprechen und gingen dann fort, um auf einem einsamen Sofa ungestörter plaudern zu können. Niemals hatte sich Leuten, deren Beschäftigung es ist, Geheimnisse zu lüften, eine ausgiebigere Ader geöffnet. Niemand wußte, aus welchem Lande die Familie Lanty eigentlich kam, keiner wußte, aus welchem Handel, welchem Raube oder welcher Erbschaft dieses Vermögen stammte, das man allgemein auf mehrere Millionen schätzte. Alle Mitglieder dieser Familie sprachen Italienisch, Französisch, Spanisch, Englisch, ziemlich geläufig Deutsch, so daß man wohl annehmen durfte, daß sie sich ziemlich lange in den verschiedenen Ländern aufgehalten hatten. Waren es Zigeuner, waren es Seeräuber? Juden!

»Und wenn es der Teufel wäre«, sagten junge Politiker, »ihre Feste sind immer wundervoll.«

»Und hätte der Graf von Lanty irgendeine Casauba ausgeraubt, ich würde doch ohne Besinnen seine Tochter heiraten«, rief ein Philosoph.

Wer hätte Marianina nicht zur Frau genommen!

Sie war ein Mädchen von 16 Jahren, von so wunderbarer Schönheit, wie man es nur in den phantastischen Märchen der orientalischen Dichter lesen kann. Wie die Tochter des Sultans in dem Märchen von der Wunderlampe hätte sie verschleiert bleiben dürfen. Ihr Gesang stellte die unvollkommenen Talente einer Malibran, einer Sontag oder Fodor in den Schatten, die wohl über eine hervorragende Eigenschaft verfügen, deren Vollkommenheit aber gerade hierdurch beeinträchtigt wird. Marianina aber vereinigte in gleich hohem Maße Reinheit des Tons, Empfindung, Richtigkeit der Stimmführung und der Intonation, Seele und Können, Kunst und Gefühl. Dieses junge Mädchen war das Urbild dieser geheimen Poesie, die das einigende Band aller Künste ist und die stets die flieht, die sie suchen. Marianina war sanft und bescheiden, gebildet und geistreich, nichts konnte sie in den Schatten stellen außer ihrer Mutter. Seid ihr je einer von diesen Frauen begegnet, deren sieghafte Schönheit dem Alter Trotz bietet, die mit sechsunddreißig Jahren begehrenswerter erscheinen als mit einundzwanzig? Ihr Antlitz ist der Abglanz ihrer leidenschaftlichen Seele. Ein leichtes, wollüstiges Funkeln liegt in den Augen, jeder Zug des Gesichtes verrät Geist; jede Pore hat, besonders bei Licht, einen ganz besonderen Glanz. Ihre Augen sind verführerisch, sie locken oder weisen ab, sprechen oder schweigen. Ihr Gang ist unschuldvolles Wissen; ihre Stimme zeigt einen melodischen Reichtum von Tönen, die unendlich zart sind, doch alles aus Berechnung. Ihr Lob, das auf Vergleiche begründet ist, schmeichelt der empfindlichsten Eigenliebe. Eine Bewegung ihrer Augenbrauen, das geringste Spiel ihrer Augen, ein Aufwerfen ihrer Lippen, flößt denen Schrekken ein, die ihr Leben und ihr Glück solchen Frauen in die Hände gegeben haben. Ein junges Mädchen, das keine Erfahrung in der Liebe hat und sich durch Reden betören läßt, kann leicht verführt werden; aber für diese Art Frauen muß ein Mann, wie Herr von Jaucourt, lernen, nicht zu schreien, wenn ihm die Zofe, die ihn in einem Nebengemach versteckt, mit der Tür zwei Finger abquetscht. Wer solche Sirenen liebt, der spielt mit seinem Leben. Und vielleicht lieben wir Männer gerade deshalb diese Frauen bis zum Wahnsinn. So war die Gräfin von Lanty.

Filippo, der Bruder Marianinas, hatte wie seine Schwester die wunderbare Schönheit der Gräfin geerbt. Dieser junge Mann war das lebende Bild des Antinous, nur waren seine Formen schlanker. Aber wie gut passen diese mageren und zarten Formen zur Jugend, wenn ein olivenfarbener Teint, buschige Augenbrauen und der samtne Glanz eines feurigen Auges für die Zukunft echt männliche Leidenschaften und edlen Sinn versprechen. Für alle jungen Mädchen war Filippo das ersehnte Ideal, für alle Mütter aber die beste Partie in Frankreich.

Die Schönheit, das Vermögen, der Geist, die Anmut dieser beiden Kinder kamen einzig und allein von der Mutter. Der Graf von Lanty war klein, häßlich, schmächtig, düster wie ein Spanier und langweilig wie ein Bankier. Er galt für einen großen Politiker, vielleicht weil er selten lachte und immer Herrn von Metternich oder Wellington zitierte.

Diese geheimnisvolle Familie hatte den ganzen Reiz einer Dichtung Lord Byrons, deren Schwierigkeiten von jedem Mitglied der guten Gesellschaft auf andere Weise erklärt wurden; ein dunkler, geheimnisvoller Sang und doch herrlich in jeder Strophe. Die Zurückhaltung, die Herr und Frau von Lanty über ihren Ursprung, ihre Vergangenheit und ihre Beziehungen zu den vier Weltteilen bewahrten, brauchte eigentlich in Paris nicht lange ein Gegenstand des Staunens zu sein. In keinem Lande vielleicht wird der Ausspruch Vespasians besser verstanden. Hier verrät das Geld, selbst wenn es mit Blut oder Schmutz befleckt ist, nichts und stellt alles vor. Kennt die vornehme Welt nur die Ziffer deines Vermögens, so gehörst du zu denen, die dir, was ihren Besitz anbetrifft, ebenbürtig sind, und kein Mensch fragt dich nach deinen Pergamenten, weil jeder weiß, wie wenig sie kosten. In einer Stadt, in der die sozialen Fragen durch algebraische Gleichungen gelöst werden, haben Abenteurer für sich vortreffliche Aussichten. Selbst wenn man annahm, daß diese

Familie zu den Zigeunern gehörte, so war sie doch so reich und anziehend, daß die vornehme Gesellschaft ihr ihre kleinen Geheimnisse wohl verzeihen konnte. Aber unglücklicherweise bot die rätselhafte Geschichte des Hauses Lanty, wie die Romane der Anna Radcliffe, der Neugierde immer neuen Stoff.

Beobachter, solche Leute, die Wert darauf legen, zu wissen, in welchem Geschäfte man seine Kandelaber kauft, oder die einen nach der Höhe der Miete fragen, wenn die Wohnung ihnen gefällt, hatten von Zeit zu Zeit bei den Festen, Konzerten, Bällen, Gesellschaften, die die Gräfin gab, eine seltsame Persönlichkeit auftauchen sehen. Es war ein Mann. Das erstemal zeigte er sich bei einem Konzert; die zauberhafte Stimme Marianinas schien ihn in den Saal gelockt zu haben.

»Jetzt eben ist mir kalt geworden!« sagte eine Dame, die in der Nähe der Tür saß, zu ihrer Nachbarin.

Der Unbekannte, der neben der Dame stand, entfernte sich.

»Das ist sonderbar! Jetzt ist mir heiß«, sagte diese Dame, nachdem der Fremde gegangen war. »Sie halten mich vielleicht für närrisch, aber ich kann mir nicht helfen, ich glaube, daß mein Nachbar, dieser schwarzgekleidete Herr, der eben fortgegangen ist, mich frösteln macht.«

Bald veranlaßte die Neigung zu übertreiben, die übrigens bei den Menschen der vornehmen Welt natürlich ist, daß die närrischesten Meinungen, die absonderlichsten Reden, die lächerlichsten Geschichten über diese geheimnisvolle Persönlichkeit aufkamen und immer toller wurden. Er war nicht gerade ein Vampir, eine Gule, ein künstlicher Mensch, eine Art Faust oder Freischütz, aber er hatte, wie die Leute, die das Phantastische lieben, sagten, von all diesen menschenähnlichen Naturen etwas. Hier und da fand man Deutsche, die diese geistreichen Spöttereien der bösen Zungen in Paris für wahr hielten. Der Fremde war ganz einfach ein alter Mann. Manche von den jungen Leuten, die es sich zur Gewohnheit gemacht haben, jeden Morgen mit einigen eleganten Sätzen über die Zukunft Europas zu entscheiden, wollten in dem Unbekannten einen großen Verbrecher und den Besitzer ungeheurer Reichtümer sehen. Romanschreiber erzählten das Leben des alten Mannes und berichteten wahrhaft seltsame Einzelheiten über die Grausamkeiten, die er in der Zeit begangen haben sollte, als er im Dienste des Fürsten von Mysore stand. Bankiers, die im allgemeinen realer denken, sagten: ›Bah‹ und zuckten dabei mitleidig mit den breiten Schultern, ›der Alte ist ein Genueser Kopf!‹ ›Und würden Sie nicht die Freundlichkeit haben, zu erklären, was Sie unter einem Genueser Kopf verstehen?‹ ›Das ist einfach ein Mann, auf dessen Leben ungeheure Kapitalien begründet sind und von dessen Gesundheit jedenfalls die Einkünfte dieser Familien abhängen. Ich erinnere mich, bei Frau d'Espard einen Magnetiseur gehört zu haben, der durch einigermaßen annehmbare Betrachtungen und Auseinandersetzungen bewies, daß dieser sorgsam behütete Alte der berühmte Balsamo, der sich Cagliostro nannte, ist. Nach der Aussage dieses modernen Alchimisten wäre der sizilianische Abenteurer dem Tode entronnen und vergnügte sich damit, für seine Enkelkinder Gold zu machen. Der Amtmann von Ferette behauptete, er hätte in dieser seltsamen Person den Grafen von Saint-Germain erkannt.‹

Diese Albernheiten, die mit dem witzigen Ton und den spöttischen Mienen vorgebracht wurden, die heutzutage für unsere Gesellschaft, die an nichts glaubt, charakteristisch sind, ließen den Verdacht, den man gegen das Haus hatte, nie ganz einschlummern, und durch ein seltsames Zusammentreffen von Umständen rechtfertigten die Glieder dieser Familie die Vermutungen der Gesellschaft, indem sie ein recht sonderbares Verhalten in bezug auf den alten Mann zeigten, dessen Leben sich sozusagen allen Nachforschungen entzog.

Wenn der Mann die Schwelle des Zimmers überschritt, das er, wie man annahm, im Hause Lanty bewohnte, erregte sein Erscheinen immer große Aufregung in der Familie. Man hatte den Eindruck, als ob etwas Wichtiges passierte. Filippo, Marianina, Frau von Lanty und ein alter Diener hatten allein den Vorzug, dem Unbekannten beim Gehen, beim Aufstehen, beim Hinsetzen zu helfen. Jeder achtete auf seine kleinsten Bewegungen. Er schien ein verzaubertes Wesen zu sein, von dem das Glück, das Leben und das Vermögen aller abhing. War es Furcht oder Liebe? Die Gesellschaft konnte nichts entdecken, das ihr geholfen hätte, dieses Problem zu lösen. Dieser Hausgeist schien ganze Monate hindurch in einem unbekannten Heiligtum versteckt zu sein, das er dann plötzlich, wie verstohlen, unerwartet verließ, um wie die Feen in alten Zeiten, die von ihren fliegenden Drachen abstiegen, um die Feste zu stören, zu denen sie nicht eingeladen waren, mitten in den Sälen zu erscheinen. Selbst die geübtesten Beobachter konnten die Unruhe der Hausbewohner, die ihre Gefühle mit seltener Geschicklichkeit zu verbergen verstanden, nur erraten. Aber manchmal warf Marianina, die noch zu naiv war, während sie in einer Quadrille tanzte, einen ängstlichen Blick auf den Alten, schien ihn gespannt zu beobachten, wenn er bei einer Gruppe von Gästen stand. Oder Filippo glitt rasch durch die Menge, um zu ihm zu eilen, blieb bei ihm, schien voller zärtlicher Besorgnis, als wenn die Berührung mit den Menschen oder der leiseste Hauch dies sonderbare Wesen zerbrechen könnten. Die Gräfin suchte sich ihm zu nähern, ohne daß man aber ihre Absicht merken sollte; dann nahm sie eine Haltung und einen Ausdruck an, in denen ebenso viel Demut wie Zärtlichkeit, Unterwürfigkeit wie Tyrannei lag, und sprach einige Worte mit dem Alten, denen er fast immer gehorchte: er verschwand, sie führte, oder besser gesagt, schleppte ihn fort. Wenn Frau von Lanty nicht da war, bot der Graf manche List auf, um an ihn heranzukommen; aber auf ihn schien der Alte nur ungern zu hören, und der Graf behandelte ihn wie ein verzogenes Kind, auf dessen Launen die Mutter eingeht, oder dessen Eigensinn sie fürchtet. Als einige Indiskrete es gewagt hatten, den Grafen von Lanty zu fragen, schien dieser kühle und zurückhaltende Mann die Fragen der Neugierigen nicht zu verstehen. So versuchte denn auch nach vielen Versuchen, die die Vorsicht aller Glieder dieser Familie vereitelt hatte, niemand mehr, den Schleier dieses so wohl gehüteten Geheimnisses zu lüften. Die vornehmen Spione, Einfaltspinsel und Politiker waren schließlich des Kampfes müde und beschäftigten sich nicht mehr mit dem Geheimnis.

Aber trotzdem gab es vielleicht in diesem Augenblick in den strahlenden Gemächern Philosophen, die, während sie ein Eis, ein Sorbet nahmen oder ihr leeres Punschglas auf ein

Tischchen stellten, sich sagten: ›Ich würde mich nicht wundern, wenn ich hörte, daß diese Leute Spitzbuben sind. Dieser Alte, der sich verborgen hält und nur an Tag- und Nachtgleichen oder an Sonnenwenden sich zeigt, sieht mir ganz wie ein Mörder aus . . .‹ ›Oder wie ein Bankrottierer . . .‹ ›Das ist ungefähr dasselbe. Einen Menschen um sein Vermögen bringen ist oft schlimmer, als ihm das Leben nehmen.‹ ›Ich habe zwanzig Louisdors gesetzt, ich muß vierzig bekommen.‹ ›Aber es liegen doch nur dreißig im Spiel.‹ ›Da sehen Sie, welch gemischte Gesellschaft hier ist. Man kann nicht einmal spielen.‹ ›Ganz richtig . . . Aber nun ist es schon bald ein halbes Jahr her, daß wir den Geist nicht gesehen haben. Glauben Sie, daß er ein lebendiges Wesen ist?‹ ›Ja, höchstens . . .‹ Diese Worte wurden in meiner Nähe von Unbekannten gesprochen, die in dem Augenblick weggingen, als ich meine Betrachtungen, die aus Schwarz und Weiß, aus Leben und Tod gemischt waren, in einem letzten Gedanken zusammenfassen wollte. Meine aufgeregte Phantasie sah, ebenso wie es meine Augen taten, abwechselnd auf das Fest, das jetzt auf dem Gipfel seines Glanzes angelangt war, und auf das düstere Bild der Gärten. Ich weiß nicht, wie lange ich über diese beiden Seiten der Medaille des Menschenlebens nachdachte; plötzlich jedoch riß mich das unterdrückte Lachen einer jungen Dame aus meinen Betrachtungen. Ich war bei dem Anblick des Bildes, das sich meinen Augen bot, sprachlos. Wie durch eine der unbegreiflichen Launen der Natur war der Gedanke der Halbtrauer, den ich im Hirne gewälzt hatte, daraus entsprungen, stand leibhaftig und lebendig vor mir, wie Minerva aus dem Haupte Jupiters entsprang, groß und stark. Er schien zu gleicher Zeit hundert Jahre und zweiundzwanzig Jahre alt zu sein, war tot und lebendig auf einmal.

Der kleine Alte schien, wie ein Geisteskranker aus seiner Zelle, aus seinem Zimmer entschlüpft zu sein und hatte sich offenbar hinter einer Hecke von Personen, welche aufmerksam dem Gesang Marianinas lauschten, die eben die Kavatine aus »Tankred« zu Ende sang, geschickt herangeschlichen. Er schien mit Hilfe einer Theatermaschinerie aus dem Boden gestiegen zu sein. Starr und düster schaute er auf dieses Fest, dessen Brausen vielleicht an seine Ohren gedrungen war. Wie ein Nachtwandler stand er da, schien so intensiv mit etwas beschäftigt, daß er mitten unter den Menschen stand, ohne die Menschen zu sehen. Plötzlich war er neben einer der entzückendsten Frauen von Paris aufgetaucht; es war eine elegante, junge Dame, die eben noch zu aller Bewunderung getanzt hatte; ihre Formen waren zart, ihr Gesicht so frisch und rosig wie das eines Kindes und so durchsichtig, daß der Blick eines Mannes hindurchzugehen schien, wie die Sonnenstrahlen durch helles Glas. Und da standen die beiden nun vor mir, vereinigt und so dicht beisammen, daß der Unbekannte das wallende Gazekleid und die leicht gekrausten Haare streifte. Ich hatte die junge Dame zu Frau von Lanty auf den Ball geführt. Da sie zum erstenmal in dieses Haus kam, verzieh ich ihr das unterdrückte Lachen; aber ich machte ihr schnell ein so eindringliches Zeichen, daß sie ganz verdutzt wurde und voller Respekt ihren Nachbarn betrachtete. Sie setzte sich neben mich. Der Alte aber wollte das entzückende Geschöpf nicht verlassen; mit der stummen und nicht zu ergründenden Hartnäckigkeit, die man öfter bei sehr alten Leuten findet, und wodurch sie den Kindern wieder ähnlich werden, hing er sich an sie. Um sich neben die junge Dame setzen zu können, mußte er einen Klappsessel heranziehen. Seine Bewegungen zeigten die kalte Schwerfälligkeit, die stumpfe Unentschlossenheit, die man bei Paralytikern findet. Er setzte sich langsam und vorsichtig auf einen Stuhl und murmelte dabei ein paar unverständliche Worte. Seine gebrochene Stimme glich dem Geräusch eines Steines, der in einen Brunnen fällt. Die junge Dame drückte heftig meine Hand, wie wenn sie sich vor einem Abgrund retten wollte, und ein Zittern überlief sie, als der Mann, den sie anblickte, sie mit zwei Augen, denen jede Wärme fehlte, mit meergrünen Augen ansah, die man nur mit stumpfem Perlmutter vergleichen konnte.

»Ich fürchte mich«, flüsterte sie mir ins Ohr. »Sie können laut reden«, erwiderte ich, »er ist sehr schwerhörig.«

»Sie kennen ihn also?«

»Ja.«

Sie faßte Mut und betrachtete einen Augenblick diese Gestalt, für welche die menschliche Sprache keinen Namen hat, diese Form ohne Substanz, dieses leblose Wesen oder passive Leben. Sie stand unter dem Banne jener ängstlichen Neugier, welche die Frauen dazu treibt, sich gefährliche Erregungen zu verschaffen, gefesselte Tiger anzusehen, Schlangen zu betrachten, um dabei die Furcht zu empfinden, nur durch ein schwaches Gitter von ihnen getrennt zu sein. Obgleich der Rücken des kleinen Alten gekrümmt war wie der eines Taglöhners, sah man doch, daß er ursprünglich gerade gewachsen war. Seine außergewöhnliche Magerkeit und die Zartheit seiner Glieder bewiesen, daß er immer schlank gebaut gewesen war. Er trug Kniehosen aus schwarzer Seide, die wie ein schlaffes Segel um seine dürren Beine hingen. Ein Anatom hätte schnell die Zeichen einer schrecklichen Auszehrung erkannt, wenn er diese schwachen Beine gesehen hätte, die den seltsamen Körper trugen. Man mußte an zwei Knochen denken, die kreuzweise auf einem Grab standen. Das Gefühl eines grenzenlosen Schauders ergriff einem das Herz, wenn man an ihm sah, wie diese Maschine, die man Mensch nennt, verfällt. Der Unbekannte trug eine weiße, goldbestickte Weste, wie sie früher mal Mode war, und seine Wäsche war blendend weiß. Ein rotgelbes Jabot aus englischer Spitze, dessen reiche Arbeit den Neid einer Königin erregen konnte, trug er auf der Brust; aber auf ihm wirkte diese Spitze eher wie ein Lappen als wie ein Schmuck. Auf dem Jabot strahlte ein Diamant von unschätzbarem Wert. Dieser altmodische, geschmacklose Luxus machte das Gesicht dieses seltsamen Wesens nur noch auffallender. Der Rahmen paßte zu dem Bildnis. Dieses schwarze Gesicht war eckig, in allen Richtungen ausgehöhlt. Das Kinn war hohl, die Schläfen waren hohl, die Augen lagen tief in gelben Höhlen. Die Kinnbacken sprangen infolge der unbeschreiblichen Magerkeit scharf hervor; in jeder Backe waren Löcher. Fiel auf die Erhöhung im Gesichte Licht, so entstanden seltsame Schatten und Reflexe, die ihm vollends den Charakter eines menschlichen Gesichts nahmen. Dann hatten die Jahre die gelbe und dünne Haut dieses Gesichtes so fest auf die Knochen gepreßt, daß eine Unzahl Falten entstand; die waren entweder kreisförmig, wie die kleinen Kreise im Wasser, die entstehen, wenn ein Kind einen Kiesel hineinwirft, oder sternförmig, wie wenn eine Scheibe zertrümmert wird; aber immer waren sie tief und so

dicht beisammen wie die Blätter am Schnitt eines Buches. Es mag Greise geben, die noch häßlicher sind; was jedoch am meisten dazu beitrug, dem Gespenst, das uns so plötzlich erschienen war, den Anschein eines künstlichen Gebildes zu geben, war das Rot und das Weiß, das auf ihm glänzte. Hell fiel das Licht eines Kronleuchters auf sein Gesicht, und man konnte bemerken, mit wie viel Kunst es geschminkt war. Der Verfall, den seine ganze Gestalt verriet, war unendlich traurig, und man konnte es ein Glück nennen, daß der leichenhafte Schädel unter einer blonden Perücke verborgen war, deren zahllose Locken eine außergewöhnliche Eitelkeit verrieten. Die weibische Gefallsucht dieser seltsamen Gestalt wurde überdies deutlich genug durch die goldenen Ohrringe und die Ringe bewiesen, deren wunderbare Steine an seinen knochigen Fingern glänzten, und durch eine Uhrkette, die wie die Diamantenschnur am Hals einer Frau blitzte. Schließlich hatte diese Art japanischer Götze ein starres Lächeln auf seinen bläulichen Lippen, ein grausames und höhnisches Lächeln, wie das eines Totenkopfes. Er saß schweigsam und unbeweglich da, wie eine Statue, und ein muffiger Duft ging von ihm aus, wie von alten Kleidern, die die Erben einer Herzogin bei der Aufnahme des Nachlasses aus Schubladen nehmen. Wenn der Greis seine Augen der Gesellschaft zuwandte, schien es, als ob diese glanzlosen Kugeln sich mit Hilfe eines verborgenen Mechanismus bewegten; und wenn die Augen stillstanden, glaubte man, daß sie sich nie bewegt hätten. Sah man nun neben diesem Wrack eines Menschen ein junges Weib, dessen Hals, Arme und Brust nackt und blendend weiß waren, dessen volle und herrliche Formen, dessen Haare, die anmutig über der alabasternen Stirne lagen, zur Liebe reizen mußten, dessen Augen das Licht nicht empfingen, sondern ausstrahlten, das hold und frisch war, und dessen duftige Locken, dessen balsamischer Atem zu schwer, zu stark, zu mächtig schienen für diesen Schatten, diesen verfallenden Menschen: oh! das war der Tod und das Leben, wie ich es vorhin geschaut, eine Phantasiegestalt, eine Schimäre, zur einen Hälfte widerwärtig, zur andern ein Weib in seiner ganzen Herrlichkeit.

›Und dabei gibt es in der vornehmen Welt oft genug derlei Ehen‹, sagte ich mir.

»Er riecht nach dem Kirchhof«, rief das junge Weib fassungslos. Sie drängte sich an mich, wie um Schutz bei mir zu suchen; ihre aufgeregten Gebärden verrieten, daß sie große Angst hatte. »Das ist ein gräßlicher Anblick«, fuhr sie fort, »ich kann hier nicht länger bleiben. Wenn ich ihn wieder ansehe, glaube ich, daß der Tod gekommen ist, um mich zu holen. Lebt er denn eigentlich?«

Mit der Kühnheit, welche die Frauen aus der Heftigkeit ihrer Gefühle schöpfen, legte sie die Hand auf die Gestalt; aber kalter Schweiß brach aus ihren Poren, denn kaum hatte sie den Alten berührt, als sie einen Schrei hörte. Diese scharfe Stimme, wenn das überhaupt eine Stimme war, entrang sich einer fast vertrockneten Kehle. Diesem Schrei folgte rasch ein krampfhaftes Kinderhüsteln, das ganz absonderlich klang. Bei diesem Geräusch warfen uns Marianina, Filippo und Frau von Lanty Blicke zu, die wie Blitze waren. Das junge Weib neben mir hätte am liebsten in der Seine gelegen. Sie griff mich beim Arm und zog mich in ein Boudoir. Alle, Männer und Frauen, machten uns Platz. Als wir am Ende der Empfangsräume angelangt waren, traten wir in ein kleines, halbkreisförmiges Gemach. Meine Gefährtin warf sich auf einen Diwan. Sie zitterte vor Angst und wußte nicht, wo sie war.

»Meine Gnädigste, Sie sind sehr erregt«, sagte ich zu ihr.

»Nun«, versetzte sie nach einem Augenblick des Schweigens, in dem ich Zeit hatte, sie zu bewundern, »was kann ich dafür?« »Nun, nun«, antwortete ich, »seien Sie nicht so töricht. Sie halten ein altes Männchen für ein Gespenst.« »Schweigen Sie!« erwiderte sie mit der gebieterischen und spöttischen Miene, die alle Frauen so gut anzunehmen verstehen, wenn sie recht haben wollen. »Welch hübsches Boudoir!« rief sie und blickte um sich. »Blauer Satin wirkt als Wandbekleidung immer gut. Oh, das schöne Gemälde!« rief sie aus. Sie stand rasch auf und stellte sich vor ein Bild in prächtigem Rahmen.

Wir betrachteten einen Augenblick dieses wunderbare Gemälde, das einem überirdischen Pinsel zu entstammen schien. Das Bild stellte Adonis vor, der auf einem Löwenfell ausgestreckt liegt. Die Lampe, die in der Mitte des Boudoirs hing und von einer Schale aus Alabaster umschlossen war, beleuchtete die Leinwand mit einem milden Licht, aber wir konnten doch alle Schönheiten des Gemäldes sehen.

»Lebt wirklich ein so vollkommenes Wesen?« fragte sie mich, nachdem sie, nicht ohne ein holdes Lächeln der Befriedigung, die köstliche Anmut der Linien, die Haltung, die Farbe, die Haare, kurz alles besichtigt hatte. »Er ist zu schön für einen Mann«, fügte sie hinzu, nachdem sie das Bild betrachtet hatte, wie sie etwa eine Nebenbuhlerin betrachtet haben würde.

Oh, wie spürte ich jetzt, wie ich von eben der Eifersucht gepackt wurde, von der mir ein Dichter gesprochen hatte und an die ich damals nicht hatte glauben wollen: der Eifersucht auf Zeichnungen, Bilder, Statuen, in denen die Künstler die menschliche Schönheit infolge einer Lehre, nach der sie alles idealisieren, in großer Herrlichkeit darstellen.

»Es ist ein Porträt«, antwortete ich ihr; »wir verdanken es dem Talente von Vien. Aber der große Künstler hat das Original nie gesehen, und Ihre Bewunderung wird vielleicht etwas geringer werden, wenn Sie erfahren, daß das Bild nach der Statue einer Frau gemalt wurde.« »Aber wen stellt es vor?« Ich zögerte. »Ich will es wissen«, fügte sie hinzu. »Ich glaube«, sagte ich, »dieser Adonis stellt einen . . . einen . . . Verwandten der Frau von Lanty vor.«

Ich hatte den Schmerz, sie in die Betrachtung dieser Gestalt versunken zu sehen. Sie saß schweigend da, ich setzte mich neben sie und ergriff ihre Hand, ohne daß sie es merkte. Um eines Bildnisses willen vergessen! In diesem Augenblick hörte man in dem Schweigen das leise Geräusch von Schritten einer Frau, deren Kleid rauschte. Wir sahen die junge Marianina eintreten. Der Ausdruck der Unschuld auf ihrem Antlitz war noch strahlender als ihre Anmut und ihr reizendes Gewand; sie ging langsam und hielt an ihrem Arm mit mütterlicher Sorgfalt und kindlicher Beflissenheit das angekleidete Gespenst, das uns aus dem Musikzimmer vertrieben hatte; sie führte es, und mit einiger Unruhe sah sie, wie seine gebrechlichen Beine es kaum tragen konnten. So gelangten sie mit großer Mühe an eine geheime Tapetentür. Marianina klopfte leise. Sofort tauchte, wie durch Zauberwerk, ein großer, hagerer Mann, eine Art Hausgeist, auf. Bevor das junge Mädchen diesem geheimnisvollen Wärter den wandelnden Leichnam übergab, küßte sie ihn ehrerbietig, und diese keusche Zärtlichkeit war nicht frei von jener anmutigen Schmeichelei, deren Geheimnis nur wenige bevorzugte Frauen kennen.

»Addio, addio!« sagte sie mit dem schönsten Ton ihrer jungen Stimme.

Bei der letzten Silbe fügte sie einen Triller hinzu, den sie wundervoll, aber mit leiser Stimme ausführte; es klang, als wenn sie durch ihn den Gefühlen, die sie bewegten, einen poetischen Ausdruck hätte verleihen wollen. Irgendeine Erinnerung schien in dem Hirne des Alten aufzutauchen, er blieb auf der Schwelle des geheimen Gemaches stehen. Es herrschte lautlose Stille in dem Boudoir, und so hörten wir einen schweren Seufzer aus seiner Brust kommen; er zog den schönsten der Ringe, die er an seinen skelettartigen Fingern trug, ab und barg ihn in Marianinas Busen. Das junge Mädchen lachte ausgelassen, holte den Ring heraus, steckte ihn über den Handschuh an einen Finger und eilte in den Salon, in dem eben das Vorspiel eines Kontretanzes ertönte. Da sah sie uns.

»Oh, Sie waren hier!« rief sie errötend.

Sie sah uns forschend an; dann eilte sie mit dem sorglosen Ungestüm ihrer Jahre ihrem Tänzer entgegen.

»Was hat das zu bedeuten?« fragte mich meine junge Partnerin; »ist er ihr Gatte? Ich glaube zu träumen. Wo bin ich?«

»Sie«, antwortete ich, »Sie, meine Gnädigste, die Sie außer sich sind, Sie, die Sie die unmerklichsten Regungen so gut verstehen und im Herzen eines Mannes das zarteste Gefühl zum Wachsen bringen, ohne ihn zu beugen, ohne ihn vom ersten Tag an zu zerbrechen, Sie, die Sie Mitleid haben mit den Qualen des Herzens und mit dem Geist einer Pariserin ein leidenschaftliches Herz, dessen sich eine Spanierin oder Italienerin nicht zu schämen brauchte, verbinden . . .«

Sie mußte merken, daß meine Rede voll bitterer Ironie war; sie schien auf das, was ich sagte, nicht zu hören und unterbrach mich mit den Worten: »Oh! Sie machen mich so, wie Sie mich haben möchten. Seltsame Tyrannei! Sie wollen, ich soll nicht ich sein.« »Oh, ich will nichts«, rief ich, erschreckt über ihre Strenge. »Ist es wenigstens wahr, daß Sie gern der Geschichte der wilden Leidenschaften zuhören, die in unsern Herzen von den entzückenden Frauen des Südens erzeugt werden?« »Ja. Und . . .?« »Nun, dann will ich morgen abend gegen neun Uhr zu Ihnen kommen und Ihnen dieses Geheimnis enthüllen.« »Nein«, versetzte sie eigensinnig, »ich will es sofort erfahren.« »Sie haben mir noch nicht das Recht gegeben, zu gehorchen, wenn Sie sagen: Ich will.« »Jetzt«, erwiderte sie mit einer Koketterie, die einen zur Verzweiflung treiben konnte, »habe ich das heftigste Verlangen, dieses Geheimnis zu erfahren. Morgen werde ich Ihnen vielleicht nicht zuhören . . .«

Sie lächelte, und wir trennten uns; sie so stolz, so abweisend, und ich genau so lächerlich wie immer. Sie hatte die Kühnheit, mit einem jungen Adjutanten einen Walzer zu tanzen, und ich war wütend, denn wieder bewunderte ich sie, liebte sie, fühlte die Qualen einer wilden Eifersucht in meinem Herzen.

»Auf morgen!« rief sie mir zu, als sie gegen zwei Uhr morgens den Ball verließ.

»Ich werde nicht hingehen«, dachte ich, »und ich gebe dich auf. Du bist vielleicht noch tausendmal launischer und seltsamer . . . als meine Phantasie.«

Am nächsten Tage saßen wir zwei vor einem guten Feuer in einem eleganten kleinen Salon. Sie saß auf einem Sofa und ich, fast zu ihren Füßen, auf Kissen und sah zu ihr auf. Auf der Straße war alles ruhig. Die Lampe verbreitete ein mildes Licht. Es war einer der Abende, wie sie der Seele so köstlich sind, einer der Augenblicke, die man nie wieder vergißt, eine der Stunden voll Frieden und Verlangen, nach deren Zauber man sich später, selbst wenn man glücklicher ist, immer zurücksehnt. Wer kann den lebhaften Eindruck der ersten Regungen der Liebe verwischen?

»Fangen Sie an«, sagte sie, »ich höre.«

»Ich wage nicht recht zu beginnen. Das Abenteuer hat Abschnitte, die für den Erzähler gefährlich sind. Wenn ich begeistert werde, werden Sie mich schweigen heißen.«

»Sprechen Sie!«

»Ich gehorche.«

»Ernest Jean Sarrasine war der einzige Sohn eines Sachwalters in der Franche-Comté«, sagte ich nach einer Pause.

»Sein Vater hatte es im Laufe der Zeit zu sechs- bis achttausend Livres Rente gebracht; das war früher für einen Anwalt in der Provinz ein ungeheures Vermögen. Der alte Sarrasine, der nur das eine Kind hatte, wollte an seiner Erziehung nichts fehlen lassen; er hoffte, einen Beamten aus ihm zu machen und lange genug zu leben, um zu sehen, wie der Enkel des Mathieu Sarrasine, der Ackersmann in der Gegend von Saint-Dié gewesen war, sich auf die Lilienstühle setzte und zum höchsten Ruhme des Parlamentshofes in der Sitzung schlief. Aber der Himmel hatte es anders beschlossen. Der junge Sarrasine, der frühzeitig den Jesuiten zur Erziehung anvertraut worden war, zeigte ein Ungestüm, das man sonst wenig bei Kindern findet. Er hatte die Kindheit eines genialen Menschen. Er wollte nur studieren, wozu er Lust hatte, war oft widerspenstig und blieb manchmal lange Stunden in wirre Träume versunken; bald beschäftigte er sich damit, seinen Kameraden beim Spiele zuzusehen, bald vergegenwärtigte er sich die Helden Homers. Fiel es ihm dann aber ein, sich zu zerstreuen, so gab er sich den Spielen mit ungewöhnlichem Eifer hin. Wenn zwischen einem Kameraden und ihm ein Streit entstand, ging der Kampf selten ohne Blutvergießen aus. Wenn er der Schwächere war, biß er zu. Er war oft ungeheuer rasch zu Tätlichkeiten entschlossen, ließ sich oft alles gefallen, verriet oft in den einfachsten Dingen wenig natürliches Geschick und dann wieder überragte er alle Kameraden durch seine Intelligenz. Sein seltsamer Charakter machte ihn bei seinen Lehrern ebenso gefürchtet wie bei seinen Kameraden. Anstatt die Elemente der griechischen Sprache zu lernen, zeichnete er den ehrwürdigen Pater, der ihnen eine Stelle aus Thukydides erklärte, machte eine Skizze vom Mathematiklehrer, vom Präfekten, den Dienern, dem Superior und verschmierte alle Wände mit unförmlichen Skizzen. Anstatt in der Kirche das Lob des Herrn zu singen, vergnügte er sich während des Meßamtes damit, an einer Bank zu schnitzeln; oder hatte er ein Stück Holz gestohlen, schnitzte er die Gestalt eines Heiligen. Wenn er kein Holz, keinen Stein oder Bleistift hatte, stellte er seine Gedanken in weichem Brot dar. Ob er nun die Gestalten auf den Bildern kopierte, mit denen der Chor geschmückt war, oder ob er improvisierte, immer hinterließ er auf seinem Platz gröbliche Skizzen, deren frecher Charakter die jüngeren ehrwürdigen Patres zur Verzweiflung brachte; böse Zungen behaupteten, daß die älteren Jesuiten darüber lächelten. Endlich wurde er davongejagt, wenn man der Chronik der Schule Glauben schenken darf. Es war an einem Karfreitag; er wartete, daß auch er beichten könnte, und da ihm die Zeit zu lang wurde, schnitzte er aus einem großen Holzscheit einen Christus. Die Gottlosigkeit, die in dieser Statue zum Ausdruck kam, war zu groß, als daß man den Künstler ungestraft lassen konnte. Hatte er nicht die Frechheit gehabt, diese zynische Figur auf das Tabernakel zu stellen! Sarrasine begab sich nach Paris und suchte so dem Zorne des Vaters zu entgehen. Sein Wille war einer von denen, die kein Hindernis kennen, er gehorchte dem Befehl seines Genies und trat in das Atelier Bouchardons ein. Er arbeitete den ganzen Tag und abends bettelte er auf den Straßen. Bouchardon, der über die Fortschritte und den Geist des jungen Künstlers entzückt war, erriet bald, in welchem Elend sein Schüler sich befand; er unterstützte ihn, gewann ihn lieb und behandelte ihn wie sein Kind. Als sich dann das Genie Sarrasines in einem Werke offenbart hatte, in dem das künftige Talent noch mit dem Ungestüm der Jugend kämpfte, versuchte Bouchardon, ihn wieder mit seinem Vater zu versöhnen. Vor der Autorität des berühmten Bildhauers besänftigte sich der Zorn des Vaters. Ganz Besançon beglückwünschte sich, daß es die Geburtsstadt eines Mannes war, dem eine große Zukunft bevorstand. Die Eitelkeit des geizigen Sachwalters war ungeheuer geschmeichelt, und in seiner Begeisterung gab er dem Sohne die nötigen Mittel, daß er anständig auftreten konnte. Die langen und mühsamen Studien, die die Bildhauerei erfordert, zügelten den stürmischen Charakter und das wilde Genie Sarrasines für lange Zeit. Bouchardon, der voraussah, daß eines Tages die Leidenschaften, die in dieser Seele schlummerten, mit elementarer Gewalt losbrechen würden, wie einst bei Michelangelo, erstickte sie, so gut er konnte, durch fortwährende Arbeiten. Es gelang ihm, den ungewöhnlichen Schwung, der in Sarrasine lebte, in den rechten Schranken zu halten, indem er ihm zu arbeiten verbot und ihm vorschlug, sich zu zerstreuen, wenn er sah, wie die Kraft und

Gewalt eines Gedankens ihn alles Maß verlieren ließ, oder indem er ihm wichtige Arbeiten übertrug, wenn er sich einem wüsten Leben hingeben wollte. Aber der wilden Glut dieser überschäumenden Seele begegnete man am sichersten mit ruhiger Sanftmut, und der Meister erlangte große Gewalt über seinen Schüler dadurch, daß er durch väterliche Güte seine Dankbarkeit erregte.

Im Alter von zweiundzwanzig Jahren wurde Sarrasine durch die Umstände dem heilsamen Einfluß, den Bouchardon auf sein Wesen und seine Gewohnheiten ausübte, entzogen. Er erlangte den Lohn für sein Genie, indem er den Skulpturpreis gewann, den der Marquis von Marigny, der Bruder der Frau von Pompadour, der so viel für die Künste tat, gestiftet hatte. Diderot rühmte die Statue von Bouchardons Schüler als ein Meisterwerk. Nicht ohne Schmerzen ließ der Bildhauer des Königs den jungen Mann, den er aus Prinzip über alle Fragen des Lebens im Unklaren gelassen hatte, nach Italien ziehen. Sarrasine war sechs Jahre lang Bouchardons Tischgenosse gewesen. Er war ein Fanatiker der Kunst, wie es später Canova gewesen ist, stand mit Tagesanbruch auf, ging ins Atelier, verließ es erst, wenn es Nacht wurde, und lebte nur seiner Kunst. Wenn er in die Comédie Française ging, wurde er von seinem Meister hingeschleppt. Er fühlte sich bei Frau Geoffrin und in der vornehmen Welt, in die Bouchardon ihn einzuführen versuchte, so unbehaglich, daß er lieber allein blieb und die Genüsse dieser ausschweifenden Zeit verschmähte. Er hatte keine andere Geliebte als die Bildhauerei und Klotilde, eine der Berühmtheiten der Oper. Aber diese Liebe zu Klotilde war nicht von langer Dauer. Sarrasine war ziemlich häßlich, immer schlecht gekleidet und hatte ein so freies Naturell, führte ein so ungeregeltes Leben, daß die berühmte Nymphe eine Katastrophe fürchtete und den Bildhauer bald der Liebe zur Kunst zurückgab. Sophie Arnould hat über diesen Vorfall einen hübschen Ausspruch getan, wie er genau war, weiß ich leider nicht mehr. Sie verwunderte sich jedenfalls, daß ihre Kollegin über die Statuen hatte siegen können.

Sarrasine brach im Jahre 1758 nach Italien auf. Während der Reise begeisterte sich seine glühende Phantasie unter dem lichten Himmel und beim Anblick der wunderbaren

Denkmale, mit denen die Heimat der Kunst übersät ist. Er bewunderte die Statuen, die Fresken, die Gemälde, und in der Seele den glühenden Wunsch, es den Alten nachzutun, ein Künstler zu werden wie Michelangelo und Bouchardon, kam er nach Rom. So teilte er denn in den ersten Tagen seine Zeit zwischen seinen Arbeiten im Atelier und der Besichtigung der Kunstwerke, die es in Rom in solcher Fülle gibt. Er hatte schon vierzehn Tage in diesem fast ekstatischen Zustande verbracht, der alle genialen Künstler beim Anblick der Königin der Ruinen überkommt, als er eines Abends ins Theater Argentina ging, vor dem sich eine große Menge drängte. Er erkundigte sich nach der Ursache für diesen Andrang, und man antwortet mit zwei Namen: »Zambinella! Jomelli!«

Er tritt ein und setzt sich in das Parterre, findet einen Platz zwischen zwei dicken Abbati; aber sein Platz war dicht vor der Bühne. Der Vorhang hob sich. Zum erstenmal im Leben hörte er diese Musik, deren Herrlichkeit ihm Jean Jacques Rousseau bei einer Gesellschaft beim Baron von Holbach so beredt gepriesen hatte. Die wunderbare Musik Jomellis mit ihren herrlichen Harmonien reizte sozusagen die Sinnlichkeit des jungen Künstlers. Diese schmachtenden italienischen Stimmen, die aufs glücklichste zusammenpaßten, versetzten ihn in eine wahre Ekstase. Er saß stumm und unbeweglich und fühlte nicht einmal, wie er zwischen den beiden Priestern eingeengt war. Seine Seele war ganz in seinen Ohren und Augen. Er glaubte mit all seinen Poren zu hören. Plötzlich begrüßte ein nicht endenwollender Beifall das Auftreten der Primadonna. Sie schritt bis an die Rampe und grüßte das Publikum mit unendlicher Grazie. Die Lampen, die Begeisterung der Menge, die Illusion der Bühne, die Reize einer Toilette, die zu der Zeit recht verführerisch war, alles wirkte zugunsten dieses Weibes zusammen. Sarrasine schrie fast vor Wonne. Er bewunderte die ideale Schönheit, deren Vollkommenheit er bisher in der Natur stückweise hatte suchen müssen, indem er von einem oft unwürdigen Modell die Rundung eines vollendeten Beines, von einem andern die Formen des Busens, wieder von einem anderen die weißen Schultern und endlich von einem jungen Mädchen den Hals, von dieser oder jener Frau die Hände, von einem Kinde die blanken Knie nahm, ohne daß er je unter dem frostigen Himmel von Paris die in ihrer Linienführung vollendeten Gestalten des antiken Griechenlands gefunden hätte. Die Zambinella in ihrer Grazie zeigte in wundervoller Vereinigung die herrlichen Formen der weiblichen Gestalt, nach denen seine glühende Künstlerseele dürstete, für die ein Bildhauer zugleich der strengste und leidenschaftlichste Richter ist. Ihr Mund war ausdrucksvoll, Liebe leuchtete in ihren Augen, ihr Teint war blendend weiß. Und zu diesen Einzelheiten, die einen Maler entzückt hätten, füge man alle Wunder der Venus, wie sie die griechischen Bildhauer in ihrer Verehrung gestaltet haben. Der Künstler wurde nicht müde, die unnachahmliche Grazie, mit der die Arme zur Brust übergingen, oder die wundervolle Rundung des Nakkens, die harmonische Linie der Brauen und der Nase, das vollkommene Oval des Gesichts, die Reinheit ihrer lebhaften Konturen und die Wirkung der dichten Wimpern der großen, wollüstigen Lider zu bewundern. Das war mehr als ein Weib, was da vor ihm lebte, es war ein Meisterwerk. Dieses unerwartete Wesen hatte Liebe in sich zum Entzücken aller Männer und Schönheiten zur Befriedigung jedes Kritikers. Sarrasine verschlang mit den Augen die Statue Pygmalions, die für ihn von ihrem Sockel gestiegen war. Als die Zambinella sang, kannte die Begeisterung des Publikums keine Grenzen. Den Künstler überlief es kalt; dann spürte er, wie ein Feuer in den tiefsten Tiefen seines Innern, die wir das Herz nennen, auflohte. Er klatschte nicht Beifall, er sagte nichts, er fühlte, wie ihn ein Wahnsinn, eine Art Raserei überfiel, die wir Menschen nur in diesem Alter fühlen können, wo die Begierde etwas Schreckliches und Höllisches an sich hat. Sarrasine wollte auf die Bühne stürzen und sich dieses Weibes bemächtigen. Seine Kraft, die durch eine moralische Depression, die man nicht erklären kann, weil sich diese Vorgänge in einer Region abspielen, die der menschlichen Beobachtung unzugänglich ist, verhundertfacht wurde, wollte mit schmerzhafter Gewalt sich äußern. Er saß wie erstarrt und betäubt da. Ruhm, Kunst, Zukunft, Leben, Sieg, alles stürzte in sich zusammen. ›Von ihr geliebt werden oder sterben!‹ – das war das Urteil, das Sarrasine über sich selbst sprach.

Er war so völlig trunken, daß er den Saal, die Zuschauer, die Schauspieler nicht mehr sah und die Musik nicht mehr hörte. Noch mehr: es gab keinen Zwischenraum mehr zwischen ihm und der Zambinella, er besaß sie; seine Augen, die sie verschlangen, hatten sich ihrer bemächtigt. Eine fast teuflische Macht brachte ihn dahin, daß er den Atem dieser Stimme fühlte, daß er den duftenden Puder, der auf ihren Haaren lag, atmete, daß er dieses Gesicht wie in allernächster Nähe vor sich sah, daß er die blauen Adern zählen konnte, die die glänzende Haut durchzogen. Diese Stimme endlich, die so frisch und silberhell klang, die schmiegsam war wie ein Faden, dem der leiseste Hauch eine Form gibt, die er auf- und abrollt, entfaltet und wieder zerteilt, diese Stimme übte einen solchen Einfluß auf seine Seele, daß er mehr als einmal unwillkürlich Schreie ausstieß, wie sie einem die krampfhaften Entzückungen entreißen, die die menschlichen Leidenschaften nur selten gewähren. Bald mußte er das Theater verlassen. Seine zitternden Beine weigerten ihm fast den Dienst. Er war zerschlagen und ermattet wie ein nervöser Mensch nach einem furchtbaren Wutanfall. Er hatte so viel Wonne erlebt, oder vielleicht hatte er so viel gelitten, daß sein Leben ausgelaufen war, wie das Wasser aus einem umgestoßenen Gefäß. Er spürte in sich eine Leere, eine Vernichtung, die den Schwächezuständen glich, welche die Genesenden, wenn sie eine schwere Krankheit überstanden haben, zur Verzweiflung bringen. Eine unerklärliche Traurigkeit überfiel ihn, er setzte sich auf die Stufen einer Kirche. Er lehnte den Rücken an eine Säule und überließ sich ganz seinen wirren Träumen. Die Leidenschaft hatte ihn wie ein Blitzschlag getroffen. Als er wieder zu Hause war, verfiel er in einen Paroxysmus des Schaffensdrangs, der uns von neuen Prinzipien in unserem Leben Kunde gibt. Er war von diesem ersten Liebesfieber befallen, dessen Wonne seinen Qualen gleichkommt, und wollte, um seine Ungeduld und seinen Taumel zu überwinden, die Zambinella aus dem Gedächtnis zeichnen. Das war eine Art materiellen Träumens. Auf dem einen Blatt stand die Zambinella in der anscheinend ruhigen und kühlen Haltung, wie sie Raffael, Giorgione und alle großen Meister geliebt haben. Auf einem andern wandte sie den Kopf graziös zur Seite; sie schien einen Triller zu singen und sich selbst zuzuhören. Sarrasine zeichnete die Geliebte in allen Stellungen; er zeichnete sie ohne Schleier, sitzend, liegend, zeichnete sie als keusches, dann wieder als wollüstiges Weib und verwirklichte mit trunkener Künstlerhand alle die tollen Gedanken, die unsere Phantasie gebiert, wenn wir zu stark an die Geliebte denken. Und doch gaben die Zeichnungen nicht entfernt wieder, was sein trunkenes Herz empfand. Er sah die Zambinella, sprach mit ihr, flehte sie an, durchlebte mit ihr in wildem Taumel alles menschliche Glück, kostete mit ihr schon tausend Genüsse aus, die er erst von der Zukunft erwartete.

Am nächsten Tage ließ er von seinem Lakaien für die ganze Saison eine Loge dicht bei der Bühne mieten. Dann stellte er sich, wie alle jungen Leute, die eine leidenschaftliche Seele haben, die Schwierigkeiten seines Unternehmens übertrieben groß vor, und fürs erste genoß er mit ganzer Hingebung das Glück, die Geliebte ohne Hindernis bewundern zu können. Diese goldene Zeit der Liebe, während der wir uns an unseren eigenen Gefühlen berauschen, in der wir durch unsere Gefühle selbst glücklich werden, sollte bei Sarrasine nur von kurzer Dauer sein. Die Ereignisse überraschten ihn, während er noch unter dem Zauber dieser unschuldig wollüstigen Halluzination stand. In acht Tagen lebte er ein ganzes Leben: morgens knetete er den Ton, mit dessen Hilfe es ihm gelang, die Zambinella trotz der Schleier, Röcke, Korsette und Bänder, die sie ihm verhüllten, wiederzugeben. Am Abend war er schon früh in seiner Loge, die er für sich hatte, und da genoß er, auf einem Sofa liegend wie ein Türke im Opiumrausch, ein so reiches, so verschwenderisches Glück, wie er es nur begehrte. Zunächst machte er sich allmählich mit den zu wilden Erregungen vertraut, die ihm der Gesang der Geliebten verursachte; dann gewöhnte er seine Augen daran, sie zu sehen, und konnte sie schließlich anblicken, ohne den Ausbruch der wilden Leidenschaft befürchten zu müssen, die ihn am ersten Tag überfallen hatte. Seine Leidenschaft wurde tiefer und stiller zugleich. Übrigens duldete der wilde Bildhauer nicht, daß seine Einsamkeit, die von Bildern bevölkert war, die er in seiner Hoffnung erblickte, die voller Glück war, von seinen Kameraden gestört wurde. Er liebte mit solcher Gewalt und so unschuldsvoll, daß er all die unschuldigen Gewissensqualen durchmachte, die uns befallen, wenn wir zum erstenmal lieben. Als er anfing zu merken, daß er bald handeln und intrigieren müsse, daß er erfahren müsse, wo die Zambinella wohnte, ob sie eine Mutter, einen Onkel, einen Vormund, eine Familie hatte; als er an die Mittel dachte, sie zu sehen, mit ihr zu sprechen, da spürte er, wie sein Herz von ehrgeizigen Gedanken so anschwoll, daß er diese Sorge auf den nächsten Tag verschob; er war glücklich über seine physischen Qualen, über die Wonnen seines Geistes.«

»Aber«, unterbrach mich Frau von Rochfilde, »ich sehe noch nichts von Marianina und ihrem alten Männchen.«
»Sie sehen nur ihn!« rief ich, ungeduldig wie ein Autor, dem man einen Bühneneffekt verdirbt.

»Seit mehreren Tagen«, fuhr ich nach einer Pause fort, »hatte sich Sarrasine getreulich in seiner Loge eingefunden; aus seinen Blicken sprach so deutlich die Liebe, daß seine Leidenschaft für die Stimme Zambinellas das Gespräch von ganz Paris gewesen wäre, wenn diese Geschichte sich hier abgespielt hätte; aber in Italien, meine Gnädigste, ist jeder mit solchem Interesse, solcher Leidenschaft bei dem, was auf der Bühne vor sich geht, daß für die Spionage mit den Operngläsern keine Zeit bleibt. Jedoch konnte diese glühende, lodernde Leidenschaft des Bildhauers den Blicken der Sänger und Sängerinnen nicht lange entgehen. Eines Abends bemerkte der Franzose, daß man in den Kulissen über ihn lachte. Es wäre schwer zu sagen, was er begonnen hätte, wenn die Zambinella nicht in Aktion getreten wäre. Sie warf Sarrasine einen der beredten Blicke zu, die oft viel mehr sagen, als die Frauen wollen. Dieser Blick war eine ganze Offenbarung. Sarrasine wurde geliebt. ›Wenn das nur eine Laune ist‹, dachte er, indem er seiner Geliebten im Innern schon wegen der zu großen Glut ihrer Blicke Vorwürfe machte, ›dann kennt sie die Herrschaft nicht, unter die sie fallen wird. Ihre Laune wird hoffentlich so lange dauern, wie ich lebe.‹

In diesem Augenblick erregte ein leises Klopfen an der Logentür die Aufmerksamkeit des Künstlers. Er öffnete. Eine alte Frau trat geheimnisvoll ein.

»Junger Herr«, sagte sie, »wenn Sie glücklich sein wollen, seien Sie vorsichtig. Hüllen Sie sich in einen Mantel, verhüllen Sie Ihr Gesicht durch einen breitrandigen Hut; finden Sie sich um zehn Uhr abends auf dem Korso vor dem spanischen Palaste ein.« »Ich werde dort sein«, erwiderte er und steckte der Duenna zwei Louisdors in die runzelige Hand.

Er verließ seine Loge, nachdem er der Zambinella ein Zeichen des Einverständnisses gegeben hatte. Sie senkte schüchtern ihre wollüstigen Lider, wie eine Frau, die glücklich ist, daß sie endlich verstanden wird. Er verließ die Loge, eilte nach Hause, um sich umzukleiden, wie es die Umstände, die ihn erwarteten, erforderten. Als er das Theater verließ, ergriff ihn ein Unbekannter am Arm.

»Nehmen Sie sich in acht, Herr Franzose«, flüsterte er ihm ins Ohr; »es geht auf Leben und Tod. Sie ist der Schützling des Kardinals Cicognara, und der versteht keinen Spaß.«

Hätte ein Dämon zwischen Sarrasine und Zambinella alle Abgründe der Hölle geöffnet, er wäre in diesem Augenblick mit einem Satz darüber gesprungen. Gleich den Rossen der Unsterblichen, wie sie Homer schildert, hatte die Liebe des Bildhauers in einem Augenblick unendlichen Raum durcheilt.

»Und wenn mich beim Verlassen des Hauses der Tod erwartete, ich ginge nur noch schneller«, antwortete er. »Poverino«, rief der Unbekannte und verschwand.

Spricht man einem Verliebten von Gefahren, man schafft ihm nur neue Wonne. Nie hatte Sarrasines Diener seinen Herrn so sorgfältig Toilette machen sehen. Sein schöner Degen, ein Geschenk Bouchardons, die Binde, die Klothilde ihm geschenkt hatte, sein mit Flitter besetzter Rock, seine Weste aus silbergrauem Tuche, seine goldene Tabaksdose, die wertvolle Uhr, alles wurde aus den Schubladen geholt. Er schmückte sich wie ein junges Mädchen, das seinen ersten Liebhaber erwartet. Zur verabredeten Stunde eilte Sarrasine, das Gesicht tief unter dem Hute verborgen, trunken vor Liebe und glühend vor Hoffnung, zu dem Rendezvous, das die Alte ihm genannt hatte. Die Duenna erwartete ihn.

»Sie haben auf sich warten lassen«, sagte sie. »Kommen Sie!« Sie führte den Franzosen durch einige Gassen und blieb vor einem stattlichen Palaste stehen. Sie klopfte, die Tür ging auf. Sie führte Sarrasine durch ein Labyrinth von Treppen, Galerien und Gemächern, die nur durch den ungewissen Schein des Mondes ein wenig erleuchtet wurden, und kam bald an eine Tür, durch deren Spalten ein starker Lichtschein drang, und hinter der man Stimmengewirr hörte. Sarrasine war plötzlich wie geblendet, als er, nach einem Wort der Alten, in das geheimnisvolle Gemach eingelassen wurde und sich in einem glänzend erhellten und herrlich eingerichteten Salon befand, in dessen Mitte eine reich gedeckte Tafel stand. Herrlich geschliffene Karaffen spiegelten das Licht der Leuchter wieder. Er erkannte die Sänger und die Sängerinnen des Theaters und dazwischen reizende Frauen, die alle bereit waren, ein Künstlergelage zu beginnen, das nur noch auf ihn wartete. Sarrasine unterdrückte eine ärgerliche Regung. Er hatte sich ein schwach erleuchtetes Zimmer und seine Geliebte am Kamin sitzend vorgestellt; er hatte in allernächster Nähe den Eifersüchtigen vermutet, hatte von Liebe und Tod, von leise geflüsterten Geständnissen, von wilden Küssen geträumt, hatte schon alles durchlebt in seinem Innern, wie ihr Gesicht sich an das seine schmiegte, wie ihre Locken seine im Taumel glühende Stirn gestreift.

»Es lebe die Tollheit!« rief er. »Signori e belle Donne, Sie müssen mir erlauben, mich später zu revanchieren und Ihnen meinen Dank dafür zu zeigen, daß Sie einen armen Bildhauer so aufnehmen.«

Nachdem die meisten der Anwesenden, die er vom Sehen kannte, ihn freundlich begrüßt hatten, versuchte er, sich dem Lehnstuhl zu nähern, auf dem sich die Zambinella nachlässig ausgestreckt hatte. Oh! wie schlug sein Herz, als er ihren zierlichen Fuß sah, der in Pantöffelchen steckte, die . . . gestatten Sie mir, es zu sagen . . . ehemals dem Frauenfuß einen so koketten, so sinnlichen Ausdruck gaben, daß ich nicht weiß, wie die Männer ihm widerstehen konnten. Die anliegenden weißen Strümpfe mit den grünen Zwickeln, die kurzen Röcke, die spitzen Schuhe mit den hohen Absätzen aus der Zeit Ludwigs XV. haben vielleicht ihr Teil dazu beigetragen, Europa und die Geistlichkeit etwas zu demoralisieren.«

»Etwas?« meinte die Marquise. »Haben Sie denn nichts gelesen?«

»Die Zambinella«, fuhr ich lächelnd fort, »hatte keck ihre Beine übereinandergeschlagen und wippte das obere auf und ab. Ihre Haltung war die einer Herzogin, was zu ihrer Art kapriziöser Schönheit, die eine gewisse herausfordernde Lässigkeit verriet, sehr gut paßte. Sie hatte ihre Theaterkleider abgelegt, trug ein Leibchen, das ihre schlanke Taille erkennen ließ, die noch mehr zur Geltung kam durch die Reifröcke und einen mit Blumen bestickten Atlasrock. Ihre Brust, deren Herrlichkeiten im koketten Luxus prächtiger Spitzen verborgen waren, erstrahlte in blendender Weise. Sie trug ihre Haare wie Frau du Barry. Durch diese Frisur erschien ihr Gesicht, obwohl sie eine große Haube trug, noch zierlicher, und der Puder stand ihr gut. Wer sie so sah, mußte sie anbeten. Sie lächelte dem Bildhauer zu. Sarrasine, der sehr unzufrieden war, daß er sie nur vor Zeugen sprechen konnte, setzte sich höflich neben sie, sprach mit ihr über Musik und rühmte ihr wunderbares Talent; aber seine Stimme zitterte vor Liebe, Furcht und Hoffnung.

»Was fürchten Sie?« fragte ihn Vitagliani, der berühmteste Sänger der Truppe. »Sie haben hier keinen Nebenbuhler zu fürchten.«

Nachdem der Tenor das gesagt hatte, lächelte er still vor sich hin. Die Lippen der anderen Gäste umspielte ebenfalls ein leises Lächeln, in dem ein leichter Spott lag, was aber der Verliebte nicht merken sollte. Daß seine Liebe bekannt war, war für Sarrasine, wie wenn er plötzlich einen Dolchstich ins Herz empfangen hätte. Obwohl er über eine gewisse Charakterstärke verfügte, obwohl nichts die Heftigkeit seiner Leidenschaft bezwingen konnte, war es ihm vielleicht noch nicht in den Sinn gekommen, daß die Zambinella fast eine Kurtisane war, und daß er nicht zu gleicher Zeit die reine Freude, die die Liebe eines jungen Mädchens so köstlich macht, und die stürmische Leidenschaft fühlen konnte, mit denen eine Schauspielerin ihren gefährlichen Besitz sich erkaufen läßt. Er sann nach und beschied sich. Das Souper wurde aufgetragen. Sarrasine und die Zambinella setzten sich ohne weiteres nebeneinander. Während der ersten Hälfte des Mahles blieben die Künstler innerhalb gewisser

Grenzen, und der Bildhauer konnte mit der Sängerin plaudern. Er fand sie witzig und klug, aber sie war überraschend unwissend und erwies sich als schwach und abergläubisch. Die Zartheit ihrer Glieder zeigte sich in ihrem Verstande. Als Vitagliani die erste Champagnerflasche öffnete, las Sarrasine in den Augen seiner Nachbarin einen Schrecken vor dem leichten Knall, den die Ausdehnung der Gase verursachte. Das unwillkürliche Zittern dieses Frauenorganismus deutete der verliebte Künstler als das Zeichen eines außerordentlichen Empfindungsvermögens. Diese Schwäche entzückte den Franzosen. Nichts tut der Verliebte lieber als seine Geliebte schützen. ›Meine ganze Kraft soll allein dir gehören, soll dich schützen wie ein starker Schild.‹ Steht dieser Satz nicht auf dem Grunde einer jeden Liebeserklärung geschrieben? Sarrasine, der zu leidenschaftlich war, um der schönen Italienerin Galanterien zu sagen, war, wie alle Liebenden, nacheinander ernst, ausgelassen oder gesammelt. Scheinbar hörte er dem zu, was die anderen Gäste sagten, und doch verstand er kein Wort. So ganz gab er sich dem Vergnügen hin, neben ihr zu sein, ihre Hand zu streifen, sie zu bedienen. Er schwamm in geheimer Wonne. Sie tauschten wohl einige beredte Blicke, doch war er überrascht über die Zurückhaltung, mit der die Zambinella ihm im großen und ganzen begegnete. Sie hatte wohl zuerst begonnen, ihm den Fuß zu drücken und ihn mit dieser kleinen Bosheit zu quälen, wie man sie bei freien und verliebten Frauen findet; aber dann hatte sie sich plötzlich in die Schüchternheit eines jungen Mädchens gehüllt, nachdem Sarrasine etwas erzählt hatte, aus dem die ungewöhnliche Heftigkeit seines Charakters hervorging. Als das Souper zur Orgie wurde, fingen die Gäste, vom Peralta und vom Pedro-Ximenes begeistert, zu singen an. Sie sangen entzückende Duette, kalabrische Weisen, spanische Seguidillen und neapolitanische Kanzonette. Die Trunkenheit war in aller Augen, in der Musik, in den Herzen und in den Stimmen. Plötzlich strömte eine bezaubernde Lebhaftigkeit, eine herzliche Hingebung, eine italienische Gutmütigkeit über, von denen sich die keinen Begriff machen können, die nur die Gesellschaften von Paris, London oder Wien kennen. Es wurde gescherzt und von Liebe gesprochen, gelacht und geflucht, die heilige Jungfrau oder ihr Bambino angerufen. Das alles schwirrte durcheinander wie die Kugeln in einer Schlacht. Einer legte sich auf ein Sofa und fing an zu schlafen. Ein junges Mädchen hörte einer Liebeserklärung zu, ohne zu merken, daß sie Xerez auf das Tischtuch goß. Mitten in dieser Unordnung war die Zambinella wie von Angst ergriffen und blieb nachdenklich. Sie wollte nicht trinken, aß dafür vielleicht etwas zu viel. Aber die Gourmandise soll ja den Reiz, den gewisse Frauen ausüben, verstärken. Sarrasine stellte, als er die Schamhaftigkeit seiner Geliebten sah, ernsthafte Betrachtungen über die Zukunft an.

›Ohne Frage will sie geheiratet werden‹, sagte er sich.

Und nun überließ er sich den Wonnen dieser Ehe. Sein ganzes Leben schien ihm nicht lang genug, all das Glück auszuschöpfen, das er auf dem Grund seiner Seele fand. Vitagliani goß Sarrasines Glas so oft voll, daß er gegen drei Uhr morgens, wenn auch nicht völlig betrunken, so doch nicht imstande war, seine rasende Begierde niederzukämpfen. In einem Augenblicke wilder Leidenschaft hob er das Weib in die Höhe und trug es in eine Art Boudoir, das an den Salon stieß und dessen Tür er schon des öfteren betrachtet hatte. Die Italienerin hatte mit einemmal einen Dolch in der Hand.

»Wenn du näher kommst, muß ich dir diese Waffe ins Herz stoßen«, sagte sie. »Du würdest mich verachten. Ich habe zuviel Achtung vor deinem Charakter bekommen, um mich so hinzugeben. Ich will dich in deinen Gefühlen für mich nicht enttäuschen.«

»Das ist ein schlechtes Mittel, eine Leidenschaft zu löschen, indem man sie immer mehr reizt. Bist du denn schon so verderbt, daß du, obwohl dein Herz alt ist, wie eine junge Kurtisane handelst, welche die Leidenschaften, von denen sie lebt, reizt?«

»Aber es ist heute Freitag«, rief sie, erschreckt über die Heftigkeit des Franzosen.

Sarrasine, der nicht fromm war, fing an zu lachen. Die Zambinella sprang auf wie ein junges Reh und flüchtete in den Festsaal. Als Sarrasine hinter ihr herlief, wurde er von einem höllischen Gelächter begrüßt. Er sah die Zambinella wie ohnmächtig auf einem Sofa liegen. Sie war blaß und erschöpft von der ungewohnten Anstrengung. Obwohl Sarrasine wenig Italienisch konnte, hörte er seine Geliebte leise zu Vitagliani sagen: ›Er wird mich töten.‹

Dieser seltsame Auftritt machte den Bildhauer ganz wirr. Er kam wieder zur Vernunft. Zuerst blieb er unbeweglich; dann fand er seine Sprache wieder, setzte sich neben seine Geliebte und beteuerte ihr seine Achtung. Er fand die Kraft, seiner Leidenschaft einen anderen Ausdruck zu geben und hielt nun dem Weibe die glühendsten Reden; um seine Liebe zu schildern, entfaltete er alle Schätze dieser magischen Beredsamkeit, der die Frauen nur selten ihr Ohr verschließen. Als der Morgen graute und das Gelage immer noch nicht beendet war, schlug eine Frau vor, nach Frascati zu fahren. Alle begrüßten den Einfall, den Tag in der Villa Ludovisi zu verbringen, mit lebhafter Zustimmung. Vitagliani ging hinunter, um Wagen zu bestellen. Sarrasine hatte das Glück, die Zambinella in einem Phaeton zu fahren. Als sie Rom verlassen hatten, erwachte die allgemeine Heiterkeit wieder, die eine Zeitlang dem Schlafbedürfnis gewichen war. Alle, Männer und Frauen, schienen an dieses seltsame Leben, an diese fortwährenden Vergnügungen, an diesen Künstlertaumel gewöhnt, der das Leben zu einem unaufhörlichen Fest macht, bei dem man ohne Hintergedanken lacht. Nur die Gefährtin des Bildhauers schien niedergeschlagen.

»Sind Sie krank?« fragte sie Sarrasine. »Möchten Sie lieber nach Hause fahren?«

»Ich bin nicht stark genug, um all diese Ausschweifungen auszuhalten«, erwiderte sie, »ich brauche Schonung. Aber in Ihrer Nähe fühle ich mich so wohl. Wenn Sie nicht gewesen wären, wäre ich nicht bei diesem Souper geblieben; eine durchschwärmte Nacht raubt mir meine ganze Frische.«

»Sie sind so zart«, versetzte Sarrasine, indem er das entzückende Geschöpf betrachtete.

»Die Orgien ruinieren meine Stimme.«

»Jetzt, wo wir allein sind«, rief der Künstler, »und wo Sie die Glut meiner Leidenschaft nicht mehr zu fürchten haben, sagen Sie mir, daß Sie mich lieben.«

»Wozu?« erwiderte sie. »Ich habe Ihnen gefallen, aber Sie sind Franzose, und Ihr Gefühl wird vergehen. Oh! Sie können mich nicht lieben, wie ich geliebt sein möchte.«

»Wie?«

»Ohne das Ziel der gewöhnlichen Leidenschaft, rein. Ich hasse die Männer wohl noch mehr als ich die Frauen hasse. Ich muß mich in die Freundschaft flüchten. Die Welt ist für mich verlassen. Ich bin ein verfluchtes Geschöpf, dazu verdammt, das Glück zu begreifen, es zu fühlen, es zu wünschen, und bin, wie so viele andere, gezwungen, es mich stündlich fliehen zu sehen. Denken Sie daran, Signor, daß ich Sie nicht getäuscht habe. Ich verbiete Ihnen, mich zu lieben. Ich kann Ihnen ein hingebender Freund sein, denn ich bewundere Ihre Kraft und Ihren Charakter. Ich brauche einen Bruder, einen Beschützer. Seien Sie mir das alles, aber nichts anderes.«

»Sie nicht lieben!« rief Sarrasine. »Aber, geliebter Engel, du bist mein Leben, mein Glück!«

»Wenn ich nur ein Wort sagte, würdest du mich mit Abscheu von dir stoßen.«

»Kokette! Nichts kann mich schrecken. Sage mir, daß ich dir meine Zukunft geben, daß ich in zwei Monaten sterben muß, daß ich verdammt sein soll, weil ich dich bloß umarmt habe.« Und er umarmte die Zambinella trotz ihres Sträubens.

»Sage mir, daß du ein böser Geist bist, daß du meinen Namen, meinen Ruhm, mein Vermögen haben willst. Willst du, daß ich kein Bildhauer bin? Sprich!«

»Wenn ich nun keine Frau wäre«, sagte die Zambinella mit silberheller und sanfter Stimme.

»Der Spaß ist gut«, rief Sarrasine, »glaubst du, das Auge eines Künstlers täuschen zu können? Habe ich nicht seit zehn Tagen deine vollendeten Formen verschlungen, geprüft und bewundert? Nur eine Frau kann diesen runden, weichen Arm, diese feinen Linien haben. Ah! Du willst Schmeicheleien.«

Sie lächelte traurig und murmelte: »Verhängnisvolle Schönheit!«

Sie hob die Augen zum Himmel. In ihnen lag in diesem Augenblicke eine so ungeheure Angst, daß Sarrasine ein Zittern überfiel.

»Herr Franzose«, fing sie wieder an, »vergessen Sie auf ewig einen Augenblick des Wahnsinns. Ich achte Sie; aber was die Liebe anbetrifft, fordern Sie die nicht von mir, dieses

Gefühl ist in meinem Herzen erloschen. Ich habe kein Herz«, rief sie und fing an zu weinen. »Die Bühne, auf der Sie mich gesehen haben, der Beifall, die Musik, der Ruhm, zu dem man mich verdammt hat, das ist mein Leben, ich habe kein anderes. In wenigen Stunden werden Sie mich nicht mehr mit denselben Augen ansehen; die Frau, die Sie lieben, wird tot sein.«

Der Bildhauer antwortete nicht. Eine dumpfe Wut hatte ihn überfallen und preßte ihm das Herz zusammen. Er konnte dieses außergewöhnliche Weib nur mit flammenden Augen betrachten, mit Augen, in denen ein wildes Feuer loderte. Diese Stimme voller Schwäche, die Haltung, das Benehmen und die Gebärden Zambinellas, in denen Trauer, Schwermut und Mutlosigkeit lagen, weckten in seiner Seele alle Leidenschaften. Jedes Wort traf ihn wie ein Dolchstich. In diesem Augenblick waren sie in Frascati angelangt. Als der Künstler die Arme ausstreckte, um der Geliebten beim Aussteigen zu helfen, fühlte er, wie sie am ganzen Körper zitterte.

»Was haben Sie? Ich würde sterben«, rief er, als er sie erbleichen sah, »wenn Sie den geringsten Schmerz hätten, dessen, wenn auch unschuldige Ursache ich wäre.«

»Eine Schlange!« flüsterte sie und wies auf eine Natter, die sich in einem Graben schlängelte, »ich habe Angst vor diesen gräßlichen Tieren.«

Sarrasine zertrat der Natter den Kopf.

»Wie mutig Sie sind«, sagte die Zambinella und sah mit sichtlicher Angst auf das tote Reptil.

»Nun«, sagte lächelnd der Künstler, »sagen Sie immer noch, Sie wären keine Frau?«

Sie trafen ihre Gefährten und ergingen sich in den Gärten der Villa Ludovisi, die damals dem Kardinal Cicognara gehörte. Der Morgen verstrich dem verliebten Bildhauer zu schnell; aber allerlei ereignete sich, was ihm die Zartheit dieser weichen und kraftlosen Seele verriet. Sie war das Weib mit seinen plötzlichen Ängsten, seinen sinnlosen Launen, seiner instinktiven Verwirrung, seiner grundlosen Kühnheit, seiner Prahlerei und seiner entzückenden Feinheit der Empfindung. Sie hatten sich aufs freie Feld hinaus gewagt, und die kleine Schar der fröhlichen Sänger sah von weitem ein paar Männer, die bis an die Zähne bewaffnet waren und deren Tracht nichts Vertrauenerweckendes hatte.

»Räuber!«

Jeder beschleunigte seine Schritte, um sich in der Villa des Kardinals in Sicherheit zu bringen. In diesem kritischen Augenblick merkte Sarrasine an Zambinellas Blässe, daß sie nicht mehr Kraft genug zum Gehen hatte. Er nahm sie in seine Arme und trug sie eine Zeitlang. Dann setzte er seine Geliebte zu Boden und sagte zu ihr: »Erklären Sie mir, wie es kommt, daß diese große Schwäche, die bei jeder anderen Frau häßlich wäre, mein Mißfallen erregen würde, daß das geringste Zeichen davon vielleicht genügte, meine Liebe zu ersticken, mir an Ihnen gefällt und mich entzückt? Oh! Wie liebe ich Sie!« fuhr er fort. »Alle Ihre Fehler, Ihre Angst, Ihre Schwächen vergrößern nur die Anmut Ihrer Seele. Ich fühle, ich würde eine tapfere Frau, eine starke und kraftvolle leidenschaftliche Sappho verabscheuen. Oh, gebrechliches, süßes Geschöpf! Wie könntest du anders sein? Diese süße Engelstimme wäre ein Widersinn, wenn sie aus einem anderen Körper käme als aus dem deinen.«

»Ich kann Ihnen«, sagte sie, »keine Hoffnung machen. Hören Sie auf, so zu mir zu sprechen; man wird nur über Sie spotten. Es ist mir unmöglich, Ihnen den Besuch des Theaters zu verbieten. Aber wenn Sie mich lieben und klug sind, werden Sie nicht mehr kommen. Hören Sie auf mich«, sagte sie ernst.

»Oh, sei still«, entgegnete der berauschte Künstler, »die Hindernisse fachen die Liebe in meinem Herzen zu immer wilderen Flammen an.«

Die Zambinella schwieg, ihre ganze Haltung atmete Grazie bei aller Zurückhaltung. Ein schrecklicher Gedanke schien ihr ein Unglück verkündet zu haben. Als man nach Rom zurückkehren mußte, stieg sie in eine viersitzige Kutsche und befahl dem Bildhauer mit gebieterisch grausamer Miene, mit dem Phaeton allein zurückzukehren. Unterwegs beschloß Sarrasine, die Zambinella zu entführen. Er verbrachte den ganzen Tag damit, Pläne zu entwerfen, von denen einer immer toller war als der andere. Als es dunkel wurde, wollte er ausgehen, um sich bei irgend jemand zu erkundigen, wo der Palast wäre, den seine Geliebte bewohnte, als er auf der Schwelle der Tür überraschend einen seiner Kameraden traf.

»Mein Lieber«, sagte der zu ihm, »ich bin von unserem Gesandten beauftragt, dich einzuladen, heute abend zu ihm zu kommen. Er gibt ein großartiges Konzert, und wenn du hörst, daß die Zambinella da sein wird . . .«

»Zambinella!« rief Sarrasine leidenschaftlich aus, als er den Namen hörte, »ich liebe sie bis zum Wahnsinn.«

»Wie alle«, entgegnete ihm sein Kamerad.

»Wenn ihr meine Freunde seid, du, Vien, Lauterbourg und Allegrain, dann müßt ihr mir bei einem Handstreiche nach dem Feste helfen«, sagte Sarrasine.

»Wenn kein Kardinal dabei getötet wird, . . .«

»Nein, nein«, sagte Sarrasine, »ich verlange nichts von euch, was ehrbare Menschen nicht tun könnten.«

Es dauerte nicht lange und der Bildhauer hatte alles vorbereitet, so daß man auf einen günstigen Ausgang des Anschlags hoffen konnte. Er kam als einer der letzten bei dem Gesandten an; aber er kam in einem Reisewagen angefahren, der mit kräftigen Pferden bespannt war, die einer der tollsten Vetturini von Rom führte. Der Palast des Gesandten war voller Menschen; nicht ohne Mühe gelangte der Bildhauer in den Saal, in dem gerade Zambinella sang.

»Aus Rücksicht auf die Kardinäle, Bischöfe und Abbés, die hier sind«, fragte Sarrasine, »ist sie jedenfalls als Mann gekleidet, trägt einen Haarbeutel, hat die Haare gekräuselt und trägt einen Degen an der Seite.«

»Sie? Welche sie?« erwiderte der alte Herr, an den Sarrasine sich gewandt hatte.

»Die Zambinella.«

»Die Zambinella?« fragte der römische Fürst, »wollen sie sich über mich lustig machen? Woher kommen Sie? Ist jemals eine Frau auf einer römischen Bühne aufgetreten? Wissen Sie denn nicht, von was für Geschöpfen die Frauenrollen im Staate des Papstes gespielt werden? Ich habe Zambinella ausbilden lassen; alles habe ich bezahlt. Aber er ist für den Dienst, den ich ihm erwiesen habe, so wenig dankbar, daß er nicht ein einziges Mal mich hat besuchen wollen. Alles was er verdient, das Vermögen, das er erwirbt, er verdankt es keinem anderen als mir.«

Fürst Chigi hätte sicher noch lange sprechen können, ohne daß Sarrasine ihn gehört hätte. Eine fürchterliche Wahrheit war in seine Seele gedrungen. Er war wie vom Blitz getroffen. Er blieb unbeweglich und starrte den an, der ein Sänger sein sollte. Sein flammender Blick hatte einen magnetischen Einfluß auf die Zambinella: der Musico wandte plötzlich seine Augen Sarrasine zu, und seine himmlische Stimme versagte. Er zitterte. Ein unwilliges Murmeln wurde in der Menge laut, die in großer Spannung an seinen Lippen gehangen hatte. Dies verwirrte ihn nun vollends. Er mußte sich setzen und brach die Arie ab. Der Kardinal Cicognara, der gesehen hatte, wohin sein Schützling unverwandt blickte, bemerkte den Franzosen. Er neigte sich zu einem Geistlichen und schien nach dem Namen des Bildhauers zu fragen. Als er die gewünschte Antwort erhalten hatte, sah er den Künstler sehr aufmerksam an. Dann gab er einem Abbé Befehle, der eilig verschwand. Inzwischen hatte sich Zambinella erholt und fing das Stück, das er abgebrochen hatte, noch einmal an. Aber er sang schlecht und trotz aller Bitten lehnte er es ab, etwas anderes zu singen. Das war das erstemal, daß er diese launenhafte Tyrannei ausübte, die ihn später nicht weniger berühmt gemacht hat als sein Talent und sein ungeheures Vermögen, das er, wie es heißt, nicht weniger seiner Stimme als seiner Schönheit verdankte.

»Es ist eine Frau«, sagte Sarrasine, der glaubte, er wäre allein, »dahinter steckt irgendeine geheime Intrige. Der Kardinal Cicognara betrügt den Papst und ganz Rom.«

Unverzüglich verließ der Bildhauer den Salon, versammelte seine Freunde und legte sie in dem Hofe des Palastes in den Hinterhalt. Als Zambinella sich vergewissert hatte, daß Sarrasine geganen war, schien er etwas ruhiger zu werden. Um Mitternacht verließ der Musico, nachdem er wie jemand, der einen Feind sucht, in den Sälen umhergeirrt war, die Gesellschaft. In dem Augenblick, als er die Schwelle des Palastes überschritt, wurde er von Männern angegriffen, die ihn mit einem Taschentuch knebelten und in den von Sarrasine gemieteten Wagen hoben. Zambinella war starr vor Schrecken, saß in einer Ecke und wagte nicht, sich zu rühren. Er sah das schreckliche Gesicht des Künstlers vor sich, der tödliches Schweigen beobachtete. Die Fahrt war kurz. Zambinella wurde von Sarrasine aus dem Wagen gehoben und befand sich bald in einem düsteren und kahlen Atelier. Der Sänger, der halbtot war, setzte sich auf einen Stuhl und wagte nicht, die Statue einer Frau anzusehen, in der er seine eigenen Züge erkannte. Er brachte kein Wort heraus, aber seine Zähne klapperten; wilde Angst hatte ihn ergriffen. Sarrasine ging mit großen Schritten auf und ab. Plötzlich blieb er vor Zambinella stehen.

»Sprich die Wahrheit«, sagte er mit dumpfer Stimme, »bist du ein Weib? Der Kardinal Cicognara ...«

Zambinella fiel auf die Knie und antwortete nicht; tief sank ihm der Kopf auf die Brust.

»Ah, du bist ein Weib«, rief berauscht der Künstler aus, »denn selbst ein« ... Er sprach nicht weiter.

»Nein«, fuhr er fort, »selbst er könnte nicht so gemein sein.«

»Ach, töten Sie mich nicht!« rief Zambinella und brach in Tränen aus, »ich habe nur meinen Kollegen zuliebe eingewilligt, Sie zu täuschen; die wollten mal ein wenig lachen.«

»Lachen«, schrie der Bildhauer mit furchtbarer Stimme, »lachen, lachen! Du hast es gewagt, mit der Leidenschaft eines Mannes zu spielen? Du?«

»Gnade«, jammerte Zambinella.

»Ich sollte dich umbringen«, rief Sarrasine, indem er seinen Degen zog. »Aber«, fuhr er dann mit eisiger Verachtung fort, »wenn ich mit dieser Klinge in deinem Wesen bohrte, fände ich da eine Empfindung, die ich austilgen, eine Rache, die ich befriedigen könnte? Du bist nichts, wärest du Mann oder Weib, ich würde dich umbringen. Aber ...«

Sarrasine machte eine Gebärde des Abscheus und wandte den Kopf zur Seite. Da sah er die Statue.

»Und das ist ein Trugbild«, rief er.

Wieder wandte er sich an Zambinella.

»Ein Frauenherz war für mich eine Zuflucht, eine Heimat. Hast du Schwestern, die dir ähnlich sind? Nein! Stirb! ... Aber nein, du sollst leben. Wenn man dich am Leben läßt, bewahrt man dich da nicht für etwas Schlimmeres auf als für den Tod? Ich bedaure weder mein Blut noch mein Dasein, nur meine Zukunft und mein Herzensglück. Deine schwache Hand hat mein Glück zertrümmert. Welche Hoffnung könnte ich dir rauben für alle die, die du mir vernichtet hast? Du hast mich bis zu dir erniedrigt. Lieben, geliebt werden! Dies sind künftig leere Worte für mich, wie sie es für dich sind. Immer werde ich an dieses Weib meiner Phantasie denken, wenn ich ein wirkliches sehe.« Er wies mit verzweifelter Gebärde auf die Statue.

»Immer werde ich eine himmlische Harpye in der Erinnerung tragen, die ihre Krallen in all meine männlichen Gefühle schlagen und alle anderen Frauen mit dem Male der Unvollkommenheit zeichnen wird. Ungeheuer! Du, die du nichts Lebendiges zur Welt bringen kannst, du hast mich für alle Frauen der Erde gemordet.«

Sarrasine setzte sich dem Sänger gegenüber. Zwei dicke Tränen kamen aus seinen heißen Augen, rollten seine männlichen Wangen hinab und fielen zu Boden: zwei Tränen der Wut, zwei bittere, brennende Tränen.

»Keine Liebe mehr! Ich bin tot für die Freude, tot für jede menschliche Regung.«

Bei diesen Worten ergriff er einen Hammer und schleuderte ihn mit so wilder Gewalt gegen die Statue, daß er sie verfehlte. Er glaubte, das Denkmal seines Wahnsinns zerstört zu haben und griff wieder nach dem Degen, schwang ihn, um den Sänger zu töten. Zambinella stieß einen durchdringenden Schrei aus. In diesem Augenblicke stürzten drei Männer herein, und plötzlich sank der Bildhauer von Dolchstichen durchbohrt zu Boden.

»Vom Kardinal Cicognara«, sagte der eine der Männer.

»Das ist eines Christen würdig«, antwortete der Franzose.

Die düsteren Boten machten Zambinella Mitteilung von der Unruhe seines Gönners, der am Tore in einem geschlossenen Wagen auf ihn wartete, um ihn mit sich fortführen zu können.«

»Aber«, sagte da Frau von Rochefilde, »welche Beziehung besteht zwischen dieser Geschichte und dem Greise, den wir bei den Lanty gesehen haben?«

»Meine Gnädigste, der Kardinal Cicognara setzte sich in den Besitz der Statue Zambinellas und ließ sie in Marmor ausführen; sie ist gegenwärtig im Museum Albani. Dort fand sie 1791 die Familie Lanty wieder und bat Vien, sie zu kopieren. Das Porträt, das Ihnen Zambinella im Alter von zwanzig Jahren gezeigt hat, nachdem Sie ihn vorher als Hundertjährigen gesehen hatten, hat später als Vorlage für Girodets Endymion gedient; Sie haben sein Urbild in dem Adonis erkennen können.«

»Aber dieser oder diese Zambinella?«

»Dürfte kein anderer sein als Marianinas Großonkel. Sie werden jetzt verstehen, welches Interesse Frau von Lanty daran haben muß, den Ursprung eines Vermögens zu verbergen, das von einem« . . .

»Genug«, unterbrach sie mit gebieterischer Miene.

Wir blieben eine Zeitlang in tiefes Schweigen versunken.

»Nun?« fragte ich.

»Oh!« rief sie aus, indem sie aufstand und erregt im Zimmer auf und ab ging.

Dann sah sie mich an und sagte mit einer Stimme, die ich nicht an ihr kannte: »Sie haben mir für lange Zeit das Leben und die Leidenschaft zum Ekel gemacht. Enden nicht alle menschlichen Gefühle mit grauenvollen Enttäuschungen? Sind wir Mütter, morden uns die Kinder durch ihr schlechtes Leben oder durch ihre Kälte. Sind wir Gattinnen, werden wir verraten. Sind wir Geliebte, werden wir verlassen. Gibt es Freundschaft? Morgen ginge ich ins Kloster, wenn ich nicht wüßte, daß ich mitten in den Stürmen des Lebens unzugänglich wie ein Fels bleiben kann. Ist die Zukunft des Christen auch ein Trug, so wird er wenigstens erst nach dem Tode zerstört. Lassen Sie mich allein.«

»Ah«, rief ich aus, »Sie strafen mich hart.«

»Habe ich unrecht?«

»Ja«, antwortete ich, »denn indem ich Ihnen diese Geschichte, die in Italien genugsam bekannt ist, zu Ende erzählt habe, konnte ich Ihnen einen hohen Begriff von den Fortschritten der Zivilisation geben: man macht in Italien diese unseligen Geschöpfe nicht mehr.«

»Paris«, erwiderte sie, »ist ein sehr gastlicher Boden. Es nimmt alles auf, sowohl die Vermögen, die durch die Schande erworben sind, als die, an denen Blut klebt. Verbrechen und Schande finden hier ein Asyl. Die Tugend aber hat keine Altäre. Aber die reinen Seelen haben eine Heimat im Himmel. Niemand wird mich erkannt haben, darauf bin ich stolz.« Die Marquise blieb in tiefes Sinnen versunken.

Das unbekannte Meisterwerk

I

Gilette

Es war an einem kalten Novembermorgen des Jahres 1912, als ein junger Mann, der ärmlich gekleidet war, vor einem Hause der Rue des Grands Augustins in Paris auf und ab ging. Nachdem er einige Zeit unentschlossen vor dem Hause stehengeblieben war, – er erinnerte in seiner Unentschlossenheit an einen Liebhaber, der nicht den Mut finden kann, seine erste Geliebte, und käme sie ihm noch so sehr entgegen, zu besuchen, überschritt er endlich die Schwelle. Hier traf er eine alte Frau, die gerade den Hausflur fegte. Die fragte er, ob Herr Franz Pourbus zu Hause sei. Auf die bejahende Antwort der Alten stieg der junge Mann langsam die Treppen hinauf. Wohl auf jeder Stufe blieb er stehen. Ihm mochte zumute sein wie einem Höfling, der nicht genau weiß, wie sein König ihn empfangen wird. Als er die Wendeltreppe hinaufgestiegen war, blieb er einen Augenblick auf dem Vorflur stehen. Er zögerte, mit dem grotesken Klopfer an die Tür des Ateliers zu schlagen, in dem ohne Zweifel der Maler Heinrichs IV. arbeitete, der später auf Veranlassung der Maria von Medicis Rubens seinen Platz hatte einräumen müssen. Der junge Mann empfand in seinem Innern, was die großen Künstler empfinden müssen, wenn sie sich im Vollbesitze ihrer Jugend, durchglüht von der Liebe zur Kunst, einem Genie oder einem Meisterwerk nähern. In allen menschlichen Gefühlen liegt etwas, das einer edlen Begeisterung sein Leben verdankt. Die Begeisterung läßt bald nach, so daß das Glück eine schwache Erinnerung und der Ruhm eine Lüge wird. Unter all diesen flüchtigen Erregungen gleicht nichts so sehr der Liebe als die junge Leidenschaft eines Künstlers, für den die köstliche Qual seines ruhmreichen und doch unglücklichen Geschikkes beginnt. Diese Leidenschaft ist voll von Kühnheit und Schüchternheit, voll von unbestimmtem Glauben und sicherer Entmutigung. Den genialen, doch armen Jüngling, der sich zum erstenmale einem wahren Meister in der Kunst gegenüber befindet, wird sicher ein Zittern überfallen. Wäre es nicht so, ihm fehlte etwas zu der Harmonie seines Herzens, ein Pinselstrich fehlte an dem Werke, das er selbst darstellt, ihm fehlte ein gewisser poetischer Ausdruck. Was dies alles betrifft, schien bei unserem jungen Mann nichts zu fehlen, man hätte ihn ein Talent nennen können, wenn für dieses die erste Vorbedingung oben genannte Schüchternheit, jene undefinierbare Schamhaftigkeit wäre, die die, welche für späteren Ruhm bestimmt sind, erst bei der Ausübung ihrer Kunst verlieren, so wie hübsche Frauen die ihre verlieren, wenn sie kokett werden. Wer an Triumphe gewöhnt ist, kennt nur selten den Zweifel, und die Schamhaftigkeit, die Schüchternheit ist vielleicht nichts weiter als Zweifel an sich selbst.

Der junge Mann, dem seine Armut und seine Kühnheit erst jetzt voll zum Bewußtsein kamen, wäre sicher nicht bei dem berühmten Maler, dem wir das wundervolle Bildnis Heinrichs IV. verdanken, eingetreten, wenn der Zufall ihm nicht zu Hilfe gekommen wäre. Ein alter Mann kam die Treppe herauf. Er war gar seltsam angezogen. In seiner Kleidung fiel besonders ein kostbares Spitzenbäffchen auf. Mit großer Sicherheit, d. h. ohne jede Verlegenheit, kam er die Treppe herauf, und der junge Mann hielt ihn entweder für den Gönner oder einen Freund des Malers; als der Alte auf dem Vorflur angekommen war, trat er bescheiden zur Seite. Er hoffte, in dem Alten einem Künstler zu begegnen, die von Natur aus meistens gutmütig sind, oder doch einem Menschen, der die Kunst liebt, und dann konnte er auf dessen Hilfsbereitschaft rechnen; aber ihm fiel in diesem Gesichte ein teuflischer Zug auf, der den Künstler in ihm gleich interessierte. Der Alte hatte eine kahle, gewölbte, vorspringende Stirn, seine Nase war platt, die Spitze derselben stand nach oben wie die Nase Rabelais' oder die des Sokrates; um den faltigen Mund spielte ein Lächeln. Das Kinn war kurz, nach vorne gebogen. Der Alte trug seinen grauen Bart spitz geschnitten. Der meergrüne Glanz der Augen war durch das

Alter scheinbar ein wenig getrübt. Aber noch heute mußten sie in großem Zorne oder großer Begeisterung wilde Blicke schleudern können. Im übrigen trug das Gesicht Spuren der Ermüdung und des Alters. Auch sah man in ihm die schwere Gedankenarbeit, die ja Seele und Körper in gleicher Weise angreift. Die Augen hatten keine Wimpern mehr, ebenso fehlten fast ganz die Augenbrauen. Dieser Kopf saß auf einem dürren und schmächtigen Körper. Denkt euch dazu die seltsame Kleidung des Alten, besonders das schneeweiße Bäffchen, auf der Weste die schwere goldene Kette, so habt ihr ein noch unvollkommenes Bild von dieser Person, die in dem schwacherleuchteten Treppenflur phantastisch genug aussah. Man mußte unwillkürlich an eine jener Gestalten denken, wie sie Rembrandt malt, die phantastisch aus dem dunklen Lichte hervortreten. Durchdringend blickte der Alte den jungen Mann an, klopfte dreimal an die Tür und sagte dann zu einem kränklich aussehenden Mann von ungefähr vierzig Jahren: »Guten Abend, Meister.«

Pourbus verneigte sich ehrfurchtsvoll, ließ den jungen Mann ebenfalls eintreten, denn er glaubte, daß der Alte ihn mitgebracht hätte. Er kümmerte sich um so weniger um ihn, als der junge Mann vollständig unter dem Banne der Gefühle zu stehen schien, die die geborenen Maler beim Anblick des ersten Ateliers, das sie sehen, empfinden müssen, und wo sich ihnen einige der materiellen Vorgänge der Kunst offenbaren. Durch ein offenes Fenster fiel das Licht in das Atelier des Meister Pourbus. Auf der Staffelei stand eine Leinwand; auf diese fiel grell das Tageslicht, während die Ecken des großen Raumes noch im Dunkel lagen. Einige Lichtstrahlen nur fielen auf einen Reiterküraß, der an der Wand hing, ließen diesen stellenweise erglänzen, leuchteten auf dem geschnitzten und gewächsten Sims einer alten Anrichte, auf der allerlei seltsames Gerät stand, riefen helle Flecken hervor auf dem körnigen Gewebe eines alten, faltigen Vorhanges aus Goldbrokat, der als Dekorationsstück dalag. Und überall umher, auf Tischchen und Bänken, standen Gipsmodelle, Fragmente und Torsen antiker Göttinnen. Unzählige Entwürfe, Studien in drei Farben, Rötel- oder Federzeichnungen bedeckten die Wände bis zur Decke. Farbenkästen, Flaschen mit Öl und Essenzen, umgeworfene

Schemel ließen nur einen engen Raum frei, auf dem man bis zu dem Lichtfleck kommen konnte, der durch die Fenster auf das blasse Gesicht Pourbus' und den elfenbeinfarbigen Schädel des seltsamen Alten fiel. Die Aufmerksamkeit des jungen Mannes war ganz in Anspruch genommen durch ein Bild, das selbst in dieser unruhigen Zeit berühmt geworden war und das von manchem Fanatiker der Kunst besichtigt wurde, die in solchen Zeiten fast allein noch Interesse für etwas anderes finden als für die politischen Unruhen. Die Leinwand stellte Maria die Ägypterin dar, wie sie die Überfahrt bezahlen will. Dieses Meisterwerk, das für Maria von Medici bestimmt war, wurde von dieser später in den Tagen der Not verkauft.

»Deine Heilige gefällt mir«, sagte der Greis zu Pourbus, »und ich würde dir wohl zehn Goldstücke mehr geben, als die Königin. Aber zum Teufel, ich werde mich hüten, der ins Gehege zu kommen.«

»Das Bild gefällt Ihnen also?«

»Nun«, sagte der Greis, »ja und nein. Die Ausführung gefällt mir, und doch lebt die Frau, wie du sie darstellst, nicht. Ihr glaubt ja immer, alles sei in bester Ordnung, wenn ihr eine Gestalt korrekt gezeichnet habt, wenn ihr sie genau nach den Gesetzen der Anatomie dargestellt habt. Auf die Zeichnung tragt ihr dann eure Farbe auf, die ihr vorher auf der Palette gerieben habt, und achtet darauf, daß die eine Seite immer dunkler ist als die andere. Dazu betrachtet ihr dann von Zeit zu Zeit eine nackte Frau, die vor euch auf einem Tische steht. Nun glaubt ihr, die Natur getreulich nachgebildet zu haben, ihr haltet euch für Maler, glaubt, Gott sein Geheimnis entrissen zu haben . . . Brrr! Man ist noch lange kein großer Dichter, wenn man die Syntax seiner Sprache vollkommen beherrscht.

Pourbus, sieh deine Heilige mal genau an! Auf den ersten Blick erscheint sie wunderbar; sieht man aber genauer hin, da muß man doch zugeben, daß sie gleichsam auf der Leinwand klebt, daß man nicht hinter ihr hergehen kann. Es ist eine Silhouette, aber kein Bild. Zwischen den Armen z. B. fehlt die Luft, ebenso zwischen dem Bilde und dem Hintergrund. Raum und Tiefe fehlen; die Perspektive ist gut, auch die Verteilung von Licht und Schatten ist genau beobachtet;

und doch, trotz dieser guten Einzelheiten hat man beim Anblick des Ganzen nicht den Eindruck, ein lebendes Wesen vor sich zu haben. Legte ich zum Beispiel meine Hand auf die so wundervoll gerundete Brust, ich würde fühlen, daß sie kalt ist wie Marmor. Nein, lieber Freund, unter dieser elfenbeinfarbigen Haut fließt kein Blut, das Leben schwellt nicht mit seinem Purpurtau die Adern und Äderchen, die durch die bernsteinfarbige Haut der Schläfe und der Brust hindurchschimmern. Diese Stelle scheint zu leben, diese hier dagegen ist tot. Leben und Tod streiten miteinander in jeder Einzelheit. Hier ist es eine wirkliche, lebendige Frau, dort wieder eine Statue, eine Leiche. Nein, nein, deine Schöpfung ist unvollkommen. Nur einen Teil deiner Seele hast du deinem Lieblingswerk einflößen können. Mehr als einmal ist die Fackel des Prometheus in deinen Händen erloschen, und viele Stellen in deinem Bilde sind nicht durch die himmlische Flamme berührt worden.«

»Aber wieso denn, verehrter Meister?« sagte ehrfurchtsvoll Pourbus zu dem Greise, während der junge Mann sich nur mit Mühe hatte beherrschen können, daß er nicht über den Alten herfiel.

»Nun«, antwortete der Greis, »zwischen zwei Systemen hast du geschwankt, zwischen der Zeichnung und der Farbe, zwischen dem peinlich genauen Phlegma und der Steifheit der alten deutschen Meister und der Glut, der glücklichen Fülle der italienischen Maler. Du hast zu gleicher Zeit Hans Holbein und Tizian, Albrecht Dürer und Paolo Veronese nachahmen wollen. Das war sicher eine herrliche Aufgabe! Aber wie hast du sie gelöst? Dem Bilde fehlt der strenge Reiz, der doch in der Trockenheit liegt, ebensosehr wie der magische Zauber einer künstlerischen Verteilung von Licht und Schatten. Hier zum Beispiel wird der Umriß, der ganz nach dem Muster eines Albrecht Dürer gehalten ist, durch die reiche Farbe eines Tizian durchbrochen. Es ist dasselbe, als hättest du eine flüssige Bronze in eine zu schwache Form gegossen, die nun auseinanderbricht. An anderen Stellen wieder hast du zugunsten der Zeichnung auf die Farbenpracht der venezianischen Palette verzichtet. So kann denn bei deinem Bilde weder von vollkommener Zeichnung, noch von vollkommener Ausführung in Farbe die Rede sein.

Überall findet man in ihm die Spuren dieser unglückseligen Unentschlossenheit. Wenn du dich nicht stark genug fühltest, vermöge deines Genies diese beiden grundsätzlich verschiedenen Arten zu einer einzigen zu vereinen, so hättest du am besten getan, dich für eine zu entscheiden, denn so hättest du eine Einheitlichkeit erzielt, durch die du immerhin dem Leben am nächsten gekommen wärest. Auf deinem Bilde ist nur das Milieu wahr, die Linien sind falsch, sie bilden kein Ganzes. Hier ist echtes Leben«, sagte der Alte und zeigte auf die Brust der Heiligen. »Auch hier«, und er zeigte auf die Stelle des Bildes, wo die Schulter war. »Hier aber«, sagte er und zeigte auf die Mitte der Brüste, »ist alles falsch. Reden wir nicht weiter darüber, die Verzweiflung möchte dich sonst packen.«

Der Greis setzte sich auf einen Schemel, stützte den Kopf in die Hände und blieb stumm.

»Meister«, sagte Pourbus, »gerade die Brüste habe ich genau nach der Natur studiert; aber zu unserem Unglück ist in der Natur manches wahr, das auf der Leinwand später durchaus unwahr erscheint.«

»Die Natur nachahmen, das ist keine Kunst. Die Natur ausdrücken, das ist allein echte Kunst. Du willst doch kein erbärmlicher Kopierer sein, sondern ein Dichter«, rief lebhaft der Alte. »Wäre dem nicht so, man brauchte vom Bildhauer dann ja weiter nichts zu verlangen, als die Maske einer Frau zu nehmen. Versuche es doch nur einmal. Mache einen Abdruck von der Hand deiner Geliebten, lege die Hand vor dich, betrachte sie, du wirst finden, daß sie leblos ist, der Hand deiner Geliebten nicht gleicht. Du mußt dann den Meißel zu Hilfe nehmen, der, ohne die Hand genau zu kopieren, ihr Bewegung und Leben verleihen wird. Wir müssen ja nur den Geist, die Seele, das Gesicht der Dinge und der Wesen erfassen. Wirkungen! Effekte! Ja, die zeugen wohl von Leben, aber sind noch lange nicht das Leben selbst. Eine Hand, da ich eben dies Beispiel gewählt habe, eine Hand ist nicht nur einfach ein Teil des Körpers, sie drückt auch einen Gedanken aus, und den muß man erfassen und wiedergeben können. Weder der Maler noch der Dichter noch der Bildhauer dürfen Ursache und Wirkung voneinander trennen, denn beide sind zu eng miteinander verbunden. Und hier liegt dann auch der Grund des ewigen Ringens. Viele Maler feiern Triumphe, ohne daß sie im Grunde dieses Gesetz der Kunst kennen. Ihr zeichnet eine Frau, aber ihr seht sie nicht. So erzwingt man sich nicht den Eingang in die Geheimnisse der Natur. Ihr kopiert euer Modell, aber ihr versteht es nicht. Ihr versuchet nicht, in das Eigentliche der Form einzudringen, versucht nicht mit Liebe und Ausdauer sie in all ihren kleinsten Einzelheiten zu erkennen. Die Schönheit ist nicht so einfach zu erreichen und zu erkennen. Es kostet harte Kämpfe, um ihrer ganz Herr zu werden. Die Form ist wie der Proteus, ja sie ist noch schwerer zu erfassen als dieser; erst nach langen Kämpfen erkennt man ihre wahre Gestalt. Ihr aber seid zufrieden mit dem ersten Ausdruck, den sie euch offenbart, höchstens mit dem zweiten oder dem dritten; so aber gehen die siegreichen Kämpfer nicht zu Werke. Diese sind mit diesem allein nicht zufrieden, sie lernen aus, bis sie die Natur in ihrer Nacktheit vor sich haben, bis sie ihren wahren Geist erkennen. So ging Raffael zu Werke.« Der Alte nahm sein Samtmützchen ab, um so seiner Hochachtung Ausdruck zu geben, die er für den König der Kunst empfand. »Bei ihm scheint der Geist die Form zerbrechen zu wollen. Und das ist gerade seine Überlegenheit. Bei ihm hat die Form keinen andern Zweck, als Gedanken, Gefühle, eine unendliche Poesie zu übermitteln. Jedes Bild ist eine in sich abgeschlossene Welt, deren Modell in einer hehren Vision geschaut wurde, umgeben von hellem Lichte, das dem Künstler bezeichnet wurde durch eine innere Stimme, das, mit göttlichem Finger entkleidet, die letzten Ausdrucksmöglichkeiten hat erkennen lassen. Ihr malt euren Frauen schönes Fleisch, malt Haare, die sie wie ein Mantel umwallen. Aber wo ist das Blut, das die Ursache der Ruhe oder der Leidenschaft ist und das besondere Wirkungen hervorruft? Deine Heilige ist braun, aber dies hier ist die Fleischfarbe, wie sie die blonden Frauen haben, mein lieber Pourbus! Die Gestalten eurer Bilder sind blasse Phantome, und das nennt ihr Malerei und Kunst. Ihr habt da etwas fertiggestellt, das einer Frau mehr gleicht als einem Hause, und nun glaubt ihr, am Ziele zu sein. Ihr seid stolz, daß ihr nicht mehr neben die Bilder zu schreiben braucht: *currus venustus* oder *pulcher homo.* Ihr haltet euch nun für wunderbare Künstler. Und doch, ihr seid noch lange nicht am Ziele angelangt, manchen Bleistift werdet ihr noch verbrauchen, manche Leinwand noch bemalen, ehe ihr das Ziel wirklich erreicht. Sicher, eine Frau hält so den Kopf, so hält sie ihren Rock, ihre Augen haben diesen verlangenden Ausdruck, in ihnen liegt dies restlose Hingeben, so liegt der Schatten der Wimpern auf den Wangen. Alles ist gut, und doch ist es nicht das, was es sein sollte. Was fehlt denn? Ein Etwas und gerade dieses Etwas ist alles. An manchen Stellen scheint ja Leben in deinem Bilde zu sein, aber du kannst das Leben in seiner Gesamtheit nicht darstellen; ich weiß selbst nicht, was fehlt, vielleicht ist es die Seele, die das Ganze umgeben müßte wie eine Wolke. Was bei Raffael und Tizian den Bildern Lebenswahrheit gibt, das fehlt den deinen. Nähme man den Punkt, den du in deiner Kunst schon erreicht hast, als Anfangspunkt und arbeitete man von diesem aus weiter, könnte man vielleicht ein ausgezeichneter Maler werden; aber ihr habt alle keine Ausdauer. Der Laie steht bewundernd vor euren Kunstwerken, aber der Kenner lächelt nur. Oh, Mabuse, verehrter Meister«, fuhr der seltsame Alte fort, »du bist ein Dieb, du hast das Leben mit dir fortgenommen. – Unter den eben angegebenen Gesichtspunkten ist dieses Bild ja bei weitem besser als die Bilder dieses albernen Rubens mit den gewaltigen Fleischmassen, diesen Wellen von roten Haaren und den schreienden Farben. Du hast wenigstens Farbe, Zeichnung und Gefühl, die drei Hauptsachen der echten Kunst.«

»Aber, verehrter Herr, dieses Bild ist geradezu göttlich«, rief der junge Mann, wie aus einem tiefen Traume erwachend.

»Die beiden Gestalten, die Heilige und der Bootsmann sind von einer Feinheit in der Auffassung, die man bei den Italienern nicht findet. Ich kenne keinen von ihnen, der es verstanden hätte, die Unentschlossenheit des Fährmanns besser darzustellen.« »Habt Ihr den Jungen mitgebracht?« fragte Pourbus den Alten. »Ach, verehrter Meister, verzeihet meine Kühnheit,« erwiderte errötend der Jüngling. »Ich bin erst seit kurzem hier in der Stadt, kenne niemanden, bin auch Maler, wenn auch noch ein sehr schlechter.«

»Zeigt, was Ihr könnt«, antwortete Pourbus. Er gab ihm einen Stift und ein Blatt Papier.

Der Unbekannte kopierte das Bild.

»Oh! Oh!« rief der Greis. »Wie heißt Ihr denn?«

In die eine Ecke des Bildes schrieb der junge Mann: Nicolas Poussin.

»Für einen Anfänger ist Eure Leistung nicht schlecht«, sagte der seltsame Alte, der eben noch so tolle Reden führte. »In Eurer Gegenwart kann man ruhig über Malerei sprechen. Daß Ihr die Heilige des Pourbus eben bewundertet, tadele ich durchaus nicht. Für jeden ist es ein Meisterwerk, nur die, die in die Geheimnisse der Kunst eingeweiht sind, erkennen wogegen sie verstößt. Aber ich will Euch zeigen, wie wenig nötig ist, um dieses Werk auf die höchste Stufe der Vollkommenheit zu heben, denn Ihr scheint mir diese kleine Lektion wohl wert, scheint ihr auch das nötige Verständnis entgegenbringen zu können. Paßt nur genau auf, denn nie wieder wird sich Euch eine solche Gelegenheit bieten. Pourbus, gib mir die Palette.«

Pourbus holte Palette und Pinsel. Der kleine Alte krempelte mit ziemlich hastigen Bewegungen die Ärmel in die Höhe, steckte den Daumen in das Loch der bunten, mit Farben beladenen Palette, die Pourbus ihm reichte; er riß ihm gleichsam eine Handvoll Pinsel von allen Größen aus der Hand, und sein spitzgeschnittener Bart geriet in Bewegung. So stark war seine Erregung, daß er nicht mehr Herr über seine Gesichtsnerven war. Er nahm etwas Farbe an den Pinsel und brummte zwischen den Zähnen: »Man sollte all diese Farben mit dem, der sie gemischt, zum Fenster hinauswerfen, sie sind von einer Härte und einer Falschheit, die einen geradezu empört. Mit so was kann ja kein Mensch malen.« Dann tauchte er die Spitze des Pinsels mit fieberhafter Geschwindigkeit in die verschiedenen Farbenklexe auf der Palette.

Pourbus und Poussin standen unbeweglich neben der Leinwand in tiefes Nachdenken versunken.

»Siehst du, junger Mann«, sagte der Alte, ohne sich umzuwenden, »siehst du, wie man mit drei bis vier Pinselstrichen und ein wenig blauer Lasur Luft um den Kopf dieser armen Heiligen entstehen lassen kann, die doch in dieser dicken Luft, die sie umgab, ersticken mußte. Sieh, diese Draperie scheint zu flattern, man sieht, wie der Wind sie hebt. Vorher sah sie aus wie gestärkte Leinwand, die durch Nadeln gehalten wurde. Siehst du wohl, wie der leuchtende Glanz, den ich auf die Brust aufgetragen habe, die Geschmeidigkeit der Haut eines jungen Mädchens wiedergibt, wie der Farbton, den ich aus braunrot und Oker hergestellt habe, der eintönigen Kälte dieses großen Schattens, wo das Blut erstarrte, anstatt zu fließen, Wärme und Leben verleiht.

Junger Mann, was ich dir da zeige, niemand auf der ganzen Welt kann dir das je wieder zeigen. Mabuse allein kannte das Geheimnis, den Gestalten Leben zu verleihen. Nur einen einzigen Schüler hat Mabuse gehabt, und das war ich. Ich habe keinen Schüler, habe auch keinen gehabt, bin nun alt. Du bist klug genug, um das übrige zu erraten aus dem, das ich dir gesagt habe.«

Während der seltsame Greis so sprach, arbeitete er weiter. Hier tat er zwei Pinselstriche, dort nur einen, aber alle waren so meisterhaft in ihrer Richtigkeit, daß man glaubte, ein ganz neues Bild vor sich zu haben, oder ein Bild, das in helles Licht getaucht war. Er arbeitete mit solchem Eifer, daß ihm der Schweiß von der kahlen Stirn tropfte; er arbeitete schnell, seine Bewegungen verrieten große Ungeduld, waren oft abgehackt. Der junge Poussin hatte das Gefühl, als wirke in dem Alten ein Dämon, der gegen den Willen des Alten seine Hände in diese Bewegungen versetzte. Dieser Gedanke schien seine Bestätigung zu finden in dem fieberhaften Glanze der Augen des Alten, in den konvulsivischen Bewegungen, die hervorgebracht schienen durch einen Widerstand des Alten gegen eine Macht in seinem Innern. Der Alte arbeitete weiter, sprach weiter: »Pfaff, so wird's gemacht. Hier einen Pinselstrich, dieser kalte Ton muß etwas gedämpft werden .... So«, fuhr er fort, indem er die Stellen in Angriff nahm, die nach seiner Anschauung nicht lebendig genug waren. Nur einige wenige Striche genügten, und bald sah man auf dem Bilde eine Ägypterin, wie sie in Wirklichkeit ist.

»Sieh«, fuhr er fort, indem er sich an den jungen Mann wandte, »nur der letzte Pinselstrich ist was wert. Pourbus hat deren hundert getan, ich dagegen nur einen einzigen. Was darunter liegt, das geht niemanden was an, niemand kümmert sich darum. Das merke dir.«

Pourbus und Poussin standen in stumme Bewunderung versunken da. Endlich hörte der Alte auf und sagte zu ihnen: »Meine Belle Noiseuse ist ja noch viel besser, aber immerhin, unter ein solches Bild könnte man seinen Namen setzen. Ja, ja, das könnte man.«

Indem er so sprach, stand er auf, holte einen Spiegel, in dem er das Bild dann genau betrachtete.

»Nun wollen wir frühstücken«, sagte er, »kommt beide mit zu mir. Ich habe Schinken und einen guten Tropfen zu Hause. Trotz der unglücklichen Zeiten wollen wir über Malerei sprechen, denn davon verstehen wir was. Und der junge Mann«, er klopfte Nicolas Poussin auf die Schulter, »wird wohl verstehen, was wir sagen, er hat Talent.«

Jetzt erst merkte der Alte die ärmliche Kleidung des jungen Malers. Ohne ein Wort zu sagen, zog er seine Börse, entnahm ihr zwei Goldstücke, zeigte sie dem jungen Manne und sagte: »Ich kaufe deine Zeichnung.«

»Nimm es nur an«, sagte Pourbus, als er sah, wie Poussin zitterte und vor Scham errötete, denn er hatte den Stolz des Armen. »Nimm es nur, er ist sehr reich.«

Alle drei verließen nun das Atelier, und während sie ihres Weges gingen, sprachen sie über Kunst, bis sie an ein Haus aus Holz kamen, das am Pont Saint-Michel lag. Die Ornamente desselben, der Klopfer, die geschnitzten Fensterrahmen, alles erregte die Bewunderung Poussins. Der hoffnungsvolle Maler stand plötzlich in einem niedrigen Zimmer vor einem guten Feuer. Der Tisch war mit herrlichen Speisen bedeckt. Sein Glück kannte keine Grenzen, besonders bei dem Gedanken, in Gesellschaft von zwei berühmten und doch so liebenswürdigen Malern sich zu befinden.

»Junger Mann«, sagte Pourbus zu ihm, als er ihn wie in Verzückung vor einem Bilde stehen sah, »betrachtet dieses Bild nicht zu lange, Ihr würdet bald an Eurem Können verzweifeln.«

Es war ein Bild von Mabuse. Es war der Adam, den er malte, um seine Gläubiger bezahlen zu können, die ihn in den Schuldturm hatten werfen lassen. Das Bild war so ungeheuer lebendig, daß Nicolas Poussin jetzt erst die Wahrheit all der wirren Worte erkannte, die der Alte vorhin gesprochen hatte. Dieser betrachtete das Bild zufrieden, aber ohne weitere Begeisterung, als hätte er sagen wollen: »Ich habe schon Besseres geleistet.«

»Es ist Leben drin«, sagte er; »mein armer Meister hat sich hier selbst übertroffen. Aber der Hintergrund ist nicht wahr. Die Gestalt lebt, man glaubt, sie käme auf einen zu. Aber Luft, Himmel, Wind, die wir ahnen, sehen und fühlen, sind nicht darin. Dann ist auf dem Bilde nur ein Mensch. Und zwar der Mensch, der als erster aus den Schöpferhänden Gottes hervorging. Als solche Schöpfung müßte er was Göttliches an sich haben und das fehlt ihm auch. Das gab Mabuse selbst zu, wenn er nicht betrunken war.«

Mit unruhiger Neugier sah Poussin den Alten und dann Pourbus an. Er näherte sich letzterem, denn zu gerne hätte er den Namen ihres Gastgebers erfahren. Aber der Maler legte geheimnisvoll einen Finger auf den Mund und Poussin war still. Er hoffte, früher oder später doch noch einmal den Namen seines Gastgebers zu erfahren, dessen Reichtum und Talente genugsam durch die Ehrfurcht dargetan wurden, die Pourbus ihm bezeugte, und durch die wunderbaren Sachen, die in dem Zimmer waren.

Auf der dunklen Eichentäfelung sah Poussin ein herrliches Frauenbildnis: »Welch wunderbarer Giorgione!«

»Nein«, entgegnete der Greis, »Ihr habt einen meiner ersten Versuche vor Euch.«

»Großer Gott, ich befinde mich also beim Gotte der Malkunst«, sagte Poussin.

Der Alte lächelte wie jemand, der lange schon an dergleichen Lob gewöhnt ist.

»Meister Fernhofer«, sagte Pourbus, »laßt doch bitte für mich ein wenig von Eurem guten Rheinwein kommen.«

»Zwei Faß sollt Ihr haben. Eins für das Vergnügen, das ich heute morgen hatte, als ich Euer Bild sah, das andere als Zeichen meiner Freundschaft.«

»Ach, wenn ich nicht immer leidend wäre«, fing Pourbus nach einiger Zeit wieder an, »und wenn Ihr mich Eure Belle Noiseuse mal sehen ließet, dann könnte ich wohl ein Gemälde fertig bringen, in dem alle Figuren lebendig wären.«

»Mein Bild zeigen«, rief erregt der Greis. »Nein, nein, ich muß noch daran arbeiten. Gestern abend glaubte ich, es sei nun fertig. Ihre Augen schienen mir den feuchten Glanz zu haben, ihr Fleisch schien zu leben. Ihre Zöpfe bewegten sich. Sie atmete. Obwohl ich das Mittel gefunden habe, wie man auf der flachen Leinwand das Relief und die Rundung, wie sie die Natur aufweist, darstellt, habe ich heute morgen meinen Irrtum erkannt. Ah! um zu diesem Resultat zu kommen, habe ich die großen Meister der Farbe studiert, besonders Tizian, den König des Lichts. Jeden Pinselstrich seiner Bilder habe ich analysiert, jede aufgetragene Farbe genau in ihren gewollten Wirkungen studiert. Wie dieser große Maler habe ich die Gestalt auf meinem Bilde in heller Farbe mit einem geschmeidigen Teige skizziert, denn der Schatten ist nur eine Nebenerscheinung, merke dir das wohl, junger Mann. Dann habe ich mir mein Bild wieder vorgenommen, und mit gedämpften Farben und Lasuren, deren Durchsichtigkeit ich immer mehr verringerte, habe ich die kräftigsten Schatten bis zum tiefsten Schwarz herausgearbeitet; denn bei den gewöhnlichen Malern sind die Schatten ganz anderer Natur als die hellen Töne; das ist Holz, Erz, alles was Ihr wollt, nur kein Fleisch im Schatten. Würde ihre Gestalt auf dem Bilde zum Beispiel sich bewegen, die Schatten auf dem Bilde würden bleiben, sie würden nicht Licht werden. Diesen Fehler, den selbst die berühmtesten Maler machen, habe ich vermieden. Auf meinem Bilde erkennt man selbst in den dichtesten Schatten immer noch Licht. Die meisten glauben ja, korrekt zu zeichnen, wenn sie genaue Striche ziehen. Auch diesen Fehler habe ich vermieden. Ich habe nicht einfach die äußeren Umrisse meiner Gestalten gezeichnet, jedes anatomische Detail genau herausgearbeitet, und zwar aus dem Grunde, weil der menschliche Körper nicht durch Linien begrenzt ist. Gerade deshalb sind die Bildhauer der wahrheitsgetreuen Wiedergabe näher als wir Maler. Die Natur weist Rundungen auf, von denen eine in die andere übergeht. Mit anderen Worten: Zeichnung existiert nicht. Lache nur nicht, junger Mann. Jetzt mögen meine Worte seltsam klingen, eines Tages aber wirst du erkennen, warum ich so spreche. Durch die Linien macht sich der Mensch allein die Wirkung des Lichtes auf die Gegenstände klar; in der Natur aber gibt es keine Linien. Nur die richtige Verteilung von Licht und Schatten läßt einen Körper auch wirklich körperlich erscheinen. Aus diesem Grunde verwerfe ich die

Umrisse. Die Umrisse meiner Bilder sind nicht scharf, sondern verschwommen, und diese Verschwommenheit erziele ich dadurch, daß ich blonde, warme Farbentöne auf die Umrisse selbst verschwommen auftrage, und so kann man nicht genau die Stelle angeben, wo die Umrisse mit dem Hintergrund zusammenlaufen. Betrachtet man meine Arbeiten aus der Nähe, so erscheinen sie flau, die Präzision scheint ihnen zu fehlen, tritt man aber nur zwei Schritte zurück, so gewinnt alles an Kraft und Deutlichkeit. Der dargestellte Körper lebt, bewegt sich, jede Einzelheit in der Form ist zum Greifen deutlich, man fühlt, wie die Luft den Körper umflutet. Und doch bin ich noch nicht ganz zufrieden. Immer wieder quälen mich Zweifel. Das Richtigste wäre vielleicht, überhaupt nicht mehr zu zeichnen, eine Gestalt in der Mitte anzufangen, und zwar zuerst bei den Stellen, die am meisten im Lichte stehen, um dann zu den dunkleren überzugehen. Genau so macht es auch die Sonne, diese göttliche Malerin des Weltalls. Ach, Natur, wer kann dich je fassen? Seht, zuviel Weisheit kommt schließlich ebenso wie die Unwissenheit zur Negation. Ich habe Zweifel, ob das, was ich schuf, auch richtig ist.«

Der Alte machte eine Pause, dann fuhr er fort: »Seit zehn Jahren arbeite ich nun schon, junger Mann. Aber was bedeuten so kleine Jahre im Kampfe mit der Natur? Wir wissen nicht, wieviel Zeit Pygmalion gebrauchte, um die einzige Statue herzustellen, die gehen konnte.«

Der Greis verfiel in tiefes Träumen, seine Augen waren weit geöffnet, er spielte mit seinem Messer.

»Nun unterhält er sich mit seinem Geiste«, sagte Pourbus leise zu Poussin.

Bei diesen Worte fühlte der junge Mann, wie eine seltsame Erregung sich seiner bemächtigte. Der Alte mit dem weißen Haare und den glänzenden Augen saß stumpfsinnig da, und doch schien er aufmerksam auf etwas zu lauschen. Er erschien ihm nicht mehr als ein Mensch, erschien ihm wie ein seltsamer Genius, der in einer unbekannten Sphäre lebte. Der Anblick des Alten weckte tausenderlei wirre Vorstellungen in der Seele des Beobachters. Das moralische Phänomen dieser Art Faszination kann man ebenso wenig definieren, wie die Erregung, die einen Verbannten überfällt, wenn er durch ein Lied an sein Vaterland erinnert wird. Die Verachtung, die dieser Alte für die schönsten Versuche der Kunst ausdrückte, sein Reichtum, die Hochachtung, die Pourbus ihm bezeugte, dieses so lange geheim gehaltene Werk, das zweifellos genial war, nach dem Kopfe der Jungfrau zu urteilen, den der junge Poussin eben bewundert hatte, und der wohl einen Vergleich mit dem Adam des Mabuse aushielt und verriet, daß der Künstler, der ihn geschaffen, souverän im Reiche der Kunst war: alles bei diesem Greise paßte nicht in die Grenze der menschlichen Natur. Was Nicolas Poussin klar wurde, indem er dieses übernatürliche Wesen betrachtete, war, daß er nun vollständig das Wesen der Kunst gewordenen Natur erkannte, dieser Natur, der so viel Macht anvertraut worden ist, die sie nur leider zu oft mißbraucht, indem sie die kalte Vernunft, die Spießbürger und selbst oft die, die sie bewundert lieben, über steinige Pfade dahin führt, wo es für diese nichts gibt. Sie, das junge Mädchen mit den weißen Flügeln hingegen entdeckt hier, kraft ihrer Phantasie, Feenschlösser, Kunstwerke. So ist denn die Natur gut und dann wieder spöttisch, fruchtbar und arm. So war für Poussin in seine Begeisterung durch eine plötzliche Verwandlung dieser Greis die Kunst selbst geworden, die Kunst mit ihren Geheimnissen, ihrem Schwung und ihren Träumen.

»Ja, mein lieber Pourbus«, fing Fernhofer wieder an, »bis jetzt habe ich noch nie das untadelige Weib gefunden, dessen Körper Umrisse von vollkommener Schönheit hätte, dessen Fleisch . . . Wo lebt sie denn nur, diese unauffindbare Venus der Alten, die wir so oft schon gesucht haben, deren einzige Schönheit wir aber nie in einem Weibe zusammen haben finden können? Könnte ich nur ein einziges Mal die göttliche Schönheit in ihrer höchsten Vollendung, das Ideal, schauen, gerne gäbe ich mein ganzes Vermögen hin, würde ich suchen, himmlische Schönheit, in den entlegensten Teilen der Himmel. Wie Orpheus würde ich in die Hölle der Kunst hinabsteigen, um das Leben zurückzuführen.«

»Wir wollen gehen«, sagte Pourbus zu Poussin, »jetzt hört und sieht er uns nicht mehr.«

»Wir wollen in sein Atelier gehen«, rief begeistert der junge Mann.

»Oh! der Alte hat dessen Eingang wohl verschlossen. Seine Schätze hütet er gut, niemand kann zu ihnen dringen. Wie oft habe ich schon versucht, ins Atelier zu kommen, um endlich mal sein Geheimnis kennen zu lernen.«

»Ein Geheimnis?«

»Ja«, erwiderte Pourbus, »der alte Fernhofer ist der einzige Schüler des Mabuse. Aus dem Schüler wurde bald ein Freund, ein Retter, ein Vater, denn Fernhofer hat den größten Teil seines Vermögens für die Leidenschaften des Mabuse hinterlassen, wie man den Gestalten auf den Bildern Leben verleiht. Daß wir das nicht können, ist ja unsere Verzweiflung. Er aber konnte es in vollendetster Weise. Eines Tages, als Karl in die Stadt einzog, hatte Mabuse nichts anzuziehen, denn seinen feinen Rock aus Damast hatte er vertrunken. Da malte er auf Papier sich einen Rock, der wie Damast glänzte und dem echten Stoff vollkommen ähnlich war. Der Kaiser sah das wunderbare Kleid, dessen Glanz ihm auffiel, wandte sich an den alten Trinker, um ihm ein paar Worte zu sagen, da entdeckte man erst den kleinen Betrug. Fernhofer ist ein leidenschaftlicher Verteidiger unserer Kunst, nur sieht er viel weiter als die anderen Maler. Er hat nachgedacht über die Farben, über die absolute Wahrheit der Linie; aber gerade dieses ewige Nachdenken hat in ihm Zweifel aufkommen lassen an dem, über das er nachdenkt. In den Augenblicken der Verzweiflung behauptet er, daß die Zeichnung nicht existiert, daß man mit Linien, nur geometrische Figuren wiedergeben kann: und das liegt schon jenseits der Wahrheit, denn mit der Linie und dem Schwarz, das keine Farbe ist, kann man eine Gestalt bildlich darstellen; das beweist, daß unsere Kunst wie die Natur, aus einer unendlich großen Zahl von Elementen zusammengesetzt ist; die Zeichnung und das Skelett ist noch unvollkommener als das Skelett ohne das Leben. Aber wahrer als alles dies ist folgendes: Praxis und Beobachtung sind alles bei einem Maler. Liegen nun die Vernunft und die Poesie mit den Pinseln im Streit, dann kommt der Zweifel, wie bei unserem Alten, der ebenso verrückt ist wie er Maler ist. Er ist wohl auf der Höhe des Könnens angekommen, aber sein Unglück ist es gewesen, daß er reich auf die Welt kam, und hierdurch ist er allein auf Abwege geraten. Ahmet ihm nicht nach, arbeitet! Maler dürfen nur denken, so lange sie den Pinsel in der Hand haben.«

»Was zu erreichen ist, werde ich erreichen«, rief Poussin. Er hörte schon nicht mehr auf Pourbus, Zweifel gab es noch nicht für ihn.

Pourbus lächelte über die Begeisterung des jungen Malers und verließ ihn, indem er ihn einlud, ihn bald zu besuchen.

Langsam ging Nicolas Poussin nach der Rue de la Harpe, in der er in einem bescheidenen Hause ein noch bescheideneres Zimmer bewohnte. Er war so in Gedanken versunken, daß er, ohne es zu merken, an dem Hause, in dem er wohnte, vorbeigegangen war. Er kehrte um, stieg die schlechte Treppe in die Höhe, kam in ein Zimmer, das unter dem Dache lag. An dem einzigen, düsteren Fenster des Zimmers saß ein junges Mädchen. Als es hörte, wie jemand den Drücker der Tür bewegte, stand es auf, eilte auf die Tür zu, denn an der Art, wie der Drücker bewegt wurde, hatte es seinen Geliebten, den jungen Maler erkannt.

»Was hast du nur?« fragte sie ihn.

»Ich habe gefühlt, daß ich zum Maler geboren bin; bis heute habe ich immer noch Zweifel gehabt, aber jetzt glaube ich an mich. Ein berühmter Mann will ich werden. Nun, Gilette, reich wollen wir werden und glücklich dazu. In diesem Pinsel steckt Gold.«

Plötzlich schwieg er. Sein ernstes und kräftiges Gesicht verlor den freudigen Ausdruck, denn er stellte einen Vergleich an zwischen der Größe seiner Hoffnungen und der Kleinheit seiner Mittel. An den mit einfachen Tapeten beklebten Wänden hingen einige Bleistiftskizzen. Er besaß sozusagen keinen Streifen Leinwand. Die Farben waren sehr teuer, und seine Palette war fast leer. Bei all dieser Armut besaß er ungeheure Herzensschätze und ein Genie, das in seiner kraftvollen Fülle nach Betätigung dürstete. Ein Freund hatte ihn mit nach Paris genommen, sein Talent hatte ihn vielleicht gerade diese Stadt wählen lassen. Hier hatte er dann eines Tages seine Geliebte getroffen. Sie war eines dieser edlen und hochherzigen Geschöpfe, die alle Leiden des geliebten Mannes mittragen, seine Armut und seine Verzweiflung, die den Launen des Geliebten Verständnis entgegenzubringen suchen. Mit gleicher Kraft trug sie ihre Liebe und ihre Armut, wie andere ganz in Luxus aufgehen. Ein Lächeln spielte um die Lippen Gilettes, und dieses Lächeln brachte Sonne in dies ärmliche Bodenzimmer. Und nicht immer war es so sonnig in diesem Zimmer, in dem sie ganz ihrer Liebe lebte, alle Qualen derselben mit starkem Herzen ertrug, indem sie das überschäumende Genie des Geliebten in die richtigen Bahnen zu lenken versuchte allein durch die Kraft ihrer Liebe.

»Höre zu, Gilette.«

Freudig sprang das Mädchen auf den Schoß des Geliebten. Sie war sehr schön, besaß eine ungeheure Anmut, war schön wie der junge Frühling, alle weiblichen Reize zierten sie, und dabei hatte sie eine schöne Seele.

»Lieber Gott, ich glaube, ich kann es dir nicht sagen«, sagte er.

»Ein Geheimnis?« fragte sie, »ich will es wissen.«

Poussin blieb in seine Gedanken versunken sitzen.

»Sprich.«

»Gilette, du geliebtes Wesen.«

»Oh! Ich merke schon, du willst etwas von mir.«

»Ja.«

»Wenn ich dir wieder Modell stehen soll wie neulich, das tue ich nicht, denn in diesen Augenblicken sagen mir deine Augen nichts. Wenn du mich dann so betrachtest, denkst du nicht an mich.«

»Möchtest du denn lieber, daß eine andere Frau mir Modell stünde?«

»Vielleicht, aber sie müßte dann sehr häßlich sein.«

»Nun«, fuhr Poussin ernst fort, »wenn du nun um meines künftigen Ruhmes willen einem andern Modell stehen solltest?«

»Du willst mich auf die Probe stellen«, sagte sie, »du weißt sehr gut, daß ich es nicht tun würde.«

Poussin senkte den Kopf auf die Brust, wie jemand, der eine übergroße Freude oder einen übergroßen Schmerz empfindet.

»Höre«, sagte sie und zog Poussin am Ärmel seines abgetragenen Rockes, »du weißt, daß ich mein Leben für dich hingeben würde, aber so lange ich lebe, mußt du mich lieben.«

»Das tue ich.«

»Wenn ich mich nun einem anderen zeigte, dann würdest du mich nicht mehr lieben. Ich würde mich deiner nicht mehr für würdig halten. Wenn ich deinen Launen gehorche, erscheint mir dies ganz natürlich und einfach. Wenn ich deinen Willen tue, bin ich glücklich. Aber für einen anderen! Pfui!«

»Verzeihung, liebe Gilette«, rief der Maler und fiel vor ihr auf die Knie. »Ich will auf allen Ruhm verzichten und in deiner Liebe allein glücklich werden. Denn du bist mir mehr als Reichtum und Ehre. Wirf meine Pinsel fort, verbrenne meine Skizzen. Ich habe mich geirrt. Ich will nur dich lieben. Ich bin kein Maler, verliebt bin ich. Kunst und alle ihre Geheimnisse mögen verderben.«

Da war sie glücklich. Sie bewunderte ihn. Sie herrschte nun, instinktiv fühlte sie, daß ihretwegen die Kunst vergessen war. »Es handelt sich nur um einen Greis«, begann Poussin wieder. »Er wird nur das Weib in dir sehen, denn du bist so vollkommen.«

»Wer rein liebt, der opfert seine Skrupel dem Geliebten, der alles tut, was er kann. Aber, es wäre mein Untergang. Aber für dich untergehen! Ah! das wäre zu schön. Nur wirst du mich vergessen. Oh! welch schlechten Gedanken hast du gehabt.«

»Ich habe ihn gehabt, aber lieben tue ich dich doch«, sagte er in tiefem Schmerze. »Ich bin ein Elender.«

»Wir wollen den Vater Hardouin um Rat fragen«, sagte sie.

»Nein, es soll unser Geheimnis bleiben.«

»Nun, ich will tun, was du verlangst. Aber bleibe an der Tür stehen, mit dem Dolch in der Hand; schreie ich, komme herein und stich den Maler nieder.«

Und wieder sah Poussin vor sich nur seine Kunst. Er drückte Gilette an sein Herz.

»Er liebt mich nicht mehr«, dachte Gilette, als sie allein war. Schon bereute sie ihren Entschluß. Aber bald quälte sie ein fürchterlicher Gedanke. Vergebens versuchte sie, gegen denselben anzukämpfen. Sie glaubte, den Maler weniger zu lieben, denn sie hielt ihn, gegen ihren Willen, für weniger ehrenhaft.

II

Katharine Lescault

Drei Monate waren seit dem Besuche Poussins bei Pourbus vergangen, als dieser den alten Fernhofer aufsuchte. Der Alte war ungeheuer deprimiert. Nach Ansicht einiger Ärzte sollen diese Depressionen die schlechte Verdauung, den Wind, die Hitze zur Ursache haben. Die Spiritualisten finden den Grund hierfür in der Unvollkommenheit der moralischen Natur im Menschen. Im Grunde war es bei Fernhofer wohl nichts anderes als Überanstrengung, als übermäßiges Arbeiten an seinem geheimnisvollen Bilde. Müde saß er in einem großen, geschnitzten Eichenstuhl, der mit schwarzem Leder überzogen war. Als Pourbus eintrat, stand der Alte auf, sah ihn nur an, wie einer, der sich in sein Schicksal ergeben hat.

»Nun, Meister«, sagte Pourbus, »war das Ultramarin, das Sie in Brügge geholt haben, schlecht? Haben Sie das neue Weiß nicht fein genug mahlen können? Will das Öl oder wollen die Pinsel nicht?«

»Ach«, erwiderte der Alte, »einen Augenblick habe ich geglaubt, daß mein Werk nun vollendet sei, aber über einige Einzelheiten habe ich mich doch wohl getäuscht, ich finde meine Ruhe nicht eher wieder, als bis ich darüber volle Gewißheit habe. Ich habe mich entschlossen, zu reisen, ich will in die Türkei, nach Griechenland, nach Asien, will mir dort ein Modell suchen, will mein Bild mit ihm vergleichen. Vielleicht habe ich da oben«, fuhr er lächelnd fort, »die reine Natur. Oft fürchte ich, daß ein Hauch diese Frau ins Leben ruft, und daß sie dann für immer entschwindet.«

Er stand auf, als wenn er fort wollte.

»Ich komme gerade zur rechten Zeit«, antwortete Pourbus, »um Ihnen die Ausgaben und Strapazen einer Reise zu ersparen.«

»Wie?« fragte erstaunt Pourbus.

»Der junge Poussin hat eine Geliebte von vollendeter Schönheit. Aber, verehrter Meister, wenn Poussin sich entschließt, sie Euch als Modell zu leihen, müßtet Ihr uns Euer Bild zeigen.«

Der Alte rührte sich nicht, er schien wie versteinert.

»Wie?« rief er dann schmerzbewegt, »ich soll mein Geschöpf, meine Gattin euren Blicken preisgeben? Ich soll den Schleier zerreißen, mit dem ich keusch mein Glück verhüllt habe? Das wäre Prostitution! Zehn Jahre lebe ich nun schon mit dieser Frau, sie gehört mir, mir ganz allein, sie liebt mich. Bei jedem Pinselstrich lächelte sie mir zu, sie hat eine Seele, und diese Seele habe ich ihr gegeben. Sie würde erröten, wenn andere Augen als die meinen sie betrachteten. Sie anderen zeigen! Gibt es einen Gatten, einen Geliebten, der so gemein wäre, seine Frau der Entbehrung preiszugeben? Wenn du ein Bild für den Hof malst, dann legst du in dasselbe nicht deine ganze Seele; was du den Höflingen verkaufst, sind doch weiter nichts als angestrichene Figuren. Mein Bild aber ist ein Gefühl, eine Leidenschaft. In meinem Atelier kam es zur Welt, und darin soll es auch bleiben, von niemandem gesehen. Nackt geben sich die Frauen und ebenso die Poesie nur denen hin, die sie lieben.

Besitzen wir das Modell des Raphael, die Angelika des Ariost oder die Beatrice Dantes? Nein, wir sehen nur ihre Formen. Das Werk, das ich da oben verschlossen halte, steht einzig da in unserer Kunst. Es ist keine Leinwand, es ist ein Weib, mit dem ich weine, lache, plaudere und denke. Soll ich ein Glück, das ich nun schon zehn Jahre genieße, von mir werfen, wie einen alten Mantel? Soll ich plötzlich aufhören, Vater, Geliebter und Gott zu sein? Dieses Weib ist kein Geschöpf, es ist eine Schöpfung. Dein junger Freund mag kommen, alles will ich ihm geben, meinen Reichtum, meine Bilder des Correggio, des Michelangelo, des Tizian, ich will seine Fußspuren im Staube küssen. Aber ihn zu meinem Rivalen machen! Ha! Ha! Ewige Schande über mich! Ich bin mehr Geliebter als Maler. Lieber will ich meine Belle Noiseuse verbrennen, als sie einem Maler, einem jungen Maler zeigen. Wer sie nur mit einem Blicke betrachtete, der müßte von meiner Hand sterben. Auch du würdest sterben müssen, alter Freund, wenn du sie anders begrüßtest als auf dem Boden knieend. Verlangst du jetzt noch immer, daß ich mein Ideal preisgebe? Ah! Die Liebe ist ein Geheimnis. Nur tief im Herzen lebt sie, und der, der selbst seinem Freunde sagt: ›Hier ist die, die ich liebe‹, vernichtet alles.«

Der Alte sah ordentlich jung aus. In seinen Augen glänzte Feuer und Leben. Lebhafte Röte bedeckte seine Wangen, seine Hände zitterten. Pourbus war erstaunt über die leidenschaftliche Heftigkeit, mit der er sprach, wußte nicht, was er auf ein Gefühl antworten sollte, das er an dem Alten bis jetzt nicht gekannt hatte, das ungeheuer tief schien. War Fernhofer noch bei Verstand? War er wahnsinnig? Stand er vollständig unter dem Banne seiner Künstlerphantasie? Oder hatte das, was er eben gesprochen, seinen Grund in diesem unerklärlichen Fanatismus, der uns ergreift, wenn wir lange und intensiv an demselben Werke arbeiten? War es möglich, mit diesem seltsam leidenschaftlich erregten Mann eine Basis zu finden, wo die Gedanken sich trafen?

Diese Gedanken bewegten Pourbus. Da sagte er zu dem Alten: »Aber es ist doch Weib gegen Weib. Poussin zeigt Euch doch auch seine Geliebte.«

»Welche Geliebte? Die wird ihn eines Tages doch verraten. Meine dagegen ist mir immer treu.«

»Nun«, entgegnete Pourbus, »wir wollen nicht mehr darüber sprechen. Aber ehe Ihr in Asien eine Frau gefunden habt, die so vollkommen ist wie die, von der ich spreche, werdet Ihr vielleicht tot sein, ohne Euer Bild vollendet zu haben.«

»Oh!« sagte Fernhofer, »es ist vollendet. Wer es sähe, der würde glauben, er hätte ein Weib vor sich, das auf einem Samtbett ruht hinter Vorhängen. Neben ihr steht ein Dreifuß, aus dem Wohlgerüche strömen. Du würdest versucht sein, die Schnur der Vorhänge zu ergreifen, und du würdest glauben, den Busen der Katharine Lescault zu sehen, der schönen Kurtisane, die man auch die Belle Noiseuse nennt, wie er beim Atmen auf und ab wogt. Ich möchte wohl wissen ....«

»Gehe nach Asien«, sagte Pourbus, als er glaubte, in dem Blicke Fernhofers ein Zögern zu sehen.

Pourbus machte einige Schritte auf die Tür zu.

In diesem Augenblicke waren Gilette und Poussin in der Nähe der Wohnung Fernhofers angekommen. Als das junge Mädchen gerade eintreten wollte, ließ sie den Arm des Malers los, wich einige Schritte zurück, als wenn eine plötzliche Ahnung sie ergriffen hätte.

»Was will ich hier eigentlich?« fragte sie ihren Geliebten mit tiefer Stimme, indem sie ihm gerade in die Augen schaute.

»Gilette, ich habe dich zu nichts überredet, ich tue alles, was du willst. Du bist mein Gewissen und mein Ruhm. Wir wollen nach Hause, vielleicht bin ich so glücklicher, als wenn . . .«

»Kann ich noch von eigenem Willen reden, wenn du so sprichst? O nein! Ich bin nur noch ein Kind. Wir wollen hineingehen«, fuhr sie fort, »wenn unsere Liebe stirbt, wenn ich ewige Trauer auf mich nehme, so werde ich doch deinen Ruhm durch mein Opfer erkauft haben. Wir wollen hineingehen. Denn durch die Kunst im Bilde festgehalten zu werden, ist ja auch weiterleben.«

Als sie die Haustür öffneten, kam ihnen Pourbus entgegen. Er war ergriffen von der wunderbaren Schönheit Gilettes. In ihren Augen schimmerten Tränen. Er nahm sie bei der Hand und führte sie zu dem Alten.

»Ist sie nicht mehr wert als alle Meisterwerke der Welt?« – Fernhofer überfiel ein Zittern. Gilette stand vor ihm in der einfachen und naiven Haltung einer jungen, unschuldigen, furchtsamen Kaukasierin, die von Räubern ausgeraubt, einem Sklavenhändler angeboten wird. Schamhafte Röte bedeckte ihre Wangen. Sie hatte den Blick zu Boden gesenkt. Schlaff hingen ihre Arme zu beiden Seiten des Körpers herunter, sie schien am Ende ihrer Kraft. Tränen schienen gegen die Gewalt, die man ihrem Schamgefühl antat, zu protestieren. Und Poussin bedauerte, diesen Schatz aus dem Bodenzimmer mit hierhergenommen zu haben, er verfluchte sich selbst. Der Künstler in ihm schien tot, es lebte nur noch der Liebhaber. Tausend Gedanken quälten ihn, als er jugendliches Feuer in den Augen des Alten bemerkte, der, wie Künstler das immer tun, das junge Mädchen sozusagen entkleidete, ihre geheimsten Formen erratend. Da ergriff ihn wilde Eifersucht.

»Gilette, wir wollen gehen«, rief er.

Als seine Geliebte das hörte, als sie den Ton seiner Stimme vernahm, hob sie ihre Augen auf zu ihm, eilte in seine Arme.

»Du liebst mich noch«, rief sie und fing an zu weinen.

Ihren Kummer hatte sie verbergen können, ihr Glück geheimzuhalten, dazu fehlte ihr die Kraft.

»Oh! Laßt sie mir nur einen Augenblick, Ihr sollt sie mit meiner Katharine vergleichen. Ich willige ein.«

In den Worten Fernhofers fühlte man die Liebe durchzittern. Er schien im voraus den Triumph zu durchleben, den die Schönheit seiner Jungfrau über ein lebendiges, junges Mädchen davontragen würde.

»Benutzen wir die Gelegenheit«, rief Pourbus, indem er Poussins Schulter berührte. »Die Früchte der Liebe vergehen schnell, die der Kunst sind aber ewig.«

»Für ihn«, antwortete Gilette, indem sie Poussin und Pourbus aufmerksam ansah, »bin ich also weiter nichts als ein Weib?« Stolz hob sie den Kopf; einen funkelnden Blick warf sie auf Fernhofer; dann bemerkte sie, wie Poussin in die Betrachtung des Bildes versunken war, das er neulich für einen Giorgione gehalten hatte.

»Mich hat er noch nie so angeblickt. Gehen wir hinauf.«

»Alter Mann«, sagte Poussin, den die Stimme Gilettes aus seinen Betrachtungen geweckt hatte, »sieh diesen Dolch. Den stoße ich dir ins Herz bei der ersten Klage, die dieses junge Mädchen tun wird. Ich werde dein Haus in Brand stecken, und niemand wird es lebendig verlassen. Hast du mich verstanden?«

Nicolas Poussin blickte düster drein. Schrecklich klangen seine Worte. Diese Haltung und besonders die Bewegung des jungen Künstlers trösteten Gilette, die ihm fast schon verzieh, daß er sie der Malerei und seiner glorreichen Zukunft opferte. Pourbus und Poussin blieben an der Tür des Ateliers stehen. Sie sahen einander an, keiner von ihnen sagte ein Wort. Nur zu Anfang erlaubte sich der Maler der Maria einige Ausrufe: »Ah! Sie zieht sich aus. Er sagt ihr jetzt, sich ins Licht zu stellen. Nun vergleicht er sie mit dem Bilde.«

Als er aber das traurige Gesicht Poussins sah, sagte er nichts mehr. Alte Künstler kennen ja, wenn es sich um die Kunst handelt, keinerlei Gewissensbisse. Doch bewunderte er die Poussins, die so rührend waren. Der junge Mann hatte die Hand am Hefte des Dolches, stand dicht an der Tür. Wie sie beide so im Schatten dastanden, konnte man sie für zwei

Verschwörer halten, die auf den günstigen Augenblick warten, den Tyrannen niederzustechen.

»Kommt herein«, rief da der Alte. Er strahlte vor Glück. »Mein Werk ist vollkommen, jetzt kann ich es mit Stolz zeigen. Nie wird ein Maler mit Pinsel, Farbe und Licht etwas schaffen, das meiner Katharine Lescault, der schönen Kurtisane, gleicht.« Pourbus und Poussin liefen neugierig in das weite, staubige Atelier. In ihm herrschte eine grenzenlose Unordnung. An den Wänden hingen einige Bilder. Sie blieben vor einem Frauenbildnis in natürlicher Größe stehen. Ihre Bewunderung war grenzenlos.

»Beschäftigt Euch nicht mit dem Bilde«, rief Fernhofer, »das ist nur eine Studie. Das Bild ist weiter nichts wert. Alles, was Ihr da seht, beweist nur meinen Irrtum«, fuhr er fort, indem er den beiden die Bilder an den Wänden zeigte. Es waren Meisterwerke.

Pourbus und Poussin waren erstaunt, wie verächtlich der Alte über solche Werke sprach. Überall suchten sie nun das Bild, das zu sehen ihnen endlich vergönnt sein sollte, konnten es aber nirgendwo finden.

»Da steht es ja«, rief ihnen der Alte zu. Seine Haare waren in Unordnung, eine übernatürliche Erregung flammte in seinem Gesichte, in seinen Augen flackerte ein unheimliches Feuer, er atmete schwer.

»Ah«, rief er, »das hattet Ihr wohl nicht erwartet! Diese Vollkommenheit! Ihr steht vor einem echten Weibe und suchet ein Bild. Seht die Tiefe in dem Bilde, sehet die Luft; von der Luft, in der Ihr lebt, könnt Ihr sie nicht unterscheiden. Wo ist die Kunst? Verloren, verschwunden! Seht die Formen, das sind die echten Formen des Weibes! Was sagt Ihr von der Farbe? Was von den Umrissen? Hat man nicht den Eindruck wie bei Gegenständen, die in freier Luft stehen? Wie wunderbar heben sich die Umrisse vom Hintergrunde ab! Glaubt man nicht, mit der Hand hinter den Rücken greifen zu können? Seit sieben Jahren habe ich die Wirkung des Zusammenhanges des Lichtes und der Gegenstände studiert. Und scheinen diese Haare nicht übergossen von Licht? . . . Ich glaube, sie hat geatmet! Sehet diesen Busen, wer möchte ihn nicht auf den Knien liegend anbeten? Das Fleisch lebt! Wartet, gleich steht sie auf.«

»Seht Ihr was?« fragte Poussin den Maler Pourbus.

»Nein und Ihr?«

»Nichts.«

Die beiden Maler überließen den Greis seiner Ekstase, sahen zu, ob nicht das Licht, das von oben gerade auf die Leinwand fiel, alle Wirkung der Farben neutralisierte. Dann betrachteten sie das Bild von allen Seiten, von rechts, von links, von vorne.

»Ja, ja«, sagte Fernhofer zu ihnen, der sich über den Zweck der Untersuchung der beiden anderen täuschte, »es ist Leinwand. Das ist der Rahmen, die Staffelei, hier sind Pinsel und Farben.« Er nahm einen Pinsel in die Hand und zeigte ihn ihnen.

»Der Alte macht sich über uns lustig«, sagte Poussin, indem er sich dem angeblichen Bilde weiter näherte. »Ich sehe auf der Leinwand nur ein seltsames Durcheinander von Farben und Linien.«

»Wir täuschen uns«, sagte Pourbus, »seht her!«

Sie traten wieder vor das Bild, und in dem Chaos von Farben und Nuancen, in dieser Art formlosen Nebels entdeckten sie einen Fuß. Es war ein entzückender Fuß. Er schien zu leben. Wie versteinert standen sie vor diesem Rest, der einer langsamen Zerstörung wie durch ein Wunder entgangen war. Dieser Fuß ließ an den Torso einer Venus aus parischem Marmor denken, den man unter den Trümmern einer eingeäscherten Stadt findet.

»Darunter ist eine Frau«, rief Pourbus, indem er Poussin auf die dicken Farbschichten aufmerksam machte, die der Alte aufgetragen hatte, in dem Glauben, sein Bild zu verbessern.

Die beiden Maler wandten sich um nach Fernhofer, sie fingen an, die Ekstase, in der der Alte lebte, zu begreifen.

»Er glaubt daran«, sagte Pourbus.

»Ja, lieber Freund«, erwiderte der Alte, der wieder zur Wirklichkeit zurückkam, »Glauben muß man haben; wer Künstler sein will, muß den Glauben an die Kunst besitzen, muß lange in engster Gemeinsamkeit mit seinem Werke leben, um ein solches Meisterwerk hervorbringen zu können. Manche dieser Schatten haben mir unendlich Mühe gemacht. Auf der Backe, unter den Augen liegt ein Halbschatten. Beobachtet man den in der Natur, man glaubt, ihn nie und nimmer in der Kunst wiedergeben zu können. Wie habe ich gearbeitet, bis es mir endlich gelang, ihn herauszubekommen. Betrachte nun das Bild genau, lieber Freund, dann wirst du verstehen, wie ich alles das, was ich über Farben und Linien neulich sagte, auffasse. Betrachte das Licht auf dem Busen, du wirst begreifen, wie es mir durch eine Reihe von Strichen gelungen ist, das wahre Licht festzuhalten, es zu verbinden mit dem blendenden Weiß der hellen Farben. Andererseits ist es mir durch schwache Andeutung der Umrisse in flauen Farben gelungen, die Zeichnung fast ganz zu vermeiden, und hierdurch habe ich erzielt, daß das Bild sich in seiner Gestalt der Natur ungeheuer nähert. Kommt näher heran, dann werdet ihr besser sehen! Von weitem betrachtet, verschwindet es. Von da seht ihr es wohl am besten. Besonders diese Stelle scheint gut gelungen.«

Mit dem Pinsel zeigte er den beiden Malern einen hellen Farbenfleck.

Pourbus schlug den Alten auf die Schulter, wandte sich an Poussin und sagte: »Wir sehen in ihm einen großen, großen Maler.«

»Er ist mehr Dichter als Maler«, antwortete Poussin ernst.

»Da«, sagte Pourbus, indem er die Leinwand berührte, »endet unsere Kunst auf Erden.«

»Und von da aus verliert sie sich in den Himmel«, antwortete Poussin.

»Welch ungeheures Genießen ist auf dieser Leinwand zu erkennen.«

Der Alte hörte nicht, was die beiden sagten, immer noch lächelte er seinem Phantasie-Weibe zu.

»Aber einmal muß er doch sehen, daß nichts auf seiner Leinwand ist«, rief Poussin.

»Nichts auf meiner Leinwand«, rief Fernhofer, der abwechselnd die beiden Maler und sein angebliches Bild betrachtete.

»Was habt Ihr angerichtet?« sagte Pourbus zu Poussin.

Der Alte ergriff heftig den Arm des jungen Malers und sagte zu ihm:

»Du siehst nichts, Bauer, Bettler! Warum bist du denn

hierher gekommen! Lieber Pourbus«, wandte er sich dann an den Maler, »machst du dich etwa auch über mich lustig? Antworte! Sollte ich etwa mein Bild verdorben haben?«

Pourbus wagte nicht, etwas zu sagen; aber auf dem Gesichte des Alten lag ein Ausdruck verzehrender Angst; er zeigte auf die Leinwand und sagte: »Sehet her!«

Einen Augenblick betrachtete Fernhofer sein Bild, dann überfiel ihn ein Zittern:

»Nichts! Nichts! Zehn lange Jahre habe ich daran gearbeitet.« Er setzte sich nieder und fing an zu weinen.

»Ich bin ein Narr, habe weder Talent noch Fähigkeit, bin weiter nichts als ein reicher Mann. Nichts habe ich geschaffen.«

Mit Tränen in den Augen betrachtete er sein Bild. Dann erhob er sich plötzlich stolz, sah die beiden Maler mit funkelndem Blicke an:

»Beim Blute, dem Leibe und dem Kopfe Jesus Christi, ihr seid eifersüchtig, nennt das Bild schlecht, um es mir zu stehlen. Ich sehe das Weib, sie ist von vollendeter Schönheit.«

In diesem Augenblick hörte Poussin ein leises Weinen; es war Gilette, die von allen vergessen, in einem Winkel des Ateliers saß.

»Was hast du?« fragte bewegt der Maler.

»Töte mich«, sagte sie. »Liebte ich dich noch länger, wäre ich eine Elende, denn ich verachte dich. Ich bewundere dich, und doch flößest du mir Grauen ein. Ich liebe dich und ich glaube, daß ich dich schon hasse.«

Während Poussin auf die Worte Gilettes hörte, bedeckte Fernhofer seine Katharine mit einem grünen Vorhang. Er ging sorgfältig zu Werke, etwa wie ein Juwelenhändler, der mit aller Vorsicht seine Schubladen abschließt, weil er Angst vor Dieben hat. Auf die beiden Maler warf er einen argwöhnischen, verachtenden Blick, drängte sie an die Tür seines Ateliers und auf der Schwelle sagte er zu ihnen: »Lebt wohl, meine lieben Freunde.«

Dieser eisige Abschied tat den beiden Malern weh.

Am folgenden Tag ging Pourbus, dem die Sorge um Fernhofer keine Ruhe ließ, in dessen Wohnung, und hier erfuhr er, daß der Alte in der Nacht gestorben sei, nachdem er alle seine Bilder verbrannt hatte.

Der Kriminalrichter

Pierre Leroux war ein armer Pferdeknecht in der Nähe von Beaugency.

Wenn er den ganzen Tag zugebracht hatte, die drei Pferde zu leiten, mit denen gewöhnlich sein Karren bespannt war, und er abends in den Bauernhof zurückkehrte, auf welchem er diente, dann verzehrte er sein Abendbrot mit den übrigen Knechten, ohne dabei viel zu sprechen, zündete eine Laterne an und begab sich in das Hängebett, welches in einer Ecke des Stalles angebracht war.

Seine Träume waren nicht sehr verwickelt und boten kein besonderes Interesse dar. Gewöhnlich beschäftigte er sich während derselben nur mit seinen Pferden. Einmal erwachte er plötzlich während der Anstrengungen, die er machte, das Stangenpferd wieder auszuhängen, welches über die Kette getreten hatte; ein anderes Mal hatte sich die Blesse in den Leitriemen verwickelt. Eines Nachts träumte ihn, daß er an seine Peitsche eine ganz neue Schweppe geknüpft habe, die Peitsche aber dennoch nicht knallen wollte; dieser Traum regte ihn derart auf, daß er nach dem Erwachen sogleich nach der Peitsche griff, die er gewöhnlich neben sich liegen hatte, und, um sich zu überzeugen, ob er nicht des schönsten Vorrechts eines Fuhrmanns verlustig geworden sei, während der Stille der Nacht aus Leibeskräften zu knallen begann. Bei diesem Lärmen geriet der ganze Stall in Aufregung; die erschreckten Pferde sprangen empor, drängten sich gegeneinander, keilten und wieherten und hätten benahe ihre Halfter zerrissen. Pierre Leroux beruhigte indes durch einige besänftigende Worte den Lärm, und bald war alles wieder still. Das war nun das merkwürdigste Ereignis in seinem ganzen Leben, und er erzählte es jedesmal, wenn ein Gläschen Branntwein seine Zunge gelöst hatte und ein geduldiger Zuhörer vorhanden war.

Zu gleicher Zeit beschäftigten Träume ganz anderer Art Herrn Desalleux, den Substituten des Generalprokurators am Kriminalgericht von Orleans. Da er mit Glanz einige Aufträge des Ministeriums erledigt hatte, glaubte er, daß er zu jedem Verwaltungsamte befähigt sei, und sah sich in seinen nächtlichen Träumen meist schon als Siegelbewahrer. Besonders feierte aber sein Geist bei Nacht Triumphe der Rednerkunst, wenn er sich den ganzen Tag mutig in den Schranken abgekämpft hatte. Der Ruhm der d'Agnesseau und anderer großer Redner genügte ihm noch nicht, vielmehr ging er in die fernste Vergangenheit zurück, bis zu den Wundern der Beredsamkeit eines Demosthenes, den er zu erreichen und zu übertreffen gedachte. Mächtig durch die Kraft der Rede zu werden, das war seine Hoffnung, um deren willen er sich aller andern Gedanken der Jugend entschlug.

Eines Tages befanden sich diese beiden Naturen einander gegenüber, nämlich Pierre Leroux, welcher sich kaum um einen Grad über das Vieh erhob, und der Herr Desalleux, der sich bis zu dem höchsten Spiritualismus erhoben hatte. Es handelte sich zwischen ihnen um einen harten Kampf: Herr Desalleux, welcher auf seinem Richterstuhle saß, verlangte infolge einiger unbedeutenden Indizien das Haupt des Pierre Leroux, welcher eines Mordes angeklagt war, und Pierre Leroux verteidigte seinen Kopf gegen das Verlangen des Herrn Desalleux.

Ungeachtet des bemerkenswerten Mißverhältnisses der Kräfte, welche den beiden Kämpfern von der Vorsehung zugeteilt waren, ungeachtet der Dazwischenkunft der menschlichen Einrichtungen, welche die Gleichheit noch mehr durch den Ausspruch der Geschworenen stören mußten, wäre dennoch der Angeklagte wegen Mangel an Beweisen allem Anscheine nach den Händen des Henkers entgangen; allein gerade aus den ungenügenden Beweisen der Anklage entsprang die Gelegenheit, eine außerordentliche Beredsamkeit zu zeigen, welche der Erfüllung der schönen Hoffnungen des Herrn Desalleux außerordentlich nützlich werden konnte. Da er nichts versäumte, was seine Zukunft fördern konnte, konnte er sich nicht entschließen, diese Gelegenheit unbenützt zu lassen.

Außerdem war folgender Umstand dem armen Pierre Leroux sehr ungünstig. Einige Tage vor dem Beginn des

Prozesses hatte der junge Substitut in Gegenwart mehrerer liebenswürdiger Frauen, die sich ein Vergnügen daraus machten, bei der Verhandlung zugegen zu sein, die feste Überzeugung geäußert, daß er von dem Gerichtshofe eine Verurteilung des Angeklagten erlangen würde. Desalleux hätte sich nun in einer sehr schiefen Lage befunden, wenn er die Verurteilung nicht erreicht, wenn Pierre Leroux seinen Kopf auf den Schultern behalten hätte. Denn hierdurch wäre der Beweis erbracht worden, daß die Worte des Substituten keineswegs allmächtig waren. Daher tadle man den Beamten nicht; war er nicht durchaus überzeugt, so erhielt er nur um so mehr Verdienst dadurch, daß er überzeugt schien und sich so beredt zeigte, wie sich seit einem Jahrhundert niemand vor den Schranken von Orleans gezeigt hatte. Oh! warum waret ihr nicht zugegen, um zu sehen, wie die armen Herren Geschworenen bis in das Innerste ihrer Herzen erschüttert waren, als ihnen in einer schönen und wohlklingenden Rede gezeigt wurde, wie Leroux durch seine Tat die Grundpfeiler der menschlichen Gesellschaft ins Wanken gebracht hätte; als ihnen bewiesen wurde, wie sich alle gesellschaftlichen Bande lösen würden, wenn man Pierre Leroux freispräche. Warum waret ihr nicht zugegen, um die Lobsprüche anzuhören, welche der Verteidiger und der Ankläger einander machten, als der Anwalt des Angeklagten das Wort ergriff und bewies, daß er nicht umhin könne, dem glänzenden Rednertalente des Substituten seine Huldigungen darzubringen! Warum habt ihr nicht gehört, wie der Präsident des Gerichtshofes mit denselben Glückwünschen seine Worte begann, so daß man fast hätte glauben mögen, es handele sich darum, in einer Akademie den Preis der Beredsamkeit zu verleihen, und nicht darum, einen Mann zum Tode zu verurteilen. Ihr hättet auch sehen können, wie eine Menge prachtvoll gekleideter Damen der Schwester des Herrn Desalleux ihre Glückwünsche darbrachten, während in einer etwas fernen Ecke sein alter Vater im Übermaße seines Glückes weinte, da er den Sohn und unvergleichlichen Redner sah, welchem er das Leben gegeben hatte.

Etwa sechs Wochen nach dieser allgemeinen Familienfreude bestieg Pierre Leroux mit dem Scharfrichter einen Karren, welcher an der Tür des Gefängnisses von Orleans auf ihn wartete. Sie begaben sich miteinander nach der Place du Montroie, auf welchem die Hinrichtung stattfinden sollte. Pierre Leroux bestieg mit der größten Ruhe die Treppe des Schafotts. Als er die letzten Stufen erreicht hatte, erglänzte der Stahl des Schwertes der Gerechtigkeit in der Sonne, und als der Verurteilte diesen Glanz sah, schien ein Zittern ihn zu überkommen. Der Scharfrichter nahm ihn aber mit der höflichen Besorgnis eines Wirtes, der seine Gäste zu empfangen weiß, beim Arm, um ihn zu stützen und auf den Boden der Guillotine niederzulegen; dort fand Pierre Leroux den Schreiber des Kriminalgerichts, welcher erschienen war, um das Protokoll der Hinrichtung aufzunehmen, und die Gendarmen, denen es oblag, darauf zu achten, daß die öffentliche Ordnung bei der Berichtigung dieser Rechnung nicht gestört werde, so wie auch die Henkersknechte, die, weit entfernt, das Sprichwort zu bestätigen, welches von ihrer Grausamkeit spricht, vielmehr eine Gefälligkeit ohne gleichen gegen ihn zeigten und sich bemühten, ihm die bequemste Lage unter dem Messer zu geben. Eine Minute später hatte Pierre Leroux seinen Kopf bereits verloren, und das alles war mit einer solchen Gewandtheit ausgeführt, daß mehrere von denen, welche erschienen waren, um dem Schauspiele beizuwohnen, ihre Nachbarn erstaunt fragten, ob die Sache schon beendet sei, und dann beteuerten, daß es sich nicht verlohnt hätte, einer solchen Kleinigkeit wegen das Haus verlassen zu haben.

Drei Monate waren verflossen, seit man den Kopf und den Körper des Pierre Leroux in einer Ecke des Kirchhofs begraben hatte, und allem Anscheine nach enthielt die Grube noch immer seine Gebeine, als eine neue Sitzung der Assisen eröffnet wurde, und Herr Desalleux eine neue Anklage wegen eines Mordes zu führen hatte.

Tags vorher, ehe er das Wort führen sollte, verließ er frühzeitig einen Ball, zu welchem er mit seiner ganzen Familie auf ein benachbartes Schloß eingeladen war. Er kehrte allein in die Stadt zurück, um seinen Rechtsfall zu überdenken. Die Nacht war finster; ein warmer Wind wehte über die Ebene, während er noch das Rauschen des Festes in seinen Ohren hörte. Eine große Schwermut ergriff ihn. Er erinnerte sich an so manche Leute, die er gekannt hatte und die gestorben waren, und dachte dabei auch an Pierre Leroux, ohne zu wissen, warum.

Als er sich der Stadt näherte und die ersten Lichter der Vorstadt sah, verschwanden diese düsteren Gedanken. Als er erst vor seinem Schreibtische saß, von seinen Büchern und Akten umgeben, dachte er nur noch an seine Rede, die noch glänzender ausfallen sollte, als irgendeine seiner früheren Reden vor Gericht.

Sein Anklage-System war fast festgesetzt. Beiläufig bemerkt: es ist eine ziemlich wunderliche Sache, daß man von einem Anklage-System sprechen kann, das heißt, von einer bestimmten Weise, die Tatsachen und Zeugnisse zusammenzustellen, um einen Menschen um seinen Kopf zu bringen, wie man von einem philosophischen System spricht, das heißt, von einer bestimmten Weise, Gründe oder Sophismen zusammenzustellen, mit deren Hilfe man irgendeine unschuldige Wahrheit, Theorie oder Moral verkündet. Sein Anklage-System begann schon sich abzurunden, als die Aussage eines Zeugen, die er noch nicht geprüft hatte, das ganze Gebäude seiner Gewißheit umzustürzen drohte. Er zögerte einige Augenblicke; allein, wie wir gesehen haben, ließ Herr Desalleux in seinen Verrichtungen als Kriminalrichter seine Eigenliebe ebenso sprechen, wie sein Gewissen. Er nahm seine ganze logische Kraft und all seinen Wortreichtum zu Hilfe, um das ungelegene Zeugnis nicht nur zu widerlegen, sondern es sogar zu einem seiner schönsten Beweise zu machen; nur war diese Arbeit sehr mühselig und dauerte bis spät in die Nacht.

Es war drei Uhr; die Lichter, welche auf seinem Schreibtische standen, waren niedergebrannt und verbreiteten nur noch einen schwachen Schein.

Die Arbeit war indes zu dringend, und er steckte neue Lichter auf, ging einige Male im Zimmer auf und ab und setzte sich dann in seinen Armstuhl, gegen dessen Rückenlehne er zurücksank. Während er in dieser Haltung seinen Gedanken nachhing, schaute er durch ein Fenster nach den Sternen, welche am Himmel glänzten. Während seine Blicke an dem Fenster hinabglitten, begegneten sie plötzlich zwei starren Augen, die ihn anblickten; er glaubte, daß der Widerschein der Lichter diese Erscheinung in den Fensterscheiben hervorbringe, und stellte die Lichter an einen anderen Platz; die Erscheinung erschien ihm jedoch jetzt nur um so deutlicher. Da es ihm nicht an Mut fehlte, bewaffnete er sich mit einem Stock, der einzigen Waffe, die er finden konnte, und öffnete das Fenster, um sich zu überzeugen, wer der Unverschämte sei, der ihn zu einer solchen Stunde beobachte. Das Zimmer, welches er bewohnte, war in einem der obern Stockwerke, und es war unmöglich, an den Wänden des Hauses hinaufzuklettern. In dem schmalen Raume zwischen Fenster und Balkon konnte sich kein Gegenstand seinen Blicken entziehen, und dennoch sah er nichts. Er dachte, daß er von einer jener Halluzinationen ergriffen sei, welche durch aufgeregte Sinne bei Nacht hervorgebracht werden, und ging lachend an seine Arbeit zurück. Noch hatte er nicht zwanzig Zeilen geschrieben, als er hörte, daß sich in einem dunklen Winkel seines Zimmers etwas bewegte. Dadurch wurde er abermals aufgeregt, denn es war doch wohl nicht anzunehmen, daß einer seiner Sinne nach dem andern ihn täuschte. Aufmerksam schaute er in den Winkel, in welchem er das Geräusch gehört zu haben glaubte. Da erblickte er einen schwärzlich aussehenden Gegenstand, der sich ihm in ungleichen Sprüngen, die an das Hüpfen einer Elster erinnerten, näherte. Je näher ihm die Erscheinung kam, desto häßlicher erschien sie ihm; denn sie nahm aufs deutlichste die Gestalt eines Menschenkopfes an, der von seinem Rumpfe getrennt war und von Blut triefte; als endlich der Kopf schwer zwischen die beiden Lichter auf die Akten sprang, da erkannte er die Züge des Pierre Leroux, der ohne Zweifel gekommen war, ihn zu belehren, daß bei einem Gerichtsherrn das Gewissen mehr wert sei, als die Beredsamkeit. Eine ungeheure Angst ergriff ihn, und er wurde ohnmächtig; am folgenden Tage fand man ihn bewußtlos auf seinem Stuhle, während eine Blutspur durch das ganze Zimmer bis auf den Schreibtisch und die Aktenhefte ging; man dachte, daß er Nasenbluten bekommen hätte, und er hütete sich, dieser Meinung zu widersprechen. Es braucht wohl kaum bemerkt zu werden, daß es ihm unmöglich war, die Anklage zu vertreten, und daß all seine Vorbereitungen umsonst gewesen waren. Viele Tage vergingen, ehe die Erinnerung an jene schreckliche Nacht aus seinem Gedächtnis schwand. Lange war es ihm unmöglich, im Dunkeln allein zu sein. Da sich indes die Erscheinung nicht wieder zeigte, begann nach einigen Monaten der Stolz seines Geistes dem Zeugnis seiner Sinne die Wage zu halten, und er fragte sich abermals, ob er sich nicht von seinen Sinnen habe täuschen lassen. Und um ganz sicher zu sein, ging er zu einem Arzt, dem er mitteilte, was ihm zugestoßen. Der Arzt, welcher vielfach den menschlichen Körper untersucht und über denselben nachgedacht hatte, ohne auch nur eine Spur von dem zu finden, was man Seele nennt, war endlich zu einem vollkommenen Materialismus gelangt; er lachte laut auf, als er die Erzählung von der nächtlichen Erscheinung hörte. Das war vielleicht die beste Weise, seinen Kranken zu heilen; denn, indem er auf solche Weise dessen Zweifel ins Lächerliche zog, zwang er gewissermaßen seine Eigenliebe, ebenfalls jene Gedanken als lächerlich zu verwerfen. Überdies kann man sich denken, daß es ihm keine große Mühe machte, Herrn Desalleux die Erscheinung durch eine übermäßige Anspannung des Gehirns zu erklären, daß auf eine Blutüberfüllung des Gehirns eine Blutleere erfolgt sei, welche bewirkt habe, daß er das gesehen, was nicht vorhanden. Beruhigt durch diese Ausführungen des Arztes, die zu widerlegen ihm unmöglich schien, gewann Herr Desalleux allmählich die Heiterkeit seines Geistes und fast alle seine früheren Gewohnheiten wieder, nur arbeitete er jetzt weniger anhaltend, sondern gönnte sich auf Anraten des Arztes einige Zerstreuungen, die er bisher zu sehr gemieden hatte. Für einen Mann, den seine Gesundheit aus dem Arbeitszimmer verbannt und in den Salon weist, gibt es nur eine Art, sich diese neue Lage erträglich zu gestalten: Er muß sich ganz und gar dem Vergnügen widmen. Diejenigen Dinge, welche man gewissenhaft tut, besitzen einen seltsamen Reiz und Trost; überdies gibt es vielleicht keinen Menschen von so vollkommener geistiger Überlegenheit, daß er nicht durch eine Beschäftigung oder Zerstreuung, welche der Welt gefällt, ebenfalls zerstreut würde, es sei denn, daß sein intellektueller Hochmut es nicht zuläßt.

Das weibliche Geschlecht kann in solchen Fällen, wenn man ihm vorsichtig begegnet, eine ausgezeichnete Zerstreuung gewähren; Herr Desalleux vermochte so gut, wie nur irgend jemand, sich diese Zerstreuung zu sichern, denn, ohne von seinen äußern Vorzügen zu reden, hatte ihn sein rednerischer Ruhm und vielleicht noch mehr seine Gleichgültigkeit den Frauen gegenüber zum Gegenstande der Sehnsucht für manches weibliche Herz gemacht. Es lag jedoch in dem Grundgedanken seines Lebens etwas zu Positives, als daß er hätte einwilligen können, daß selbst die Liebe zu einem Mädchen ohne Bedingungen Platz in seinem Herzen finde. Er berechnete, welches von den Herzen, die sich ihm ergeben zu wollen schienen, bei einer Ehe die meisten Aussichten auf Geld, vorteilhafte Verbindungen und andere gesellschaftliche Vorteile gewähren könne. Als der erste Teil seines Romans auf solche Weise festgestellt war, bemerkte er auch mit Vergnügen, daß die Braut, welche ihm alle diese Vorteile gewährte, ein anmutiges, schönes und geistreiches Mädchen war, und er liebte es nun mit allem Feuer, dessen er fähig war, mit der Billigung und Einwilligung seines Vaters und seiner Mutter.

Seit langer Zeit hatte Orleans keine hübschere Braut gesehen, als die des Herrn Desalleux, seit langer Zeit keine glücklichere Familie, als die seine, seit langer Zeit kein so heiteres und glänzendes Fest, wie seine Hochzeit.

Daher vergaß er am Hochzeitsabend für einen Augenblick seine Zukunft und lebte nur der Gegenwart. Als er von einem Anwalt in eine Ecke des Salons geführt wurde, weil ihm derselbe einen Prozeß anempfehlen wollte, blickte er von Zeit zu Zeit nach der Uhr, welche drei Viertel auf Zwei zeigte; auch hatte er bemerkt, daß die Mutter der Neuvermählten schon zweimal zu dieser getreten war, um leise mit der jungen Frau zu sprechen, und daß diese nicht nur verschämt geantwortet hatte, sondern sich auch beim Tanzen zerstreut zeigte. Plötzlich glaubte er während eines Kontretanzes an einem gewissen Zischeln der ganzen Gesellschaft zu bemerken, daß irgend etwas vorgegangen sei. Er blickte nach allen Seiten, während der Anwalt zu seinem Ärger noch immer sprach, und bemerkte jetzt, daß die Plätze leer waren, welche während des ganzen Abends von seiner Frau und den Brautjungfern eingenommen waren. Der ernste Gerichtsherr machte es nun, wie alle andern Männer: er verließ schnell den redseligen Anwalt und begab sich nach der

Tür des Saales, indem er hinter den Tanzenden durchging, und während die Bedienten mit Erfrischungen hereintraten, verschwand er, im Glauben, von niemandem beobachtet zu werden; das war jedoch ein großer Irrtum, denn seit die Neuvermählte den Saal verließ, hatten alle Damen von achtzehn bis fünfundzwanzig den jungen Ehemann im Auge behalten.

Als er in das Brautgemach treten wollte, begegnete er seiner Schwiegermutter, welche aus demselben mit den Würdenträgerinnen kam, deren Gegenwart beim coucher der jungen Frau notwendig gewesen war. Auch einige alte Damen hatten es für ihre Pflicht gehalten, sich dem feierlichen Zuge anzuschließen. Die Schwiegermutter drückte dem Schwiegersohne herzlich die Hand und sagte leise einige Worte zu ihm; man merkte, daß sie ihm ihre Tochter anempfahl. Herr Desalleux antwortete mit wenigen freundlichen Worten und einem Lächeln. Ganz gewiß dachte er in diesem Augenblick nicht an Pierre Leroux.

Als er die Tür des Schlafzimmers schloß, lag seine Frau bereits im Bette; es schien ihm wunderlich, daß die Vorhänge des Bettes vorgezogen waren; kein Geräusch war zu hören. Die Feierlichkeit dieses Schweigens, das unerwartete Hindernis, welches die Vorhänge boten, die zu öffnen eine ziemliche Geschicklichkeit erforderte, verdoppelten bei dem Neuvermählten eine Verlegenheit, welche um so begreiflicher erscheinen kann, da er selten die Gelegenheit gesucht hatte, dergleichen Kriege zu führen, und daher bei solchen Ereignissen sehr unbeholfen war. Sein Herz pochte heftig, und ein Zittern durchlief alle seine Glieder, als er das bräutliche Gewand und den bräutlichen Schmuck in anmutiger Unordnung um sich her liegen sah. Mit bebender Stimme rief er seine Frau. Da er keine Antwort erhielt, wandte er sich, vielleicht um Zeit zu gewinnen, nach der Tür, überzeugte sich nochmals, daß sie wohl verschlossen war, und näherte sich dann dem Bette, um leise den Vorhang zurückzuziehen.

Bei dem ungewissen Scheine der Nachtlampe, welche im Zimmer brannte, sah er eine wunderliche Erscheinung.

Neben seiner Braut, welche fest eingeschlafen war, sah er einen schwarzbehaarten Kopf, welcher keineswegs der eines weiblichen Wesens war und lebhaft von dem weißen Kopfkissen abstach. War er das Opfer irgendeiner jener Mystifikationen, welche bestimmt sind, die Mysterien der Brautnacht zu stören? Oder hatte ihn ein kühner Usurpator noch vor seiner Krönung entthront? Jedenfalls schien sein Stellvertreter wenig besorgt, denn er schlief ebenso fest wie die Frau und hatte das Gesicht der Wand zugewandt. Als sich Herr Desalleux über das Bett neigte, um die Züge dieses wunderlichen Gastes zu erkennen, unterbrach ein langer Seufzer, gleich dem eines erwachenden Menschen, die Stille; zu gleicher Zeit wandte sich der Unbekannte gegen ihn, und er erkannte die Züge des Pierre Leroux.

Als der Gerichtsherr zum zweiten Male diese schreckliche Erscheinung sah, hätte er begreifen sollen, daß er sich in seinem Leben irgendeine böse Handlung habe zuschulden kommen lassen, wegen der er nun zur Rechenschaft gezogen werde; war aber die Sache einmal erklärt, was das beste gewesen wäre, hätte er nur bis zum Morgen zu beten und bei Tagesanbruch in die Kirche zu gehen brauchen, um eine Messe für die Seelenruhe des Pierre Leroux lesen zu lassen; mittels dieser Sühne und einiger Almosen für arme Gefangene hätte er vielleicht die Ruhe seines Lebens wiedererlangt und sich für immer den Schrecknissen entzogen, welche ihn verfolgten.

Er dachte indes jetzt nur an die Freude der Brautnacht, nicht aber an eine fromme Handlung. Wünsche erfüllten sein Herz, und er fühlte den Mut, sich in einen Kampf mit dem Gespenste einzulassen, das ihm seine Braut streitig zu machen suchte. So faßte er es bei den Haaren , um es aus dem Bett zu werfen. Als er die Hand ausstreckte, begriff der Kopf seine Absicht und fletschte die Zähne; unvorsichtig fuhr er mit seiner Hand weiter und erhielt einen tiefen Biß. Diese Verwundung vermehrte nur die Wut des Gatten, er blickte um sich und suchte eine Waffe. Da sah er an dem Kamin die Eisenstäbe. Er riß einen derselben los, schlug aus allen Kräften auf das Bett ein, denn er wollte den Toten totschlagen, seinen grausigen Feind vernichten. Allein es ging hier, wie auf einem Marionettentheater, wenn Polichinell niedertaucht und so den Schlägen entgeht, die für ihn bestimmt sind. Bei jedem Schlage sprang der Kopf geschickt zur Seite, so daß der Eisenstab ins Leere traf. Das dauerte einige Minuten, bis der Kopf endlich über die Schulter seines Gegners hinwegsprang und hinter ihm verschwand, ohne daß dieser ihn irgendwo wiederzufinden oder auch nur zu erraten vermochte, wohin er entschlüpft war.

Als sich der Gerichtsherr nach genauen Untersuchungen überzeugt hatte, daß er wirklich Herr des Schlachtfeldes sei, wandte er sich wieder zu seiner Frau, die während des Kampfes wunderbarer Weise weiter geschlafen hatte, und schickte sich an, von dem ehelichen Bette Besitz zu nehmen, obschon dasselbe in Unordnung geraten war und der Kopf einige Blutspuren auf dem Kissen zurückgelassen hatte. Als er aber die Decke aufhob, um unter dieselbe zu schlüpfen, bemerkte er eine große Blutlache, die sein gehässiger Nebenbuhler zurückgelassen hatte, und die selbst die Braut benetzte. Länger als eine Stunde mühte er sich ab, das Blut aufzutrocknen; aber trotz all seiner Anstrengungen wurde es nicht weniger. Ein Unglück kommt selten allein. Während er durch das Zimmer ging, warf er die brennende Lampe um. Nun war er im Dunkeln. Die Nacht ging schon zu Ende, und der Gerichtsherr schwor sich, daß er trotz aller Hindernisse des Himmels oder der Hölle seine Ehe wirklich vollziehen werde. Nachdem er auf das feuchte Bettuch zwei oder drei Lagen trockenes Leinenzeug gebreitet hatte und der Meinung war, daß durch diese das Blut nicht sobald hindurchdringen werde, legte er sich kühn darauf und rief nun seine Braut mit den zärtlichsten Ausdrücken, indem er sie zu wekken versuchte. Diese aber schlief immer noch. Nun zog er sie an sich, umschlang sie mit seinen Armen und bedeckte sie mit Küssen; sie aber fuhr fort, zu schlafen und schien gefühllos gegen alle seine Liebkosungen. Was bedeutete das? War es Verstellung? Oder hatte in dieser seltsamen Nacht ein übernatürlicher Zauber ihre Augen geschlossen? In diesem Augenblicke brach der Tag an; er hoffte, daß die ersten Strahlen der Sonne den Zauber lösen würden, dessen Beute er war, öffnete die Laden und die Vorhänge der Fenster, um das Licht der Morgensonne in das Zimmer fallen zu lassen, und sah nun, warum das Blut nicht hatte versiegen wollen. In seiner Wut hatte er in dem Zweikampfe mit dem Kopfe des Pierre Leroux den Kopf der Geliebten mit dem Eisenstabe getroffen, während er jenen zu treffen glaubte; der Hieb war so gewaltig gewesen, daß sie gestorben war, ohne auch nur einen Seufzer auszustoßen; während er sie betrachtete, floß das Blut noch immer aus einer tiefen Wunde, die er ihr in die linke Schläfe geschlagen hatte.

Wir überlassen es den Psychologen, diese Erscheinung zu erklären. Als Desalleux aber sah, daß er seine Frau ermordet hatte, fing er schauerlich an zu lachen, und als seine Schwiegermutter an die Tür des Zimmers klopfte, um sich zu erkundigen, wie die beiden jungen Leute die Nacht verbracht hätten, lachte er immer noch. Noch grausiger wurde sein Lachen, als er die Stimme der Schwiegermutter vernahm. Er öffnete ihr, nahm sie in die Arme, führte sie ans Bett, damit sie das gräßliche Schauspiel betrachte. Und immer klang durch das Zimmer dieses gräßliche Lachen. Endlich brach er erschöpft zusammen, und auf das Lachen folgte nun ein krampfhaftes Schluchzen. Die arme Mutter stieß einen schrecklichen Schrei aus und wurde dann ohnmächtig. Alle Bewohner des Hauses eilten herbei und wurden Zeugen dieser grausigen Szene. Das Gerücht von dem Vorgefallenen verbreitete sich schnell durch die Stadt. Noch an demselben Morgen wurde Herr Desalleux auf Befehl des Generalprokurators in das Gefängnis von Orleans geführt. Später bemerkte man, daß die Zelle, in welche er gebracht war, dieselbe war, welche Pierre Leroux bis zu dem Augenblicke seiner Hinrichtung bewohnt hatte.

Das Ende des Gerichtsherrn war etwas weniger tragisch, als das seines Vorgängers hier.

Die Ärzte erklärten ihn einstimmig für wahnsinnig. Der Mann, welcher sich für bestimmt gehalten hatte, die ganze Welt durch sein Wort umzuwälzen, wurde nun in das Narrenhaus gebracht und länger als ein halbes Jahr in einer dunklen Zelle gefesselt gehalten. Da er während der ganzen Zeit keinerlei Tobsucht gezeigt hatte, nahm man ihm seine Kette und behandelte ihn milder.

Als er sich wieder frei bewegen durfte, zeigte sich bei ihm eine wunderliche Narrheit, die ihn nicht wieder verließ; er hielt sich für einen Seiltänzer und tanzte vom Morgen bis zum Abend mit allen Bewegungen des Mannes, der mit der Balancierstange in der Hand auf einem Seile geht.

Ein Buchhändler von Orleans hatte den Einfall, in einem Band die Reden zu sammeln, die Desalleux während seiner kurzen Laufbahn gehalten hatte. Drei Auflagen wurden nacheinander verkauft. Der Verleger bereitet in diesem Augenblicke die vierte vor.

Tobias Guarnerius

Es war an einem sehr nebligen Winterabend, als der Großvater meines Großvaters, welchen Geschäfte nach Bremen geführt hatten, durch eine schmale und abgelegene Gasse hinter der Domkirche ging. Was er dort zu suchen hatte, das werden sich meine Leser an den fünf Fingern abzählen können, wenn ich ihnen sage, daß er damals zwanzig Jahre zählte und es wenige Städte in Deutschland gibt, wo die Grisetten hübscher und neckischer sind.

Wenn ich dieses ohne alle Umstände zugebe, so hege ich dennoch die Zuversicht, daß man darum keine arge Meinung von dem Großvater haben wird. Allein die Stunde zum Stelldichein hatte schon lange geschlagen, zwanzig Minuten waren schon darüber, und die, welche die Zeit festgesetzt hatte, ließ meines Großvaters Großvater noch immer warten.

Die repräsentative Regierungsverfassung hat uns heutigen Tags von einer so wundersamen Geduld in der Liebe geheilt, und ich möchte den Mann sehen, der noch jetzt einer solchen Geduld fähig wäre.

Während nun meines Großvaters Großvater die Straße auf und ab geht, da hat er einen kleinen Laden an der Ecke der nächsten Straße bemerkt. An beiden Seiten der Tür haben zwei rot angestrichene Brettchen gehangen, die die Form von Violinen hatten, um so anzudeuten, welcher Handel in dem Hause betrieben, oder besser gesagt, nicht betrieben wurde. Denn außer einer alten Baßgeige, die an der Mauer hing und einem Cello ohne Saiten, einigen Bogen und der Quintgeige, die der Besitzer des Ladens reparierte, war dieser vollkommen leer und gleich trotz der Inschrift über der Tür eher der Wachstube der Bürgergarde als einem Magazin für Streich- und Blasinstrumente.

Eine schlechte Lampe, deren lang herausgezogener Docht furchtbar gequalmt hat, hat kaum den Mann beleuchtet, der in diesem jämmerlichen Neste mit seiner Arbeit beschäftigt gewesen ist. Es hat aber auch gar nicht geschienen, als ob es ihm viel um die Vollendung seiner Arbeit zu tun gewesen, denn alle drei Minuten ist er aufgesprungen, hat seine Geige hingeworfen, ist mit großen Schritten auf und ab gegangen und hat durch starre Blicke und rasche, eilige Bewegungen gezeigt, daß irgendein Gedanke ihn unausgesetzt beschäftigte.

Halb aus Neugierde, halb um dem Schnee zu entgehen, welcher grade reichlich fiel, ist meines Großvaters Großvater, der bisher noch immer treulich auf seinem Posten gewartet hat, in den Laden des Instrumentenmachers eingetreten und hat gesagt, er wollte eine Geige kaufen, obgleich er in seinem ganzen Leben keine Note gelernt hat.

»Eine Geige«, hat der Instrumentenmacher unwirsch geantwortet. »Sie sehen wohl, daß ich keine verkaufen kann; wenn Ihnen aber etwa das Cello nach Wünschen ist, welches ich als Bezahlung angenommen habe, weil ich drei Monate lang die Instrumente des Orchesters der ›Gelehrten Hunde‹ geflickt habe . . . ja, die Hunde und Affen haben einen so großen Erfolg gehabt, daß sie sogar vor unsern hochweisen Senatoren ihre Künste produziert haben. Wollen Sie das Cello? Ich lasse es Ihnen für fünfzig Livres, nehmen Sie es, ich bin kein Freund vom Handeln.«

Wäre meines Großvaters Großvater der größte Virtuose gewesen, was er jedoch nicht war, er wäre nicht weniger in Verlegenheit gewesen, auf das Geschäft einzugehen, nämlich ein Cello zu kaufen, während er doch eine Geige wünschte.

Da er sich nun mit einer überzeugenden Logik gegen den Instrumentenmacher dahin ausgesprochen hat, daß ein Cello und eine Geige zwei sehr verschiedene Dinge seien, hat er von dem Alten eine so absonderliche Antwort erhalten, daß ihm der Gedanke kam, er habe wohl einen Verrückten vor sich. Seine Zweifel in bezug auf diesen Punkt wurden immer geringer, als besagter wunderlicher Mann wieder angefangen hat, unter seltsamen Gebärden auf und ab zu gehen, als dann eine alte Frau die Tür einer Stube neben dem Laden geöffnet, ihm einen Wink gegeben und mit den Achseln gezuckt hat, um ihm so zu verstehen zu geben, daß der gute Mann nicht richtig im Kopfe sei.

Meines Großvaters Großvater ist dann fortgegangen und tags darauf abgereist, ohne sich weiter um den Geigenmacher bekümmert zu haben.

Als er drei Jahre später abermals in Handelsgeschäften in Bremen gewesen, wie auch gelegentlicher Weise wiederum durch die erwähnte Gasse gekommen ist, da hat er den Laden des Geigenmachers geschlossen gefunden und an der Tür, die an mehreren Stellen die Spuren einer gewaltsamen Erbrechung zeigte, große rote Kreuze gesehen.

Dieser Umstand hat seine Aufmerksamkeit erregt, und des Abends beim Essen hat er mit dem Wirt hierüber geplaudert, welcher einer von den Mitgliedern des hohen Rats gewesen, und ihm, ohne etwas von dem verfehlten Stelldichein zu verraten, die wunderliche Aufnahme erzählt, die ihm vor drei Jahren in demselben Laden zuteil geworden war. Nun hat ihm aber der Ratsherr folgende Geschichte erzählt:

Der Mann, dessen Bekanntschaft Sie gemacht haben, hieß Tobias Guarnerius. Kaum erwarb er mit seiner Arbeit so viel, um die alte Frau ernähren zu können, welche Sie gesehen haben: es war seine Mutter, mit welcher er seit dem Tode seiner Frau lebte.

Da er in der Stadt der einzige Instrumentenmacher war und es hier sehr viele Künstler und Dilettanten gibt, die ihm fortwährend zu tun gaben, so hätte er ein ganz gutes Leben führen können. Allein etwa zehn Jahre vor der Zeit, von welcher wir sprechen, betraf ihn ein seltsames Unglück. An einem schönen Morgen hatte sich nämlich eine Idee bei ihm festgesetzt, die er seitdem ohne Unterlaß und ohne ein Opfer zu scheuen, verfolgte.

Seine Frau, die hauptsächlich aus Kummer darüber starb, daß sie ihn den Erwerb seiner ganzen Arbeit vergeuden sah, stellte ihm vergebens seine Narrheit vor, beschwor ihn vergebens, sich und die Seinen nicht ins Unglück zu stürzen . . . er hörte nicht auf sie. Erst waren seine Ersparnisse, dann geborgtes Geld, endlich seine Möbel, seine Vorräte an Instrumenten und ein Teil seiner Kleidung in dem Abgrund verschwunden, welcher sich zu seiner Seite geöffnet hatte, ohne daß ihn so viele unnütze Versuche zu ernüchtern vermocht hätten. Selbst als er kein Geld mehr hatte und gezwungen war, seine Versuche einzustellen, hoffte er noch immer auf die Verwirklichung seines Gedankens, der ihn früher oder später zu einem hochberühmten Manne machen und für alle erduldeten Leiden entschädigen sollte.

Übrigens muß man gestehen, daß es eine herrliche Sache gewesen wäre, hätte er das ins Auge gefaßte Ziel erreicht. Er besaß nämlich eine Violine von Stradivari, für welche ihm von Liebhabern zu verschiedenen Malen hohe Preise geboten waren. Es war seine Absicht, diesem Künstler nachzuahmen. Er hatte gedacht, daß, wenn er mit mathematischer Genauigkeit die Gestalt und den Bau des Instrumentes nachahme, dabei ein ähnliches Holz verwende, genau denselben Firnis und dieselbe Farbe benutze, er eine ganz gleiche Geige hervorbringen würde.

Wie viel Sorgfalt er aber auch bei seiner Nachbildung verwandte, es zeigte sich doch stets ein leichter Unterschied zwischen der Nachahmung und dem Vorbilde; da nun aber allem Anscheine nach unendlich feine Eigentümlichkeiten die Vortrefflichkeit begründeten, welche ihn in Verzweiflung setzte, so glaubte er logisch den mindern Wert seiner Nachahmungen durch fast unmerkliche Unvollkommenheiten erklären zu können, die er an denselben entdeckte, so daß er sein Werk stets wieder von neuem beginnen mußte und sich gewissermaßen in einem unendlichen Kreise drehte. So hätte das Vermögen eines Fürsten nicht hingereicht, seine Idee zu verwirklichen.

Nach manchen Versuchen hatte er indes seinen Grundgedanken geändert. Eines Tages hatte er eine Nachahmung hervorgebracht, welche von dem Original nicht zu unterscheiden war, und dennoch stand sein Instrument dem des Stradivari im Tone so sehr nach, daß er vermutete, es müsse bei der Schöpfung dieses Meisterwerkes eine höhere Macht mitgearbeitet haben.

»Wer weiß«, sagte er ernst zu einem Physiker, welcher glaubte, daß sich das Problem durch Anwendungen einer neuen Theorie des Klanges lösen lasse, »wer weiß, ob nicht vielmehr das, was ich suchen muß, außerhalb der materiellen Welt liegt. Die Worte sind der Ausdruck der Gedanken, nicht wahr? Nun, wenn ich von der Seele meiner Violine spreche, stehe ich vielleicht an der Tür, die ich so lange gesucht habe. Was meinen Sie dazu, mein Herr?« Der Gelehrte lachte, aber der arme Tobias Guarnerius vertiefte sich immer mehr in seine Versuche.

Eines Tages hatte einer seiner Kunden, der einen Bogen zur Ausbesserung gebracht hatte, ein Buch bei ihm liegen lassen, welches er erst nach mehreren Tagen wieder abholte.

In seinen Mußestunden, welche freilich sehr selten waren, denn der arme Tobias Guarnerius arbeitete mit dem Kopfe, wenn er nicht mit den Händen arbeitete, und ruhete nie, las er in jenem Buch. Es war eins jener achtunggebietenden Denkmäler deutscher Geduld und Gelehrsamkeit, in dem der Verfasser, wie er in der Vorrede verhieß, ohne jedoch darum anmaßend sein zu wollen, *de omni re scibili* und noch von einigen andern Dingen handeln wollte.

In der Tat fand man in dem Buche erst ein Kapitel über die beste Regierungsform, dann ein Kapitel über das Reinigen alter Röcke, darauf eine Anweisung zur Anfertigung eines Zyperweins und hiernach eine Abhandlung über die Jungfräulichkeit der elftausend Jungfrauen, auf die wieder eine Rede über die Vorteile der Kahlheit folgte. Eine selbstgefällige Einfalt herrschte in dem gewaltigen Werke und verlieh ihm einen so eigentümlichen Reiz, daß selbst unser Monomane für einen halben Tag von seiner fixen Idee abgelenkt wurde.

Da fand er ein Kapitel mit der Überschrift: »Von der Transfusion der Seelen.« Als er diese Worte gelesen hatte, war es ihm, als sähe er plötzlich die Lösung des großen Geheimnisses, nach der er so lange gesucht hatte, vor sich; er sprang auf, rief seine Mutter und beauftragte sie, auf den Laden zu achten und jedem, der kommen würde, zu sagen, daß er nicht zu Hause sei. Dann schloß er sich in seiner Kammer ein, um von niemandem gestört zu werden, und begann ein Kapitel zu lesen, welches seiner Meinung nach das Wundersamste enthalten mußte, was je aus der Feder eines Philosophen hervorgegangen war.

Nicht nur in Büchern, sondern in allen Dingen des Lebens, in der Freundschaft, in den Hoffnungen, besonders in der Liebe hat man Enttäuschungen zu fürchten, die denen gleichen, die Tobias Guarnerius erwarteten.

Das Kapitel, für das er einen Augenblick zuvor ein Pfund seines eigenen Fleisches gegeben hätte, um es lesen zu können, war nur ein elendes Flickwerk, reichlich gespickt mit Zitaten aus den Kirchenvätern, aus Aristoteles, Plato und der Heiligen Schrift. Nach vielen Abschweifungen, Abstraktionen und Bemerkungen gelangte der Verfasser zu der ganz neuen Entdeckung, daß die Seele unsterblich sei. Es waren die armseligsten zwanzig Seiten des Folianten, die unter dem so vielverheißenden Titel vereinigt waren. Dennoch war die Stunde des Tobias Guarnerius gekommen. Aus den drei Worten des Titels erzwang er einen Sinn, der sich mit seinen visionären Ansichten, zu denen er in der letzten Zeit gekommen war, deckte. Er begann damit, sich die menschliche Seele als eine Substanz vorzustellen, welche kraft ihres Lebens einer Ortsveränderung fähig sei. In Deutschland ist die ganze Luft mit Philosophie erfüllt, und so konnte auch wohl ein Handwerker etwas von der Seelenwanderung gehört haben; dieses System aber, so wenig erforscht es auch war, ließ sich wohl in dem Grade erweitern, daß es den philosophischen Instrumentenmacher zu seinem Ziele gelangen ließ.

Ein dreistündiges Nachdenken, welches diesem Gegenstande gewidmet war, gab Tobias' Geist einen unerschütterlichen Glauben, und von jetzt an beschäftigte er sich nur mit dem Problem, wie er seine Entdeckung für seine Kunst verwerten könne.

Es war drei Monate später, und zwar während der Nacht, Mitternacht hatte schon längst von allen Türmen geschlagen, und die Stadt Bremen lag in tiefem Schlummer, da war die Werkstatt des Tobias Guarnerius sorgsam verschlossen, und damit niemand durch die Spalten der Fensterladen das Licht sähe, welches in der Stube hinter dem Laden brannte, hatte er die Fenstertür, welche aus jener Stube in den Laden führte, mit einem dichten Vorhange aus grünem Wollstoff verhängt. Seine Vorsicht war in der Tat nicht überflüssig, denn es war ein seltsames Werk, mit welchem sich der Instrumentenmacher befaßte.

Auf einem rotgeblümten Bette lag seine alte Mutter Brigitte Guarnerius in den letzten Zügen. Sie erlag einem Krebsleiden, das ihren Körper zerrüttet hatte. Tobias war über ihre röchelnde Brust gebeugt. Keine Träne glänzte in seinen Augen, kein Muskel seines Antlitzes zuckte oder ver-

riet das geringste Mitgefühl für die schrecklichen Schmerzen, deren Zeuge er war. Er schien in die Vorahnung des feierlichen und verhängnisvollen Augenblicks versunken, dessen Erwartung alle seine Sinne festhielt.

Ein sonderbarer Apparat, den bisher noch keine menschliche Wissenschaft erdacht oder beschrieben hatte, verband das Bett der Sterbenden mit einem Tische, auf welchem eine unvollendete Geige lag. Eine Röhre, welche aus verschiedenen Metallen gemacht zu sein schien, lag mit ihrem trichterförmigen Ende vor dem Munde der alten Frau und empfing ihre Atemzüge, die mit klagendem Geräusch in der Röhre verschwanden. Am anderen Ende war diese Röhre in einen hölzernen Steg eingefügt, wie man ihn bei allen Saiteninstrumenten findet, nur war er größer, war nicht massiv, sondern ausgehöhlt, und konnte durch eine wunderbar gearbeitete Klappe hermetisch geschlossen werden, sobald die Verbindung mit der Röhre aufgehoben wurde. Genau über der Verbindungsstelle von Holz und Metall war, um ein Entweichen zu verhindern, noch ein Kästchen aus Tannenholz angebracht. In einem der feuchten und faulen Bretter, die ekelhaft rochen und früher Teile eines viel größeren Gegenstandes gewesen waren, steckte ein verrosteter Nagel.

Um ein Uhr und zweiundfünfzig Minuten stockten die Atemzüge der Kranken; Puls und Herz hatten aufgehört zu schlagen. Da hörte man plötzlich in der Röhre, die wie von einem galvanischen Strom durchzuckt wurde, einen langen Seufzer, der das Metall durchlief und sich dem damit verbundenen Instrumente mitteilte.

Bei diesem Geräusch stürzte Tobias Guarnerius hinzu; mit wilden Blicken und keuchendem Atem riß er die verbindende Röhre hinweg und schloß mit aller Kraft die Klappe am Rande des Steges. Hierbei fühlte er, wie seinem Drucke heftig Widerstand geleistet wurde. Jetzt muß ich sagen, obwohl der Beweis für diese Ungeheuerlichkeit nie erbracht wurde, daß Tobias Guarnerius in das ausgehöhlte Holz die Seele seiner Mutter eingeschlossen hatte, weil sich ihm diese zur Verwirklichung seiner grauenvollen Idee zuerst darbot.

In dem Augenblick, als die Seele das Band zerrissen, durch welches sie mit der sterblichen Hülle verbunden war, wollte sie in die Höhe steigen, und da der Weg versperrt war, mußte sie durch die enge Röhre und kam in ihrer Not bis an deren Ende. Doch wäre sie in der kurzen Zeit entschlüpft, welche ihr Henker gebrauchte, um die Klappe zu schließen; aber auch für diesen Fall hatte er alles vorgesehen. Die Bretter, die die Stelle umgaben, an der das Schreckliche vor sich ging, waren Bretter des Sarges, den er vorher auf einem Kirchhofe ausgegraben hatte. Die Seele, die herausdrängte, fühlte ein Grausen vor der Atmosphäre des Todes, durch welche sie mußte, und zuckte zurück. Da hatte Tobias sie in ihr Gefängnis eingeschlossen, um sich ihrer nach seinem Willen zu bedienen.

Doch darf man nicht glauben, daß eine so schreckliche Vermessenheit ohne Folgen für den Urheber blieb. Denn als alles vollbracht war, stürzte Tobias wie von einem elektrischen Schlage getroffen nieder und lag noch mehrere Stunden nach Sonnenaufgang am Boden.

Als er aus dieser langen Ohnmacht erwachte, fühlte er eine starke Ermattung in allen Gliedern, als hätte er eine lange Reise gemacht; dann aber sammelte er seine Gedanken, um sich über das Rechenschaft zu geben, was sich ereignet hatte. Endlich erinnerte er sich deutlich an alles. Mit einem Zittern der Hände, welches ihn seitdem nicht wieder verließ, näherte er sich dem Bette, auf welchem der Körper seiner Mutter bereits kalt und starr lag. Er drückte ihr die Augen zu, damit er ihren starren Blick nicht sähe, bedeckte dann ihr Antlitz mit einem Tuche; tiefe Angst befiel ihn, denn es schien, als ob ihre erstarrten Züge, die sich unter dem Tuche abzeichneten, ihn drohend und vorwurfsvoll ansähen.

Seit zwei Wochen lagen die irdischen Reste Brigittens im Grabe; bei ihrer Beerdigung hatten sich wunderliche Dinge ereignet; denn so oft der Geistliche in seinem Gebete der Seele der Verstorbenen gedachte, erloschen von selbst die Lichter, welche um den Sarg gestellt waren. Tobias hatte dieses Phänomen wohl bemerkt und wurde von Gewissensbissen geplagt, doch freute er sich, erreicht zu haben, was er gewollt hatte. Nicht aber wagte er die Geige zu versuchen, die eine wundersame Harmonie in sich zu bergen schien, denn so oft nur die Luft über sie hinwegging, hauchte sie Seufzer von unglaublicher Sanftheit.

Inzwischen verbreitete sich das Gerücht, Tobias habe erreicht, was er erstrebt. Täglich fanden sich Künstler aus der Stadt bei ihm ein, teils um über den Narren zu spotten, teils auch, um eine ernstliche Neugierde zu befriedigen. Tobias aber weigerte sich stets, seine Wundergeige hören zu lassen und gab vor, sein Werk sei noch nicht vollendet.

Da ereignete es sich, daß der spätere Erbe eines kleinen deutschen Fürstentums durch die Stadt kam. Die Vorsehung, welche ihn bestimmt hatte, dereinst zu herrschen, hatte jedenfalls ihre besonderen Absichten, wenn sie ihm zu gleicher Zeit das Talent zum ausgezeichneten Geigenspieler verlieh. Sein Künstlerruhm hatte sich, wie der Kriegsruhm des großen Friedrich, durch ganz Europa verbreitet, und so oft er sich in einer Stadt sehen ließ, wurde ein Konzert für ihn veranstaltet, wobei er sich auch meist selbst hören ließ. Der Bürgermeister von Bremen, welcher allen Grund hatte, sich dem berühmten Künstler angenehm zu machen, beeilte sich, eine musikalische Soiree zu veranstalten, und ließ auch Tobias Guarnerius wissen, daß es ihm sehr angenehm sein würde, wenn er bei dieser Gelegenheit seine neue Geige hören lassen wollte.

Als Tobias diesen Wunsch erfuhr, schloß er eben mit seinem Gewissen Waffenstillstand. Das Entsetzen, das ihn seit seiner Tat verfolgte, verschwand allmählich.

Sonderbare Vernunftgründe waren ihm überdies zu Hilfe gekommen. Er dachte:

»Man weiß ja nie, wer uns nach den himmlischen Gesetzen um eines guten Gefühls willen *in extremis* begnadigt, oder um eines bösen Gedankens willen für alle Zeiten straft, wer verdammt oder erlöst wird. Meine Mutter Brigitte führte in unsern Augen ein rechtschaffenes Leben; wird aber der höchste Richter derselben Meinung sein? Ist es nicht möglich, daß ich sie für einige Zeit von den Qualen der Hölle befreie,wenn ich sie hienieden zurückhalte? Folglich bin ich ein guter Sohn«, schloß er mit einer Sophistik, welche eines Advokaten unserer Tage würdig gewesen wäre. »Wenn andere die Gebeine ihrer Eltern aufbewahren, so bewahre ich die Seele meiner Mutter auf und will mich nicht von ihr trennen. Diese beiden Arten kindlicher Pietät sind in ihrer Größe ebenso verschieden wie Geist und Materie.«

Mit diesen Gedanken, welche er in die schönsten Worte kleidete, beschwichtigte er seine Gewissensbisse.

Als der Abend gekommen war, an welchem die große Probe stattfinden sollte, wurde Tobias von neuer Unruhe ergriffen. Bisher hatte ihn nur der Ehrgeiz des Künstlers beschäftigt; jetzt zweifelte er, ob sein Versuch auch gelungen war. Konnte die Seele nicht nach dem ewigen Gesetze, durch das sie zurückgerufen wurde, doch entschwebt sein? In welcher Verlegenheit würde er dastehen müssen, wenn sich in Gegenwart der ganzen versammelten Stadt seine übermenschliche Schöpfung als ein gewöhnliches Instrument erwies mit kreischenden Tönen, wie alle die, welche er bisher angefertigt hatte.

Diese Befürchtungen waren wohl begründet, und um sich nicht dem allgemeinen Spotte auszusetzen, hätte er jetzt seine religiösen Bedenken überwunden, die ihn bisher daran gehindert hatten, sein Werk zu prüfen, hätte es selbst gern versucht; aber leider hatte er bereits im Laufe des Tages die Geige in einem kostbaren Kasten, zu welchem er den Schlüssel behalten hatte, ins Rathaus geschickt.

Der Würfel war gefallen, und er konnte nichts mehr ändern: in weniger als einer Viertelstunde mußte er entweder höher stehen als Stradivarius und alle andern Meister seiner Kunst, oder der Gegenstand unerbittlichen Spottes sein. Das ist übrigens das Los eines jeden, der in dieser Welt etwas Neues zu denken oder zu vollbringen versucht.

Als alle Gäste der großen musikalischen Soiree versammelt waren, wurde Tobias in das Prachtzimmer des Bürgermeisters geführt, in welches er diesmal Eintritt hatte. Seine fast antediluvianische Kleidung, der man den langen Gebrauch ansah, obgleich er sich ungemeine Mühe gegeben hatte, sie aufzufrischen, sowie sein linkisches Benehmen machten ihn zu einer komischen Erscheinung. Als man ihn in einer Ecke sitzen sah, die Totenblässe seines Antlitzes bemerkte und sein starres Auge erblickte, welches mit unsäglicher Angst auf den Virtuosen gerichtet war, der zum ersten Male seiner Schöpfung einen Ton entlocken sollte, da erschien er niemandem mehr grotesk, sondern ein jeder fühlte mit ihm seine Angst.

Man müßte neue Worte erfinden, um die Ergriffenheit

der Anwesenden wiederzugeben, als der Bogen über die Saiten strich und die gefangene Seele ihr furchtbares Leid klagte. Viele haben versichert, daß es ihnen bei den ersten Tönen schien, als würden sie der Erde enthoben und schwebten, von einer unsäglichen Angst ergriffen, in dem endlosen Raume. Für andere war der Ton so schrill, daß sie glaubten, er berühre unmittelbar ihre Nerven und löse das Fleisch von ihnen. Was aber kein menschlicher Ausdruck zu schildern vermöchte, das war das unaussprechliche Mitgefühl aller Anwesenden, welche, ohne sich Rechenschaft von dem hier wirkenden Zauber geben zu können, glaubten, daß hier eine andere Seele zu ihnen sprach. Alle waren zu Tränen gerührt und in tiefe Wehmut versenkt.

Weder der Schmerz der Mutter, die an des Erstgebornen Grabe weint, noch der eines liebenden Mädchens, das sich betrogen und verlassen sieht, noch die Klage des Künstlers, wenn er sein Leben erlöschen fühlt, bevor sein Werk vollendet ist, vermag einen Begriff von der bittern Klage dieser Tochter des Himmels zu geben, welche über ihre Zeit hinaus zurückgehalten wurde und nach der Ruhe der Ewigkeit verlangte. Niemand, nicht einmal der, welcher den Bogen über die Saiten führte, vermochte sich auch nur an einen Ton zu erinnern, welchen die Violine des Tobias Guarnerius gespielt hatte. Niemand hätte sagen können, ob er einen melodischen Gesang gehört habe oder die wundersame Geschichte eines göttlichen Dichters, in der mit bewunderungswürdiger Kunst ein Bild jeglicher Schmerzen, jeglicher Qualen, jeglicher Trauer des Lebens zusammengefaßt war, von der unbestimmten Schwermut an, welche sich sehnt und wünscht, ohne sich ihrer selbst bewußt zu sein, bis zu der bestimmtesten und grausamsten Täuschung; nur so viel gab jeder zu, daß er nie und nirgends eine so ergreifende Harmonie gehört habe.

Als das Spiel beendet und jeder Zuhörer aus dem Entzükken zur Wirklichkeit zurückgekehrt war, wandten sich die Blicke aller auf Tobias Guarnerius.

In diesem Augenblick erhob sich der Künstler in ihm so sehr über den Menschen, daß er nichts von dem Schmerzensschrei gehört hatte, welcher noch in den Herzen aller nachhallte, und der ihn um so mehr hätte ergreifen müssen, da er für ihn keine einfache Klage war, sondern ein bitterer Vorwurf; er hatte nur Töne von wundersamer Harmonie gehört, herrlicher, als sie je ein Meister seiner Kunst erzielt hatte; er sah endlich die Aufgabe seines Lebens gelöst, sank auf die Knie, streckte die Hände gen Himmel, und Tränen liefen über sein Antlitz, das in unsäglicher Freude strahlte. Erst nach einigen Minuten gewahrte er, daß der Prinz neben ihm stand, ihn am Arme schüttelte, um ihn aus seiner Versunkenheit zu wecken und zu fragen, ob er seine Violine für tausend Taler verkaufen wolle.

»Meine Violine für tausend Taler!« antwortete er und sah den Prinzen mit geistesabwesendem Lächeln an. »Sie bieten einen Preis für das, was nicht war und nun ist? Sie wollen die Schöpfung kaufen, mein Herr, wie ich sehe. Wie viel würden Sie für die Sonne zahlen, falls Ihnen diese eines Tages zum Kauf angeboten würde?«

Was bedeuteten diese stolzen Worte des armen Instrumentenmachers? War seine kindliche Liebe unwillig über den Handel, den man ihm vorschlug, oder empörte sich sein Künstlerstolz über die geringe Einschätzung seines Werkes?

Der Prinz deutete die Worte in diesem Sinne und verdoppelte sogleich die Summe; aber Tobias antwortete wieder, daß seine Violine nicht zu verkaufen, daß sein Ruhm nun unsterblich sei, und daß ihm das genüge.

Unglücklicherweise hatte er mit einem Prinzen zu tun, dessen Wille nicht leicht vor Hindernissen zurückschreckte. Dieser zog seine Brieftasche hervor, die 12000 Livres in Noten enthalten mochte, dazu noch eine Börse, die mindestens so voller Geldstücke war wie die des Verführers im Lustspiel, und sagte:

»Nehmt das für Eure Violine.«

Der arme Tobias, welcher nie in seinem Leben die Summe von tausend Livres besessen hatte, vergaß jetzt seinen Künstlerstolz, seine kindliche Liebe, vergaß alles und zählte mit den Augen nur die Noten, welche auf dem Tische lagen, betrachtete die gefüllte Börse und sagte dann mit der Miene eines Mannes, welcher den Glauben erwecken will, als würde er zu einer Handlung gezwungen:

»Da Sie es durchaus wollen, nehme ich den Kauf an und gebe Ihnen sogar den Kasten und den Schlüssel dazu. Sehen

Sie sich aber wohl vor, denn ich stehe nicht für mein Werk ein; wenn Sie dasselbe nicht aufmerksam bewahren, und irgendetwas daran entzwei geht, ich nehme die Ausbesserung nicht auf mich.«

Der Prinz hatte indes ein solches Verlangen nach dem Meisterwerke, daß er gar nicht an die Möglichkeit eines Schadens dachte. Er ließ seine Erwerbung in den Kasten legen und befahl seinem Kammerdiener, die Violine in seine Wohnung zu tragen. Zu gleicher Zeit verließ er die Gesellschaft des Bürgermeisters, um für sich allein die Meistergeige zu genießen. Dieses tat er in so vollkommenem Maße, daß keiner der Nachbarn während der Nacht ein Auge schließen konnte. Was Tobias betraf, so wiederholte er sich während eines Teiles der Nacht fortwährend, was er schon in dem Saale des Bürgermeisters gesagt hatte, daß nämlich sein Ruhm nun unsterblich sei. Dann erfreute er sich an dem Gedanken, daß er ein reicher Mann sei. Sein Vermögen bestand aus 15 000 Livres und einigen hundert Talern, und das war nach seinen Begriffen sehr viel.

Um sich noch besser seines Geldes zu vergewissern, ging er im Geiste alle Brüche durch, in die diese Summe sich teilen ließ, zählte die Goldstücke, tat sie dann in die Börse, um sie in der Hand zu wiegen, und als er seine Lampe ausgelöscht hatte, ließ er sie an seinen Ohren klingen. So trieb er es bis drei Uhr morgens und schlief dann ein.

Am andern Tag erwachte er sehr zeitig; aber er hatte ein Gefühl, als hätte er am Abend vorher viel getrunken. Der Kopf war ihm schwer, sein Geist war träge, er war sehr unzufrieden mit sich. Ein Gedanke quälte ihn: er hatte die Seele seiner Mutter nicht gestohlen und gefangen, er hatte sie auch noch verkauft. Jederzeit konnte der, welcher sein Geld dafür bezahlt hatte, diese Seele erwecken und zum Singen und Weinen zwingen; er konnte sie an einen andern verkaufen, er konnte sie auf seinen Reisen mit sich führen und sie zum »Schemel seiner Füße« machen, wie es im Psalm 110 heißt. Während diese schrecklichen Gedanken ihn quälten, trat jemand in seinen Laden; es war einer von den Bedienten des Bürgermeisters, den er recht gut kannte, denn in seiner Jugend war dieser Mann der Verlobte der alten Brigitte gewesen, und hätte dieselbe auch geheiratet, hätte er nicht in den

Krieg ziehen müssen. Als er nach vielen Jahren zurückkehrte, fand er sie verheiratet, blieb ihr aber dennoch in Freundschaft zugetan und wurde selbst von Brigittens Mann, welcher das größte Vertrauen zu seiner Frau hatte, zu häufigen Besuchen eingeladen. Mehr als einmal hatte er den kleinen Tobias zu dessen Begeisterung auf seinen Knien reiten lassen.

Am vergangenen Abend hatte er in dem Vorzimmer die Violine gehört, in welcher Brigittens Seele seufzte und sogleich ihre Stimme erkannt; denn die Erinnerungen der Liebe verlieren sich nie wieder aus dem Gedächtnis; ebenso hatte Brigitte an einem Tage geklagt, den er nie vergessen hatte, an dem Tage, als er Abschied von ihr nahm. Die ganze Nacht hatte er in unglaublicher Angst zugebracht, weil er geglaubt hatte, die Seele seiner Geliebten klagen zu hören, und am frühen Morgen kam er daher zu Tobias Guarnerius, ihn zu fragen, wie das hätte geschehen können.

Bei den ersten Worten des Greises wurde Tobias verlegen und stotterte einige zusammenhanglose Worte; endlich aber erholte er sich und versuchte, der Sache eine scherzhafte Wendung zu geben; Brigittens Liebhaber ließ sich aber dadurch nicht beruhigen, entfernte sich kopfschüttelnd und murmelte zwischen den Zähnen, daß hier irgendein schändliches Geheimnis im Spiele sei. Wenn Tobias schon grausam unter seinem Vergehen litt, als er glaubte, daß nur ihm und dem Himmel das Geheimnis bekannt sei, so wurden seine Leiden jetzt weit größer, als er dachte, daß man seinem Verbrechen auf die Spur kommen und das Gericht seinen Diebstahl untersuchen könnte. Stundenlang rang er mit seiner Angst und Gewissensqual; er unterlag, nahm das Geld, welches er abends zuvor erhalten hatte, und eilte zu dem Käufer, damit dieser die Violine zurückgäbe. Hatte er sie wieder in seinen Händen, so wollte er sie zerbrechen und der Seele ihre Freiheit wiedergeben.

Aber Menschen, die sich leicht auf die Bahn des Bösen begeben, finden nicht ebenso leicht den Pfad, der sie zurückführt. Der Prinz war vor Tagesanbruch abgereist und schon sehr fern, als Tobias an dessen Tür pochte. Entschlossen, nicht länger die Last seiner Sünde zu tragen, lief Tobias zurück, schloß seinen Laden, eilte vor die Stadt, die Post zu erwarten, und bestieg diese dann, um sich in die Residenz des Prinzen zu begeben.

Als er angekommen war, vergingen zwei Tage, bevor er sich Seiner Hoheit nähern konnte. Als ihm dieses endlich gelungen war, erfuhr er, daß die Geige bereits in anderen Händen sei. Das Nervensystem des Prinzen war durch dieselbe derartig zerrüttet, daß er nicht länger als acht Tage auf ihr hatte spielen können.

Der Arzt hatte erklärt, daß der durchdringende Ton des neuen Instrumentes die Ursache einer Nervenlähmung beim Prinzen werden würde, und dieser hatte daher seine Violine an einen italienischen Künstler verkauft, der eine Reise durch Europa machen und zunächst Konzerte in Paris geben wollte.

Tobias machte sich sogleich auf die Reise. Er kam in Frankreichs Hauptstadt an, kümmerte sich aber nicht um die Wunder, welche dieselbe enthält, und die ihn zu jeder andern Zeit sehr gefesselt haben würden, sondern fragte nur nach der Wohnung des Signor Ballondini. Diese erfuhr er bald, denn Signor Ballondini hatte sich schon durch sein erstes Konzert den Ruf eines großen Künstlers erworben, und alle Blätter sprachen von seinem Talent und von den wundersamen Tönen, die er seinem Instrumente entlockte.

Tobias wollte anfangs auf den italienischen Virtuosen wütend werden, der den ganzen Ruhm für sich nahm, während doch ein guter Teil desselben dem Instrumentenmacher zukam; allein er gedachte, daß seine Eigenliebe diesen Kelch zur Sühne seiner Schuld leeren müsse, und nahm sich vor, nie über das zu klagen, was man ihm entzog, sondern sich glücklich zu schätzen, wenn es ihm gelänge, wieder in den Besitz der verhängnisvollen Schöpfung zu kommen.

Sobald er die Wohnung des Signor Ballondini erfahren hatte, bestieg er einen Fiaker, kam aber wieder zu spät; seit einer Viertelstunde war Signor Ballondini nach Italien abgereist, um dort Konzerte zu geben. Tobias Guarnerius folgte ihm.

Es würde endlos sein, wollten wir erzählen, welche Reisen die verhängnisvolle Violine machte und wie oft sie den Besitzer wechselte. Die kräftigsten Nerven vermochten sie nie länger als vierzehn Tage zu ertragen; und doch, so oft ein

Besitzer das Instrument zu verkaufen wünschte, fand sich ein Käufer. Zwei Jahre lang folgte der unglückliche Tobias seiner Geige durch Italien, England, Ostindien, Spanien und dann abermals durch Frankreich und Deutschland.

Nach unerhörten Strapazen kam Tobias Guarnerius in Leipzig an, wo ein reicher Buchhändler in den Besitz der Geige gekommen war. Dieses Mal kam er nicht zu spät, und das Instrument war noch in den Händen des Mannes, welchen man ihm bezeichnet hatte. Allein auf den langen Reisen hatte sich trotz der größten Sparsamkeit seine Börse erschöpft, und während er nun um einen Gegenstand unterhandeln wollte, dessen Preis sich stets zwischen zwölf- und fünfzehntausend Livres gehalten hatte, hatte er kaum noch einige Louis in Händen. Nun hielt er mit sich selbst Rat und kam zu dem Schluß, daß von allen Diebstählen, die ein Mensch begehen konnte, der einer Seele der gemeinste sei, und daß er nicht anders sein Verbrechen sühnen könne, als wenn er ein zweites Verbrechen von geringerem Belange begehe. So beschloß er, mit dem Gelde, welches ihm übrig geblieben war, einen Bedienten zu bestechen, der ihn bei Nacht in die Wohnung des Buchhändlers führen sollte, damit er diesem die Violine stehlen könnte.

Allein der Fluch des Schicksals lastete so sehr auf dem Verbrecher, daß ihm selbst dieses Vorhaben nicht mehr gelingen sollte. Der Bediente war ein ehrlicher Spitzbube, der wohl den Lohn für die schlechte Tat nehmen, diese selbst aber nicht begehen wollte. Er verriet seinem Herrn den beabsichtigten Diebstahl.

Tobias wurde auf frischer Tat ertappt und ins Gefängnis geworfen; er sah ein ehrloses Ende vor sich. Die Angst vor einem solchen Ausgange brachte bei ihm das Übel zum Ausbruch, welches durch seine lange getäuschten Wünsche und durch die Aufregungen der letzten Jahre vorbereitet war. Er hatte Herzerweiterung und mußte in das Hospital gebracht werden.

Er fühlte, wie der Tod mit raschen Schritten herannahte, und er wußte wohl, daß nichts für seine Heilung geschehen könne. Durch seinen Tod erlangte er allerdings die Aussicht, der menschlichen Gerechtigkeit zu entgehen; dagegen führte ihn derselbe in die Hände des göttlichen Richters, mit welchem er eine lange Rechnung ins reine zu bringen hatte; und dennoch wagte er nicht, von einem Priester Trost und Hoffnung zu verlangen, weil er glaubte, daß das Grausige seines Bekenntnisses von keinem Menschen angehört werden könnte.

Eines Tags, es war an einem schönen Herbstmorgen, fiel ein Sonnenstrahl auf sein Bett, welches er nicht mehr verließ, und verlieh seiner ganzen Umgebung ein festliches Aussehen; ein frischer Wind bewegte die grünen Bäume vor seinen Fenstern, und die Vögel sangen heiter in den Zweigen; es lag so viel Frieden und Glück in der Luft, daß man hätte schwören mögen, an einem so schönen Tage könne niemand sterben. Der Anblick dieser heitern Natur erhob sein Herz zu Gott, und seine Seele füllte sich mit Hoffnung auf dessen grenzenlose Güte. Jetzt fühlte er den Mut, einem Priester sein Geheimnis anzuvertrauen; auf seine Bitte erschien der Beichtvater des Hospitals, um mit ihm zu beten. Seine Beichte war eine lange, denn er glaubte, daß ihm sein Geständnis leichter würde, wenn er es recht ausführlich erzählte.

Als er endlich fertig war, fühlte er sich durch die Anstrengung sehr geschwächt, und der Geistliche, welcher ihn angehört hatte, hätte wohl getan, ihm schleunigst das Abendmahl zu reichen; als Verkünder des Wortes Gottes pflegte er jedoch nie das Mahl des Herrn zu reichen, ohne vorher eine von den sieben Predigten gehalten zu haben, die er über die sieben Hauptsünden hatte drucken lassen. Da nun in dem gegenwärtigen Falle keine von seinen sieben Reden auf den Sterbenden paßte, mußte er mehrere Stellen aus den verschiedenen Predigten entlehnen und zusammenfügen, wodurch seine Rede über das Maß verwickelt und verlängert wurde. Der Kranke aber, den seine Kräfte verließen, rang mit dem Tode. Seit einigen Minuten schien er bereits das Gefühl für alles, das ihn umgab, verloren zu haben, und der gute Pfarrer hatte seine Predigt fast vollendet, als der schreiende und ferne Ton der Geige, auf welcher eine Tirolienne gespielt wurde, an sein Ohr schlug. Diese Töne störten den Geistlichen nicht im mindesten, dem Kranken aber drangen sie durch Mark und Bein. Er sprang vom Lager auf; seine Haare sträubten sich, alle Muskeln seines Antlitzes verzogen sich, er lauschte in grausiger Angst, ergriff den Arm seines Beichtvaters, drückte ihn heftig und schrie mit klagender Stimme: »Hören Sie! Hören Sie die Seele meiner Mutter, die weint?«

Dann wurde er von Krämpfen befallen, welche mehrere Minuten dauerten; er starb, ohne das Abendmahl empfangen zu haben. Der arme Tobias hatte sich ganz grundlos aufgeregt; denn was er gehört hatte, war die Violine eines Krankenwärters, der die schönen Künste ausübte, wenn er seine Kranken verbunden und seine Toten begraben hatte.

In dem Augenblicke, als Tobias Guarnerius starb, hörte der Buchhändler, welcher jetzt die Violine besaß, in dem Kasten derselben einen starken Klang, als ob man stark über eine Saite striche; als er öffnete, um nachzusehen, was das gewesen sei, fühlte er, wie ihm ein leichter Wind entgegenwehte; alle Saiten aber waren gerissen; der Steg und der Teil, welchen die Instrumentenmacher die Seele nennen, war umgefallen, und man hörte es im Innern des Instrumentes, welches übrigens weiter keinen Schaden gelitten zu haben schien, rollen.

Ein Instrumentemacher wurde beauftragt, den Schaden zu reparieren. Als dieser die Geige wieder ablieferte, hatte sie den eigentümlichen Ton verloren. Nie wieder vermochte sie in dem Grade die Nerven zu erschüttern, wie ehedem. Dennoch blieb sie eine der bemerkenswertesten von den vielen berühmten europäischen Geigen.

Als sich einige Monate später das Gerücht von dem Tode des Meister Guarnerius in Bremen verbreitete, sprach auch der alte Bediente des Bürgermeisters, welcher bisher geschwiegen hatte, von seinem Verdacht, und da das plötzliche Verschwinden des Instrumentenmachers seinerzeit die allgemeine Aufmerksamkeit erregt hatte, glaubte man ihm gern.

Das Volk rottete sich vor dem Laden zusammen, welcher seit drei Jahren geschlossen gewesen war, erbrach die Tür und drang in das Innere. Da fand man denn verschiedene verdächtige Gegenstände; unter andern den Apparat, welchen ich schon erwähnt habe, und einige Bücher, die in unbekannten Zeichen geschrieben waren.

Der Instrumentenmacher wurde noch nach seinem Tode

verwünscht, und es war ein Glück, daß er keine Nachkommen hinterließ. Am Tage nach dem Sturm auf den Laden fand man die roten Kreuze an der Türe und an den Fensterladen, ohne daß man zu erfahren vermocht hätte, wer sie hingemalt hatte.

Der Eigentümer des Ladens, welcher schon vor Tobias' Tode vergebens versucht hatte, denselben zu einem geringen Preise wieder zu vermieten, fand nun erst recht keinen Mieter. Wie man versichert, beabsichtigt er jetzt einen Neubau des Hauses und alle Bewohner des Viertels freuen sich darüber, denn es wird erzählt, daß man oft während der Nacht ein unheimliches Gepolter in den öden Räumen höre. Ich meine indes, daß dieses nur ein Wahn alter Weiber ist, welchem gebildete Leute keinen Glauben beimessen; denn man kann nicht genug dem albernen Aberglauben mißtrauen, dem sich das Volk so willig überläßt.

Lebe wohl

»He, Deputierter des Zentrums, vorwärts! Wir dürfen keine Zeit verlieren, wenn wir uns noch mit den andern zu Tische setzen wollen. . . . Auf die Beine! . . . Spring, Marquis! . . . so . . . schön . . . Sie springen über die Furchen, wie ein echter Hirsch.«

Diese Worte sagte ein Jäger, welcher friedlich am Saume des Waldes von l'Isle-Adam saß. Er rauchte eine Havanna-Zigarre, und man sah ihm an, daß er schon lange auf seinen Gefährten wartete, welcher sich ohne Zweifel schon vor längerer Zeit in dem Dickicht des Waldes verirrt hatte. Neben ihm saßen vier keuchende Hunde, welche gleich ihm den Mann anblickten, an den er sich jetzt wandte. Um zu verstehen, wie spöttisch diese Zurufe, die er von Zeit zu Zeit wiederholte, gemeint waren, muß der Leser den verspäteten Jäger kennen lernen.

Dieser war ein kurzer und dicker Mann, dessen vorragender Bauch auf eine wahrhaft ministerielle Körperfülle deutete. Er arbeitete sich mühsam über die Furchen eines großen, erst kürzlich abgeernteten Feldes, dessen Stoppeln seinen Marsch sehr erschwerten. Dazu schien ihm die Sonne gerade ins Gesicht; der Dicke schwitzte vor Anstrengung. Da er stets bemüht sein mußte, sein Gleichgewicht zu erhalten, so neigte er sich bald vorwärts, bald rückwärts, und ahmte auf solche Weise die Schwankungen einer Kutsche nach, welche über einen holprigen Weg fährt.

Der Tag war heiß gewesen. Es war einer von jenen Septembertagen, deren Schwüle die Reife der Trauben vollendet. Man durfte ein Gewitter befürchten. Die großen schwarzen Wolken am Horizont wurden noch durch einzelne blaue Fädchen getrennt, graue Wölkchen verbreiteten sich aber mit unglaublicher Schnelligkeit über den Himmel und spannten von Westen nach Osten einen leichten Schleier. Der Wind herrschte nur in den höchsten Regionen und drückte die schwülen Ausdünstungen des Bodens tiefer herab. Überdies war das Tal, durch welches der Jäger schritt, von hohen Hügeln umgeben, die ebenfalls den Luftzug hemmten und das ihrige dazu beitrugen, der Niederung die Glut eines Backofens zu verleihen. Selbst der stille Wald schien zu dürsten. Die Vögel und die Grillen waren verstummt, und kaum bewegten sich die Gipfel der Bäume.

Diejenigen, welche sich noch an den Sommer des Jahres 1819 erinnern, werden Mitleid mit dem armen Beamten fühlen: er schwitzte Blut und Wasser, um wieder zu seinem spöttischen Gefährten zu kommen. Dieser rauchte seine Zigarre und hatte an der Stellung der Sonne berechnet, daß es mindestens fünf Uhr nachmittags sein müsse.

»Wo zum Teufel sind wir?« fragte der dicke Jäger und trocknete sich den Schweiß von der Stirn, während er seinem Gefährten gegenüber an einen Baum auf dem Felde gelehnt stehen blieb; denn er fühlte nicht mehr die Kraft, den breiten Graben zu überspringen, der ihn von dem andern trennte.

»Und das wollen Sie von mir wissen?« antwortete lachend der Jäger, welcher in dem hohen, gelben Grase der Böschung lag.

Dann warf er den Rest seiner Zigarre in den Graben und sagte:

»Ich schwöre hiermit beim heiligen Hubertus, daß man mich nie wieder verleiten soll, mich in unbekannte Gegenden mit einem Beamten zu wagen, und wäre er auch, wie Sie lieber d'Albon, mein alter Schulkamerad!«

»Aber, Philipp, verstehen Sie denn kein Französisch mehr? Sie haben ohne Zweifel Ihren ganzen Geist in Rußland gelassen ...«, erwiderte der kurze dicke Mann, indem er einen schmerzlich-komischen Blick nach einem Wegweiser warf, der sich etwa hundert Schritte von ihnen entfernt befand.

»Ach so!« rief Philipp aus, ergriff seine Flinte, erhob sich und eilte schnell nach dem Wegweiser.

»Hierher, d'Albon! Hierher, links!« rief er seinem Gefährten zu und zeigte auf einen gepflasterten Weg.

»Weg von Baillet nach l'Isle-Adam«, fuhr er dann fort. »Also müssen wir in dieser Richtung den Weg nach Cassan finden; denn er zweigt sich von dem Wege nach l'Isle-Adam ab.«

»Ganz recht, Herr Oberst«, sagte d'Albon und setzte die Mütze wieder auf, mit welcher er sich Luft zugefächelt hatte.

»Also vorwärts; ehrenwerter Herr Rat«, antwortete der Oberst Philipp. Dann pfiff er den Hunden, welche ihm bereits besser zu gehorchen schienen, als dem Beamten, dem sie gehörten.

»Wissen Sie auch, Herr Marquis«, fuhr der spöttische Offizier fort, »daß wir noch mehr als zwei französische Meilen zurückzulegen haben? Das Dorf, welches wir da unten sehen, muß Baillet sein ...«

»Großer Gott!« stöhnte der Marquis d'Albon. »Gehen Sie nach Cassan, wenn es Ihnen Vergnügen macht, aber gehen Sie allein. Ich will lieber trotz des drohenden Gewitters hier auf das Pferd warten, welches Sie mir aus dem Schlosse schicken werden. Sie haben sich über mich lustig gemacht, Sucy. Wir wollten in aller Gemütlichkeit ein bißchen jagen, aber in der Nähe von Cassan bleiben und das Gebiet durchstreifen, welches ich kenne ... Anstatt uns zu vergnügen, haben Sie mich nun seit vier Uhr morgens wie einen Windhund umhergehetzt, obschon ich weiter nichts gefrühstückt hatte, als zwei Tassen Milch ... Ha! Wenn Sie einmal einen Prozeß bei Hofe haben, sollen Sie ihn verlieren!«

Als der entmutigte Jäger solches gesagt hatte, setzte er sich auf einen der Grenzsteine am Fuße des Wegweisers, legte die Flinte und die leere Jagdtasche ab und stieß einen langen Seufzer aus.

»Frankreich! ... Das sind deine Deputierten! ...« versetzte lachend der Oberst von Sucy. »Ach! mein armer d'Albon, wären Sie, wie ich, sechs Jahre lang an den äußersten Grenzen Sibiriens gewesen!« Er erhob seine Augen gen Himmel, als wären seine Leiden ein Geheimnis zwischen ihm und Gott. Dann fuhr er fort: »Wohlan, kommen Sie; wenn Sie hier sitzen bleiben, sind Sie verloren.«

»Was wollen Sie, Philipp? Ein alter Beamter ist an das Sitzenbleiben gewöhnt. Auf Ehre, ich bin furchtbar ermattet. Wenn ich wenigstens einen Hasen geschossen hätte.«

Die beiden Jäger stellten einen seltenen Gegensatz dar. Der Beamte war zweiundvierzig Jahr alt, schien aber kaum dreißigjährig zu sein, während der Kriegsmann dreißigjährig war, aber vierzig Jahre alt zu sein schien. Beide waren mit der roten Rosette geschmückt, an welcher man die Offiziere der Ehrenlegion erkennt. Einige Haarsträhnen, welche eine Mischung von Weiß und Schwarz zeigten, wie die Flügel einer Elster, fielen unter der Kappe des Obersten hervor, während die Schläfen des Beamten von blonden Locken geschmückt waren. Der eine war von hohem Wuchse, hager und nervig, während die Runzeln seines bleichen Antlitzes schreckliche Leidenschaften oder grausige Leiden verrieten; das Antlitz des andern strahlte von Gesundheit und lächelte ewig, gleich dem eines Gewürzkrämers. Beide waren von der Sonne stark gebräunt, und ihre langen Gamaschen von gelbem Leder zeigten die Spuren all der Gräben und Moräste, die sie durchquert hatten.

»Auf!« rief von Sucy, »vorwärts! ... Nur noch eine Stunde, und wir sind in Cassan und sitzen vor einer guten Mahlzeit.«

»Sie müssen nie geliebt haben«, antwortete der Rat mit kläglicher Miene, »denn Sie sind so unerbittlich, wie der Artikel 304 des Strafgesetzbuches.«

Philipp von Sucy fuhr zusammen; seine breite Stirn runzelte sich, und sein Antlitz wurde so finster, wie der Himmel in diesem Augenblick war. Eine Erinnerung von schrecklicher Bitterkeit verzog alle seine Züge, und wenn er nicht weinte, so kam das nur daher, weil er einer von jenen starken Männern war, welche ihre Schmerzen in das Innerste ihres Herzens zurückzudrängen wissen und sich schämen, dieselben zu entschleiern. Keine menschliche Sprache kann die Tiefe solcher Schmerzen wiedergeben, kein Herz sie begreifen.

Herr d' Albon war eine von jenen zartfühlenden Seelen, welche die Schmerzen erraten und lebhaft mitfühlen, wenn sie dieselben ganz unabsichtlich durch irgendeine Ungeschicklichkeit hervorgerufen haben. Er achtete das Schweigen seines Freundes, erhob sich, vergaß seine Ermüdung und folgte ihm schweigend, während es ihm selbst leid tat, eine Wunde berührt zu haben, die wahrscheinlich noch nicht vernarbt war.

»Mein Freund«, sagte Philipp zu ihm, indem er ihm die Hand drückte und durch einen wehmütigen Blick für seine stumme Reue dankte, »ich werde dir gelegentlich einmal mein Leben erzählen . . . Heute . . . würde es mir nicht möglich sein.«

Schweigend gingen sie weiter; als aber der Schmerz des Obersten sich gelegt zu haben schien, spürte der Rat auch wieder seine Ermüdung; mit dem Instinkte eines ermatteten Menschen durchsuchte er nun nach allen Seiten den Wald, befragte die Zweige der Bäume und prüfte die Wege, indem er hoffte, irgendwo ein gastliches Plätzchen zu finden.

Als sie an einen Kreuzweg kamen, glaubte er einen leichten Rauch zu bemerken, der sich zwischen den Bäumen erhob. Er blieb stehen, blickte aufmerksam nach der Gegend, wo sich der Rauch zeigte, und erkannte mitten im Dickicht die grünen und düsteren Gipfel einiger Fichten. »Ein Haus! Ein Haus!« rief er mit der Freude aus, mit der Matrosen »Land!« rufen. Dann eilte er schnell durch ein ziemlich dichtes Gebüsch. Der Oberst, welcher in tiefe Träumerei versunken war, folgte ihm mechanisch.

»Mir ist ein Eierkuchen, Hausbrot und ein Holzschemel hier lieber, als ein Diwan, Trüffeln und Tokaierwein in Cassan!« Diese Worte waren ein Ausruf der Begeisterung, welcher dem Rate entfuhr, als er eine Mauer erblickte, deren weißliche Farbe in der Ferne von den braunen knorrigen Stämmen des Waldes sich abhob.

»Ei! Das scheint mir eine alte Abtei zu sein!« fuhr der Marquis d'Albon fort, als er an eine alte und schwarze Gittertür gelangte.

Durch die Tür sah er mitten in einem ziemlich großen Park ein Gebäude aus Sandstein, das in dem Stile aufgeführt war, den man früher für klösterliche Bauten benutzte.

»Wie herrlich diese Schufte von Mönchen den Ort zu wählen verstanden!«

Dieser neue Ausruf war der Ausdruck des Staunens, das den Beamten beim Anblick der poetischen Einsiedelei, die sich seinen Augen darbot, ergriff.

Das Haus lag auf halber Höhe am Hang des Berges, auf dessen Gipfel das Dorf Nerville liegt. Die großen hundertjährigen Eichen des Forstes beschrieben einen gewaltigen Kreis um diese Behausung und sonderten sie vollkommen von der übrigen Welt ab. Der Flügel des Gebäudes, welcher für die Mönche bestimmt gewesen war, lag nach Süden. Der

Park schien etwa vierzig Morgen groß zu sein. Neben dem Hause lag eine grüne Wiese, die von mehreren Bächen anmutig durchflossen wurde. Hier und da erhoben sich Bäume von schlanken Formen, mit mannigfaltigem Laub. Geschickt angebrachte Grotten, massive Terrassen mit verfallenen Treppen und rostigen Geländern verliehen dieser wilden Einöde einen ganz besonderen Reiz. Die Kunst hatte ihre Bauten mit den malerischen Wirkungen der Natur geschickt verbunden. Alle menschlichen Leidenschaften schienen zwischen den hohen Waldbäumen ersterben zu müssen, die dem Lärm der Welt den Eingang verwehrten, wie sie auch die glühenden Strahlen der Sonne milderten.

»Welche Unordnung!« sagte Herr d'Albon, nachdem er den düsteren Ausdruck genossen hatte, welchen die Ruinen dieser scheinbar von einem Fluch getroffenen Landschaft verliehen. Sie glich einer unheimlichen Gegend, welche von den Menschen verlassen ist. Der Efeu hatte alles mit einem reichen Teppich überzogen. Braunes, grünliches, gelbes und rotes Moos goß romantische Farben über die Bäume, Bänke, Dächer und Steine. Die Fenster waren wurmstichig, vom Regen vermodert und von dem Zahn der Zeit benagt; die Balkons waren zerbrochen, die Terrassen zum Teil verfallen. Einige Fensterläden hingen nur noch an einer Angel. Die rissigen Türen schienen keiner Gewalt widerstehen zu können. Kein Obstbaum war beschnitten, alle breiteten ihre wild gewachsenen Zweige oder Früchte aus und trugen dichtes und glänzendes Laub. Hohes Gras wuchs auf allen Wegen.

Diese Zeichen des Verfalls brachten Wirkungen von köstlicher Poesie in das Bild und weckten träumerische Gedanken im Geiste des Zuschauers. Ein Dichter wäre dort in eine tiefe Träumerei versunken, während er diese Unordnung voll Harmonie, dies anmutige Bild der Zerstörung bewunderte. In diesem Augenblick brachen einige Sonnenstrahlen zwischen den Wolken hervor und warfen tausendfarbiges Licht über diese halb wilde Szene. Die braunen Ziegeln erglänzten; die Moose schienen zu leuchten; phantastische Schatten glitten über die Wiesen und unter den Bäumen dahin; erstorbene Farben wurden wieder lebendig; überraschende Gegensätze kämpften mit einander, und das Laub der Bäume trat in dem hellen Lichte stärker hervor. Da verschwanden plötzlich die Sonnenstrahlen wieder, und die Landschaft, welche gesprochen zu haben schien, verstummte wieder, wurde düster, oder vielmehr sanft, zeigte die sanfteste Färbung einer herbstlichen Dämmerung.

Der Rat betrachtete bereits dieses Haus mit den Augen eines Eigentümers.

»Das ist Dornröschens Schloß«, sagte er. »Wem mag es gehören? ... Der Mann muß recht albern sein, daß er ein so hübsches Eigentum nicht bewohnt.«

Kaum hatte der Beamte diese Worte ausgesprochen, als eine Frau vor ihnen vorübereilte, schnell wie der Schatten einer Wolke. Sie war unter einem Nußbaume hervorgetreten, welcher zur Rechten des Torweges stand, und geräuschlos wie eine Geistererscheinung vorübergeschwebt. Der Marquis blieb erstaunt stehen.

»Nun, d'Albon, was fehlt Ihnen?« fragte Herr von Sucy.

»Ich reibe mir die Augen, um zu wissen, ob ich schlafe oder wache«, antwortete der Rat und drückte sein Antlitz fest an das Gitter, um die Erscheinung wieder zu sehen.

»Sie ist wahrscheinlich unter diesem Feigenbaume ...«, sagte er und zeigte Philipp einen Baum, der sich mit seinen Zweigen zur Linken des Torweges über die Mauer erhob.

»Wer?«

»Ei! Kann ich das wissen?« antwortete Herr d'Albon.

»Denken Sie sich«, fuhr er dann mit leiser Stimme fort, »daß sich eben vor mir eine wunderliche weibliche Gestalt erhoben hat. Sie schien mir eher zu den Schatten als in die Welt der Lebenden zu gehören. Sie war so schlank, so leicht, so nebelartig, daß sie durchsichtig sein muß. Ihr Antlitz ist weiß wie Milch. Ich glaube, ihre Kleidung war schwarz, wie mir ihre Augen und Haare ebenfalls schwarz zu sein schienen. Sie blickte mich im Vorübergehen an, und obgleich ich in der Tat nicht furchtsam bin, ließ mir doch ihr unbeweglicher und kalter Blick das Blut in den Adern erstarren.«

»Ist sie hübsch?« fragte Philipp.

»Ich weiß nicht. Ich habe von dem Gesicht nur die Augen gesehen.«

»Nun mag das Mittagessen in Cassan zum Teufel gehen! . . .« sagte der Oberst. »Wir wollen hier bleiben. Ich habe eine kindische Lust, in diese eigentümliche Behausung einzudringen. Die Fensterrahmen sind rot gestrichen, an den Türen und Fensterladen sind ebenfalls rote Linien. Es scheint, als ob das Haus dem Teufel gehöre. Er hat es vielleicht von den Mönchen geerbt. Komm, wir wollen deiner weißen und schwarzen Dame nachlaufen. Hier ist alles romantisch. Vorwärts!«

Die Heiterkeit des Obersten hatte etwas Erzwungenes.

In diesem Augenblick hörten die beiden Jäger einen Schrei, welcher dem einer Maus glich, die sich in einer Falle gefangen hat. Sie lauschten. Das Laub einiger Gebüsche klang durch die Stille, wie das Murmeln einer bewegten Welle. Vergebens suchten sie noch einige Töne zu erlauschen, es blieb alles still, und sie vermochten von den Schritten der Unbekannten nichts mehr zu vernehmen, wenn sie es überhaupt gewesen war, die durch ihren Gang das Rauschen der Büsche hervorgerufen hatte.

»Das ist doch sonderbar«, sagte Philipp und ging an den Mauern des Parks entlang, die sich weit in den Wald hinein erstreckten.

Die beiden Freunde gelangten bald an einen Weg, welcher nach dem Dorfe Chauvry durch den Wald führt. Nachdem sie diesen Weg in der Richtung auf die Pariser Straße verfolgt hatten, fanden sie sich vor einem großen Haupttore und erblickten nun die Vorderseite dieser geheimnisvollen Behausung. Hier war der Verfall ein vollständiger. Gewaltige Spalten und Risse durchzogen die Mauern der drei Flügel des Gebäudes, welche rechtwinkelig gebaut waren. Überreste von Schiefern und Ziegeln lagen auf der Erde umher, und die beschädigten Dächer zeugten von vollkommener Vernachlässigung. Das Obst lag unter den Bäumen, ohne daß man es aufsammelte. Eine Kuh weidete friedlich auf den Rasenplätzen und zertrat die Blumen auf den Beeten, während eine Ziege die grünen Trauben und das Laub eines Weinstockes abfraß.

»Alles ist hier Harmonie, und die Unordnung ist voller Anmut«, sagte der Oberst und zog an dem Drahte eines Klingelzuges. Aber die Glocke war ohne Schlägel, denn die beiden Jäger hörten nur das eigentümliche Geräusch des

verrosteten Drahtes. Die kleine Tür, welche neben dem Torwege in der Mauer angebracht war, widerstand, so verwittert sie auch war, den Anstrengungen des Obersten. »Oh! Das wird immer merkwürdiger«, sagte er.

»Wenn ich nicht Beamter wäre«, antwortete Herr d'Albon, würde ich glauben, daß die schwarze Dame eine Hexe ist!« Kaum hatte er ausgesprochen, als die Kuh an das Tor kam und den Fremden ihr Maul entgegenstreckte, als hätte sie das Bedürfnis gehabt, einmal menschliche Wesen zu sehen. Eine Frau, wenn man dem unbeschreiblichen Wesen, welches sich hinter der Kuh zeigte, diesen Namen beilegen kann, zog darauf die Kuh an ihrem Stricke zurück.

»He! He! ...« rief der Oberst.

Die Frau blieb stehen, um die beiden Fremden zu betrachten. Sie trug auf dem Haupte ein rotes Tuch, unter welchem Strähnen blonder Haare hervorfielen, während ein schwarz und weiß gestreifter Rock von grober Wolle, der um einige Zoll zu kurz war, ihre Beine sehen ließ. Ihre Brust war unbedeckt, und man hätte glauben können, daß sie irgendeinem Stamme der von Cooper gefeierten Rothäute angehöre, denn ihre nackten Beine und Arme schienen mit einer ziegelroten Farbe angemalt zu sein. Kein Strahl des Verständnisses belebte ihr flaches Antlitz. Ihre bläulichen Augen waren trübe und ohne Wärme. Einige dünne weiße Haare vertraten die Stelle der Augenbrauen. Ihr verzogener Mund ließ schiefgestellte Zähne erblicken, die jedoch so weiß waren wie die eines Hundes. Langsam trat sie bis an das Gitter und betrachtete die beiden Jäger mit alberner Miene. Sie lächelte fast; aber ihr Lächeln war schmerzlich und erzwungen. »Wo sind wir? ... Was ist das für ein Haus? ... Wem gehört es? ... Wer bist du? ... Bist du von hier?« ... auf diese Fragen und eine Menge anderer, welche die beiden Freunde an sie richteten, antwortete sie nur durch ein Knurren in Kehltönen, das eher von dem Tiere, als dem menschlichen Geschöpfe zu kommen schien.

»Sehen Sie nicht, daß sie taubstumm ist?« sagte der Beamte.

»Barmherzige Brüder«, sagte die Bäuerin.

»Ha! sie hat recht. Dies wird das alte Kloster der Barmherzigen Brüder sein«, sagte Herr d'Albon.

Nun begannen die Fragen von neuem, aber gleich einem launenhaften Kinde errötete die Blödsinnige, spielte mit ihren Holzschuhen, drehte den Strick der Kuh, welche nun wieder weidete, betrachtete die beiden Jäger und prüfte alle Teile ihrer Kleidung, knurrte, fletschte die Zähne, aber sprach nicht. »Wie heißt du?« fragte Philipp und blickte sie starr an, als hätte er sie bezaubern wollen.

»Genoveva«, sagte sie. Dann verschwand sie und lachte ausgelassen.

»Bis jetzt ist die Kuh noch das vernünftigste Geschöpf gewesen, welches wir gesehen haben«, sagte der Beamte. »Ich werde meine Flinte abschießen, damit jemand kommt.« In dem Augenblicke, als Herr d'Albon seine Flinte von der Schulter nehmen wollte, hinderte ihn der Oberst daran und zeigte mit dem Finger auf die Unbekannte, welche so lebhaft ihre Neugierde gefesselt hatte. Sie ging mit langsamen Schritten und schien in ein tiefes Nachdenken versunken. Sie war in ein abgetragenes Gewand von schwarzer Seide gekleidet. Ihre langen Haare fielen in zahlreichen Locken über ihre Stirn, über die Schultern, und reichten bis auf die Hüfte; sie dienten ihr gewissermaßen als Schal. Sie schien an diese Unordnung gewöhnt, denn nur selten strich sie den Kopf mit heftigem Ruck, und sie brauchte ihn nicht zu wiederholen, um ihre Stirn und ihre Augen von dem dichten Schleier zu befreien. Ihre Geste hatte übrigens, wie die eines Tieres, jene wundervolle, mechanische Sicherheit, die bei einer Frau wie ein Wunder wirkt. Vollends erstaunten aber die beiden Jäger, als sie sahen, wie sie an einem Apfelbaume emporsprang, sich mit der Leichtigkeit eines Vogels auf dessen äußerste Zweige setzte, Früchte abpflückte, verzehrte und dann mit jener anmutigen Leichtigkeit, die man bei den Eichhörnchen bewundert, wieder zur Erde hinabglitt. Ihre Glieder besaßen eine Elastizität, welche selbst ihren geringsten Bewegungen den Schein der Anstrengung nahm. Sie spielte auf dem Rasen, wälzte sich auf demselben wie ein Kind, streckte dann Arme und Beine von sich, und blieb ausgestreckt auf dem Grase liegen, indem sie dabei die Nachlässigkeit, die Natürlichkeit und Anmut einer jungen Katze zeigte, welche in der Sonne schläft. Plötzlich rollte ein ferner Donner, und sie wandte sich schnell um, und lief auf allen Vieren mit der bewundernswürdigen Gewandtheit eines Hundes davon, welcher einen Fremden kommen hört. Diese wunderliche Haltung bewirkte, daß sich ihr schwarzes Haupthaar teilte und an beiden Seiten des Kopfes bis auf die Erde hinabfiel.

Die beiden Zuschauer dieser sonderbaren Szene konnten nun Schultern bewundern, deren Umrisse von köstlicher Zartheit waren, und deren weiße Haut gleich den Gänseblümchen auf der Wiese glänzte. Besonders der Hals war es, der durch eine seltene Vollendung die Blicke auf sich zog. Es war leicht zu sehen, daß dieses weibliche Wesen wunderschön gebaut war. Jetzt ließ sie einen schmerzlichen Schrei hören und erhob sich plötzlich wieder auf ihre Füße. Ihre Bewegungen folgten mit so viel Schnelligkeit und Anmut aufeinander, sie wurden so überraschend ausgeführt, daß es nicht mehr schien, als wäre sie ein menschliches Geschöpf, sondern vielmehr eine jener Nebelgestalten, wie sie in Ossians Dichtungen gefeiert werden. Sie ging nach einem Wasserbecken und warf einen ihrer Schuhe ab, worauf sie einen Fuß in die Quelle tauchte, welcher weiß war wie Alabaster. Vielleicht bewunderte sie das Spiel der Wellen, welches sie hervorrief. Dann kniete sie an dem Rande des Wasserbekkens nieder und belustigte sich wie ein Kind damit, ihre langen Locken hineinzutauchen und schnell wieder emporzuziehen, um dann zu sehen, wie das Wasser im Glanze der Sonne wie eine Perlenkette niederrann.

»Die Frau ist wahnsinnig«, sagte der Rat.

In diesem Augenblicke erscholl ein heiserer Kehllaut, den ohne Zweifel Genoveva ausstieß, und der der Unbekannten zu gelten schien. Sie erhob sich und warf das Haar in den Nacken. In diesem Augenblick konnten der Oberst und der Herr d'Albon die Züge der Frau erkennen. Sie sah die beiden Freunde und eilte mit der Leichtigkeit eines Rehes an das Tor, das sie in wenigen Sprüngen erreichte.

»Lebe wohl«, sagte sie mit sanfter und wohlklingender Stimme, ohne daß jedoch diese wundersame Melodie, welche ungeduldig von den Jägern erwartet war, das geringste Gefühl oder den geringsten Gedanken zu verraten schien.

Herr d'Albon bewunderte die langen Wimpern ihrer Augen, die dichten schwarzen Brauen und die Haut von blendender Weiße, auf der sich nicht die leichteste Spur einer Rötung zeigte, und die von kleinen blauen Adern durchzogen war. Der Rat wandte sich an seinen Freund, um mit diesem über den Eindruck zu reden, den die Frau auf ihn machte; aber der Oberst lag bewußtlos hinter ihm im Grase.

Herr d'Albon schoß seine Flinte ab, um Hilfe herbeizurufen, und rief zugleich laut, während er den Oberst aufzurichten suchte. Die Unbekannte, welche bisher unbeweglich dagestanden hatte, eilte bei dem Knall des Gewehres mit der Schnelligkeit eines Pfeiles davon, schrie wie ein verwundetes Tier und lief dann mit allen Zeichen eines tiefen Schreckens auf dem Rasen hin und her.

Eine elegante Kutsche, deren Rollen Herr d'Albon schon seit einiger Zeit auf der Straße von l'Isle-Adam gehört hatte, näherte sich. Er winkte mit seinem Taschentuche. Sogleich kam die Kutsche herbeigefahren, und Herr d'Albon erkannte Herrn und Frau von Grandville, welche sogleich ausstiegen und dem Beamten halfen. Frau von Grandville gab ihr Flacon mit Essiggeist her, um den Ohnmächtigen ins Leben zurückzurufen. Bald öffnete Herr von Sucy die Augen und blickte nach der Wiese, über welche die Unbekannte jetzt wieder unter lautem Geschrei lief. Er ließ einen unverständlichen Ausruf laut werden, schien von einem Grausen ergriffen und schloß abermals die Augen, indem er seinem Freunde ein Zeichen gab, ihn diesem Schauspiel zu entreißen.

Herr und Frau von Grandville boten dem Rate ihre Kutsche an und sagten ihm, daß sie zu Fuß weitergehen würden.

»Wer ist denn diese Dame?« fragte der Richter und zeigte auf die Unbekannte.

»Man behauptet, sie sei aus Moulins«, antwortete Herr von Grandville. »Man sagt, sie sei eine Gräfin von Vandières und wahnsinnig; da sie aber erst seit zwei Monaten hier ist, kann ich die Wahrheit dieser Gerüchte nicht verbürgen.«

Herr d'Albon dankte Herrn und Frau von Grandville und fuhr nach Cassan.

»Sie ist es!« rief Philipp von Sucy, der wieder zu sich kam.

»Wer?« fragte d'Albon.

»Stephanie ... Ach! tot und lebendig, lebendig und wahnsinnig ... Ich glaubte, daß ich sterben würde ...«

Der kluge Beamte erkannte den Ernst der Krisis, von welcher sein Freund ergriffen war, und hütete sich, ihn durch Fragen noch mehr aufzuregen. Ungeduldig wünschte er die Rückkehr in sein Schloß, denn die Veränderung, welche sich in den Zügen und in dem Wesen des Obersten bemerkbar machte, ließ ihn fürchten, daß die Gräfin dem armen Philipp ihre schreckliche Krankheit mitgeteilt habe.

Sobald die Kutsche den Weg von l'Isle-Adam erreicht hatte, sandte Herr d'Albon den Lakai zum Arzt des Flekkens; kaum war der Oberst zu Bett gebracht, als sich auch der Arzt schon bei ihm einfand.

»Wäre nicht der Herr Oberst fast nüchtern gewesen«, sagte der Arzt, »er wäre gestorben . . . Seine Ermüdung hat ihn gerettet.«

Der Arzt gab darauf einige notwendige Vorschriften und entfernte sich, um selbst einen beruhigenden Trank zuzubereiten. Am folgenden Morgen war Herr von Sucy besser; aber der Arzt hatte die ganze Nacht allein bei ihm zugebracht und nicht gelitten, daß sonst jemand in dem Zimmer des Kranken blieb. »Ich muß Ihnen gestehen, Herr Marquis, daß ich eine Verletzung im Gehirn befürchtet habe. Herr von Sucy hat eine sehr starke Gemütserschütterung erlitten. Die Leidenschaften dieses Mannes sind sehr heftiger Art, allein die ersten Augenblicke entscheiden bei ihm über alles. Morgen wird er vielleicht außer Gefahr sein.«

Der Arzt täuschte sich nicht, und schon am folgenden Tage konnte er dem Richter erlauben, seinen Freund zu besuchen.

»Mein lieber d'Albon«, sagte Philipp und drückte ihm die Hand, »ich erwarte einen Dienst von Ihnen. . . . Eilen Sie sogleich nach dem Kloster der Barmherzigen Brüder. Erkundigen Sie sich nach allem, was die Dame betrifft, die wir gesehen haben, und kommen Sie bald wieder, denn ich werde die Augenblicke zählen . . .«

Der Marquis d'Albon bestieg ein Pferd und galoppierte nach der alten Abtei. Dort angelangt, erblickte er an dem Tore einen großen, hagern Mann, welcher schwarz gekleidet war und dessen Antlitz sanft und einnehmend war. Als der Richter ihn fragte, ob er dieses verfallene Haus bewohne, antwortete er mit ja.

Herr d'Albon erzählte ihm die Gründe seines Besuchs, und der Unbekannte sagte darauf:

»Wie, mein Herr, sollten Sie es sein, der gestern den unglücklichen Flintenschuß getan hat? . . . Sie hätten beinahe meine unglückliche Kranke getötet.«

»Aber, mein Herr, ich habe in die Luft geschossen.«

»Sie hätten der Frau Gräfin weniger geschadet, wenn Sie sie ins Herz getroffen hätten.«

»Wir haben einander nichts vorzuwerfen, denn der Anblick Ihrer Gräfin hätte Herrn von Sucy beinahe ums Leben gebracht . . .«

»Philipp von Sucy!« rief der Arzt und schlug die Hände zusammen. »Ist er in Rußland gewesen, beim Übergang über die Beresina?«

»Ja«, antwortete d'Albon, »er war von den Kosaken gefangen genommen und nach Sibirien verschleppt, von wo er vor etwa elf Monaten zurückgekehrt ist . . .«

»Treten Sie ein«, sagte der andere und führte den Rat in ein Zimmer des Erdgeschosses.

Dieses Zimmer war reich möbliert, allein alles in demselben zeigte die Spuren einer mutwilligen Zerstörung. Kostbare Porzellanvasen standen zerschlagen neben einer Uhr, deren Gehäuse allein verschont war. Die seidenen Vorhänge vor den Fenstern waren zerrissen, während die Musselingardinen ganz geblieben waren.

»Sie sehen die Verwüstungen, welche das reizende Geschöpf, dem ich mich widme, angerichtet hat. Sie ist meine Nichte. Trotz der Ohnmacht meiner Kunst hoffe ich ihr die Vernunft wiederzugeben, indem ich eine Methode befolge, welche unglücklicherweise nur reichen Leuten zu befolgen möglich ist . . .«

Dann erzählte er mit vielen Worten, wie alle zu tun pflegen, welche in der Einsamkeit leben, dem Rat das folgende Abenteuer, aus dessen Bericht wir alle Abschweifungen hinweggelassen haben, die sich teils der Erzähler, teils der Rat erlaubten:

Es war gegen neun Uhr abends, als der Marschall Victor die Höhen von Studzianka verließ, welche er am 28. November 1812 vom frühen Morgen an verteidigt hatte. Er ließ etwa tausend Mann zurück, die bis zum letzten Augenblick die vorhandene der beiden über die Beresina geschlagenen Brücken verteidigen sollten.

Diese Nachhut bemühte sich, eine Menge von Nachzüglern zu retten, welche der Kälte fast erlagen und sich weigerten, die Gepäckwagen zu verlassen. Vergebens aber opferten sich jene tausend Mann in ihrem Heldenmute auf. Die Soldaten, welche in Massen an den Ufern der Beresina zusammenströmten, fanden dort unglücklicherweise die ungeheure Menge von Wagen, Kisten und Gegenständen jeder Art, welche die Armee hatte zurücklassen müssen, um an den Tagen des 27. und 28. November über den Fluß setzen zu können. Die Unglücklichen, welche nun Erben unerwarteter Reichtümer waren und dabei der Kälte erlagen, bezogen die leeren Biwaks, bemächtigten sich aller Trümmer, um sich Hütten aus denselben zu errichten, und machten mit allem, was ihnen in die Hände fiel, Feuer an. Sie aßen Pferdefleisch, wickelten sich in die Leinwand, das Tuch und das Leder, welches sie von den Wagen abrissen, und schliefen, anstatt bei Nacht in Ruhe die Beresina zu überschreiten, die durch einen grausigen Schicksalsbeschluß schon so viel Unglück über die Armee gebracht hatte.

Die Gleichgültigkeit dieser armen Soldaten kann nur von denen begriffen werden, welche selbst durch jene öden Schneewüsten gekommen sind, ohne ihren Durst mit etwas anderem löschen zu können, als mit Schnee; ohne ein anderes Bett zu haben, als den Schnee; ohne eine andere Aussicht, als einen endlosen Horizont von Schnee; ohne andere Nahrung, als wieder Schnee, oder einige erfrorene Rüben oder Pferdefleisch. Diese Unglücklichen gelangten halb tot vor Hunger, Durst, Ermattung und Ermüdung an einen Ort, wo sie Holz, Feuer, Lebensmittel, zahlreiche verlassene Wagen, Zelte, kurz, eine ganze improvisierte Stadt erblickten, denn das Dorf Studzianka war völlig abgerissen und von den Höhen in die Ebene verlegt worden. Obgleich das eine traurige und gefahrvolle Ruhestätte war, war es doch eine Ruhestätte, ein weniger unerbittlicher Ort, als die furchtbaren Wüsten Rußlands. Dieses ungeheure Hospital, in welchem düster und schweigend der Schmerz herrschte, hatte nur eine Dauer von zwanzig Stunden vor sich. Die Lebensmüdigkeit oder das Gefühl eines Glücks, eines unerwarteten

Wohlseins bewirkten notwendig, daß diese Bevölkerung jedem andern Gedanken, als dem an Ruhe, unzugänglich war.

Die Artillerie des linken Flügels der Russen schoß fortwährend in die Masse, welche sich gleich einem großen, bald schwarzen, bald flammenden Flecken inmitten des Schnees zeigte; allein die Kugeln, welche fortwährend zwischen die erstarrte Menge fielen, erschienen ihr höchstens als eine Unbequemlichkeit. Alle verachteten den ununterbrochenen Kanonendonner, denn diejenigen, welche getroffen werden konnten, waren ja doch nur Sterbende, Kranke, oder vielleicht schon Gestorbene.

In jedem Augenblick erschienen Scharen neuer Nachzügler. Es waren gewissermaßen wandelnde Leichname, die sich trennten, als sie auf dem Laperplatze angekommen waren, und von Feuer zu Feuer eine Stelle zu erbetteln suchten. Meist wurden sie zurückgestoßen und vereinigten sich dann von neuem, um, taub gegen die Stimme einiger Offiziere, die ihnen den Tod für den folgenden Tag vorhersagten, wenn sie nicht den letzten Rest ihrer Kräfte aufwendeten, um über die Beresina zu gehen, sich ein Asyl für die Nacht zu suchen und zu essen oder zu schlafen. Der Tod, welcher sie erwartete, war schon kein Übel mehr für sie, wenn er ihnen nur eine Stunde Schlaf gönnte. Hunger, Durst und Kälte schien ihnen ein viel größeres Unglück. Als sich kein Holz, kein Feuer, keine Decke, kein Dach mehr fand, entspannen sich Kämpfe auf Leben und Tod zwischen denen, die von allem entblößt anlangten, und denen, welche eine Lagerstätte gefunden hatten: die Schwächeren unterlagen dabei. Schließlich kam ein Augenblick, in dem Männer, die von den Russen vor sich hergetrieben wurden, nur noch den Schnee als Lager fanden und sich in denselben legten, um sich nie wieder zu erheben.

Allmählich wurde diese Masse fast lebloser Menschen so dicht, so stumpfsinnig, so gefühllos, oder vielleicht so glücklich, daß der Marschall Victor, welcher ihr heldenmütiger Verteidiger gewesen war, indem er zwei Tage lang mit sechstausend Mann Wittgenstein mit zwanzigtausend Russen zurückhielt, gezwungen war, sich mit Gewalt einen Durchgang durch den Wald von Menschen zu eröffnen, um die fünftausend Tapfern über die Beresina zu führen, welche er für den Kaiser gerettet hatte.

Die Unglücklichen ließen sich lieber zertreten, als daß sie sich gerührt hätten. Sie starben schweigend mit einem Lächeln für ihre erlöschenden Feuer, aber ohne einen Gedanken an Frankreich.

Um zehn Uhr abends war der Herzog von Bellune auf dem andern Ufer des Flusses. Bevor er sich auf die Brücken wagte, welche nach Zembin führten, vertraute er das Los des Nachtrabes von Studzianka jenem Eblé an, welcher der Retter aller derer war, die das Unglück an der Beresina überlebten. Etwa gegen Mitternacht verließ der heldenmütige General die kleine Hütte neben der Brücke, in welcher er sich aufgehalten hatte. Begleitet von einem mutigen Offizier betrachtete er das Schauspiel, das sich ihm zwischen der Beresina und dem Wege von Borizof nach Studzianka darbot. Die Kanonen der Russen waren verstummt; zahllose Feuer, welche inmitten der endlosen Schneewüste erblaßten und kein Licht mehr zu geben schienen, beleuchteten hier und da Gesichter, die nichts Menschliches mehr hatten; Unglückliche, etwa dreißigtausend an Zahl, allen Völkern angehörend, die Napoleon gegen Rußland geschleudert hatte, verspielten ihr Leben mit tierischer Sorglosigkeit.

»Wir müssen diese Leute retten«, sagte der General. »Morgen früh werden die Russen Herren von Studzianka sein; wir müssen daher die Brücke in dem Augenblicke verbrennen, in welchem sie kommen; also, mein Freund, Mut ... brich die Bahn bis auf die Höhe. Sag' dem General Fournier, daß er kaum noch Zeit hat, seine Stellung zu räumen und diese Massen von Sterbenden zu durchbrechen, um die Brücke zu überschreiten. Wenn du siehst, daß er sich in Marsch setzt, so folgst du ihm und brennst, von einigen kräftigen Männern unterstützt, alle Zelte, Wagen, Kasten und alles nieder. Treibe alles, was noch gehen kann, über die Brücke. Unsere einzige Rettung ist jetzt noch, alles zu verbrennen. Hätte Berthier mich diesen verfluchten Train vernichten lassen, so hätte der Fluß niemand verschlungen ... als meine armen pontoniers ... diese fünfzig Helden, welche die Armee gerettet haben, und die man vergessen wird.«

Der General hob die Hand an die Stirn und schwieg. Er fühlte, daß Polen sein Grab werden und daß sich keine Stimme für die edlen Männer erheben würde, welche im

Wasser geblieben waren, im Wasser der Beresina, um dort die Brückenpfeiler einzurammen. Ein einziger von ihnen lebt noch, oder richtiger, er leidet in einem Dorfe, und niemand kennt ihn. . . .

Der Adjutant entfernte sich.

Kaum hatte der edle Offizier hundert Schritte auf Studzianka zu gemacht, als der General Eblé fünf oder sechs von seinen leidenden Pontoniers weckte und sein Werk der Barmherzigkeit begann, indem er die Biwaks in der Nähe der Brücke verbrannte und so die Schläfer, die dort lagen, zwang, über die Beresina zu gehen.

Indes war der junge Adjutant nicht ohne Mühe an das einzige Bretterhaus gelangt, welches noch von Studzianka übriggeblieben war.

»Die Baracke ist wohl ganz voll, Kamerad?« fragte er einen Mann, welchen er vor dem Hause erblickte.

»Sie müßten ein tüchtiger Soldat sein, wenn Sie noch eindringen wollten«, antwortete der Offizier, der sich nicht umwandte, sondern fortfuhr, mit seinem Säbel die Bretterwände des Hauses zu zerhauen.

»Sind Sie es, Philipp?« fragte der Adjutant, der an dem Tone der Stimme seinen Freund erkannte.

»Ja . . . ach! Du bist es, mein Alter«, antwortete Herr von Sucy, indem er den Adjutanten ansah, welcher, gleich ihm, erst dreiundzwanzig Jahre alt war. »Ich glaubte dich an dem andern Ufer dieses verdammten Flusses. Bringst du uns Kuchen und Backwerk zum Nachtisch? Man wird dich wohl aufnehmen . . .«, fuhr er dann fort und hieb mit dem Säbel ein großes Stück Rinde von einem der Blöcke, aus denen das Haus erbaut war, um sie seinem Pferde zu geben.

»Ich suche euren Kommandanten, dem ich vom General Eblé den Befehl überbringen soll, auf Zembin abzuziehen. Ihr werdet kaum noch Zeit haben, jene Massen von Leichnamen zu durchbrechen, die ich gleich durch Feuer auf die Beine zu bringen versuchen werde.«

»Mir wird schon ganz heiß. Ich habe zwei Freunde zu retten. Ach! mein Alter, ohne diese beiden wäre ich schon tot. Nur ihrethalben verpflege ich mein Pferd, das ich sonst essen würde. Hast du kein Stückchen Brotrinde? Seit dreißig Stunden habe ich meinem Magen nichts geboten und mich geschlagen wie ein Rasender, um das bißchen Wärme und Mut zu erhalten, das mir noch geblieben ist.«

»Armer Philipp! . . . nichts! nichts! Wo ist aber der General?«

»Versuche nicht, einzutreten. Dieser Schuppen enthält alle unsere Verwundeten . . . Steige noch höher. Du wirst rechts eine Art Schweinestall finden . . . da ist der General . . . Nun leb wohl, mein Tapferer . . . wenn wir je wieder einen Walzer in Paris tanzen . . .«

Er sprach nicht weiter, denn es erhob sich in diesem Augenblick ein so schneidender Wind, daß der Adjutant hinwegeilte, um nicht zu erfrieren, und die Lippen des Major Philipp erstarrten.

Bald herrschte wieder tiefes Schweigen, nur unterbrochen durch die Seufzer, welche aus dem Hause drangen, und durch das stumpfe Geräusch, welches das Pferd des Herrn von Sucy machte, während es die vereiste Rinde der Baumstämme abnagte, aus denen das Haus erbaut war. Der Major steckte seinen Säbel in die Scheide, ergriff dann rasch den Zügel des schönen Tieres, welches er bisher hatte retten können, und riß es, ungeachtet seines Widerstandes, von dem traurigen Futter hinweg, mit welchem das arme Tier zufrieden schien. »Fort, Bichette! Fort . . . nur du, mein schönes Tier, kannst Stephanie retten. . . . Fort, später werden wir ausruhen . . . vielleicht im Tode.«

Philipp hüllte sich in seinen Pelzmantel, welchem er sein Leben und seine Energie verdankte, und stampfte mit den Füßen den Schnee, um sich zu erwärmen.

Kaum hatte der Major fünfhundert Schritte zurückgelegt, als er ein großes Feuer an der Stelle erblickte, wo er am Morgen seinen Wagen unter der Obhut eines unerschrockenen alten Soldaten zurückgelassen hatte. Eine schreckliche Unruhe bemächtigte sich seiner, und gleich allen denen, welche auf jenem unglücklichen Zuge von einem mächtigen Gefühle beherrscht wurden, fand er zur Unterstützung seiner Freunde Kräfte, die er zu seiner eigenen Rettung nicht gehabt haben würde. Bald gelangte er in die Nähe einer Vertiefung des Bodens, wo er, geschützt gegen die Kugeln der Russen, ein junges Mädchen zurückgelassen hatte, die Gefährtin seiner Kindheit, sein liebstes Gut.

Einige Schritte von dem Wagen hatten sich etwa dreißig Nachzügler vor einem gewaltigen Feuer versammelt, welches sie dadurch unterhielten, daß sie Kisten, Räder und Bretter hineinwarfen. Diese Soldaten waren ohne Zweifel die letzten von denen, welche in dem Raum zwischen Studzianka und dem verhängnisvollen Flusse gleichsam ein Meer von Köpfen bildeten, ein lebendes Meer, das durch fast unmerkliche Bewegungen schwoll, und aus dem dumpfes Brausen heraufdrang. Durch Hunger und Verzweiflung getrieben, hatten die Unglücklichen wahrscheinlich mit Gewalt den Wagen durchsucht. Der alte General und seine junge Gattin, die sie in Mäntel gehüllt in demselben antrafen, kauerten in diesem Augenblick vor dem Feuer. Der Wagen war geöffnet und eine seiner Türen zerbrochen. Als die Männer, welche um das Feuer saßen, das Pferd und den Major kommen hörten, erhoben sie ein wütendes Geschrei. Das war der Wahnwitz des Hungers und der Wut, der aus ihnen sprach.

»Ein Pferd! ... ein Pferd! ...« Die Stimmen verschmolzen zu einer einzigen.

»Zurück! Achtung!« riefen zwei oder drei Soldaten, indem sie auf das Pferd zielten.

Philipp stellte sich vor das Pferd und rief:

»Schurken! Ich werde euch in euer Feuer stoßen! Dort oben gibt es tote Pferde! Holt euch die ...«

»Ist der ein Hanswurst, der Offizier. Einmal, zweimal, ... wirst du nun zur Seite gehen? ...« rief ein baumlanger Grenadier.

»Nein! ...«

»Nun, wie du willst! ...«

Der Schrei des jungen Weibes übertönte den Knall der Gewehre. Glücklicherweise war Philipp nicht verwundet, aber Bichette war gestürzt. Da das arme Tier mit dem Tode rang, stürzten sich drei Männer auf dasselbe und vollendeten ihr Werk mit Bajonettstichen.

»Kannibalen! Laßt mich wenigstens die Decke und meine Pistolen nehmen«, sagte Philipp voll Verzweiflung.

»Die Pistolen, ja«, antwortete der Grenadier; »was aber die Decke betrifft, so ist dort ein Infanterist, der seit zwei Tagen keinen Bissen zwischen den Zähnen gehabt hat und in seinem schlechten Rocke vor Kälte zittert! . . . Er ist unser General . . .«

Philipp schwieg, als er einen Mann erblickte, dessen Schuhwerk zerrissen, dessen Hose an hundert Stellen durchlöchert war, und der auf dem Kopfe nur eine schlechte Mütze hatte. Er beeilte sich, seine Pistolen zu nehmen. Während er dieselben in seinen Gürtel steckte, zogen fünf Männer das Tier ans Feuer und zerlegten es mit einer solchen Geschicklichkeit, daß es Pariser Fleischer nicht besser hätten machen können. Die abgetrennten Stücke wurden auf die Kohlen gelegt. Der Major setzte sich neben das junge Weib, welches bei seinem Anblick den Schrei ausgestoßen hatte. Die Frau saß unbeweglich auf einem Wagenkissen und wärmte sich. Schweigend betrachtete sie ihn, lächelte ihm nicht einmal zu. Philipp bemerkte nun neben der Frau den Soldaten, welchem er die Verteidigung des Wagens anvertraut hatte. Der arme Mann war verwundet. Überwältigt durch die Überzahl, hatte er den Nachzüglern weichen müssen, welche ihn angegriffen hatten; dann aber hatte er, wie der Hund, welcher bis zum letzten Augenblick das Mahl seines Herrn verteidigt hat, seinen Anteil an der Beute genommen und sich aus einem alten weißen Tuche eine Art Mantel gemacht. In diesem Augenblick wandte er ein Stück Pferdefleisch auf den Kohlen um, und der Major las auf seinem Antlitz die Freude, welche ihm die Zubereitung seiner Mahlzeit bereitete.

Der Graf von Vandières, welcher seit drei Tagen kindisch geworden war, blieb neben seiner Gattin auf einem Kissen sitzen. Mit starren und finstern Blicken schaute er in die hochauflodernde Flamme, deren Wärme ihn allmählich aus seiner Erstarrung weckte. Der Schuß und die Ankunft Philipps hatten ebensowenig seine Aufmerksamkeit erregt, wie der Kampf, nach dem sein Wagen geplündert wurde.

Zunächst ergriff Philipp die Hand der jungen Gräfin, um ihr einen Beweis seiner Zuneigung zu geben und den Schmerz auszudrücken, welchen er empfand, daß er sie so dem äußersten Elend preisgegeben sah; allein kein Wort sagte er, während er sich neben sie auf einen Schneehaufen setzte, welcher langsam schmolz. Auch er genoß das Glück, sich wärmen zu können, er vergaß die Gefahr und vergaß alles. Seine Züge nahmen wider seinen Willen einen Ausdruck fast stumpfsinniger Freude an, und ungeduldig wartete er, bis das Stück Pferdefleisch, welches man seinem Soldaten gegeben hatte, gar wäre. Der Geruch des Fleisches hatte seinen Hunger geweckt, und sein Hunger brachte das Herz, den Mut und die Liebe zum Schweigen. Gleichgültig betrachtete er das Ergebnis der Plünderung seines Wagens. Sämtliche Männer, welche um das Feuer saßen, hatten die Decken, Mäntel, Kissen, Männer- und Frauenkleider unter sich verteilt, welche dem Grafen, der Gräfin oder dem Major gehörten. Philipp schaute sich um, ob seine Kasse unverletzt geblieben sei. Da sah er beim Scheine der Flammen sein Gold und die Diamanten der Gräfin zerstreut umherliegen, ohne daß jemand daran gedacht hätte, sich auch nur das mindeste von diesen jetzt so völlig wertlosen Gegenständen anzueignen.

Die Leute, welche der Zufall um dieses Feuer versammelt hatte, beobachteten ein Schweigen, in welchem etwas Grausiges lag. Jeder tat nur das, was er für sein eigenes Wohlbefinden für nötig hielt. Das Elend war grotesk. Die Gesichter, welche durch die Kälte entstellt waren, hatten einen Überzug von Dreck, in welchen die Tränen, die aus den Augen über die Wangen hinabliefen, eine Furche zogen, welche die Dicke dieser Maske erkennen ließ. Die Unsauberkeit der langen Bärte ließ jene unglücklichen Krieger noch häßlicher erscheinen. Einige hüllten sich in Frauentücher, andere in Pferdedecken; manche hatten an einem Fuße einen Stiefel, an dem andern einen Schuh. Nicht einer war zu sehen, dessen Tracht nicht eine lächerliche Eigentümlichkeit dargeboten hätte. Dennoch lachte niemand, alle blieben ernst und finster. Das Schweigen wurde nur durch das Knacken des verbrennenden Holzes, durch das Knistern der Flammen und durch das ferne Gemurmel der lagernden Menge unterbrochen, oder dann und wann durch die Säbelhiebe, mit denen die hungrigsten Soldaten sich die besten Stücke Fleisch von der armen Bichette abschnitten. Einige Unglückliche, welche müder waren als die anderen, schliefen. Wenn einer von ihnen in die Flamme rollte, so zog ihn niemand zurück; denn die strengen Logiker sagten sich, daß ihn die Brandwunde schon veranlassen würde, sich einen bequemeren

Platz zu wählen, wenn er nicht bereits tot wäre. Erwachte der Unglückliche in dem Feuer und kam er darin um, so beklagte ihn niemand; höchstens blickten einige Soldaten einander an, wie um ihre Gleichgültigkeit zu rechtfertigen, indem sie sich von der der übrigen überzeugten.

Die junge Gräfin sah zweimal dieses Schauspiel; sie blieb aber stumm und regungslos.

Als die verschiedenen Stücke Fleisch, die man auf die Kohlen gelegt hatte, gar waren, stillte jeder seinen Hunger mit jener gierigen Hast, welche uns selbst bei den Tieren so widerlich ist.

»Das ist das erste Mal, daß dreißig Infanteristen auf einen Gaul kommen«, sagte der Grenadier, welcher das Pferd niedergeschossen hatte.

Dieser Scherz war das einzige, was Zeugnis ablegte von dem Esprit der Nation.

Dann legten sich die meisten dieser Armen auf Bretter, Kleidungsstücke oder andere Gegenstände, durch die sie gegen die unmittelbare Berührung mit dem Schnee geschützt waren, und schliefen, unbekümmert um den folgenden Tag, ein.

Als der Major sich gewärmt und seinen Hunger gestillt hatte, machte ihm ein unwiderstehliches Schlafbedürfnis die Augen schwer. Während der kurzen Zeit, die sein Kampf gegen den Schlaf dauerte, betrachtete er die junge Frau, die sich mit dem Gesichte dem Feuer zugewandt hatte, um zu schlafen, und ihre geschlossenen Augen und einen Teil ihrer Stirn zeigte. Sie hatte sich in einen Pelzmantel gehüllt und um denselben noch einen groben Dragonermantel geworfen. Ihr Haupt ruhte auf einem mit Blut beschmutzten Kissen. Die Füße hatte sie unter den Mantel gezogen. Ihre Astrachanmütze, welche durch ein unter dem Halse zugebundenes Tuch gehalten wurde, schützte ihr Antlitz soviel wie möglich gegen die Kälte. So ineinandergerollt glich sie einem Nichts.

War sie die letzte der Marketenderinnen? Oder war sie das reizende Weib, der Stolz des Liebhabers, die Königin der Pariser Bälle? Ach! Selbst das Auge des ergebensten Freundes vermochte jetzt das nicht mehr zu erkennen. Sie war ein Ding ohne Namen, ein Haufen von Zeug und Lumpen, ein

Leichnam. Selbst die Liebe hatte bei der Kälte in dem Herzen des Weibes zu sprechen aufgehört.

Durch den dichten Schleier, welchen der unwiderstehlichste Schlummer vor die Augen des Majors warf, erblickte er den Mann und die Frau nur noch als zwei Punkte. Das Feuer, die um dasselbe liegenden Gestalten, die schreckliche Kälte . . . alles das kam ihm nur noch wie ein Traum vor.

Ein grausiger Gedanke erschreckte Philipp.

»Wir müssen alle sterben, wenn ich einschlafe . . . ich will nicht einschlafen . . .«

Aber er schlief schon.

Ein schrecklicher Lärm und ein lauter Knall weckten Herrn von Sucy, nachdem er eine Stunde geschlafen hatte. Das Gefühl seiner Pflicht wurde in seinem Herzen wach, und die Gefahr, in der Stephanie schwebte, erschreckte ihn. Er stieß einen Schrei aus, der einem Gebrüll glich. Nur er und sein Soldat hatten sich erhoben. Sie sahen ein Flammenmeer, welches vor ihnen in der Dunkelheit wogte, und eine Menge von Menschen, welche die Zelte und Hütten anzündeten. Dann vernahm man tausendstimmiges Geschrei der Verzweiflung, lautes Geheul, sah Tausende von trostlosen Gestalten, wütende Gesichter, und auf das alles folgte wieder ein grausiges Schweigen. Eine Kolonne von Soldaten brach sich durch die Hölle, zwischen den überall umherliegenden Leichen hindurch, einen Weg nach der Brücke.

»Das ist der Rückzug unserer Nachhut!« rief der Major aus. »Keine Hoffnung mehr!«

»Ich habe Ihren Wagen geschont, Philipp«, sagte eine befreundete Stimme.

Herr von Sucy wandte sich um und erkannte beim Scheine der Flammen den jungen Adjutanten.

»Ach! alles ist verloren!« antwortete der Major. »Sie haben mein Pferd aufgefressen! Überdies kann man diesen geistesabwesenden General und seine Gattin nicht auf die Beine bringen . . .«

»Nehmen Sie einen Feuerbrand, Philipp, und bedrohen Sie beide!«

»Ich sollte die Gräfin bedrohen!«

»So leben Sie wohl!« sagte der Adjutant. »Ich habe nur noch soviel Zeit, wie zum Übergange über den Fluß nötig ist, und darf nichts versäumen. Ich habe eine Mutter in Frankreich! Welche schreckliche Nacht! Das Volk bleibt lieber auf dem Schnee liegen, und die meisten dieser Unglücklichen wollen lieber verbrennen, als aufstehen. Es ist vier Uhr, Philipp . . . In zwei Stunden werden sich die Russen regen. Ich versichere Sie, daß wir die Beresina nochmals mit Leichen gefüllt sehen werden . . . Philipp, denken Sie an sich! Kommen Sie . . . Sie haben keine Pferde mehr, Sie können die Gräfin nicht tragen . . . kommen Sie!«

»Mein Freund, ich sollte Stephanie verlassen! . . .

Der Major ergriff die Gräfin, richtete sie auf und schüttelte sie mit der Rücksichtslosigkeit eines Verzweifelten, bis sie erwachte. Sie blickte ihn mit starren und leblosen Augen an. »Wir müssen forteilen, Stephanie, sonst sterben wir hier.« Statt aller Antwort versuchte die Gräfin, sich wieder auf den Boden niederzulegen und zu schlafen. Der Adjutant ergriff einen Feuerbrand und bewegte ihn vor ihrem Antlitz. »Wir müssen sie wider ihren Willen retten«, rief der Major. Dann hob er die Gräfin auf und trug sie in den Wagen. Darauf kehrte er zurück, bat seinen Freund, ihm zu helfen und trug mit ihm den alten General ebenfalls in den Wagen, ohne zu wissen, ob derselbe schon tot sei oder noch lebe. Nun stieß er mit dem Fuße die Männer an, welche auf der Erde lagen, nahm ihnen das wieder, was sie geplündert hatten, und legte alles Gepäck auf die beiden Gatten, worauf er noch einige gebratene Stücke Pferdefleisch in den Wagen warf.

»Was wollen Sie denn machen?«

»Ich will selbst den Wagen ziehen«, sagte der Major.

»Sie sind wahnsinnig!«

»Das ist wahr!« sagte Philipp und kreuzte die Arme über der Brust.

Er schien plötzlich von einem verzweifelten Gedanken erfaßt zu sein. Er ergriff den gesunden Arm seines Soldaten und sagte zu ihm:

»Ich vertraue dir für eine Stunde die Gräfin an. Stirb lieber, als daß du jemand diesem Wagen nahekommen läßt.«

Als der Major das gesagt hatte, raffte er die Diamanten der Gräfin zusammen und nahm sie in eine Hand, während er mit der andern seinen Säbel zog und heftig auf diejenigen der Schläfer loshieb, von denen er glaubte, daß sie noch am meisten Kraft hätten. Es gelang ihm, den baumlangen Grenadier und zwei andere Männer zu wecken, deren Rang nicht zu erkennen war.

»Wir sind verloren!« rief er ihnen zu.

»Das weiß ich wohl ...«, antwortete der Grenadier.

»Nun! Ist es nicht besser, Ihr wagt Euer Leben wenigstens, um das eines hübschen Weibes zu retten, und versucht zugleich, Frankreich wiederzusehen?«

»Lieber will ich schlafen ...«, sagte ein Mann und legte sich wieder auf den Schnee. »Und wenn du mich noch einmal anrührst, Major, renne ich dir mein Bajonett in den Leib ...«

»Um was handelt es sich, Herr Major?« fragte der Grenadier. »Dieser Mann ist betrunken. Er ist Pariser; der liebt die Behaglichkeit ...«

»Das ist für dich, braver Grenadier«, sagte der Major und zeigte ihm eine Hand voll Diamanten, »wenn du mir folgen und dich wie ein Wütender schlagen willst ... Die Russen stehen zehn Minuten von uns, sie haben Pferde; wir wollen auf ihre erste Batterie losgehen und ihnen zwei Pferde nehmen ...«

»Aber die Vorposten, Major ...«

»Einer von uns dreien ...«, sagte er zu dem Soldaten, unterbrach sich aber dann und fuhr zu dem Adjutanten gewandt fort: »Sie kommen doch auch mit, Hippolyt, nicht wahr? ... Einer von uns«, fuhr er dann fort, »nimmt die Vorposten auf sich. Vielleicht schlafen diese verdammten Russen.«

»Major, du bist ein tapferer Mann, aber du nimmst mich doch auch in deinen Wagen?« fragte der Grenadier.

»Gewiß, wenn du deine Haut nicht dort läßt ...«

Die drei Männer drückten sich die Hände und schwiegen dann einen Augenblick.

»Wenn ich falle, so müßt Ihr, Hippolyt und du, Grenadier, euch der Gräfin annehmen.«

»Abgemacht!« sagte der Grenadier.

Die drei tapferen Männer gingen auf die russischen Linien zu, auf die Batterien, welche die Menge der Unglücklichen so grausam mitgenommen hatten, die am Ufer des Flusses lagen. Sie gingen alle drei, aber nur zwei kehrten zurück.

Eine Stunde später hörte man den Galopp der beiden Pferde über den Schnee. Die Batterie sandte Kugeln nach, welche über die Köpfe der Schlafenden hinwegpfiffen; der Lauf der Perde war so schnell, daß man das Geräusch für die Hammerschläge der Schmiede hätte halten können, die ein Eisen hämmern. Der edelmütige Adjutant war gefallen. Der athletische Grenadier war gesund und unverletzt. Philipp hatte, während er seinen Freund verteidigte, einen Bajonettstich in die Schulter erhalten, sich jedoch an die Mähne eines der Pferde angeklammert und gerettet.

»Gott sei gelobt!« sagte der Major, als er seinen Soldaten bei der Kutsche wiederfand.

»Wenn Sie gerecht sind, Major, verschaffen Sie mir das Kreuz ... Wir haben weidlich um uns gehauen ... was? ...«

»Wir haben noch gar nichts getan ... Spanne die Pferde an, hier sind Stränge ...«

»Die genügen nicht.«

»So untersuche die Schläfer, Grenadier, und nimm ihre Tücher und ihre Hemden ...«

»Schau, der ist tot, der Spaßvogel ...«, sagte der Grenadier und zog den ersten aus. »Die sind sämtlich tot.«

»Alle?«

»Ja, alle. Pferdefleisch ist unverdaulich, wenn man es zu schnell ißt.«

Diese Worte ließen Philipp erzittern. Die Kälte hatte sich verdoppelt.

»Gott! Eine Frau verlieren, die ich zwanzigmal gerettet habe!«

Der Major schüttelte die Gräfin und rief:

»Stephanie! ... Stephanie! ...«

Die junge Frau erhob das Haupt und öffnete die Augen.

»Gnädigste, wir sind gerettet.«

»Gerettet«, wiederholte sie und sank wieder zurück.

Endlich waren die Pferde, so gut es eben ging, angespannt. Der Major nahm seinen Säbel in die eine Hand, die Zügel in die andere, bestieg eines der Pferde und der Grenadier das andere.

Der Soldat, dessen Füße erfroren waren, lag in dem Wagen, quer über dem General und der Gräfin.

Die Pferde, welche mit Säbelhieben angetrieben wurden, rissen den Wagen über die Ebene dahin. Indes warteten noch unzählige Schwierigkeiten. Als er in die Mitte der Menge gelangt war, wurde es unmöglich, weiter zu fahren, ohne Männer, Frauen und selbst Kinder, welche schlafend dalagen, unter den Hufen der Pferde oder den Rädern des Wagens zu zermalmen. Vergebens suchte Philipp den Weg, welchen sich die Nachhut vor kurzem durch diese unübersehbare Menschenmenge gebahnt hatte; nur im Schritt vermochte er weiter zu fahren, und wurde immer wieder von Soldaten angehalten, welche drohten, seine Pferde zu schlachten.

»Wollen Sie Ihr Ziel erreichen?« fragte der Grenadier.

»Und wenn es mich meinen letzten Blutstropfen kosten sollte«, antwortete der Major.

»Dann vorwärts! . . . man macht keinen Eierkuchen, ohne Eier zu zerschlagen.«

Und der Grenadier lenkte die Pferde über die Menschen, tauchte die Räder in Blut und zog eine doppelte Furche des Todes über das mit Menschenköpfen bedeckte Feld. Doch muß man ihm die Gerechtigkeit widerfahren lassen, daß er fortwährend mit donnernder Stimme rief:

»Achtung, ihr Hunde!«

»Die Unglücklichen«, seufzte der Major.

»Das bleibt sich gleich. Sterben müssen sie, und wenn sie von unsern Rädern verschont werden, so trifft sie die Kälte oder die Kugel der Russen.«

Der Grenadier trieb die Pferde mit der Spitze seines Säbels an. Plötzlich aber ereignete sich ein Unglück, das schon längst hätte eintreten müssen und nur durch einen wunderbaren Zufall bisher verhindert war.

Der Wagen stürzte um.

»Das hatte ich erwartet«, sagte der ewig gleichgültige Grenadier. »Oh! Der Kamerad ist tot.«

»Der arme Laurent«, sagte der Major.

»Ach! Er hieß Laurent? Stand er nicht bei den fünften Jägern?«

»Ja . . .«

»Er war mein Vetter. Bah! Das Hundeleben, das wir jetzt führen, kann man nicht bedauern. Wohl ihm, daß er tot ist.«

Der Wagen ließ sich nicht aufrichten; die Pferde konnten nicht ohne größeren Zeitverlust abgespannt werden.

Der Stoß war so heftig gewesen, daß die junge Gräfin aufwachte. Sie wurde durch die Erschütterung aus der Erstarrung gerissen und warf ihre Decken von sich. Sie erhob sich und blickte umher.

»Philipp!« sagte sie mit sanfter Stimme. »Wo sind wir?«

»Fünfhundert Schritt von der Brücke. Wir wollen über die Beresina. Sind wir erst am andern Ufer des Flusses, werde ich Sie nicht mehr quälen. Ich lasse Sie dann schlafen; denn dann sind wir in Sicherheit und können in aller Ruhe Wilna erreichen. Gebe Gott, daß Sie nie erfahren, was Ihre Rettung gekostet hat.«

»Du bist verwundet?«

»Das will nichts sagen.«

Die Stunde der Katastrophe nahte.

Die Kanonen der Russen kündeten den neuen Tag an. Sie waren Herren von Studzianka und beschossen die Ebene. Bei dem ersten Lichte des Morgens sah der Major, wie sich auf den Höhen ihre Kolonnen aufstellten.

Lautes Schreckensgeschrei erhob sich aus der Menge der Besiegten. In einem Augenblick war alles auf den Beinen, was noch lebte.

In wirrer Unordnung eilte alles nach der Brücke; denn jeder begriff instinktmäßig die Gefahr, in der er schwebte. Die Russen kamen mit der Schnelligkeit einer Feuersbrunst von den Höhen herab. Männer, Frauen, Kinder, Pferde, alles zog nach der Brücke. Zum Glück für den Major und die Gräfin, befanden sie sich noch weit von dem Ufer, denn der General Eblé hatte die Brücke an dem andern Ende anzünden lassen. Ungeachtet der Warnungen, welche denen erteilt wurden, die über die Brücke, die Rettung verhieß, hinüberzogen, wollte niemand zurückweichen. Die Brücke brach zusammen unter der Last der Menschen und der Sturm dieser Menschenflut war so wütend, daß sie sich gegenseitig in das Wasser hinabwarfen. Man sah Köpfe und Körper aus den Wogen hervortauchen, hörte aber nur das dumpfe Geräusch der Fallenden, denn die Verzweiflung war zu groß, als daß ein Ruf des Schreckens oder Schmerzes hätte laut werden können. Die Beresina war bald mit Leichen bedeckt. Die rückgängige Bewegung derjenigen, welche in die Ebene zurückwichen, um dem Tod im Wasser zu entgegen, war so heftig, so schrecklich, daß viele erdrückt wurden. Der Graf und die Gräfin Vandières verdankten ihr Leben nur ihrem Wagen. Die Pferde waren erdrückt, dann unter die Füße getreten und zu einer unkenntlichen Masse zerstampft.

Der Major und der Grenadier retteten ihr Leben durch ihre Kraft. Sie warfen die Andringenden nieder, um nicht selbst niedergeworfen zu werden.

Dieser Orkan von Menschen, dieser Zufluß und Rückfluß von Körpern, die durch ein gleiches Streben beseelt wurden, bewirkte, daß für einige Augenblicke das Ufer der Beresina frei wurde. Die Menge hatte sich in die Ebene zurückgeworfen. Wenn einige Männer sich von dem zwölf Fuß hohen Ufer in den Fluß hinabstürzten, so geschah das ebensowohl in der Hoffnung, das andere Ufer zu erreichen, welches für sie Frankreich war, wie auch den Wüsten Sibiriens zu entgehen. Die Verzweiflung wurde zur Rettung für einige: ein Offizier sprang von Scholle zu Scholle, bis an das andere Ufer; ein Soldat arbeitete sich über einen Haufen von Leichen und Eisschollen hinüber. Die gewaltige Menschenmasse begriff nicht, daß die Russen zwanzigtausend Mann niederhauen würden, welche ohne Waffen und erstarrt dastanden und an keine Verteidigung dachten.

Der Major, der Grenadier, der alte General und seine Gattin standen wenige Schritte von der Brücke. Mit trockenen Augen und ohne ein Wort zu sprechen, schauten sie auf die Haufen von Leichen, von denen sie umgeben waren.

Einige kräftige Soldaten, einige Offiziere, denen die Umstände ihre ganze Energie wieder gegeben, umringten sie. Diese ziemlich zahlreiche Gruppe bestand bald aus etwa fünfzig Menschen. Der Major erblickte in einer Entfernung von etwa zweihundert Schritten die Trümmer der für die Wagen gebauten Brücke, welche am Vorabend eingestürzt war.

»Wir wollen ein Floß bauen«, sagte er.

Kaum hatte er dieses Wort gesprochen, als die ganze Gruppe nach den Trümmern der Brücke lief. Dreißig Mann arbeiteten an der Zusammenfügung des Floßes. Zwanzig andere suchten eiserne Klammern, Bretter, Stricke, kurz alles zusammen, was nötig schien. Zwanzig bewaffnete Soldaten und Offiziere bildeten eine Wache, die durch den Major befehligt wurde, um die Arbeiter gegen die verzweifelten Angriffe zu schützen, die die Menge machen konnte, wenn sie ihre Absicht erriet. Die Hoffnung auf Freiheit, die die Gefangenen Wunder vollbringen läßt, ist nicht mit dem Gefühle zu vergleichen, das diese unglücklichen Franzosen zum Handeln trieb.

»Die Russen kommen! ... die Russen! ...« riefen die, welche die Arbeiter verteidigten.

Und das Holz krachte, das Floß wuchs in Breite, Höhe und Tiefe. Generäle, Soldaten, Oberste trugen Stricke, Bretter und Stämme herbei; mit größerem Eifer wurde nicht an der Arche Noah gebaut.

Die junge Gräfin saß neben ihrem Gemahl und betrachtete dieses Schauspiel mit Wehmut, denn sie bedauerte, bei der Arbeit nicht helfen zu können.

Endlich war das Floß fertig. Vierzig Mann ließen es ins Wasser, während etwa zehn Soldaten es an Seilen festhielten, um es so in der Nähe des Ufers zu halten. Sobald die Erbauer ihr Fahrzeug auf der Beresina flott sahen, so stürzten sie mit schrecklicher Selbstsucht zu dem Ufer hinab und auf dasselbe.

Der Major fürchtete die Wut des ersten Andranges, und hielt Stephanie und den General bei der Hand; wie groß war aber sein Schrecken, als er sah, daß das Floß besetzt und die Männer auf ihm so eng aneinander standen, wie die Zuschauer in dem Parterre eines Theaters.

»Unmenschen!« rief er. »Ich habe euch den Gedanken gegeben, ich bin euer Retter, und ihr verweigert mir einen Platz!«

Ein unverständliches Gemurmel war die Antwort. Die Männer, die am Rande des Flosses standen und mit Stangen versehen waren, die sie gegen das Ufer stemmten, stießen das Floß ab, um es zwischen den Eisschollen und Leichen hindurch nach dem andern Ufer zu stoßen.

»Donnerwetter!« fluchte der Grenadier mit furchtbarer Stimme. »Ich schmeiße euch alle ins Wasser, wenn ihr den Major mit seinen beiden Gefährten nicht aufnehmt.«

Zugleich zog der Grenadier seinen Säbel und verhinderte

die Abfahrt; dann drängte er die Reihen enger zusammen, obgleich ein furchtbares Geschrei entstand.

»Ich falle! Ich stürze ins Wasser!« schrien sie.

»Abstoßen! Vorwärts!«

Der Major sah mit trocknen Augen auf seine Geliebte, die in einem Gefühl erhabener Entsagung die Augen gen Himmel richtete.

»Ich will mit dir sterben! . . .« sagte sie.

Der Anblick der Leute auf dem Floß hatte etwas Komisches. Alle schrien aber keiner von ihnen wagte dem Grenadier zu widerstehen, denn sie wußten, daß der Stoß gegen einen einzigen das Ganze zum Kentern bringen konnte. In dieser Gefahr versuchte ein Oberst, den Grenadier über Bord zu stoßen, aber der Soldat bemerkte zu rechter Zeit die Absicht des Offiziers, ergriff ihn selbst und warf ihn ins Wasser, indem er ihm nachrief:

»Ha! Ente, du willst schwimmen! . . .«

»Da sind zwei Plätze!« rief er. »Nun, Major, werft uns Eure kleine Frau herüber und kommt selbst. Den Alten laßt nur dort, der wird's doch nicht lange mehr machen . . .«

»Rasch!« klang es aus hundert Kehlen.

»Geschwind, Major . . . die andern zürnen, und sie haben recht . . . Geschwind! . . .«

Der Graf von Vandières warf seine Mäntel ab und zeigte sich in seiner Generalsuniform.

»Wir müssen den Grafen retten«, sagte Philipp; »das ist unsere Pflicht . . .«

Stephanie drückte die Hand ihres Freundes, sie warf sich an seine Brust und umarmte ihn.

»Lebe wohl!« sagte sie.

Sie hatten sich verstanden.

Der Graf von Vandières fand seine Kraft und Geistesgegenwart wieder und sprang schnell auf das Floß. Stephanie folgte ihm, nachdem sie einen letzten Blick auf Philipp geworfen hatte.

»Major! . . . wollen Sie meinen Platz? . . . ich mache mir nichts aus dem Leben«, sagte der Grenadier. »Ich habe weder Frau noch Kind noch Mutter . . .«

»Ich vertraue dir diese an!« rief der Major und zeigte auf den Grafen und seine Frau.

»Unbesorgt, . . . ich werde sie hüten wie meine Augen.«

Das Floß wurde mit solcher Heftigkeit nach dem andern Ufer gestoßen, daß beim Anstoßen alles durcheinander fiel. Der Graf, welcher am Rande stand, stürzte in den Fluß; in demselben Augenblicke trieb eine Eisscholle vorüber und schnitt ihm den Kopf ab, der noch weit über die Schollen hinwegrollte wie eine Kugel.

»He! . . . Major . . .« rief der Grenadier.

»Lebe wohl . . .« schrie eine Frauenstimme.

Philipp von Sucy sank nieder, er erlag dem Grausen, dem Frost, der Ermattung und dem Kummer . . .

»Meine arme Nichte hatte den Verstand verloren«, fügte der Arzt hinzu, nachdem er einen Augenblick geschwiegen hatte. »Ach! Mein Herr«, fuhr er dann fort und ergriff die Hand des Herrn d'Albon, »was für ein Leben hat die junge und zarte Frau geführt! In Wilna wurde sie von jenem Gardegrenadier, namens Fleuriot, getrennt. Sie blieb zwei Jahre lang im Gefolge des Heeres als Zielscheibe des Witzes elender Menschen. Wie man mir gesagt hat, ging sie barfuß und schlecht gekleidet, keiner sorgte für sie, keiner gab ihr Nahrung; bald brachte man sie in Hospitäler und jagte sie dann wieder davon wie einen räudigen Hund. Nur Gott allein kennt das Leben, das diese Unglückliche geführt hat. Unmenschliche Leiden hat sie durchgemacht . . . Mit Irren zusammen befand sie sich in einem Hospitale in einer kleinen deutschen Stadt, während ihre Verwandten in Frankreich sie für tot hielten. Im Jahre 1816 wurde sie von dem Grenadier Fleuriot in einer Schenke in Straßburg wieder erkannt. Sie war aus ihrem Gefängnis entsprungen. Einige Bauern versicherten dem Grenadier, daß die Gräfin einen ganzen Monat in einem Walde gelebt habe, und daß sie oft versucht hatten, sich ihrer zu bemächtigen, aber stets vergebens.

Ich befand mich damals in der Nähe von Straßburg. Ich hörte von einer wilden Frauensperson sprechen und wünschte etwas Näheres hinsichtlich der wunderlichen Gerüchte zu erfahren, die über sie im Umlauf waren. Wie groß war mein Erstaunen, als ich die Gräfin erkannte. Fleuriot erzählte mir alles, was er über die unglückliche Frau wußte. Ich nahm ihn nebst meiner Nichte mit in die Auvergne. Leider habe ich den armen Mann verloren. Er hatte noch einige

Herrschaft über Frau von Vandières. Er allein vermochte es, von ihr zu erlangen, daß sie sich ankleidete . . . ›Lebe wohl‹, das ist das einzige, was sie spricht. Fleuriot hatte es übernommen, ein paar Gedanken in ihr zu wecken. Aber es ist ihm nicht gelungen, und er hat weiter nichts erreicht, als daß sie jetzt öfter als früher jene beiden Worte spricht. Der Grenadier verstand es, sie zu zerstreuen, indem er mit ihr spielte . . . ich hoffte auf ihn, aber . . .«

Herr Fanjat, so hieß Stephaniens Oheim, schwieg einen Augenblick und fuhr dann fort:

»Hier hat sie ein anderes Wesen gefunden, mit dem sie sich verständigen zu können scheint. Es ist das ein blödsinniges Bauernmädchen, das sich, trotz seiner Häßlichkeit und Dummheit, in einen Maurer verliebt hatte. Dieser Maurer wollte das Mädchen auch heiraten, weil es einige Acker Land besitzt. Die arme Genoveva war ein Jahr lang das glücklichste Geschöpf, das es auf Erden gab. Sie ging Sonntags mit Dallot zum Tanz, sie schmückte sich und begriff die Liebe: ihr Herz und ihr Geist hatten Raum für dies eine Gefühl.

Allein Dallot bedachte sich; er fand ein junges Mädchen, welches zwei Acker Land mehr hatte als Genoveva und nicht blödsinnig war. Nun ließ Dallot Genoveva, und das arme Geschöpf verlor vollends den Verstand; jetzt kann sie nur noch die Kühe hüten und Gras schneiden. Die beiden unglücklichen Wesen sind gewissermaßen durch die unsichtbare Kette ihres gemeinsamen Schicksals miteinander verbunden.

»Sehen Sie!« sagte Herr Fanjat und führte den Marquis d'Albon an das Fenster.

Der Beamte sah in der Tat die hübsche Gräfin, welche zwischen Genovevas Beinen auf der Erde saß. Das Bauernmädchen hatte einen ungeheuren Kamm in der Hand und verwandte seine ganze Aufmerksamkeit darauf, Stephaniens langes schwarzes Haar zu entwirren. Diese ließ alles mit sich geschehen. Sie stieß halb erstickte Schreie aus, die mehr auf Freude als auf Widerwillen deuteten.

Herr d'Albon erschauderte, als er die Lässigkeit und tierische Gleichgültigkeit der Gräfin bemerkte, die auf einen vollkommenen Mangel an Seele schließen ließ.

»Philipp! Philipp!« rief er aus. »Das überstandene Leiden ist noch nichts!«

»Gibt es denn keine Hoffnung?« fragte er Herrn Fanjat.

Der Arzt hob die Augen gen Himmel.

»Leben Sie wohl, mein Herr«, sagte Herr d'Albon und drückte die Hand des Greises. »Mein Freund wartet auf mich; Sie werden ihn bald sehen.«

»Sie ist es also wirklich«, sagte Herr von Sucy, nachdem er die ersten Worte des Marquis d'Albon gehört hatte. »Ach! ich zweifelte noch.«

Tränen traten in seine schwarzen Augen, deren Ausdruck gewöhnlich ernst war.

»Ja, es ist die Gräfin von Vandières«, antwortete der Marquis.

Der Oberst erhob sich schnell und kleidete sich an.

»Nun, Philipp?« fragte d'Albon erschreckt. »Was fällt dir ein?«

»Ich fühle keine Schmerzen mehr . . .«, antwortete der Oberst. »Diese Nachricht hat mir meine Kräfte wiedergegeben. Welche Krankheit vermöchte ich noch zu fühlen, wenn ich an Stephanie denke? Ich gehe in das Kloster. Ich muß sie sehen, sie sprechen, sie heilen, wenn es möglich ist . . . Sie ist frei . . ., das Glück soll uns lächeln, oder es müßte keine Vorsehung geben. Glaubst du nicht auch, daß jene arme Frau die Vernunft wieder erlangt, wenn sie mich sprechen hört?«

»Sie hat dich schon gesehen, ohne dich wiederzuerkennen«, antwortete der Marquis mit ruhiger Stimme, denn er bemerkte die übertriebenen Hoffnungen seines Freundes, zweifelte aber an dem Erfolge und hielt es daher für gut, auch ihm heilsame Zweifel einzuflößen.

Der Oberst zitterte; dennoch lächelte er und gab seine Ungläubigkeit zu erkennen.

Niemand wagte es, sich der Absicht des Herrn von Sucy zu widersetzen. Wenige Stunden später war er in der alten Abtei, bei dem alten Arzt und der Gräfin von Vandières.

»Wo ist sie?« rief er, als er ankam.

»Pst!« antwortete ihm Stephaniens Oheim. »Sie schläft . . . sehen Sie, dort.«

Philipp sah die arme Wahnsinnige in der Sonne auf einer Bank kauern. Ihr Haupt wurde gegen die heißen Strahlen durch einen Wald von Haaren geschützt, welche über ihr Gesicht hingen; ihr Körper lag leicht und anmutig da, gleich dem eines Rehes, die Beine waren etwas an den Leib gezogen, die Arme hingen nachlässig bis auf die Erde, ihr Busen hob sich in gleichmäßigen Zwischenräumen, und ihre Haut zeigte die Weiße des Porzellans, welche wir oft an dem durchscheinenden Teint der Kinder bewundern.

Genoveva saß unbeweglich neben ihr und hielt in der Hand einen Zweig, den Stephanie ohne Zweifel aus dem höchsten Gipfel einer Pappel herabgeholt hatte. Die Blödsinnige bewegte leise den Zweig vor dem Antlitz der Schlafenden, um die Fliegen und Mücken abzuwehren. Sie blickte Herrn Fanjat und den Obersten an, dann wandte sie gleich einem Tiere, welches seinen Herrn erkannt hat, langsam den Kopf wieder gegen Stephanie und fuhr fort, deren Schlaf zu bewachen, ohne das geringste Zeichen des Staunens oder des Verständnisses zu zeigen.

Es war ein glühendheißer Tag. Die Steinbank schien zu funkeln, und die Wiese ließ jene flimmernden Dünste aufsteigen, die wie Goldstaub über den Gräsern tanzen; Genoveva schien jedoch diese sengende Hitze nicht zu fühlen.

Der Oberst drückte die Hand des Arztes heftig. Tränen rannen aus den Augen des Soldaten, flossen über die männlichen Wangen und fielen zu Stephanies Füßen ins Gras.

»Seit zwei Jahren«, sagte der Onkel, »wird mein Herz täglich durch diesen Anblick gemartert. Bald wird es Ihnen gehen wie mir. Sie werden nicht mehr weinen, aber Ihren Schmerz vielleicht um so tiefer fühlen.«

»Sie haben sie gepflegt«, sagte der Oberst, dessen Augen eben so viel Dank wie Eifersucht ausdrückten.

Die beiden Männer verstanden sich; abermals drückten sie sich die Hand, blieben regungslos stehen und betrachteten die wundersame Ruhe, welche auf dem Antlitz des reizenden Weibes lag. Von Zeit zu Zeit stieß Stephanie einen Seufzer aus, der auf eine Empfindung zu deuten schien und daher den unglücklichen Obersten mit Freude erfüllte.

»Ach!« seufzte Herr Fanjat, »täuschen Sie sich nicht, mein Herr, Sie sehen sie in diesem Augenblick in all ihrer

Vernunft.« Wer schon einmal die Freude genossen hat, stundenlang ein zärtlich geliebtes Wesen zu betrachten und mit Sehnsucht darauf gewartet hat, daß die Augen jenes Wesens beim Aufschlagen ihn mit einem Lächeln begrüßen, der wird ohne Zweifel das süße und auch schreckliche Gefühl begreifen, welches Herrn von Sucy erfüllte; für ihn war dieser Schlummer eine Täuschung, und das Erwachen mußte ein Tod sein, und zwar der schrecklichste Tod.

Plötzlich kam ein Ziegenlämmchen herbeigesprungen und beroch Stephanie. Diese wurde durch das Geräusch geweckt und sprang auf, ohne daß diese rasche Bewegung das muntere Tierchen erschreckt hätte. Als sie aber Philipp erblickte, entfloh sie und eilte, gefolgt von ihrem vierfüßigen Begleiter, bis an eine Syringenhecke. Dann stieß sie jenen leichten Schrei eines aufgescheuchten Vogels aus, welchen der Oberst bereits in der Nähe des Gittertores gehört hatte, wo die Gräfin Herrn d'Albon zum ersten Male erschien. Endlich kletterte sie auf einen Baum, setzte sich in die grünen Zweige und betrachtete den Unbekannten mit der Aufmerksamkeit einer neugierigen Nachtigall.

»Lebe wohl, lebe wohl, lebe wohl!« sagte sie, ohne daß auch nur der geringste Geist in diesen Worten gelegen hätte.

»Sie erkennt mich nicht wieder«, sagte der Oberst verzweifelt.

»Stephanie! ... ich bin Philipp, dein Philipp ... Philipp ...«

Der arme Soldat ging auf den Baum zu.

Als er noch drei Schritte von dem Baume war, blickte die Gräfin mit dem mißtrauischen Ausdrucke eines Eichhörnchens auf ihn hinab, entfloh dann mit einem einzigen Sprunge auf eine Akazie, und von dieser auf eine Weimutskiefer, auf welcher sie von Zweig zu Zweig emporkletterte und sich endlich mit einer unbegreiflichen Leichtigkeit in dem höchsten Gipfel wiegte.

»Folgen Sie ihr nicht«, sagte Herr Fanjat zu dem Obersten. »Sie würden zwischen sich und ihr eine Abneigung hervorrufen, die unüberwindlich werden könnte. Ich werde Ihnen helfen, die Wilde zu zähmen. Kommen Sie auf diese Bank. Wenn Sie gar nicht auf sie achten, wird sie sich allmählich nähern, um Sie zu betrachten ...«

»Mich nicht erkennen, sondern fliehen«, sagte der Oberst und setzte sich.

Er lehnte seinen Rücken an einen Baum, dessen Zweige die Bank beschatteten, und der Kopf sank ihm auf die Brust.

Herr Fanjat schwieg.

Bald stieg die Gräfin von der Kiefer herab, sie schwang sich wie ein Irrlicht von Zweig zu Zweig und überließ sich den Schwingungen, in welche der Wind den Baum versetzte. Auf jedem Zweige machte sie halt, um den Fremden zu betrachten; als sie ihn aber regungslos sah, sprang sie endlich auf das Gras hinab, richtete sich wieder auf und kam mit langsamen Schritten über die Wiese.

Als sie sich an einen Baum gelehnt hatte, der sich zehn Fuß von der Bank befand, sagte Herr Fanjat mit leiser Stimme zu dem Oberst:

»Nehmen Sie aus meiner rechten Tasche einige Stückchen Zucker und zeigen Sie ihr diese ... sie wird kommen ... Ich verzichte gern zu Ihren Gunsten darauf, ihr diese Leckereien zu geben. Mit Hilfe des Zuckers können Sie mit ihr machen, was Sie wollen: die Neigung zu Süßigkeiten ist bei ihr eine Leidenschaft.«

»Als sie noch vernünftig war, liebte sie die Süßigkeiten gar nicht«, antwortete Philipp traurig.

Der Oberst nahm ein Stückchen Zucker zwischen Daumen und Zeigefinger der rechten Hand und zeigte es Stephanie. Diese stieß wieder den leichten Vogelschrei aus und kam schnell auf Philipp zu. Auf halbem Wege blieb sie stehen, durch die instinktmäßige Furcht zurückgehalten, welche ihr der Fremde einflößte. Sie blickte den Zucker an, wandte dann wieder die Augen ab, wie jene unglücklichen Hunde, welche von ihrem Herrn gewöhnt sind, nicht eher irgend eine Nahrung anzunehmen, bis ihnen ein gewisses Wort gesagt ist. Endlich siegte die tierische Leidenschaft über die Furcht, und sie stürzte auf Philipp zu. Furchtsam streckte sie ihre hübsche braune Hand aus und nahm dann mit einer hastigen Bewegung den Zucker aus Philipps Hand und entfloh.

Diese schreckliche Szene erschütterte den Obersten. Er brach in Tränen aus und entfloh in das Wohnzimmer.

»Sollte die Liebe weniger Kraft haben als die Freundschaft?« fragte Herr Fanjat, der ihm gefolgt war. »Ich habe Hoffnung, Herr Baron . . . Meine arme Nichte war in einem weit beklagenswertern Zustand!«

»In einem weit beklagenswertern?« rief Philipp aus.

»Ja«, versetzte der Arzt. »Sie wollte stets nackt bleiben.«

Den Obersten durchrieselte es kalt, er erbleichte. Herr Fanjat glaubte in dieser Blässe ein schlimmes Symptom zu erkennen und befühlte seinen Puls. Der Oberst war von einem heftigen Fieber ergriffen. Der Arzt bestimmte ihn, sich zu Bett zu legen, und bereitete ihm eine leichte Dosis Opium, um ihm einen ruhigen Schlaf zu verschaffen.

Acht Tage waren verstrichen, während welcher der Baron von Sucy noch oft von einer grausamen Pein ergriffen wurde; bald aber waren seine Augen ohne Tränen. Seine Seele konnte sich nicht an das Schauspiel gewöhnen, das der Wahnsinn der Gräfin bot. Er schloß sozusagen einen Vergleich mit der grausamen Situation und fand Linderung in seinem Schmerze. Seine Selbstüberwindung kannte keine Grenzen. Er wollte Stephanie zunächst zähmen und an sich gewöhnen, indem er sie reichlich mit Leckereien versorgte, nach denen sie so lüstern war. Er zeigte sich dabei so gefällig und freundlich, daß er sie immer vertraulicher machte und es ihm endlich gelang, sie zahmer zu machen, als sie je gewesen war. Wenn der unglückliche Oberst des Morgens in den Park ging und vergebens die Gräfin suchte, weil er nicht wußte, auf welchem Baume sie sich schaukelte, mit welchem Vogel oder Hunde sie spielte, oder auf welches Dach sie geklettert war, pfiff er die in Frankreich so bekannte Melodie von Partant pour la Syrie, an welche sich die Erinnerung an eine Szene ihrer Liebe knüpfte, und sogleich eilte ihm Stephanie mit der Leichtigkeit eines Rehs entgegen.

Bald setzte sie sich auf seinen Schoß und umschlang ihn mit ihren weichen und gelenkigen Armen. In dieser für Liebende so angenehmen Haltung gab er ihr langsam die Süßigkeiten. So lernte sie endlich den Baron kennen und gewöhnte sich an seinen Anblick. Sie erschrak nicht mehr vor ihm. Wenn sie allen Zucker aufgenascht hatte, den er bei sich hatte, untersuchte sie bisweilen mit komischer Neugierde die Taschen ihres Freundes, während ihre Bewegungen jene mechanische Behendigkeit zeigten, die man bei den

Affen bewundert. Hatte sie sich überzeugt, daß er nichts mehr habe, betrachtete sie Philipp mit ruhigen und gedankenlosen Blicken, ohne eine Erkenntlichkeit zu zeigen, und spielte mit ihm. Sie versuchte, seine Stiefel auszuziehen, um seinen Fuß zu sehen, sie zerriß seine Handschuhe, setzte seinen Hut auf, duldete aber auch, daß er ihr mit der Hand über das Haar strich und sie in seine Arme nahm. Seine glühenden Küsse nahm sie gleichgültig hin und betrachtete ihn schweigend, wenn er weinte. Sie verfehlte nicht, zu ihm zu eilen, wenn er die genannte Melodie pfiff, dagegen war es dem Oberst unmöglich, ihr beizubringen, ihren eigenen Namen auszusprechen.

Er wurde bei seinem Unternehmen von einer Hoffnung aufrecht gehalten, welche ihn nie verließ. Wenn er an einem schönen Herbstmorgen die Gräfin ruhig auf einer Bank unter dem goldenen Laub einer Pappel sitzen sah, legte er sich ihr zu Füßen und blickte ihr so lange in die Augen, wie sie sich ansehen lassen wollte. Er prüfte den lebhaften Glanz, welcher aus ihren Augen strahlte, und hoffte stets, daß sich in ihnen ein Funke der Vernunft zeigen würde. Bisweilen täuschte er sich und glaubte, daß jene gewissermaßen harten und starren Strahlen weicher und lebensfroher würden; dann rief er aus: »Stephanie! . . . Stephanie! . . . du hörst mich . . . Du siehst mich! . . .« Sie aber lauschte auf den Klang seiner Stimme, wie auf ein Geräusch, wie auf den Wind, der die Bäume bewegt; der Oberst rang dann die Hände in Verzweiflung. Die Zeit und seine vergeblichen Versuche steigerten nur seinen Schmerz.

Es war an einem Abend, der Himmel war heiter und alles still und friedlich in dieser ländlichen Einsamkeit; da sah Herr Fanjat von Ferne, wie der Baron eine Pistole lud. Der alte Arzt begriff, daß Philipp keine Hoffnung mehr hatte. Er fühlte, wie ihm das Blut nach dem Herzen strömte, und wenn er dem Schwindel widerstand, der sich seiner bemächtigen wollte, so war es, weil er lieber seine Nichte lebendig und wahnsinnig, als tot sehen wollte. Er eilte hinzu.

»Was machen Sie?« fragte er.

»Die da ist für mich«, antwortete der Oberst und zeigte auf eine geladene Pistole, welche auf der Bank lag, »und . . . und die für sie . . .«, fuhr er dann fort, während er die Kugel entschlossen in den Lauf der Pistole stieß, die er in der Hand hielt.

Die Gräfin lag auf der Erde und spielte mit den Kugeln.

»Sie wissen also noch nicht«, sagte der Arzt ruhig, indem er sein Entsetzen verbarg, »daß sie heute nacht im Schlafe Philipp gesagt hat!«

»Sie hat meinen Namen gesprochen!« sagte der Baron und ließ die Pistole fallen, die Stephanie aufhob.

Er entriß erschreckt die Waffe den Händen der Gräfin, nahm auch die, welche auf der Bank lag, und eilte hinweg.

»Arme Kleine«, sagte der Arzt, und freute sich über den Erfolg, den seine List gehabt hatte.

Er drückte die Wahnsinnige an seine Brust und fuhr dann fort:

»Er würde dich totgeschossen haben . . ., der Selbstsüchtige. Er will dir den Tod geben, weil er leidet . . . Er versteht es nicht, dich um deiner selbst willen zu lieben, mein Kind. Wir verzeihen ihm, nicht wahr? . . . Er ist von Sinnen, und du, . . . du bist wahnsinnig . . . Gehe! Gott allein hat das Recht, dich zu sich zu rufen . . . Wir halten dich für unglücklich, weil du an unserem Elend keinen Anteil nimmst. . . . Wir sind die Narren.«

Dann setzte er sie auf seinen Schoß und sagte:

»Du bist glücklich, dich quält nichts; du lebst wie der Vogel, wie das Wild . . .«

Dann sprang sie hinweg, denn sie sah eine junge Amsel in einem Busche sitzen. Sie fing den Vogel, stieß einen Freudenschrei aus, drückte das Tierchen tot und warf es dann unter einen Baum, ohne weiter daran zu denken.

Am folgenden Tage eilte Herr von Sucy, als kaum die Morgendämmerung anbrach, in den Garten und suchte Stephanie. Er glaubte an das Glück. Da er sie nicht fand, pfiff er. Als seine Geliebte gekommen war, nahm er sie beim Arm und ging mit ihr durch die Gänge des Gartens, welche jetzt mit welkem Laube bedeckt waren. Der Oberst setzte sich, und sie setzte sich ihm auf den Schoß.

»Geliebte«, sagte er und küßte die Hände der Gräfin, »ich bin Philipp . . .«

Sie betrachtete ihn neugierig.

»Komm«, fuhr er dann fort und drückte sie an sich.

»Fühlst du, wie mein Herz schlägt? . . . Es hat nur für dich geschlagen . . . Ich liebe dich noch immer, Philipp ist nicht tot; er ist hier . . . Du bist bei ihm . . . du bist Stephanie, und ich bin Philipp.«

»Lebe wohl«, sagte sie, »lebe wohl.«

Der Oberst schauderte, denn er glaubte zu bemerken, daß seine Glut sich der Unglücklichen mitteilte. Er glaubte, daß seine aus dem Tiefinnersten des Herzens kommenden Worte, diese letzte Anstrengung einer ewigen Liebe, die Vernunft seiner Freundin wieder erweckten.

»Ach! Stephanie! . . . wir werden glücklich sein! . . .«

Sie ließ einen Ausruf der Freude laut werden, und in ihren Augen blitzte es wie vages Verständnis.

»Stephanie! . . . Sie erkennt mich! . . .«

Der Oberst fühlte, wie ihm das Herz schwoll, seine Augen füllten sich mit Tränen. Plötzlich sah er aber, wie ihm die Gräfin ein Stückchen Zucker zeigte, das sie gefunden hatte, als sie seine Taschen durchsuchte, während er sprach. Er hatte den tierischen Instinkt für einen menschlichen Gedanken gehalten.

Philipp verlor das Bewußtsein.

Herr Fanjat fand die Gräfin auf dem Körper des Obersten sitzen. Gefühllos nagte sie an dem Zucker und trieb dabei Possen, die man mit Entzücken bewundert haben würde, hätte sie dieselben in ihren vernünftigen Tagen beim Spielen mit einem Papagei oder einem Kätzchen getrieben.

»Ach! mein Freund«, sagte Philipp, als er das Bewußtsein wieder erlangte, »ich erleide den Tod an jedem Tage und in jeder Minute . . . Meine Liebe ist zu groß . . . Ich würde alles ertragen, wenn sie nur bei ihrem Wahnsinn etwas von dem weiblichen Charakter behalten hätte . . . So aber muß ich sehen, wie sie alle Scham verloren hat, . . . wie sie einem Tiere gleicht . . .«

»Sie verlangen also eine Wahnsinnige, wie man sie in den Opern dargestellt findet?« fragte Herr Fanjat mit einiger Bitterkeit. »Die Hingabe Ihrer Liebe ist also Vorurteilen unterworfen? Ach! Mein Herr, ich habe mich um Ihretwillen des traurigen Glückes beraubt, meine Nichte zu pflegen; ich habe Ihnen die Freude gelassen, mit ihr zu spielen; ich habe die schwersten Aufgaben für mich behalten. Während sie schliefen, bewachte ich die Gräfin und ... aber gehen Sie, mein Herr, verlassen Sie diese traurige Einsiedelei. Ich verstehe es, mit diesem lieben Wesen zu leben; ich begreife ihren Wahnsinn, belausche ihre Handlungen und kenne ihr Geheimnis. Eines Tages werden Sie mir Dank wissen.«

Der Oberst verließ das alte Kloster, um nur noch ein Mal dahin zurückzukehren.

Herr Fanjat war erschreckt über die Wirkung, die er auf seinen Gast hervorgebracht hatte. Er begann, ihn ebenso zu lieben, wie seine Nichte. Wenn von den beiden Liebenden einer des Mitleids würdig war, so war es gewiß Philipp; denn er allein hatte ja die Last eines schrecklichen Schmerzes zu tragen.

Der Arzt zog Erkundigungen über den Obersten ein und erfuhr, daß sich der Unglückliche auf ein Landgut zurückgezogen habe, das er in der Nähe von Saint-Germain besaß.

Der Baron hatte einen Plan entworfen, durch dessen Ausführung er der Gräfin die Vernunft wieder zu geben hoffte. Ohne daß der Arzt etwas wußte, verwandte er den Rest des Herbstes auf die Vorbereitungen zu diesem gewaltigen Unternehmen.

Ein kleiner Fluß floß durch seinen Park. Er überschwemmte im Winter eine Strecke Sumpfland, die der am rechten Ufer der Beresina ein wenig glich. Der Oberst beschäftigte eine große Menge von Arbeitern, die einen Kanal graben mußten, der den Fluß darstellen sollte, in dem Frankreichs Schätze, Napoleon und seine Armee den Untergang gefunden haben. Durch seine Erinnerungen unterstützt, vermochte Philipp in seinem Park das steile Ufer darzustellen, an dem der General Eblé seine Brücke geschlagen hatte. Er ließ Gerüste errichten und äscherte sie ein, daß sie jenen schwarzen und halbverkohlten Bohlen glichen, die den Nachzüglern bezeugt hatten, daß ihnen der Weg nach Frankreich geschlossen sei. Zugleich ließ der Oberst Trümmer von Brettern und Balken zusammentragen, die denen gleichen, deren sich seine Unglücksgefährten zum Bau des Flosses bedient hatten. Kurz, er verwüstete seinen ganzen Park, um die Täuschung, auf die er seine letzte Hoffnung baute, vollkommen zu machen. Er schaffte zerrissene Uniformen herbei, um sieben bis achthundert Bauern bekleiden zu können, errichtete Hütten, Zelte, Batterien, vergaß nichts, um die schrecklichste aller Szenen darzustellen; und er erreichte sein Ziel.

In den ersten Tagen des Monats Dezember, als die Erde von einer dichten Schneedecke überzogen war, glaubte er die Beresina zu sehen. Rußland wurde in seinem Park mit schrecklicher Wahrheit dargestellt; er ließ einige seiner Waffengefährten die Nachahmung beurteilen, und diese schauderten, als sie so deutlich an ihr vergangenes Elend erinnert wurden. Herr von Sucy verschwieg indes den Grund dieser tragischen Darstellung, von der man damals in mehreren Pariser Salons als einer Narrheit sprach.

Zu Anfang des Jahres 1820 fuhr Herr von Sucy in einem Wagen, welcher dem ähnlich war, in dem Herr und Frau von Vandières den Weg von Moskau nach Studzianka zurückgelegt hatten, nach dem Walde von l'Isle-Adam. Den Wagen zogen Pferde, ähnlich denen, die er mit Gefahr seines Lebens den Russen abgenommen hatte, und er selbst trug die beschmutzte Uniform, die Waffen und die Pelzmütze, die er am 29. November 1812 getragen hatte. Bart und Haare hatte er wachsen lassen, sein Gesicht vernachlässigt, damit die Wahrheit so gut wie möglich dargestellt werde.

»Ich errate Ihre Absicht«, sagte Herr Fanjat, als er den Obersten aus dem Wagen steigen sah.

Die beiden Männer umarmten sich.

»Wenn Ihr Plan gelingen soll, zeigen Sie sich nicht in diesem Aufzuge. Heute abend werde ich meiner Nichte ein wenig Opium geben; während sie schläft, kleiden wir sie so, wie sie in Sudzianka gekleidet war, und bringen sie in den Wagen ... Ich werde Ihnen in einer Berline folgen ...«

Gegen zwei Uhr morgens wurde die junge Gräfin in den Wagen getragen. Ein paar Bauern leuchteten bei dieser sonderbaren Entführung. Sie wurde auf das Kissen gelegt und in eine grobe Decke gehüllt. Plötzlich hallte ein gellender Schrei durch die Stille der Nacht. Philipp und der Arzt sahen jetzt Genoveva, die halbnackt aus dem Zimmer des Erdgeschosses herbeikam, in welchem sie schlief.

»Lebe wohl, lebe wohl! Nun ist es vorbei! ... Lebe wohl!« rief sie unter heißen Tränen.

»Nun, Genoveva, was hast du?« fragte Herr Fanjat. Genoveva schüttelte verzweifelt den Kopf, hob die Arme gen Himmel, blickte auf den Wagen, stieß ein Knurren aus, gab alle Zeichen eines tiefen Schreckens und kehrte dann schweigend in das Haus zurück.

»Das ist ein gutes Zeichen«, sagte der Oberst. »Das Mädchen bedauert, keine Gefährtin mehr zu haben ... es erkennt vielleicht, daß Stephanie ihre Vernunft wieder erlangen wird.«

»Das gebe Gott!« sagte Herr Fanjat mit einem tiefen Seufzer. Seit er sich mit dem Wahnsinn beschäftigt hatte, war er mehreren Beispielen des prophetischen Geistes und der Gabe des zweiten Gesichts begegnet, von denen Geisteskranke einige Beweise geliefert haben, und die sich, nach Angabe von verdienten Forschern, bei wilden Stämmen finden.

Es war gegen neun Uhr morgens, als Stephanie über die Ebene kam, welche die Ebene an der Beresina darstellen sollte. Sie wurde durch einen Böller geweckt, der etwa hundert Schritt von dem Wagen abgeschossen wurde. Das war das Signal.

Tausend Bauern stießen ein schreckliches Geschrei aus, gleich dem Hurra der Verzweiflung, das damals die Russen erschrecken sollte, als sich zwanzigtausend Nachzügler durch ihre eigene Schuld dem Tode und der Sklaverei ausgeliefert sahen.

Als die Gräfin durch den Kanonenschuß und das Geschrei erwachte, sprang sie aus dem Wagen. Sie lief in wahnsinniger Angst über die beschneite Ebene, sah die brennenden Zelte und das unglückliche Floß, welches in die Beresina gelassen wurde. Der Major Philipp stand bei dem brennenden Floß und schwang seinen Säbel über der Menge. Frau von Vandières stieß einen Schrei aus, der die Herzen aller erbeben ließ. Sie stellte sich neben Herrn von Sucy, dessen Herz stürmisch schlug. Sie suchte ihre Gedanken zu sammeln und blickte befremdet auf das Bild. Für einen kurzen Augenblick hatten ihre Augen den verständnislosen Glanz, den wir in den schimmernden Augen der Vögel bewundern; dann fuhr sie mit der Hand über die Stirn, als dächte sie nach. Sie schien sich zu erinnern, das vergangene Leben tauchte vor ihr auf, sie wandte den Kopf schnell gegen Philipp . . . und sah ihn. Ein schreckliches Schweigen herrschte. Der Oberst keuchte und wagte nicht zu sprechen. Herr Fanjat weinte. Stephanies schönes Antlitz gewann eine schwache Färbung, die sich dann mehr und mehr steigerte, bis sie endlich das frische Rot eines jungen Mädchens erlangte. Ihre Wangen übergoß ein schönes Purpur. Das Leben und der Verstand schienen zurückzukehren. Ein krampfhaftes Zittern überfiel sie, begann bei den Füßen und ergriff dann allmählich ihren ganzen Körper. Endlich schienen sich alle diese Erscheinungen in einem einzigen Punkte zu vereinigen, in ihren Augen, aus denen ein himmlischer Strahl, ein seelenvolles Feuer hervorbrach. Sie lebte, sie dachte; darum schauderte sie . . . Gott selbst hatte ihr zum zweiten Mal die erstarrte Zunge gelöst und sein himmlisches Feuer in das erloschene Herz gegossen. Der menschliche Wille ergoß seine elektrischen Ströme in diesen Körper, aus dem er so lange fern gewesen war.

»Stephanie! . . .« rief der Oberst.

»O! das ist Philipp! . . .« sagte die arme Gräfin.

Sie stürzte sich in die zitternden Arme, die der Oberst ihr entgegenstreckte, und die Umarmung der beiden Liebenden bannte die Zuschauer. Stephanie brach in Tränen aus. Plötzlich sagte sie mit schwacher Stimme: »Lebe wohl, Philipp! . . . ich liebe dich . . . Lebe wohl.«

»O! . . . sie ist tot! . . .« rief der Oberst und öffnete seine Arme.

Der alte Arzt fing den leblosen Körper seiner Nichte auf, drückte sie mit der Kraft der Jugend an sich, trug sie hinweg und setzte sich mit ihr auf einen Holzstoß. Er betrachtete die Gräfin und legte seine krampfhaft zitternde Hand auf ihr Herz. Ihr Herz schlug nicht mehr.

»Sie ist wirklich tot«, sagte er, während er abwechselnd den regungslos dastehenden Obersten anblickte und dann wieder Stephanies Antlitz, über das der Tod jene strahlende Schönheit ausgegossen hatte, die vielleicht eine Bürgschaft einer schönen Zukunft ist.

»Ja, sie ist tot . . .«

»Ach! dieses Lächeln«, sagte Philipp, »sehen Sie doch dieses Lächeln. Ist es möglich?«

»Sie ist schon kalt«, antwortete Herr Fanjat.

Herr von Sucy tat einige Schritte, um sich von diesem Schauspiel zu entfernen; dann aber blieb er stehen und pfiff die Melodie auf die die Wahnsinnige gehört hatte. Da er aber Stephanie nicht herbeieilen sah, entfernte er sich mit schwankenden Schritten, wie ein Betrunkener; er pfiff immer noch, aber ohne sich umzublicken.

Der General Philipp von Sucy galt in der Gesellschaft als sehr liebenswürdiger und besonders heiterer Mann. Vor einigen Tagen beglückwünschte ihn eine Dame zu seiner guten Laune und der Gleichmäßigkeit seines Wesens.

»Ach! meine Gnädigste«, entgegnete er ihr, »wenn ich abends allein bin, bezahle ich die Heiterkeit sehr teuer.«

»Sind Sie denn allein? . . .«

»Nein«, antwortete er lächelnd.

Hätte ein kundiger Beobachter der menschlichen Natur den Ausdruck sehen können, welchen die Züge des Grafen von Sucy bei jenen Worten zeigten, er wäre vielleicht von einem Schauer ergriffen worden.

»Warum heiraten Sie nicht?« fragte die Dame, welche mehrere Töchter in einem Pensionat hatte. »Sie sind reich, haben einen hohen Rang, sind von altem Adel, haben Talente, Zukunft . . . Alles lächelt Ihnen zu . . .«

»Ja«, antwortete er; »allein dieses Lächeln ist mein Tod.«

Am folgenden Tage erfuhr die Dame, daß sich Herr von

Sucy während der Nacht eine Kugel durch den Kopf gejagt habe.

Die vornehme Gesellschaft sprach in verschiedenem Sinne von diesem außerordentlichen Ereignis, und jeder suchte seine Ursache zu ergründen. Je nach seinem Geschmack erklärte man durch das Spiel, durch die Liebe, durch die Ehrsucht, durch unbekannte Vermögenszerrüttungen ein Unglück, welches nur die letzte Szene eines im Jahre 1812 begonnenen Dramas war. Nur zwei Männer wußten, daß Herr von Sucy einer von jenen starken Männern gewesen war, denen Gott die unglückliche Kraft verliehen hat, mit jedem Tage siegreich aus einem schrecklichen Kampfe hervorzugehen, den sie täglich einem Ungeheuer liefern, die aber sofort erliegen, wenn ihnen Gott für einen Augenblick seine kräftige Hand entzieht.

Die Zaubernacht in den Hochlanden

»Hallowe'en, Hallowe'en!« schrien sie alle, »das ist der Abend der heiligen Nacht, die schöne Nacht der Skelpies[1] und der Fairies![2] Carrick! und du, Colean, kommt ihr? Alle Bauern von Carrick-Border[3] sind da. Unsere Megs und Jannies werden auch kommen. Wir werden guten Whisky in zinnernen Krügen bringen und schäumendes Ale und den schmackhaften Parridge.[4] Das Wetter ist schön, der Mond muß bald aufgehen; nie, Kameraden, sollen die Ruinen von Cassilis-Downans eine so heitere Gesellschaft gesehen haben.«

Also sprach Jock Muirland, ein Landmann und junger Witwer. Er war, gleich den meisten schottischen Bauern, Theolog, ein wenig Dichter und ein großer Trinker, aber dabei sehr sparsam; Murdock, Will Lapraik und Tom Duckat waren bei ihm. Die Unterhaltung fand in der Nähe des Dorfes Cassilis statt. Ihr wißt wahrscheinlich nicht, was der Hallowe'en ist: es ist das die Nacht der Feen, in der Mitte des August; alle neckischen Geister tanzen dann auf der Heide, eilen über die Gefilde, oder reiten auf des Mondes bleichen Strahlen. Der Hallowe'en ist der Fasching der Geister und Gnomen. In dieser Nacht gibt es keine Grotte und keinen Felsen, wo nicht ein Ball und ein Fest gefeiert würde; nicht eine Blume, die nicht von dem Hauch einer Sylphide bewegt würde; keine Hausfrau, die nicht sorgsam ihre Tür verschlösse, damit nicht der Spunkie[5] das Frühstück für den folgenden Tag weghole oder seinen Freuden das Essen der Kinder opfere, welche in der Wiege beieinander liegen.

Eine feierliche Nacht legte sich über die Hügel von Cassilis. Denkt euch ein bergiges Land, wellenförmig wie das

[1] Wassergeister.
[2] Feen.
[3] Name des Bezirks.
[4] Ein schottischer Pudding.
[5] Kobold.

Meer, dessen zahlreiche Hügel mit grünem und glänzendem Moose bedeckt sind. In der Ferne, auf einem steilen Felsen, erblickt man die Mauern des zerstörten Schlosses, dessen Kapelle das Dach fehlt, die aber sonst fast unversehrt ist mit ihren schlanken Säulen.

Der Boden ist unfruchtbar in jener Gegend, und der Mensch, welcher nur in der Verödung und dem Grausen eine höchste Macht erkennt, glaubt, daß diesem unfruchtbaren Boden das Siegel der Gottheit selbst aufgedrückt ist.

Die Güte des höchsten Wesens flößt uns wenig Dank ein, aber seine Zuchtrute und Strenge beten wir an.

Die Spunkies tanzten in dieser Nacht auf dem kümmerlichen Rasen von Cassilis, und der aufgegangene Mond schien breit und rot. Die Spunkies tanzten.

Der Spunkie hat ein Mädchenhaupt, schneeweiß, mit langen flammenden Haaren. Auch hat er Flügel, doch sitzen diese nicht an den Schultern, sondern an den weißen und dünnen Armen, mit denen sie bis an das Handgelenk verbunden sind. Der Spunkie ist ein Hermaphrodit: mit einem weiblichen Antlitz verbindet er jene zarte Eleganz der männlichen Jugend. Der Spunkie hat keine andere Kleidung, als seine Flügel, ein Gewebe, zart und fein, schmiegsam und dicht, undurchdringlich und leicht, wie der Flügel der Fledermaus. Eine bräunliche Färbung, durch welche es rot hindurchschimmert, zeichnet dieses natürliche Gewand aus, das sich um den ruhenden Spunkie zusammenlegt, wie die Falten der Fahne um die Stange. Lange Rippen, welche in ihrer bläulichen Färbung dem Stahle gleichen, stützen diese langen Flügel, mit denen der Spunkie sich kleidet; eherne Krallen bewaffnen die äußersten Enden derselben. Wehe der Hausfrau, die sich abends in die Nähe des Moores wagt, wo der Spunkie lauert, oder in den Wald, den er durchläuft!

An den Ufern der Doon tanzten die Spunkies, als eine heitere Gesellschaft von Frauen, Kindern und jungen Mädchen sich näherte. Sogleich verschwanden die Kobolde. Sie breiteten ihre großen Flügel aus und verdunkelten den Mond.Sie glichen einer Wolke von Vögeln, die sich plötzlich aus dem rauschenden Röhricht erhoben. Muirland und seine Gefährten blieben stehen.

»Mich graust«, sagte ein junges Mädchen.

»Bah!« antwortete der Pächter, »das sind wilde Enten, welche davonfliegen.«

»Muirland«, sagte vorwurfsvoll der junge Colean, »du wirst ein schlechtes Ende nehmen; du glaubst an nichts.«

»Wir wollen uns hier niederlassen«, entgegnete Muirland, ohne auf den Tadel seines Gefährten zu hören; »hier können wir unsere Körbe leeren, denn der Ort ist schön und geschützt, der Felsen deckt uns, und der Rasen bietet uns ein weiches Lager. Der Teufel selbst sollte mich nicht in meinen Betrachtungen stören, die aus diesen Kannen und Flaschen hervorkommen werden.«

»Aber die Bogillies[1] und Brownillies[2] können uns hier finden«, sagte schüchtern eine junge Frau.

»Der Craneuch[3] hole sie«, unterbrach Muirland die Sprechende. »Schnell, Lapraik, mache hier bei dem Felsen ein Feuer aus trockenem Laub und Reisig; wir wollen den Whisky heiß machen, und wenn die Mädchen wissen wollen, was für einen Mann der liebe Gott oder der Teufel ihnen bestimmt hat, so haben wir hier alles, womit wir ihre Neugierde befriedigen können. Bome Lesley hat Spiegel, Nüsse, Leinsamen, Teller und Butter mitgebracht. Sagt, Mädchen, ist das nicht alles, was ihr zu euren Zaubereien braucht?«

»Ja, ja«, antworteten die Mädchen.

»Zuvor wollen wir aber trinken«, sagte der Pächter, der durch sein Vermögen, seine wohlgefüllten Keller und Speicher und seine landwirtschaftlichen Kenntnisse ein großes Ansehen in der Gegend genoß.

Von allen Ländern in der Welt ist Schottland dasjenige, in welchem die geringeren Klassen die meiste Bildung in Verbindung mit dem größten Aberglauben besitzen. Fragt Walter Scott, jenen erhabenen schottischen Landmann, der seine Größe nur der von Gott erhaltenen Fähigkeit verdankte, auf symbolische Weise den ganzen Genius seines Volkes darzustellen. In Schottland glaubt man an alle Arten von Geistern und unterhält sich in den dürftigsten Hütten über Gegenstände der abstrakten Philosophie.

[1] Geister des Waldes.
[2] Geister der Heide.
[3] Nordwind.

Die Nacht der Hallowe'en ist vorzugsweise dem Aberglauben gewidmet. Man glaubt, in dieser Nacht einen Blick in die Zukunft tun zu können. Die Formeln und Zaubersprüche sind bekannt und unverletzlich. Keine Religion kann es genauer mit ihren Zeremonien nehmen. Der Zweck des nächtlichen Ausflugs der Bewohner von Cassilis war die Feier dieser Zaubernacht, bei welcher jeder Priester und Hexenmeister zu gleicher Zeit ist.

Diese ländliche Zauberei hat einen unaussprechlichen Reiz. Man bleibt gewissermaßen auf der Grenze stehen, welche Dichtung und Wirklichkeit scheidet; man steht mit den höllischen Mächten in Verbindung, ohne eigentlich Gott zu leugnen; man wandelt die gewöhnlichsten Dinge in magische um; man schafft sich mit einer Getreideähre und einem Weidenblatt Hoffnungen und Befürchtungen. Mitternacht ist die Stunde der Hallowe'en, denn dann ist die ganze Luft mit überirdischen Wesen bevölkert.

Um neun Uhr waren die Bauern zusammengekommen; sie verbrachten die Zeit bis Mitternacht mit Zechen; auch sangen sie jene alten, köstlichen Balladen, deren schwermütige, kindliche Melodien so unendlich ergreifen.

Die jungen Mädchen mit ihren gewürfelten Tüchern und ihren sauberen Gewändern, die Frauen, auf deren Lippen ein Lächeln schwebte, die Kinder, geschmückt mit jenen roten Bändern, welche über den Knien zusammengebunden sind und als Strumpfbänder und Schmuck zu gleicher Zeit dienen, die jungen Leute, deren Herz schneller schlug, je näher die geheimnisvolle Stunde kam, in welcher das Schicksal befragt werden sollte, einer oder zwei Greise, die durch das schmackhafte Ale zu Jünglingen wurden, sie alle bildeten eine anziehende Gruppe, die, von Wilkie gemalt, alle empfänglichen Seelen Europas entzückt und alle die erfreut hätte, welche unter so vielen fieberhaften Anstrengungen noch der Wonne eines wahren und tiefen Gefühls zugänglich geblieben sind.

Besonders Muirland überließ sich ganz und gar der geräuschvollen Heiterkeit, welche aus dem Bier aufstieg und sich der ganzen Versammlung bemächtigte.

Er war einer von denen, die das Leben nicht klein kriegt, die sich im Bewußtsein ihrer Kraft vor nichts fürchten. Seine junge Frau war nach zehnjähriger Ehe gestorben, und Muirland hatte geschworen, nie wieder zu heiraten.

Jedermann im Dorfe kannte die Ursache von Tuilzies Tode: Muirlands Eifersucht hatte ihn herbeigeführt. Kaum sechzehn Sommer zählte Tuilzie, als sie den Pächter freite. Sie liebte ihn und kannte nicht seine Heftigkeit, nicht die Wut, die ihn ergreifen konnte, die täglichen Qualen, die er sich selbst und anderen bereitete. Jock Muirland war eifersüchtig; die kindliche Zärtlichkeit seiner jungen Gattin beruhigte ihn nicht. Eines Tages, es war mitten im Winter, ließ er sie eine Reise nach Edinburg machen, um sie den vorgeblichen Nachstellungen eines jungen Lords zu entziehen, der die schlechte Jahreszeit auf seinem Landsitze zubringen wollte.

Von den Bekannten des Pächters ließ es keiner an Vorwürfen fehlen; er antwortete nichts weiter, als daß er Tuilzie sehr liebe, und daß er am besten müsse beurteilen können, was zu dem Glück seiner Ehe beitrage. Unter dem Dache Jocks hörte man oft Klagen, Geschrei und Seufzer. Tuilzies Bruder hatte seinem Schwager vorgestellt, daß sein Benehmen unverzeihlich sei, und heftiger Streit zwischen den Gatten war die Folge dieses Schrittes gewesen; das junge Weib wurde kränker von Tag zu Tag. Endlich erlag sie dem Kummer. Muirland versank in tiefe Verzweiflung, die mehrere Jahre dauerte; da aber alles in dieser Welt vergänglich ist, so hatte auch er, indem er den Eid leistete, Witwer bleiben zu wollen, allmählich die Erinnerung an die Frau verloren, deren Henker er gegen seinen Willen geworden war. Die Frauen und Mädchen, welche ihn mehrere Jahre lang nur mit Angst angesehen hatten, verziehen ihm endlich, und die Nacht des Hallowe'en fand ihn als den wieder, der er früher gewesen war: heiter, witzig, unterhaltend, reich an trefflichen Erzählungen und Scherzen, welche die nächtliche Gesellschaft in die heiterste Laune versetzten.

Schon hatte man die meisten alten Romanzen gesungen, als es Mitternacht schlug. Man hatte reichlich getrunken. Die Geisterstunde war da. Alle erhoben sich, nur nicht Muirland.

»Wir wollen den Kail suchen! Den Kail wollen wir suchen!« riefen alle.

Die jungen Männer und jungen Mädchen eilten davon und kehrten dann einer nach dem andern zurück; jeder brachte eine Wurzel mit, die er aus dem Boden gezogen: das war der Kail.

Die erste Wurzel, die man findet, muß man ausziehen; ist die Wurzel gerade, so ist die zukünftige Gattin oder der zukünftige Gatte schön gewachsen und hübsch; ist sie gekrümmt, so heiratet man eine häßliche Person. Bleibt Erde an den Fasern der Wurzel hängen, ist die Ehe glücklich und fruchtbar; eine glatte und dünne Wurzel deutet darauf, daß man nicht lange verheiratet bleiben wird.

Die Aussichten auf künftige Heiraten veranlaßten lautes Lachen und manchen Scherz.

»Armer Will Haverel!« rief Muirland, während er auf die Wurzel blickte, die ein junger Bursche in der Hand hielt, »du bekommst eine bucklige Frau; dein Kail gleicht dem Schwanze meines Schweines.«

Dann setzten sie sich in einen Kreis und versuchten, wie die Wurzeln schmeckten. Eine bittere Wurzel deutet auf ein garstiges Ehegemahl; eine süße Wurzel auf einen schwachsinnigen Mann oder eine solche Frau; eine wohlriechende Wurzel auf einen Gatten von fröhlichem Wesen. Dann kam das tap-pickle. Die jungen Mädchen gingen mit verbundenen Augen nach dem Felde, und jedes pflückte drei Getreideähren. Fehlt in einer derselben das Korn, so weiß man, daß der zukünftige Mann eine vor der Ehe begangene Schwäche zu verzeihen haben wird. O Nelly! Nelly! Deinen drei Ähren fehlte ihr tap-pickle, und man wird dich nicht mit Spöttereien verschonen. Du hattest gestern noch auf dem Heuboden eine lange, lange Unterredung mit Robert Luath.

Muirland blickte die Mädchen an, ohne Anteil an ihrem Spiele zu nehmen.

»Die Nüsse! Nüsse!« rief man nun.

Aus einem Korbe wurde ein Sack mit Nüssen hervorgezogen, und man näherte sich dem Feuer. Jeder nahm eine Nuß. Man stellte sich paarweise auf und gab der Nuß, die man gewählt hat, seinen eigenen Namen. Dann legte das Paar die Nüsse in das Feuer. Wenn die beiden Nüsse friedlich nebeneinander brennen, so wird die Ehe lange dauern und friedlich sein; wenn aber die Nüsse knacken und beim

Verbrennen auseinanderspringen, so wird Unfrieden in der Ehe herrschen, und sie wird bald getrennt werden.

Es schlug ein Uhr, und noch waren die Bauern nicht müde, ihre Orakel zu befragen. Die Spunkies begannen sich im Schilf zu regen. Die jungen Mädchen zitterten. Eine Wolke zog vor den Mond, welcher hoch am Himmel stand. Man befragte jetzt den Erdtopf, man blies die Lampe aus, man schnitt Äpfel und beging noch manch andere Zauberei.

Willie Maillie, eins der hübschesten Mädchen, tauchte dreimal seine Hand in das Wasser der Doon und rief dabei: »Mein künftiger Mann, den ich noch nicht sehen kann, wo du bist, sag' mir an. Meine Hand nimm an.«

Dreimal wiederholte sie den Zauberspruch; da stieß sie plötzlich einen lauten Schrei aus.

»Ah! gerechter Gott! Der Spunkie hat meine Hand ergriffen!« schrie sie.

Man eilte zu ihr, und alle schrieen, nur nicht Muirland. Das Mädchen zeigte seine blutende Hand; die, welche durch lange Übung eine Gewandtheit in der Erklärung solcher Orakel erlangt hatten, kamen dahin überein, daß die Verwundung keineswegs, wie Muirland behauptete, durch Dornen hervorgebracht sei, sondern daß die Hand des jungen Mädchens in der Tat die Spuren der spitzigen Krallen eines Spunkie zeige.

Maillie würde also einen sehr eifersüchtigen Mann erhalten. Der verwitwete Pächter hatte viel getrunken.

»Einen Eifersüchtigen!« schrie er.

Er glaubte in dieser Erklärung seiner Kameraden eine Anspielung auf die Geschichte seiner Ehe zu erkennen. »Was mich betrifft«, fuhr Muirland fort und leerte eine Kanne, welche bis zum Rande mit Whisky gefüllt war, »so will ich hundertmal lieber mich mit dem Spunkie vermählen, als nochmals heiraten. Ich habe erfahren, was es heißt, in Fesseln zu leben. Lieber will ich mich mit einem Affen, einer Katze oder einem Henker in eine Flasche einschließen lassen. Ich bin auf meine arme Tuilzie eifersüchtig gewesen und hatte damit vielleicht Unrecht; doch wie soll man es anfangen, wenn man sich gegen die Eifersucht schützen will? Wo ist das Weib, welches nicht einer ewigen Aufsicht bedürfte? Ich schlief des Nachts nicht, verließ sie den ganzen Tag nicht

und schloß keinen Augenblick die Augen. Mein Gut ging zurück, alles ging zugrunde. Tuilzie selbst welkte dahin. Fünf Millionen Teufel mögen die Ehe holen!« Einige lachten, andere ärgerten sich und schwiegen.

Nun sollte der Zauber mit dem Spiegel versucht werden. Hierbei stellt man sich mit einem Lichte in der Hand vor einen kleinen Spiegel, haucht dreimal auf das Glas und wischt es dann ab, indem man dreimal wiederholt: »Komm heran, mein Mann!« oder: »Daß ich dich schau, meine Frau!« Dann zeigt sich über der linken Schulter der Person, die das Schicksal befragt, deutlich eine Gestalt, und zwar die der Gattin oder des Gatten. Niemand wagte nach dem, was Maillie zugestoßen war, noch ferner die übernatürlichen Mächte zu befragen. Die Wellen der Doon murmelten im Schilf; ein langer Silberschein, welcher in der Ferne auf dem Wasser flimmerte, war in den Augen der Landleute die leuchtende Spur der Skelpies oder Wassergeister. Muirlands Pferd, ein kleines Tier mit schwarzem Schweif und weißer Brust, wieherte laut, was stets ein Zeichen dafür ist, daß ein böser Geist in der Nähe weilt. Die Luft wurde kühl, die Halme des Schilfes wiegten sich rauschend im Winde. Alle Frauen begannen von der Rückkehr zu sprechen; sie tadelten ihre Männer und Brüder, daß sie zuviel tränken, rieten ihren Vätern, sich nicht länger der frischen Nachtluft auszusetzen.

»Nun! Wer von euch wird in den Spiegel blicken?« fragte Muirland.

Niemand antwortete.

»Ihr habt wenig Mut«, fuhr er dann fort. »Der Hauch des Windes macht euch zittern. Was mich betrifft, so will ich keine Frau haben, wie ihr wißt, weil ich schlafen will und meine Augen sich nicht schließen wollen, wenn ich verheiratet bin; daher darf ich nicht in den Spiegel sehen.«

Als aber niemand den Spiegel ergreifen wollte, da nahm ihn endlich Jock Muirland doch zur Hand.

»Ich werde euch ein Beispiel geben.« Mit diesen Worten nahm er den Spiegel; das Licht wurde angezündet, und mutig wiederholte er die Zauberworte.

»Daß ich dich schau', meine Frau!«

Sofort zeigte sich über Muirlands Schulter ein bleicher

Kopf mit blonden Haaren. Er erbebte und blickte um sich, damit er sich überzeuge, ob auch keins von den jungen Mädchen hinter ihm stehe. Allein niemand hatte gewagt, die Rolle des Gespenstes zu spielen, und obschon der Spiegel den Händen des Pächters entglitten war und zerbrochen auf der Erde lag, zeigte sich doch noch immer über seiner Schulter das bleiche Haupt mit den flammend blonden Haaren.

Muirland stieß einen lauten Schrei aus und warf sich mit dem Gesicht auf den Boden.

Alle Anwesenden entflohen und zerstreuten sich nach den verschiedensten Seiten wie Blätter im Winde. An der Stelle, wo sie sich ihren ländlichen Freuden überlassen hatten, blieben nur Reste des Festes, das halb erloschene Feuer, die geleerten Krüge und Flaschen, . . . und Muirland, der mit dem Gesicht noch immer auf dem Boden lag.

Der Wind heulte und ließ jenes lange Pfeifen hören, welches die Schotten mit dem Ausdruck sugh bezeichnen.

Muirland erhob sich und blickte über seine Schulter: noch immer sah er den Kopf; er lächelte dem Bauer zu, sagte aber kein Wort, und Muirland vermochte nicht zu erkennen, ob dieses Haupt einem menschlichen Körper angehöre, denn es zeigte sich ihm stets nur über die Schulter. Seine Zunge klebte ihm am Gaumen. Er versuchte eine Unterhaltung mit dem höllischen Wesen anzuknüpfen, er sprach sich selbst Mut zu, doch umsonst: sobald er die bleichen Züge und die flammenden Locken erblickte, zitterte er am ganzen Körper. Da floh er in der Hoffnung, sich so von diesem schrecklichen Wesen befreien zu können.

Er eilte zu seinem Pferd, band es los und wollte den Fuß in den Steigbügel setzen, als er sich noch einmal umblickte. O Grausen! Noch immer war das Haupt bei ihm, schien sein unzertrennlicher Begleiter geworden zu sein. Es war an seine Schulter geheftet, gleich jenen Köpfen, welche gotische Bildhauer bisweilen an der Spitze einer Säule oder in der Ecke eines Gesimses anbrachten.

Das Pferd des Bauern wieherte und schnaubte; es teilte das Grausen seines Herrn.

Der Spunkie, denn einer von diesen Bewohnern des Schilfes der Doon mußte es sein, der den Pächter verfolgte, richtete zwei flammende Augen auf Muirland, so oft dieser sich umblickte. Tiefblau waren diese Augen, keine Wimpern warfen einen Schatten über dieselben, kein Augenlid milderte ihren unheimlichen Glanz. Beide Sporen setzte der Bauer dem Pferde in die Seiten, das davonjagte; immer wieder mußte er sich umdrehen, mußte sich überzeugen, ob seine Verfolgerin noch da war, und sie verließ ihn nicht; er galoppierte über die Fläche dahin. Muirland wußte nicht mehr, welchen Weg er verfolgte, welchem Ziele ihn sein Pferd entgegenführte. Er hatte nur einen Gedanken, den an den Spunkie, der ihn nicht verließ.

Der Himmel überzog sich mit schwarzen Wolken. Der Wind heulte, als hätte er die Toten erwecken wollen; der Regen klatschte.

Flüchtige Blitze durchzuckten die Wolken. Der Donner glich einem dumpfen und lauten Gebrüll.

Die Wut des Ungewitters steigerte sich mit jedem Augenblick; die Doon trat aus ihren Ufern, und Muirland erkannte, nachdem er eine Stunde galoppiert war, daß er an denselben Punkt zurückgekehrt sei, von welchem er geritten war. Er jagte weiter.

Die Kirche von Cassilis lag vor ihm. Eine Feuersbrunst schien ihre alten Pfeiler zu verzehren; Flammen schlugen aus den Fensterlöchern, und die Bildwerke erschienen in ihrer ganzen Schönheit auf dem unheimlich hellen Hintergrunde. Das Pferd wollte nicht weiter; allein der Pächter, dessen Vernunft nicht mehr sein Tun leitete, der die Last des furchtbaren Hauptes auf seinen Schultern zu fühlen glaubte, rannte dem armen Tiere so heftig die Sporen in die Seiten, daß es weiter raste.

»Jock«, sagte eine sanfte Stimme, »heirate mich, und du wirst dich nicht mehr fürchten.«

»Heirate mich«, wiederholte der Spunkie.

Indes jagten sie nach der flammenden Kirche. Am Weiterreiten durch die zerbrochenen Pfeiler und die zu Boden geworfenen Steinbilder der Heiligen gehindert, stieg Muirland vom Pferde.

Mit festen Schritten trat er in die Kirche, deren Decke der Himmel selbst bildete, und aus welchem jene infernalischen Flammen kamen.

Ein neues Schauspiel erwartete ihn hier. Eine Gestalt

kauerte in der Mitte des Schiffes und trug auf ihrem gekrümmten Rücken ein achteckiges Gefäß, aus welchem eine grüne und rote Flamme hervorzüngelte. Der Hochaltar zeigte seine alten Zierden aus der katholischen Zeit. Dämonen mit flammenden Haaren, welche sich auf ihrem Haupte sträubten, standen auf dem Altar und vertraten die Stellen der Kerzen.

Alle grotesken und höllischen Gestalten, welche je die Einbildungskraft eines Malers oder Dichters erfunden hat, drängten sich durcheinander, liefen, rannten, flogen und schwebten. Auf den Sitzen der Domherren saßen ernste Gestalten, welche die Tracht ihres Standes beibehalten hatten. Die Hände aber, welche diese auf ihre Gebetbücher gelegt hatten, waren die Hände von Skeletten, und in ihren eingesunkenen Augen war keine Spur des Lebens. Dämone parodierten die heilige Messe. Vierzig von diesen Kobolden, die sich auf die Galerie gestellt hatten, die ehedem die Orgel der Kathedrale trug, hielten schottische Dudelsackpfeifen von verschiedener Größe in den Händen. Ein ungeheurer schwarzer Kater, der auf einem Throne saß, den etwa zwölf von jenen Geistern umstanden, gab mit einem langgedehnten Miauen den Takt an.

Diese höllische Symphonie ließ alles erbeben, was noch von der halb zerstörten Kirche übrig war, und von Zeit zu Zeit fiel ein Stein herab. Schöne Skelpies lagen während dieses Lärmens auf den Knien; man hätte sie für reizende Jungfrauen halten können, hätte nicht der Schweif unter dem Saum ihres Gewandes hervorgeguckt.

Mehr als fünfzig Spunkies, die ihre Flügel teils ausbreiteten, teils zusammenlegten, tanzten oder ruhten. In den Nischen der Heiligen, die um das Schiff angebracht waren, standen offene Särge, in denen die Toten mit weißem Leichengewande bekleidet lagen und eine brennende Kerze in der Hand hielten. Was die Skulpturen betrifft, welche an den Pfeilern angebracht waren, so werde ich mich mit ihrer Beschreibung nicht befassen. Alle seit zwanzig Jahren in Schottland begangenen Verbrechen hatten das ihrige beitragen müssen, um diese den Dämonen überlieferte Kirche zu schmücken.

Man sah dort den Strang des Gehängten, das Messer des

Mörders, die schrecklichen Überreste der Kindesmörderin, Herzen von Bösewichtern, die im Laster schwarz geworden waren, und weiße Haare von Vätern, welche noch an der Schneide des vatermörderischen Dolches klebten.

Muirland blieb stehen und wandte sich um, das Antlitz, das ihn bei seinem Ritte begleitet hatte, befand sich noch immer auf seinem Posten. Eins von den Ungeheuern, welche den höllischen Gottesdienst zu versehen hatten, ergriff ihn bei der Hand; er ließ alles mit sich geschehen. Man führte ihn zum Altar, und er folgte willig seinem Führer. Man kniete nieder, und er kniete ebenfalls nieder; man sang wunderliche Hymnen, er aber hörte nicht; starr blieb er stehen und erwartete sein Los.

Indes wurden die höllischen Gesänge immer lauter; die Spunkies, welche das Ballett bildeten, drehten sich schneller in ihrer höllischen Runde; die Dudelsackpfeifen schrien, schnarrten, heulten und pfiffen.

Muirland wandte wieder den Kopf, seine Begleiterin war verschwunden.

Als sich aber seine geblendeten und verwirrten Blicke auf die Gegenstände richteten, welche ihn umgaben, war er sehr erstaunt, ein junges Mädchen zu erblicken, das auf einem Sarge neben ihm kniete und deren Antlitz vollkommen dasselbe war, wie das des Gespenstes, welches ihn verfolgt hatte.

Ein kurzes schottisches Hemd von feiner grauer Leinwand fiel kaum bis auf die Hälfte der Schenkel hinab. Man erblickte weiße Schultern, über welche blonde Haare herabfielen, einen jungfräulichen Busen, dessen Schönheit durch die Leichtigkeit der Tracht erhöht wurde.

Muirland war aufgeregt; diese so anmutigen und so zarten Formen bildeten einen Widerspruch mit all den häßlichen Erscheinungen, welche ihn umgaben. Das Skelett, welches die Messe nachäffte, ergriff mit seinen gekrümmten Fingern Muirlands Hand und legte sie in die des jungen Mädchens.

Muirland glaubte jetzt in der Berührung der seltsamen Braut den kalten Biß zu erkennen, welchen das Volk den Spunkies zuschreibt. Das war zu viel für ihn; er schloß die Augen und wurde halb ohnmächtig.

Er glaubte zu bemerken, daß Geisterhände ihn auf sein

treues Tier setzten, welches vor der Tür der Kathedrale wartete; allein seine Wahrnehmungen waren dunkel, unbestimmt seine Empfindungen. Was weiter geschah, wußte der Pächter nicht, der sich am nächsten Morgen in seinem Bette wiederfand und erstaunt war, als man ihm sagte, daß er in der Nacht des Hallowe'en eine Reise in das Hochland angetreten habe und einige Tage darauf mit dem jungen Weibe zurückgekehrt sei, das er an seinem Bette sitzen sah.

Er rieb sich die Augen und glaubte zu träumen, dann aber wollte er die betrachten, die er gewählt hatte, ohne es selbst zu wissen, und die nun Frau Muirland geworden war. Wie hübsch war sie! Welch sanftes Licht strahlte aus ihren glänzenden Augen! Doch überraschten Muirland die großen Augen. Er sah genauer hin. Seine Frau hatte keine Augenlider; große Kreise von dunkelblauer Farbe zeigten sich unter den schwarzen Bogen der Augenbrauen, deren Schwung von bewundernswürdiger Leichtigkeit war. Muirland seufzte; die undeutliche Erinnerung an den Spunkie, an seinen nächtlichen Ritt und seine schreckliche Hochzeit in der Kathedrale wurde in ihm wach.

Während er seine neue Gattin betrachtete, glaubte er, wenn auch gemildert, bei ihr alle charakteristischen Züge eines übernatürlichen Wesens zu erkennen.

Die Finger des jungen Weibes waren lang und dünn, ihre Nägel lang und schmal, ihr blondes Haar fiel bis auf die Erde.

Er versank in tiefe Gedanken; indes sagten alle seine Nachbarn zu ihm, daß die Familie seiner Frau in den Hochlanden wohne, daß er gleich nach der Hochzeit von einem hitzigen Fieber ergriffen, und es daher kein Wunder sei, wenn jede Erinnerung an die Trauung seinem Geiste entfallen wäre; bald aber werde er sich bei seiner Frau glücklich fühlen, denn sie sei schön, sanft und eine gute Hausfrau.

»Sie hat aber keine Augenlider!« rief Muirland.

Man lachte ihm ins Gesicht und behauptete, daß er noch immer an Fieberphantasien leide. Außer dem Pächter bemerkte niemand diese besondere Eigentümlichkeit.

Die Nacht kam; es war das für Muirland die Hochzeitsnacht; denn bisher war er nur dem Namen nach Ehemann gewesen.

Die Schönheit seiner Frau hatte ihn aufgeregt. Er leistete

sich selbst das Gelübde, seiner Angst zu trotzen und das wunderbare Geschenk zu genießen, welches der Himmel oder die Hölle ihm gesandt hatte . . .

Muirland erwachte, denn es war ihm, als habe ein plötzlicher Sonnenstrahl das Zimmer erleuchtet, in welchem das eheliche Bett stand. Er fuhr rasch empor und erblickte die funkelnden Augen seiner Gattin, die sich zärtlich auf ihn richteten. »Teufel!« rief er, »mein Schlaf ist in der Tat eine Beleidigung deiner Schönheit!«

Er sagte zu Spellie, so hieß die junge Gattin, tausend liebenswürdige und zärtliche Dinge, auf welche das junge Mädchen aus den Bergen so gut wie möglich antwortete.

Der Morgen erschien, und Spellie hatte noch nicht geschlafen.

»Wie sollte sie auch schlafen?« fragte sich Muirland, »sie hat ja keine Lider.«

Die Sonne stand am Himmel. Muirland war bleich und erschöpft; die Augen der jungen Gattin strahlten feuriger als je. Morgens ergingen sie sich an den Ufern der Doon. Das junge Weib war so hübsch, daß der Bauer trotz des Fiebers, von welchem er ergriffen war, es nicht ohne Bewunderung betrachten konnte.

»Jock«, sagte sie zu ihm, »ich liebe dich ebenso sehr, wie du Tuilzie geliebt hast; alle jungen Mädchen beneiden mich. Sei du daher auf deiner Hut, denn ich bin eifersüchtig und werde dich sorgsam bewachen.«

Muirlands Küsse unterbrachen ihre Worte; auf den Tag folgte eine neue Nacht, und während jeder Nacht wurde der Bauer durch Spellies glühende Augen seinem Schlummer entrissen; seine Kräfte erlagen dabei.

»Aber, liebe Freundin«, fragte Jock seine Frau, »schläfst du denn nie?«

»Ich, schlafen?«

»Ja, schlafen! Es scheint mir, als hättest du, seit wir verheiratet sind, noch keinen Augenblick geschlafen.«

»In meiner Familie ist es nicht Sitte, zu schlafen.«

Die blauen Augen des jungen Weibes strahlten ein noch glühenderes Licht aus als vorher.

»Sie schläft nicht!« rief der Landmann verzweifelt, »sie schläft nicht!«

Erschöpft und entsetzt sank er in die Kissen zurück.

»Sie hat keine Augenlider, sie schläft nicht!« wiederholte er.

»Ich werde nicht müde, dich anzusehen«, sagte Spellie, »und ich werde ein wachsames Auge auf dich haben.«

Der arme Muirland! Die schönen Augen seiner Gattin ließen ihm keine Ruhe. Sie glichen ewig funkelnden Gestirnen, die ihn blendeten. Mehr als dreißig Balladen auf Spellies schöne Augen wurden von den Dichtern der Gegend gemacht. Was aber Muirland betraf, so verschwand er eines Tages.

Drei Monate waren verflossen; die Marter, welche der Pächter erduldete, hatte seine Kräfte erschöpft; er glaubte, daß die Feuerblicke seiner Gattin ihn versengten. Mochte er auf das Feld gehen oder zu Hause bleiben, oder sich in die Kirche begeben, stets traf ihn der schreckliche Strahl ihrer Augen, und ihr Glanz drang bis in das Innerste seines Wesens, ließ ihn erbeben und erfüllte ihn mit Schauder. Er verwünschte endlich die Sonne und floh den Tag.

Dieselbe Marter, welche die arme Tuilzie erduldet, war nun sein Los geworden; anstatt jener inneren Unruhe, welche während seiner ersten Ehe ihn zum Henker seines jungen Weibes gemacht hatte, und welche von den Männern Eifersucht genannt wird, befand er sich jetzt unter dem physischen und forschenden Einfluß eines Auges, welches sich nimmer schloß; es war das abermals Eifersucht, allein eine greifbar gewordene Eifersucht.

Er verließ sein Landgut, ging über das Meer und eilte in die Wälder Nordamerikas, wo schon so mancher seines Volkes einen neuen Wohnsitz gesucht und eine friedliche Hütte gebaut hatte.

Die Savannen des Ohio boten ihm ein sicheres Asyl, wie er glaubte; lieber wollte er als armer Kolonist leben, lieber sich mit grober und kärglicher Nahrung sättigen, als sich unter seinem schottischen Dache von einem eifersüchtigen und stets geöffneten Auge fortwährend quälen lassen.

Nachdem er ein Jahr in dieser Einsamkeit zugebracht hatte, segnete er sein Los, fand er doch Ruhe inmitten dieser furchtbaren Natur. Er unterhielt keinen Briefwechsel mit Großbritannien, da er befürchtete, daß er Nachrichten von seiner Frau erhalten möchte; in seinen Träumen sah er noch bisweilen jenes stets geöffnete Auge, jenes Auge ohne Wimpern, und schrak dann heftig zusammen; allein das war auch alles, was er zu dulden hatte; er überzeugte sich bald, daß das stets wachsame und furchtbare Auge nicht mehr in seiner Nähe sei, ihn nicht mehr durch seinen unerträglichen Glanz versenge.

Die Narraghansetts, der nächste Stamm der Wilden, hatten als Sachem oder Häuptling einen kränklichen Greis, namens Massasoit, dessen Charakter friedlich war, und dessen Wohlwollen sich Jock Muirland besonders dadurch zu erhalten wußte, daß er ihn bisweilen mit Branntwein bewirtete. Massasoit wurde krank; sein Freund besuchte ihn in seiner Hütte.

In der Mitte dieses armseligen Palastes brannte ein Feuer, Büffelhäute lagen auf der Erde, und auf einer derselben kauerte der alte kranke Häuptling; die vornehmsten Zauberer des Stammes heulten, schrien und machten einen Lärm, durch welchen der Kranke nur noch elender gemacht werden mußte, einen Lärm, der selbst einen Gesunden hätte krank machen können.

Der Medizinmann leitete den Chor und den Trauertanz; der Wald erscholl von dem Lärm, welchen diese wunderliche Feierlichkeit veranlaßte; den Gottheiten des Landes wurden Opfer und Gebete dargebracht.

Sechs junge Mädchen waren damit beschäftigt, die nackten und kalten Glieder des Greises zu reiben: eins derselben, ein sehr hübsches Mädchen von kaum sechzehn Jahren, weinte bei dieser Arbeit.

Der Schotte erkannte, daß diese ganze Behandlungsweise nur Massasoits Tod bewirken werde. In seiner Eigenschaft als Europäer und Weißer galt er für einen geborenen Arzt. Er benutzte das Ansehen, welches er in dieser Hinsicht hatte, entfernte die Lärmenden und näherte sich dem Häuptling.

»Wer kommt zu mir?« fragte der Greis.

»Jock, der weiße Mann.«

»O!« versetzte der Häuptling und reichte ihm die vertrocknete Hand, »wir werden uns nicht wiedersehen, Jock.«

Obgleich Jock wenig medizinische Kenntnisse hatte, so

bemerkte er doch ohne Mühe, daß der Häuptling nur ganz einfach an einer Verdauungsstörung leide; er kam ihm zu Hilfe, befahl, daß man um ihn her schweige, setzte ihn auf eine kärgliche Diät und bereitete ihm dann ein ausgezeichnetes schottisches Gericht, welches die Stelle einer Arznei vertreten mußte.

In drei Tagen war Massasoit wieder hergestellt. Das Heulen der Indianer und die Tänze begannen von neuem; allein dieses Mal drückten die Hymnen der Wilden nur noch die Gefühle des Danks und der Freude aus.

Massasoit ließ Jock in seiner Hütte sich setzen, reichte ihm seine Pfeife und zeigte ihm seine Tochter Anauket, das jüngste und hübscheste von den Mädchen, welche Muirland in der Hütte gesehen hatte.

»Du hast kein Weib«, sagte der alte Krieger zu ihm; »nimm meine Tochter und ehre mein weißes Haupt.«

Jock erbebte; er erinnerte sich an Tuilzie und Spellie, er gedachte, wie schlecht ihm seine früheren Heiraten gelungen waren.

Allein das junge Mädchen war sanft und gehorsam. Eine Heirat in einer einsamen Gegend ist nur mit wenig Förmlichkeiten verknüpft, und ebenso wenig nachteilige Folgen pflegt sie für einen Europäer zu haben. Jock fügte sich daher, und die schöne Anauket gab ihm keinen Grund, seine Wahl zu bereuen.

Es war an einem schönen Herbstmorgen, am achten Tage ihrer Vereinigung, als beide im Boote den Ohio hinunterfuhren. Jock war mit seiner Jagdflinte bewaffnet. Anauket war an solche Züge gewohnt, da das Leben des Wilden zum größten Teil aus ihnen besteht, weshalb sie ihren Mann unterstützte und ihm half. Das Wetter war prachtvoll; die Ufer des schönen Flusses boten den Liebenden bezaubernde

Aussichten dar; Jock bemerkte ein Perlhuhn mit strahlenden Flügeln, er zielte, schoß, und der tödlich getroffene Vogel fiel in dichtes Gebüsch.

Muirland wollte eine so schöne Beute nicht verlieren, band sein Boot an und stieg ans Land, um den Vogel zu suchen. Vergebens durchstreifte er das Gebüsch; seine schottische Hartnäckigkeit trieb ihn immer tiefer und tiefer in den Wald. Bald sah er sich zwischen hohen Bäumen, als plötzlich ein strahlendes Licht durch das Laub fiel und bis zu ihm drang. Er zitterte. Das unerträgliche Licht zwang ihn, seine Augen niederzuschlagen. Das Auge ohne Lid blickte auf ihn.

Spellie war über das Meer gekommen, hatte die Spur ihres Mannes gefunden und seine Fährte verfolgt; sie hatte ihr Wort gehalten, und ihre furchtbare Eifersucht überhäufte bereits Muirland mit gerechten Vorwürfen. Er eilte ans Ufer, verfolgt von dem Auge ohne Lid, erblickte die reinen und klaren Wellen des Ohio und stürzte sich in seinem Schrecken in die Flut. Das war das Ende Jock Muirlands.

Finis